PROLOG

Der Bär ächzte noch einmal kurz auf, bevor er zu Boden ging. Blut floss ihm aus Maul und Nase, in seinen massigen Körper hatten sich drei Speere gebohrt. Der letzte Stoß war tödlich gewesen. Tosender Applaus erscholl in den Reihen des Publikums, und der achtjährige Alessandro klatschte begeistert zwischen den anderen Sklavenknaben in den hinteren Reihen der Arena. Der Junitag, an dem das berühmte Amphitheater von Pompeji nach dem zehnjährigen Spieleverbot von Kaiser Nero endlich wieder Gladiatorenkämpfe austragen durfte, hätte nicht prächtiger sein können. Prall wie eine goldene Kugel näherte sich die Sonne ihrem Zenit, während die Zuschauer auf den Höhepunkt des Tages warteten.

Alessandro machte es nichts aus, dass er eingepfercht in der schwitzenden Menge stand, die jetzt beobachtete, wie der Bär von den Arenasklaven aus dem Rondell geschafft wurde.

Ein römischer Herold erschien, als der Sand frisch aufgeschüttet war, und teilte den Zuschauern mit, dass man zu diesem Ehrentag zehn straffällig gewordene Verbrecher hinrichten lassen und danach endlich mit dem Hauptkampf beginnen würde. »Greift zu, verehrte Bürger von Pompeji und verehrte Gäste, trinkt und esst zu Ehren unseres neu gekrönten Kaisers Vespasian und sehet, wie es jenen ergeht, die sich gegen die Sitten und Bräuche unseres ruhmreichen Reiches verhalten!«

Alessandro vernahm Gelächter von einigen Zuschauern. Vespasian war der vierte Kaiser, der dieses Jahr in Rom gekrönt worden war, und niemand glaubte daran, dass er lange regieren würde. Nachdem wieder Ruhe eingekehrt war, wurden zehn verwilderte, halbnackte Männer in die Arena gestoßen, ihre zotteligen langen Haare verdeckten ihren Gesichtsausdruck.

»Das sind sie! Volk von Pompeji! Was sagt ihr zu solch widerlichem Abschaum?« Die Stimme des Herolds erhob sich erneut über die Köpfe der anwesenden Männer und Frauen.

»Pfui! Tod den Barbaren! Ihr Blut soll unseren heiligen Sand tränken!« Unzählige Stimmen sangen das gleiche Lied der Verachtung für die Verbrecher, manch einer warf verfaulte Orangen nach unten zu den Verdammten.

»Haltet ein, Volk!«, gebot der Herold. »Euer Wunsch wird nicht durch das faule Obst, das ihr werft, erfüllt werden, sondern durch einen, den man als den Schlächter von Karthago kennt!«

Alessandro hielt den Atem an. Der Schlächter von Karthago war der Gladiator Neptunus, der dafür bekannt war, alle ihm aufgetragenen Aufgaben besonders grausam und gnadenlos zu erfüllen. Benannt nach dem zornigen Gott der See, ließ er Unheil über alle kommen, die seinen Weg kreuzten. Zu Alessandros Erleichterung wurde dieser Mann dem Publikum jetzt präsentiert und nicht später in den Hauptspielen.

»Die Überraschung ist gelungen!«, flüsterte der ein Jahr ältere Ricardo Alessandro mit weit aufgerissenen Augen zu. »Das bedeutet nichts Gutes für die Verdammten dort unten.«

»Der Schlächter ist aber nicht so ungnädig wie sein Ruf!«, hob der Herold wieder an. »Ihm ist es zuwider, gegen Unbewaffnete zu kämpfen, und so bat er darum, den Verurteilten Schwerter in ihre gebundenen Hände zu geben!«

»Wozu soll das gut sein?«, flüsterte Alessandro erstaunt. »Wenn den Männern die Hände gebunden sind, können sie auch keine Klinge schwingen!«

Ricardo nickte nachdenklich. »Vielleicht will er dem Publikum ein Schauspiel bieten«, sagte er schließlich.

Dass sein kluger Freund recht hatte, erkannte Alessandro in

dem Moment, als das Signal für den Beginn der Hinrichtung gegeben wurde. Ein Horn erschallte durch die vor Hitze flimmernde Luft, danach war es für einige Sekunden ungewöhnlich still. Alle Augenpaare waren auf die Kreatur gerichtet, die jetzt die Arena betrat. Der Schlächter von Karthago war sechs Fuß hoch und in der Köpermasse fast halb so breit. Arme und Beine waren mit schweren Goldringen geschmückt, den Oberkörper hatte Neptunus frei. Eine Narbe zog sich von der linken Schulter quer über seinen massigen Körper, unter der blanken Glatze glommen zwei opalschwarze Augen wie kleine Murmeln.

»Er trägt nicht mal einen Helm!«, raunte Alessandro andächtig.

»Man sagt, er sei ein Pirat aus dem fernen Afrika. Normalerweise kämpft er als Hoplomachus, aber zu einer Hinrichtung darf er auch anders auftreten.«

Verachtung spiegelte sich in Neptunus' Blick, als er die zehn Männer, denen unterdessen Schwerter vor die Füße geworfen worden waren, musterte. Dann spuckte er für alle deutlich sichtbar aus und machte einen ausholenden Schritt auf den Ersten zu. Ungeschickt versuchte das Opfer sein Schwert mit den zusammengebundenen Händen hochzubringen, von links und rechts hörte Alessandro hämisches Lachen. Neptunus ging noch einen Schritt auf seinen Gegner zu, spuckte erneut, riss seinen riesigen Rundsäbel in die Höhe und traf den Verurteilten in der Mitte des Schädels. Gebannt beobachtete Alessandro, wie Blut und Gehirn des Gespaltenen sich über den Leib des Schlächters ergossen. Für einen Augenblick sah es so aus, als hätte der Hingerichtete zwei Köpfe. Dann sackten seine Beine weg und er fiel bäuchlings in den Sand. Lachend hielt Neptunus seinen Säbel in die Luft.

»Wer ist der Nächste?«, grölte er laut und tief.

Alessandro sah, dass sich die neun Übrigen eng zusammendrückten und instinktiv vor dem Schlächter zurückwichen.

»Seht her, sie sind nicht nur hinterlistig, sondern auch feige!«, hörte Alessandro jemanden im Publikum rufen.

Da sich niemand freiwillig dem übermächtigen Gegner entgegenstellte, schwang Neptunus seinen Säbel erneut. Doch statt des

Mannes traf er dessen Fesseln. Sekunden später waren die Hände des Verurteilten frei. Alessandro glaubte erst an einen Fehlhieb, bis kurz darauf ein Nächster mit freien Händen dem Karthager gegenüberstand.

»Wir wollen doch ein bisschen Spaß haben!«, donnerte die Stimme des Kämpfers, und Neptunus schlug sich auf die Brust.

Kaum hatte er die Worte ausgesprochen, trat auch schon der Erste mit dem Mut eines Verzweifelten dem Gladiator entgegen. Der andere folgte zögerlich. Alessandro sah den Ersten auf Neptunus zuspringen, Sekunden später riss der Schlächter den blitzenden Säbel hoch und köpfte den Mann in einem Zug. Die Menge war begeistert. Mit Nummer drei, vier und fünf machte er ebenso kurzen Prozess. Alessandro ahnte, dass die Verurteilten seit Monaten in einem Kerkerloch gesessen hatten und sich kaum mit dem Schwertkampf auskannten. Auch dem Karthager schien es langweilig zu werden. Bis jetzt hatte er keinen einzigen Kratzer abbekommen, das Rot, welches ihm an Leib und Säbel klebte, war das seiner abgeschlachteten Gegner. Ruhelos lief er eine Runde in der Arena.

»Was sagt ihr, Volk von Pompeji? Sollen wir es mit einem richtigen Kampf probieren?«

Man konnte seine Worte kaum verstehen, aber die Menge johlte ihm trotzdem zu. Schon hieb er den Verbleibenden die Fesseln durch.

»Er nimmt es mit allen Fünfen auf!«, rief Alessandro aufgeregt. Auch der Rest des Publikums wartete atemlos ab. Die noch lebenden Verurteilten hatten von ihren Vorgängern gelernt. Anscheinend sprachen sie sich ab, denn sie umkreisten den Einzelkämpfer jetzt wie eine Meute Wölfe. Einmal konnte er noch verächtlich ausspucken, dann wagte der Erste einen Angriff. Er stellte sich geschickter an als seine Vorgänger und traf Neptunus am Oberarm. Der Nächste versuchte, sein Bein zu erwischen.

»Er hat sich zu viel vorgenommen!«, kommentierte Ricardo das Geschehen. »Schau, sie sprechen sich ab!«

Ricardo sprach aus, was Alessandro längst erkannt hatte. Der Erste, der vorgerückt war, hatte die Anführerrolle übernommen und wies die anderen an. Man merkte, dass sich die letzten fünf nicht untätig dem Tod beugen wollten. Jetzt kam Leben in die Bestie. Angestachelt durch die Kratzer, die er abbekommen hatte, stürmte Neptunus nun vorwärts auf den ihm am nächsten Stehenden zu. Er schrie mit seiner tiefen Stimme Worte in einer fremden Sprache und hieb ungebremst auf den bereits Niedergehenden ein. Doch im Vergleich zu vorher waren die anderen nicht untätig, sondern gingen den Gladiator von hinten an. Einer bohrte ihm seine Klinge in den massigen Rücken, direkt links neben den Lendenschurz. Wie ein angestochenes Tier fuhr Neptunus herum und ließ von seinem ersten Opfer ab. Die Menge brüllte, als vier Verurteilte gleichzeitig auf den beleibten Gladiator einstachen und ihm seinen tödlichen Säbel aus der Hand schlugen.

»Die Schwerter sind stumpf«, stellte Ricardo fest, »sonst wäre er schon lange am Ende.«

Stattdessen hielt sich der Schlächter von Karthago auf den Beinen, griff zwei der Männer mit seinen Schaufelhänden und schmetterte ihre Köpfe gegeneinander. Blutüberströmt wankte er auf seinen im Sand liegenden Säbel zu. Das Schauspiel war monströs. Schon hatte er seine tödliche Waffe wieder in der Hand und den Nächsten abgestochen. Derjenige, der sich am Anfang als Anführer der Gruppe gezeigt hatte, rappelte sich mühsam wieder auf die Beine. Er wollte sich von hinten anschleichen, doch die Zuschauer verrieten ihn durch laute Schmährufe.

»Er kann sich eh kaum noch auf den Beinen halten!« Alessandro sprach seine Gedanken aus, während er sah, wie der wankende Mann in den Klammergriff genommen wurde.

»Neptunus zerquetscht ihn!«, drang Ricardos schrille Stimme an sein Ohr, während sie aufgeregt das Schauspiel beobachteten, für das der Schlächter von Karthago berühmt war. Dank seines massigen Körpers und der eisenharten Muskeln konnte er seine Gegner in eine tödliche Umarmung nehmen, die ihnen die Luft zum Atmen raubte.

Tosender Applaus folgte der Tat, und es verblieb nur noch einer der Verurteilten. Bald würde die Hinrichtung vorüber sein und dann? Alessandro bekam auf einmal ein flaues Gefühl im

Magen. Wessen Blut würde dann den Arenasand begießen? Er hielt seine Augen auf das Geschehen gerichtet, aber in Gedanken war er schon bei dem nächsten Kampf, der sein Leben für immer verändern konnte.

»Er pflückt ihn Stück für Stück, Alessandro. Schau, der Zottelkopf quiekt wie ein angestochenes Schwein.« Ricardos Worte zogen an ihm vorbei, ohne dass er ihnen eine Antwort schenkte. Sein Kopf fühlte sich wie in einer dicken Wolke, die erst weggeblasen wurde, als die Fanfaren erneut erklangen.

Das anerkennende Raunen, das durch die Menge ging, als die lang erwarteten Gladiatoren aus den Katakomben traten, weckte Alessandro aus seiner Trance. Auf einmal war er wieder hellwach. Vor seinen Augen schien sich die Menge an Zuschauern nochmals vergrößert zu haben. Ganz Pompeji, nein eigentlich ganz Kampanien erhob sich von den Plätzen des nur zur Hälfte wieder aufgebauten Amphitheaters und geriet bei der Aussicht auf den Höhepunkt des Tages in Ekstase. Alessandros Körper zitterte. Ob vor freudiger Erregung oder vor Angst, vermochte er nicht zu sagen. Er hatte seinen Vater, den man den *Felsen von Delos* nannte, oft in seinem Element gesehen, aber dieses Duell war etwas Besonderes. Nicht nur die Atmosphäre der Arena war einzigartig, sondern auch das, wofür gekämpft wurde. Es würde der letzte Auftritt des Felsen seins, ein letztes Mal würde der unbesiegte Grieche sich im staubigen Sand der Arena einem Gegner stellen, und danach würde er mit seinem Sohn in die Freiheit ziehen. Freiheit, was für ein großes Wort. Alessandro hatte keine Ahnung davon, wie es sich anfühlen würde, in Freiheit zu leben. Sein ganzes Leben hatte er in der Villa seines Herrn Tiberius Maximus verbracht, zusammen mit den anderen Sklavenknaben. Der einzige Unterschied zwischen ihnen und Alessandro war, dass Alessandro einen Vater in der Nähe hatte, den alle verehrten. Für einen kurzen Moment stellte er sich vor, wie es wäre, wenn Vater ihn tatsächlich aus der Villa abholen würde, um diese für immer zu verlassen und mit ihm zusammen ein Leben zwischen blühenden Olivenhainen und schattenspendenden Feigenbäumen zu führen.

Das heisere Schreien des Plebs brachte ihn zurück in das Geschehen. Einen Kampf musste Vater noch führen, einen letzten, der sie von dem großen Wort noch trennte. Jetzt war der Gegner erschienen. Alessandro schwitzte noch stärker, gleichzeitig lief es ihm eiskalt den Rücken hinunter. Konnte man frieren und schwitzen zugleich? War es möglich, dass der Anblick einer solchen Kreatur, wie sie jetzt seinem Vater gegenüberstand, ausreichte, um ihn in ein Wechselbad der Empfindungen zu stürzen? Eine Wucht von mindestens siebeneinhalb Fuß und vier Zentnern Gewicht, bepackt mit den Muskeln eines Zugochsens ragte in der Mitte des Rondells auf. Im Schatten des Mannes, den man Tantotaurus nannte, wirkte der Felsen von Delos wie ein Hügel neben einem Gebirgszug. Ricardo, der neben Alessandro stand, sog lautstark die Luft ein.

»Jetzt weiß ich, warum man ihn den *Einzigen Stier* nennt.« Die Worte zogen in Alessandros Gehör, ohne dass er ihnen Bedeutung beimaß.

»Vater wird gewinnen!«, antwortete er in trotziger Überzeugung. Seine Augen waren starr auf das Geschehen in der Arena geheftet. Tantotaurus drehte sich mit hocherhobenen Armen und geballten Fäusten schwerfällig um die eigene Achse, seine tödliche Doppelaxt hielt er dabei wie ein Spielzeugschwert über seinem Kopf. Goldgelb reflektierte sein berühmter Helm mit den Stierhörnern das Sonnenlicht. Die Menge, geblendet von seinem Antlitz, brüllte ihm zu. Heisere Rufe hallten in Alessandros Ohren.

Der Herold begann erneut zu sprechen: »Verehrtes Publikum von Pompeji, werte Gäste unserer berühmten Stadt, Bewohner des ewigen Römischen Reiches. Heute sollt ihr ein Schauspiel erleben, wie es die Welt noch nicht gesehen hat. Zwei Legenden treten gegeneinander an, und es geht um Freiheit oder Blut!« Der Herold machte eine dramatische Pause. »Gegenüber stehen sich an diesem prächtigen Tag zwei unbesiegte Gladiatoren. Zu meiner Linken präsentiere ich euch den Mann mit unbekannter Herkunft, den man Tantotaurus nennt. In seinen zweiundsechzig Kämpfen in der

Arena steht er heute immer noch unbesiegt auf dem heiligen Sand von Pompeji!« Mit einer Geste seiner ausgestreckten Hand zeigte er auf Tantotaurus, der seine Doppelaxt erneut leichthändig über dem Kopf kreisen ließ und im Meer des Publikumszuspruches badete. Als die Zurufe langsam verhallten, setzte der Arenasprecher erneut an. »Unser Stier trifft heute auf einen würdigen Gegner, der unserer Stadt viel Ruhm und Ehre durch seine Kämpfe gebracht hat. Genannt wird er der Felsen von Delos, nach der griechischen Stadt, aus der er in unser glorreiches Reich geschwemmt wurde. Ebenfalls unbesiegt in seinen zweiunddreißig Arenakämpfen ist hier und heute zu Ehren des Gottes Jupiters und zur Wiedereröffnung der Arena Herkules, der Felsen von Delos!«

Wie immer während der Ansprache hielt Alessandros Vater den Blick konzentriert nach vorne gerichtet. Das Haupt hocherhoben, hatte es den Anschein, als ließe er die Sympathien des Volkes teilnahmslos über sich ergehen. Doch Alessandro wusste, dass es anders war. Im Stillen betete er die Worte seines Vaters mit.

»Großer Zeus, lass diesen Kampf für mich und meinen Sohn gut ausgehen. Lass mir deine Stärke und dein Geschick zuteilwerden, zu Ehren ganz Griechenlands. Deine Macht ist unendlich. Lass meinen Gegner vor deinem Antlitz erzittern.« Die Worte kannte Alessandro auswendig. Auch wenn er wenig von der Götterwelt seines Vaters verstand, so doch, dass ihm Zeus im Kampfe beistand. Das Gebet beruhigte ihn in dem Maße, dass er die Augen offenhalten konnte, um zu sehen, wie sich die Kontrahenten gegenseitig musterten. Einem Gegner wie dem Tantotaurus war Vater noch nie gegenübergetreten, aber eines Tages würde auch der gewaltigste Riese seinen Meister finden. Das hatte er Alessandro immer wieder eingebläut.

»Auch Tantotaurus ist besiegbar, und mit etwas Glück werde ich dir bald meine Heimat zeigen können.«

Die letzten Worte seines Vaters klangen immer noch nach. *Bitte, lass sie mich sehen, die Küsten Griechenlands mit ihren weißen Felsen und den erhabenen Tempeln, in denen wir Zeus opfern wollen, falls dieser Kampf gut ausgeht.*

Alessandro hatte nicht mehr zugehört, was der Sprecher noch

gesagt hatte, aber bei dem Ruf »Möge der Kampf beginnen!« war er hochgeschreckt aus seinen Gedanken an die verheißungsvolle Zukunft. Doch zuerst musste Vater gewinnen. Er hatte sich seinen Kampfhelm aufgesetzt, der mit gelbschwarzen Federn geschmückt war, und der Schiedsrichter gab den Kampf frei.

Wie zwei wilde Wölfe umkreisten sich die beiden Gegner, der eine trotz seiner kolossalen Maße leichtfüßig tänzelnd und der andere konzentriert auf den bevorstehenden Angriff lauernd.

»Der Stier hat die größere Reichweite, aber wenn dein Vater schnell ist, kann er ihn mit seinem Schwert gut erwischen. Außer seinem Helm hat Tantotaurus keinen Schutz.« Ricardo schob, während er sprach, genüsslich eine Hand voll gesalzene Erbsen in seinen Mund.

Die Worte waren aufmunternd gemeint, aber Alessandro hatte auch anderes gehört. Mächtige blaue Runen zogen sich über die gesamte rechte Körperseite des Stieres. Angeblich boten die Tätowierungen ihm Schutz vor den Hieben feindlicher Klingen. Anfangs hatte Alessandro über die Geschichte gelacht, doch Vater hatte ihn angehalten, Magie niemals zu unterschätzen. Glücklicherweise war die andere Seite frei von verwunschenen Runen, und darauf wollte er seine Hoffnung setzen.

Staub wirbelte auf, als Tantotaurus drei große Schritte nach vorne machte. Alessandro hielt die Luft an, während er beobachtete, wie der Felsen seinem Gegner geschickt auswich. Tantotaurus, der so eine schnelle Reaktion nicht erwartet hatte, war für einen Augenblick aus dem Gleichgewicht gekommen, und seinem Vater gelang es, ihm mit seiner Klinge einen tiefen Schnitt in das Bein zu verpassen. Die Menge johlte. Alessandro riss die Arme nach oben. Von den blauen Runen tropfte Blut. Er wollte gerade schreien, dass er gewusst habe, dass der Schutz der Runen nur ein Ammenmärchen sei, als er mit geweiteten Augen feststellte, dass sich die klaffende Wunde wieder verschloss. Ricardo hatte es ebenfalls gesehen und stöhnte neben ihm auf. Ein Raunen ging durch die Zuschauer. In der gnadenlosen Tageshitze schien die Luft zu vibrieren, doch Alessandro beachtete seinen klebrigen Leinenumhang nicht. Konzentriert starrte er in die Arena hinunter, wo sein Vater gerade einen mutigen Sprung nach vorn machte. Der Stier bemühte sich gar nicht, ihm auszuweichen, sondern drehte ihm einfach die tätowierte Körperseite zu und schien hämisch zu grinsen, als sich die Klinge unterhalb seiner Brust eingrub.

Schweißgebadet beobachtete Alessandro, wie schwer es seinem Vater fiel, das Schwert aus dem massigen Körper zu befreien. Er ahnte, was jetzt kommen würde. Am liebsten hätte er die Augen geschlossen, aber das wäre feige gewesen, und feige sein durfte man nicht in dieser Welt. Tantotaurus nutzte das Mühen seines Gegners gnadenlos aus, doch statt ihn mit der Axt zu schlagen, ging er dem Felsen an die Kehle. Mit Schrecken sah Alessandro, wie der Stier seinen Vater wie eine Spielzeugpuppe hochhob, um dem Publikum noch mehr Unterhaltung zu bieten. Durch die Wucht, mit der er ihn emporriss, gelang es dem Felsen, sein Schwert wieder frei zu bekommen. Alessandro musste mit ansehen, wie der Stier unbarmherzig die Kehle seines Gegners zudrückte. Doch sein Vater wurde nicht umsonst der Felsen genannt. Hart wie Stein konnte er seine Muskeln anspannen, genug, um dem tödlichen Würgegriff standzuhalten. Mit seiner freien rechten Hand brachte er genug Kraft auf, um sein Schwert in den Rücken des Gegners zu rammen. In die linke Seite, wie Alessandro erleichtert feststellte. Der Stier stieß einen wütenden Schrei aus, und mit einem entsetzlichen Satz schleuderte er seinen Gegner zu Boden. Auf den Steinstufen waren die Menschen aufgesprungen und jubelten dem Felsen zu, während der Stier sich wutschnaubend an den Rücken fasste und ungläubig das fließende Blut betrachtete. Der Stoß war nicht tödlich, dafür war er zu ungeschickt gesetzt, aber er hatte doch bewirkt, dass Tantotaurus nicht mehr ganz so unbesiegbar schien. Unterdessen rappelte sich Alessandros Vater wieder auf die Beine und ging zum nächsten Angriff über. Dafür flogen ihm die Sympathien der Menge reihenweise zu. Um Alessandro begannen die Zuschauer wild zu klatschen, und ermunternder Gesang erscholl über der Arena. Beflügelt vom Zuspruch des Publikums tänzelte der Felsen von

Delos um seinen Gegner herum. Aber auch der Stier kam jetzt in Fahrt. Brüllend und fluchend schwang er die Doppelaxt. Der erste Hieb ging knapp daneben und landete im Sand, doch der zweite Schlag traf krachend den Schild des Felsens. Trotz der Eisenplatte hatte er eine solche Wucht, dass sein Vater Mühe hatte, standhaft zu bleiben. Alessandro schrie auf, doch die Menge ertränkte mit ihrem Johlen sein Rufen. Erneut holte der Stier mit seiner Waffe aus, und krachend landete sie an der Stelle, an der der Felsen noch Sekunden vorher gekauert hatte. Blitzschnell, mit der Kraft eines Verzweifelten, war er zur Seite gesprungen, nutzte die Verwirrung und landete einen sauberen Schnitt von unten über den gesamten Bauch des Gegners. *Bei den Göttern, er sollte tot sein,* dachte Alessandro, als er das Blut spritzen sah. Stattdessen riss Tantotaurus die Arme hoch, drehte sich um und nahm Vater ins Visier. Alessandro erkannte in der Körperhaltung seines Vaters das Aufglühen des ersten Zweifels, ob der Stier tatsächlich besiegt werden konnte. Seine vom Helm verdeckte Miene konnte er nicht sehen. Zornig ballte er die Fäuste und wünschte sich, seinen Vater an die eigenen Worte erinnern zu können. Kein Gegner war unbesiegbar! Doch er stand wie gelähmt und musste zusehen, wie Tantotaurus ausholte und die Doppelaxt den Oberarm seines Vaters streifte. Der Schlag war so verheerend, dass der Felsen seinen Schild fallen ließ und allein mit dem Schwert auf Tantotaurus losrannte. Verzweifelt stieß er nach der nicht tätowierten Seite seines Gegners, versetzte ihm kleine Hiebe, doch die waren für den Stier offenbar nicht mehr als Mückenstiche. Ein furchtbares Brüllen erhob sich über der Arena, als der Stier wieder angriff. Mit Schrecken in den Augen sah Alessandro, wie sein Vater den Hieben des Stieres jetzt ohne Schild entgegentreten musste. Es gelang ihm tatsächlich, noch zwei Mal geschickt auszuweichen und einen eigenen Schlag zu setzen, doch dann holte Tantotaurus aus und seine scharfe Doppelaxt traf Vater oberhalb der Hüfte. Die Klinge grub sich in seinen Bauchraum ein und der Felsen begann zu wanken. Für einen Augenblick drehte er seinen Kopf in Alessandros Richtung, dann fiel er taumelnd auf die Knie. Alles wurde merkwürdig still in Alessandros Kopf. Er konnte Münder auf- und zuklappen sehen, Worte mussten gesprochen werden, das Rufen der Zuschauer hätte in seinen Ohren dröhnen müssen, doch er hörte nichts. Tantotaurus hatte die Arme emporgerissen, umkreiste seinen Gegner, während seine Wunden auf der linken Körperseite immer noch Blut spuckten. Langsam ging Alessandros Blick zu der Ehrentribüne, wo Magistrat Julius Gnaius, der Ausrichter der Spiele, eine Begnadigung aussprechen konnte. Neben ihm stand als Ehrengast Alessandros eigener Herr, Tiberius Maximus, und flüsterte dem Mann, der die Entscheidung über das Leben seines Vaters treffen sollte, etwas ins Ohr.

»Leben! Leben! Leben!«, schrie die Menge, die den Felsen für seinen mutigen Kampf ehren wollte.

Der Magistrat schwieg. Mit unlesbarer Miene starrte er auf die Arena zu dem Mann, der Pompeji so lange treu gedient hatte.

»Sprich endlich!«, flüsterte Alessandro, während er mit Schaudern erkannte, dass der Tantotaurus mit erhobener Axt hinter seinem Vater positioniert nur darauf wartete, diesem den Garaus machen zu dürfen.

»Leben! Leben! Leben! Unser Felsen soll leben!« Alessandro begann mit der Menge mitzuschreien. »Leben! Leben! Leben!«

Endlich kam Regung in den alten Mann, und jedes Gesicht schien wartend auf ihn gerichtet zu sein. »Bürger von Pompeji! Im Namen meiner grenzenlosen Güte lasse ich Herkules, den Felsen von Delos, am Leben!« Der Arm des Magistrats schnellte nach oben, und die Menge brach in Jubel aus.

Alessandro sah, wie der Stier wutschnaubend die Axt sinken ließ und dafür seinen berühmten Dolch aus dem Gürtel zog. Mit fragendem Blick hielt er ihn in Richtung Ehrentribüne, von wo aus Pompejis Elite auf das Geschehen hinunterstarrte. Der Publikumssprecher erhob seine Stimme: »Tantotaurus will dem Felsen ein Zeichen setzen. Er verschont ihn vor seiner tödlichen Axt, aber er will ihm den Kuss seines Dolches mitgeben.«

Julius Gnaius nickte, Tantotaurus riss Vater den Helm vom Haupt und zog ihn an den blutverklebten Haaren nach hinten. Der Stier setzte seinen berühmten Dolch genau über Vaters

Herzen an. Alessandro kniff die Augen zusammen, er wollte nicht sehen, was jetzt geschah.

»Er wird ihn am Leben lassen, Alessandro! Ihr seid frei!«, flüsterte Ricardo neben ihm in sein Ohr.

Trotz der Distanz zur Arena meinte Alessandro, Vaters Aufstöhnen zu hören, als sich die Klinge in seine Haut bohrte, um das Triumphzeichen des Stieres zu setzen.

Als Alessandro die Augen wieder öffnete, sah er, wie man Vater unter den Armen genommen hatte und ihn mit einer langen roten Spur in Richtung der Katakomben zerrte.

KAPITEL 1

GLÜHENDE HERZEN

»Nein!« Von seinem eigenen gellenden Schrei erwacht, schoss Alessandro in die Höhe. Verschämt sah er sich um und stellte mit Erleichterung fest, dass ihn die anderen Jungen nicht gehört hatten. Nur Ricardo blinzelte verschlafen unter seinem Leinentuch hervor und fragte, ob er erneut geträumt habe. Alessandro nickte nur. Es war dieselbe immer wiederkehrende Szene vom letzten Kampf seines Vaters, kurz bevor er in der Villa des Dominus sein Leben gelassen hatte. Seit dem Tag waren über acht Jahre vergangen, Alessandro war inzwischen selbst ein junger Mann, eigentlich zu alt, um sich von den Geistern der Vergangenheit heimsuchen zu lassen. Gähnend rieb er den letzten Schlaf aus den Augen, stand auf und streckte sich, um draußen Gesicht und Körper zu waschen. Während das angenehm kühle Wasser seine Haut hinunterrieselte, wanderten seine Gedanken zu seinem Vater zurück. *Der Felsen von Delos* war nach seinem Kampf mit dem Tantotaurus unter äußersten Qualen an einer entzündeten Wunde krepiert, und Alessandro hatte den Herrn toben gehört, Tantotaurus hätte mit vergifteter Klinge gekämpft. Vater hatte ein Ehrengrab bekommen, und noch am Tag der Beerdigung hatte Alessandro geschworen, die heimtückische Tat des Stieres zu rächen. Wie immer, wenn er an dieses Versprechen dachte, öffnete und schloss er seine rechte Hand, in der die Narbe des Schnittes zu sehen war, mit dem er den Schwur besiegelt hatte. Nach dem Kampf gegen seinen Vater war der Stier wie vom Erdboden verschluckt gewesen, doch Alessandro spürte, dass er noch am Leben war, darauf lauernd, eines Tages in die Arena zurückzukehren. Alessandro betete, dass er die Gelegenheit bekommen würde, dem Stier gegenüberzutreten. Jeden Tag übte er hart für diesen Moment. Ein letztes Mal tauchte er seine dunklen Locken unter die Wasserpumpe und schüttelte sein Haupt, bevor er den noch leeren Übungsplatz betrat. Die Luft war an diesem Maimorgen angenehm kühl, sein Körper wurde langsam wach. Alessandro nahm eines der vollen Wasserfässer und wuchtete es mit beiden Händen nach oben, immer wieder, so lange, bis er den Traum der Nacht vergessen hatte, dann stellte er das Gewicht keuchend ab. Die Waffen wurden den Sklaven erst später aus der verschlossenen Kammer gebracht, damit niemand einen Übergriff wagte. So blieb Alessandro nichts anderes übrig, als das Fass für seine Übungen zu gebrauchen. Rauf und runter rollte er es den hart getretenen Sandplatz, auf dem der Herr seine Sklaven Tag für Tag gegeneinander antreten ließ. Für Alessandro waren die schweißtreibenden Stunden nie genug. Wo Brekken, der verhasste Lehrmeister, die anderen antreiben musste, da war Alessandro bereits bei der nächsten Übung. Ein ums andere Mal erhob er sich aus dem Staub, um noch eine Runde weiterzumachen. Der Tag war nur dann gut gelaufen, wenn seine Muskeln abends schmerzten und er wie ein Stein auf sein Strohlager fiel, zu erschöpft, um sich Gedanken um die Vergangenheit machen zu können. Die Augen des Herrn leuchteten, wenn er Alessandro zusah. Eines Tages würde er ihn für viel Geld an eine richtige Gladiatorenschule verkaufen, und dann würde Alessandro endlich gegen den Stier kämpfen können, von dem er sich nur allzu gut vorstellen konnte, dass er eines Tages wieder auftauchte. Bis dahin war es noch ein langer Weg, aber Alessandro wusste, dass er durchhalten würde.

»Frühstück!«, scholl Ricardos Stimme über den Hof.

Aus seinen Gedanken gerissen, marschierte Alessandro zum Essensplatz, wo für die Sklaven ein klebriger Getreidebrei ausgeteilt wurde. Jetzt erst merkte er, wie sehr sein Magen knurrte.

Bereitwillig ließ er sich eine volle Schüssel geben und setzte sich neben Ricardo auf eine Steinbank. In ihren Lendenschurzen schaufelten sie ihr Mahl schweigsam in sich hinein, unterbrochen nur durch ein Auflachen anderer Sklaven, als Darius eine Schüssel zu Boden fiel. Mit hochrotem Kopf stand Darius, der erst zwölf Jahre alt war, da. Brekken hatte das Missgeschick ebenfalls beobachtet und mit zusammengekniffenen Augen innerlich notiert. Alessandro kannte den alten Lehrmeister so gut, dass er wusste, dass Darius im Training dafür bluten würde. Nachdem alle aufgegessen hatten, stand Brekken auf und winkte sie zum Morgenappell.

»Alle durchzählen!«, bellte Brekken in seinem harschen Ton, der keinen Widerspruch duldete.

»Eins«, begann Ricardo, dann ging es weiter mit Cyrill und Crytus, Zwillingen mit byzantinischer Abstammung, Darius, der beim Frühstück aufgefallen war, Illius, einem griechischen Sklaven, Bartus, ein junger Mann gallischer Herkunft, Nero, ein römischer Junge und auf dem letzten Platz in der Reihe Alessandro. »Acht«, sagte er entschlossen und war froh, dass der Tag beginnen konnte.

Nero und Darius, die beiden Jüngsten, brachten die Waffen auf den Platz.

»Ricardo, Netz und Dreizack, die Zwillinge jeder einen Langstock, Illius, die Doppelklinge, Bartus, die Schwungkugel, Alessandro das einfache Schwert, Darius und Nero, ihr wisst, was zu tun ist.«

Natürlich waren die Waffen keine echten Kampfwaffen, sondern Imitate mit gerundetem Schliff oder Holz statt Eisen. Die älteren Sklaven, wie Ricardo, die Zwillinge, Alessandro und Bartus durften am Nachmittag mit abgerundeten Eisenklingen üben, aber jeder musste sich so weit beherrschen, dass er den anderen Sklaven keine ernsthaften Verletzungen zufügte. Wenn es dennoch zu einem Unfall kam, konnte der Herr ausgesprochen aufbrausend werden, denn die Sklavenjungen waren neben seiner Tochter Laetitia sein höchstes Gut. Täglich stand er auf dem Balkon der Villa und überprüfte ihre Fortschritte. Nero, der römische Junge, war von seinen Eltern freiwillig hierhergeschickt worden, um eines

Tages ein berühmter Gladiator zu werden. Tiberius Maximus war ein entfernter Verwandter, und deshalb genoss Nero das Sonderrecht, in der Villa zu wohnen. Alle anderen Jungen lebten in eigens für diesen Zweck eingerichteten Holzbaracken, in denen sie so lange unterrichtet und versorgt wurden, bis sie alt genug waren, in ein anerkanntes Ludus einzuziehen. Der Name Tiberius Maximus war allgemein bekannt dafür, große Kämpfer hervorzubringen. So kamen aus diesem Hause Tantekoles, der Schatten mit den zwei Klingen, Ulixius, der Schlächter von Rom, Brutus, der Bluttrinker, und sogar eine Gladiatorin namens *tödliche Schlange*. Gladiatorenschulen zahlten erhebliche Geldsummen für vielversprechende Kämpfer, und deshalb fehlte es den Schülern an nichts. Für Jungen, die sich auch mit anderen Dingen außer dem Kampf gut anstellten, hatte der Herr einen Lehrer, der mit ihnen schreiben und rechnen übte. Dadurch konnten ihm die Sklaven bei seinen anderen Geschäften zu Diensten sein, oder er sah es als Investition, falls irgendetwas während der Kampfausbildung missglückte. Alessandro und Ricardo übten zweimal in der Woche mit dem Hauslehrer, wobei Ricardo in diesem Punkt viel besser war. Dem geschmeidigen Jugendlichen mit den dunklen Mandelaugen lagen Summen und Literatur genauso wie der Kampf mit Dreizack und Wurfnetz. Er vollbrachte seine Übungen zügig, ausdauernd und ohne Ermüdungserscheinungen. Für Alessandro waren die Stunden außerhalb des Übungsplatzes eine Qual. Obwohl er mit Schwertern zielführend und gnadenlos zustechen konnte, stellte er sich langsam und ungeschickt beim Lesen von Briefen und Schriften an. Summen rechnen konnte er erstaunlich gut, und manchmal ließ der Herr sich von ihm Gedichte aufsagen, weil er eine angenehme Stimme hatte, der er gerne lauschte.

Für einen Augenblick betrachtete Alessandro die Runde. Nero und Darius zogen ihre leichteren Holzschwerter aus der Waffentrommel und die anderen standen schon mit den ihnen zugeteilten Waffen bereit. Die Peitsche von Brekken knallte ungeduldig durch die Luft.

»Alexos! An das Schwert, habe ich gesagt. Ein bisschen schneller, sonst landet die Peitsche das nächste Mal auf deinem Rücken!«

Alessandro hatte keine Angst vor der Peitsche, aber er wollte alles zur Zufriedenheit des Herrn ausführen, und so schritt er zügig zur Waffentrommel, um das Schwert zu holen. Jeder machte sich mit seiner ihm zugewiesenen Waffe etwas warm, dann teilte Brekken die Kämpfer einander zu. Alessandro sollte Bartus mit der Schwungkugel gegenübertreten. Bartus war ein vierzehnjähriger Koloss, zwei Jahre jünger als Alessandro, aber bereits einen halben Kopf größer. Er kämpfte lieber mit seinen Muskeln als mit seinem Verstand, und Alessandro wusste diese Schwäche zu nutzen. Bartus griff ihn immer wieder kraftvoll fluchend an, die Holzkugel hoch über seinen Kopf schwingend. Jeder der beiden hatte einen Rundschild zur Deckung. Schon das erste Mal, als die Kugel krachend in das schützende Holz über Alessandros Kopf donnerte, gelang es ihm, unter der Deckung einen Schritt auf Bartus zu zumachen und die Klinge an seine Brust zu halten. Brekken schrie den gallischen Sklaven an. Das machte Bartus noch wütender, und nach längerem Hin und Her landete die Kugel schmerzhaft auf Alessandros Fuß. Mit zusammengebissenen Zähnen startete Alessandro einen weiteren Vorwärtsangriff, doch dieses Mal hatte Bartus eine bessere Deckung. Erneut krachte das schwere Rund mit gewaltiger Wucht in seinen Körper, genau an den rechten Arm, sodass Alessandro sein Schwert fallen ließ.

»Gewonnen!«, rief Bartus triumphierend, aber Brekken sah ihn nur missmutig an.

»Erst, nachdem dir Alexos das Herz rausgestochen hat.«

Alessandro schüttelte sich und hob das Schwert wieder auf. Er war es gewohnt, Schläge einzukassieren, Schmerzen zu ertragen und weiterzukämpfen, selbst wenn ihm alles weh tat. »Nächste Runde«, zischte er durch seine aufeinandergebissenen Zähne. Bartus war ein unnachgiebiger Gegner. Genau wie alle anderen Sklaven teilte er den Traum von einem ruhmreichen Leben als erfolgreicher Gladiator. Während sich ihre Klingen ein zweites Mal kreuzten, funkelte ihn Bartus mit zusammengekniffenen Augen voller Hass an. Alessandro wusste, dass dieser Sklave nie sein Freund, sondern immer ein neidender Konkurrent sein würde.

In der Mittagspause schmerzten Alessandro sämtliche Glieder, und Bartus trug einen langen roten Striemen quer über der nackten Brust, ein Zeichen, wie erbarmungslos die beiden Sklaven aufeinander losgegangen waren. Jeder Sklave bekam zu seinem Gerstenbrei ein Glas mit frischer Ziegenmilch und einige Datteln, denn der Herr schwor auf ausgewogene Ernährung, um Spitzenkämpfer heranzuziehen. Die größte Mittagshitze verbrachten sie im Schatten eines knorrigen Olivenbaums, ausgestreckt auf der staubigen Erde. Ricardo spuckte den Kern einer Dattel aus, während Alessandro die weißen Wolken beobachtete, die sich am Himmel entlangschoben.

»Du hast Bartus eine ordentliche Tracht Prügel verpasst!«, sagte Ricardo anerkennend.

»Der Gallier ist mir egal. Er ist ein Mittel zum Zweck. Ich wünschte, ich könnte endlich in einen Ludus einziehen und dann gegen Tantotaurus antreten.« Aus Gewohnheit öffnete und schloss er die rechte Hand.

»Weißt du überhaupt, wie es da zugeht?«, fragte sein Freund nach einer kurzen Pause.

»Da werden aus Memmen Männer gemacht. Eine Schmiede, die jeder ruhmreiche Gladiator durchlaufen muss. Klar, die Unwürdigen werden rasch ausgesiebt, viele überstehen die ersten Tage nicht. Aber ich werde überleben und gegen den Stier kämpfen!«

»Du bist verrückt, Alessandro. Hier haben wir es gut, der Rest kommt früh genug.«

Alessandro schwieg. So sehr er Ricardo mochte, konnte er ihm in diesem Punkt nicht zustimmen. Wo Ricardo eine verklärte Sicht auf die Welt hatte, sich an Literatur und Summen erfreute, da träumte Alessandro nur von dem einen Augenblick des Triumphes. Dem Kampf, der alles wieder gut machen würde. Seinem Kampf.

• • •

Nach der Mittagspause wurden die älteren Schüler von den jüngeren gewaschen. Dazu füllten Darius, Nero und Illius ein steinernes Bassin mit Wasser und salbten die Körper der Älteren mit Olivenöl ein, sodass ihre sonnengebräunte Haut vor den Augen des Herrn glänzte und schimmerte. Ricardo trug kurzgeschorenes, krauses schwarzes Haar, fast wie die Sklaven aus Afrika, die Alessandro manchmal mit verstohlenen Blicken in der Stadt beobachtete. Bartus hatte ebenfalls einen Kurzhaarschnitt, alles andere wäre gegen seine ungeduldige Natur gewesen. Deshalb nahm sich Nero zuerst Alessandros dunkle Locken vor und kämmte sie geduldig, bis sie ihm in leichten Wellen über die Schultern fielen. Die beiden anderen flochten das lange Haar der byzantinischen Zwillinge zu praktischen Kampffrisuren. Dann wurden die Jungen von Brekken auf den Übungsplatz unter dem Balkon des Herrn geführt.

Als Alessandro aufsah, erkannte er den Dominus in einer schneeweißen Tunika und mit einem Lorbeerkranz auf dem halbkahlen Haupt. Heute Nachmittag hatte er Besuch eingeladen, zwei Männer standen neben ihm und betrachteten neugierig die Schüler. Etwas später trat eine weitere Gestalt auf den Balkon, und für einige Augenblicke stockte Alessandro der Atem. Es war, als hätte die Zeit aufgehört voranzuschreiten. Laetitia, die Tochter des Herrn, hatte einen warmen Blick und ein schüchternes Lächeln auf den Lippen. Sie war deutlich erwachsener, als er sie in Erinnerung hatte. Ihr goldenes Haar ringelte sich kunstvoll um die entblößten Schultern. War das das kleine Mädchen, welches sein Herr früher ab und zu aus der Stadt zu seiner Villa mitgebracht hatte und das bei ihren Spielen zugesehen hatte? Tief ausatmend senkte er seinen Blick und wartete, bis der Herr seine Sklaven vorstellte. Erst als sein Name fiel, hob er den Kopf und grüßte mit einem Nicken nach oben. Es war schwer für ihn, seine Blicke nicht nach links schweifen zu lassen, wo Laetitia stand, aber er wusste, dass er die Tochter des Herrn nicht anstarren durfte.

»Alessandro, dreh dich um! Unsere Gäste wollen sich ein Bild von dir machen!«

Gehorsam zeigte sich Alessandro von allen Seiten und wartete geduldig auf den nächsten Befehl.

»Wie ihr seht, haben wir heute Besuch. Ich möchte, dass ihr meinen Freunden und meiner Tochter einen unterhaltsamen Nachmittag bietet.«

»Ihr habt den Dominus gehört! An die Waffen, ihr räudiges Pack!«, zischte Brekken den Sklaven zu, ohne dass seine harschen Worte den Balkon erreichten. Der Kampfmeister war ein verschlagener Kerl. Immer darauf bedacht, den Sklaven das Leben so ungemütlich wie möglich zu machen, nutzte er jede Gelegenheit, um seine Schüler zu demütigen. »Du denkst, du bist etwas Besonderes, Alexos. Aber ich werde dir zeigen, wo dein Platz ist!«, schimpfte er weiter, fast als hätte er Alessandros Gedanken gelesen. »Unsere griechische Hoffnung wird heute gegen die Zwillinge kämpfen. Ricardo, du machst eine Vorführung mit Bartus!«, sagte er so laut, dass es jeder klar hören konnte. »Doppelschwerter für Alessandro, Speere für Cyrill und Crytus. Ricardo, den Dreizack und das Netz, Bartus, das Schwert. Aber stell dich nicht so dumm an wie heute Morgen, verstanden?« Bartus nickte beschämt, dann brachten die jüngeren Schüler die Waffen. »Das Duell zuerst, die Dreiergruppe danach. Seht zu und lernt!«

Ricardo machte seine Sache gut. Dreizack und Netz waren seine bevorzugten Waffen, er war geradezu meisterlich im Zielen und Werfen. Bartus hatte mit der geringen Reichweite des Schwertes kaum eine Möglichkeit, gegen den sprungkräftigen und wendigen Ricardo zu gewinnen, und so sah er sich rasch unter den Maschen des Wurfnetzes gefangen. Brekken ließ seine Peitsche knallen. »Bartus, du putzt drei Tage die Latrinen aus. Dann kannst du dir überlegen, ob du ein Waschweib oder ein Kämpfer werden willst! In Zukunft möchte ich, dass du deinem Herrn einen anständigen Kampf vorführst!«

Mit hochrotem Kopf stand Bartus in der Nachmittagssonne und ließ die Schmähworte über sich ergehen. Dann senkte er den Kopf, und auf ein Zeichen Brekkens verließ er den Platz.

»Herr, verzeiht! Bartus hat heute Vormittag bereits tapfer gekämpft, hoffen wir nun auf eine würdevollere Vorstellung der Kampfkünste!« Brekken musterte Alessandro und die Zwillinge, als überlegte er, was er ihnen Schlimmes antun könnte, falls sie dem Herrn keinen unterhaltsamen Kampf boten. Die Jungen verstanden ihn ohne Worte. Cyrill und Crytus bekamen jeder zusätzlich einen Schild, Alessandros Hände waren mit den zwei Klingen ausgefüllt. Sie fühlten sich geschmeidig an in seinen Fingern, scharf und tödlich, und er wusste, dass ein bisschen Blut den Unterhaltungswert eines Kampfes steigern würde.

»Beginnt!«, schrie Brekken.

Die byzantinischen Zwillinge kämpften wie eine eingespielte Einheit, aber Alessandro kannte ihre Strategie. Crytus schlich sich von hinten an ihn heran, während Cyrill ihn von vorne abzulenken versuchte. Der Schwertkampf hatte sich seit seiner frühesten Kindheit in Alessandros Glieder eingebrannt, instinktiv lauschte er auf die Bewegungen, die nun von hinten an seine Ohren drangen. Er konnte Crytus' heißen Atem ausmachen und den Angstschweiß, der Cyrill aus den Poren trat, während er unsicher versuchte, Alessandro mit seinem Speerwackeln abzulenken. Starr richtete Alessandro seine Augen nur auf den Gegner vor ihm, bannte jede Bewegung mit seinem Blick, bereit, beim ersten Anzeichen eines Angriffs loszuspringen. Seine Füße fuhren barfuß durch den Staub, geduldig auf den Augenblick lauernd. Vergessen waren die Zuschauer um ihn herum. Das Einzige, was zählte, war, den gespaltenen Gegner, wie es Brekken nannte, abzuwehren. Ein beschleunigtes Trampeln verriet Alessandro, dass Crytus von hinten zum Angriff ansetzte, genau in dem Moment, als sein Bruder von vorne den Speer warf. Auf diesen Moment hatte Alessandro gewartet. Er sprang dem fliegenden Speer entgegen und parierte ihn mit gekreuzter Klinge, landete auf beiden Füßen und zog dem heraneilenden Cyrill die Beine weg. Sekunden später verpasste er ihm einen Hieb mit der Breitseite des Schwertes in seiner linken Hand. Blitzschnell drehte er sich, um den anderen Gegner ins Visier zu nehmen. Crytus war durch den Fehlversuch seines Bruders unsicher geworden, zögerte einige Sekunden zu lange, sodass Alessandro seine beiden Klingen auf ihn niederprasseln ließ. Den Schild hochhaltend parierte Crytus einige der Schwerthiebe, aber bald streiften ihn die Klingen an Armen und Schultern. Obwohl es abgerundete Übungsschwerter waren, öffneten sie die eingeölte Haut des Byzantiners. Angetrieben von seinem Erfolg hieb Alessandro so lange weiter, bis er die Peitsche von Brekken an seinem Ohr spürte. Schmerz durchschoss ihn, als seine Wange aufgerissen wurde.

»Stopp! Alexos! Stopp! Genug.« Brekken stand schnaufend vor ihm, während Crytus an seinem blutenden Oberkörper hinunter sah. »Das reicht für heute. Kein Abendessen für dich, Grieche. Wenn ich stopp sage, habt ihr aufzuhören.«

Alessandro verstand, dass er zu weit gegangen war. Sich entschuldigend ließ er die Klingen sinken und half dem immer noch liegenden Cyrill auf die Beine. »Gut gekämpft!«, murmelte er dem benommenen Zwilling zu. Der nickte nur und hielt sich schwankend den Kopf. Jetzt erst nahm Alessandro das Stimmengemurmel von oben wahr.

»Gut gekämpft, Alessandro!«, rief Tiberius Maximus von seinem Balkon aus. »Wenn Brekken dir nichts zum Abendessen geben will, wirst du von mir etwas bekommen. Nero soll dich hochführen!«

Alessandro schluckte. Es war eine ausgesprochene Ehre, in die Villa des Dominus gelassen zu werden, vor allem, wenn er Gäste hatte.

Nachdem er den Staub von seinem Körper gewaschen hatte, führte Nero ihn nach oben in die Villa. Im Vorbeigehen sah Alessandro die imposanten Statuen und die großzügig angelegte Therme. Meterhohe Säulen hielten edle Gewölbe, und alles wurde durch Kerzenschein angenehm warm erhellt. Es war nicht das erste Mal, dass er die Villa betrat, aber immer wieder fühlte er sich durch den Prunk in eine andere Welt versetzt. Tiberius Maximus verdiente sein Geld nicht nur mit vielversprechenden Sklaven, die er an angesehene Ludi verkaufte, sondern hauptsächlich mit anderen

Handelsgeschäften. Zum Teil musste er dafür weit reisen und war dann wochenlang abwesend, während sein Schwager die Aufsicht über das Haus und seine Bewohner führte. Gedankenversunken folgte er Nero über eine Marmortreppe in die obere Etage. Ein offener Saal mit gedecktem Tisch und steinernen Liegen empfing sie. Die Männer um ihn waren in Tuniken gekleidet und warfen ihm neugierige Blicke zu.

»Bitte, macht es euch gemütlich, meine Herren!« Tiberius Maximus deutete auf die mit Decken und Kissen bedeckten Steinliegen. Er klatschte in die Hände und ließ von seinen Haussklavinnen Wein und Wasser bringen.

Leicht bekleidete Mädchen füllten die Krüge der Gäste, Alessandro stieg der Geruch von gebratenem Fleisch in die Nase.

»Seht ihn euch an, meine vielversprechendste Hoffnung unter den Schülern!« Der Dominus gestikulierte in Alessandros Richtung, während er in eine gebratene Keule biss.

»Er sieht ganz passabel aus für einen Griechen!«, meinte der eine, ein älterer Herr mit kalten, berechnenden Augen und einer Nase, die aussah wie der Schnabel eines Adlers. »Aber in der Arena wird seine Schönheit nichts zählen. Er ist noch zu jung für einen Ludus, man würde ihm nur seine sauber gedrehten Löckchen abreißen!«

Alessandro tat so, als würden ihn die ablehnenden Worte des alten Mannes nicht treffen. Tapfer hielt er sein Haupt erhoben und starrte geradeaus ins Leere, so wie man es den Sklavenjungen beigebracht hatte.

»Er hat heute genauso gut gekämpft wie sonst auch«, insistierte Tiberius Maximus. »Aber kommt und seht ihn euch nächsten Dienstag auf dem Forum an. Da werde ich den jungen Hengst ein bisschen spielen lassen.«

»Das will ich mir nicht entgehen lassen, verehrter Tiberius. Der Kerl sieht vielversprechend aus, auch wenn das unser blinder Freund hier übersehen hat.« Der andere Gast klopfte dem Älteren schmunzelnd auf die Schulter. »Ein griechischer Zeus, in der Tat. Ganz so, wie du es versprochen hast, Tiberius. Er könnte sogar seinen Vater übertreffen.«

Alessandro blinzelte bei der Erwähnung seines Vaters. In diesem Moment betrat Laetitia, begleitet von einer Haussklavin ihres Alters, den Saal, und die Aufmerksamkeit wurde von Alessandro genommen.

»Ah, und hier ist meine umwerfende Tochter Laetitia! Grüße unseren Besuch!«

Laetitia ließ sich von den beiden Herren einen Handkuss geben und lächelte charmant. Dann fiel ihr Blick auf Alessandro. Das Blut schoss ihm ins Gesicht.

»Töchterchen, hier siehst du Alessandro aus der Nähe. Vielleicht erinnerst du dich an früher, du hast ihn als Knaben schon oft im Staub üben gesehen.« Er musterte Alessandro mit durchdringendem Blick. »Er ist ein stattlicher Kerl geworden, unser Grieche. Du wirst ihn und die anderen Sklaven in den nächsten Monaten noch öfter zu sehen bekommen.« Der Dominus wandte den Kopf zu seinen Gästen. »Meine Tochter wird einige Zeit hier verbringen, um sich mit den Gepflogenheiten meiner Geschäfte vertraut zu machen. Nicht wahr, Laetitia?«

Das Mädchen nickte. Ihre leuchtend grünen Augen waren noch immer auf Alessandro gerichtet, und ein verstecktes Lächeln zeichnete sich auf ihrem Gesicht ab. »Es wird mir eine Ehre sein, Vater«, sagte sie, bevor sie ihren Blick abwandte und sich an seiner Seite niederließ.

Der Dominus klatschte erneut in die Hände. »Nero, komm her und begleite Alessandro zurück nach unten. Sieh zu, dass er aus der Vorratskammer noch eine Mahlzeit bekommt. Ich will nicht, dass unser Hoffnungsträger hungrig ins Bett gehen muss!«

Nero brachte Alessandro zum Vorratsraum, wo er ihm ein Paar geräucherte Würstchen und einen warmen Brotfladen mitgab. Noch während Alessandro in den staubigen Hof zurückkehrte, dachte er daran, was für ein Glück er gehabt hatte. Er hatte Laetitia in die Augen blicken dürfen, und es war der schönste Anblick, den er sich denken konnte, abgesehen von der Vorstellung, den Tod seines Vaters zu rächen. Seufzend nahm er einen kräftigen Biss von den harten Würstchen. Fleisch gab es für die Sklaven nur selten, und so hatte er in dieser Hinsicht heute doppeltes Glück. Während er kaute, dachte er an das, was der Dominus den anderen Gästen über Laetitia gesagt hatte. Vielleicht würde sie einige Zeit in der Villa bleiben. Dieser Gedanke ließ Alessandros Herz höher schlagen.

Aus Laetitias Tagebuch:

Mich zu zwingen, Pompeji zu verlassen, war das Schlimmste, was Vater mir antun konnte. Zum Glück durfte ich wenigstens Katharina mitnehmen. Ich kenne Vaters Villa noch aus Kindheitstagen. Sie liegt einige Meilen nordwestlich außerhalb meiner geliebten Stadt, hoch oben auf einem Hügel. Dort gibt es kaum etwas, das mir Freude bereiten könnte. Ich weiß, dass Vater sehr stolz auf sein Anwesen ist, denn dort geht er seiner Leidenschaft nach und bildet Jungen zu Gladiatorenschülern aus. Dieses ganze Kämpfen und Blutvergießen ist mir zuwider, aber Vater meint, es sei eine edle Kunst, in etwa so wie Pferdezüchten. Zum Glück wohnt mein Onkel Julius mit seiner Familie ebenfalls in der Villa, denn auch wenn meine zwei Basen und mein Vetter viel jünger sind als ich, erfreut mich ihre Anwesenheit. Heute habe ich Vaters Gladiatorenschüler gesehen. Auf einen ist er besonders stolz. Den hat er nach oben zum Essen bringen lassen. Er sagt, ich habe ihn schon als kleines Mädchen kennengelernt. Um ehrlich zu sein, ich kann mich daran nicht erinnern. Er ist ein hübscher Bursche, aber ich lege nicht viel Wert auf gutes Aussehen. Diese Typen sind rau und grob. Ihr Anblick jagt mir sogar ein bisschen Angst ein, sie sind so anders als die wohlerzogenen Römer, mit denen ich mich sonst umgebe. Zum Glück habe ich Katharina und dieses Büchlein, dem ich mich anvertrauen kann.

KAPITEL 2

EIN TAG IN POMPEJI

Die Markttage, an denen der Dominus die Jungen mit in die Stadt nahm, waren für Alessandro immer besondere Abwechslungen. Dann durfte er ein echtes römisches Knabengewand, eine Tunika für Heranwachsende, überziehen und das Treiben in Pompeji hautnah miterleben. Meistens wählte der Herr Ricardo und ihn aus oder den jungen Römer Nero, der eine Sonderstellung im Hause des Herrn genoss. Schon am frühen Morgen war dieser Tag anders, selbst wenn Alessandro wie gewöhnlich der Erste war, der auf dem Übungsplatz seine Runden drehte. Während sich die anderen nach dem Frühstück für die Kampfübungen bereitmachten, gingen Alessandro und Ricardo zum Waschhaus, um ein ausgiebiges Bad zu nehmen. Dem Dominus war es sehr wichtig, dass seine Sklaven sauber und gepflegt waren, wenn er sie mit in die Stadt nahm. Eine Haussklavin brachte ihnen frischgewaschene Gewänder und führte sie in den Eingangssaal der Villa. Insgeheim hoffte Alessandro, einen Blick auf Laetitia, die nun schon seit über zwei Wochen auf dem Anwesen wohnte, erhaschen zu können, doch Tiberius Maximus trat mit zwei seiner Wachmänner ein und gab sogleich das Zeichen zum Aufbruch. Ricardo und ihm war es verboten, ohne direkte Aufforderung zu sprechen, auch miteinander durften sie kein Wort wechseln. Deshalb liefen sie schweigend hinter ihrem Herrn her, die Wachmänner dicht hinter ihnen. Um in die Stadt zu gelangen, mussten sie zunächst einen Wald durchqueren und dann der Hauptstraße folgen, bevor sie die ersten weißen Steinhäuser erreichten. Vor dem Eingang der Villa wartete bereits eine Rheda, eine Kutsche mit zwei prächtigen Hengsten, auf sie. Alessandro beobachte, wie sich die Miene seines Herrn aufhellte, als er das weiße Ross mit dem roten Zaumzeug liebevoll an den Nüstern tätschelte. Das andere Pferd war ein pechschwarzer Rappe, der ungeduldig mit den Hufen scharrte. Claudius, der gebeugte Kutscher, verneigte sich vor dem Herrn. Einer der Wachmänner nahm den Platz neben dem Kutscher ein, der andere stieg mit dem Rest in den hinteren Teil der Kutsche. Sekunden, nachdem sie sich niedergelassen hatten, hörte Alessandro die Peitsche knallen, und die Kutsche setzte sich holprig in Bewegung.

»Alessandro, du darfst dein Können heute auf dem Marktplatz beweisen. Ich möchte, dass du dich von deiner besten Seite zeigst.«

»Jawohl, Dominus.«

»Die Männer, die uns neulich besucht haben, waren Inhaber von anerkannten Gladiatorenschulen.« Er machte eine bedeutungsschwere Pause. »Du bist auf einem guten Weg, ein berühmter Gladiator zu werden, Alessandro. Eines Tages wirst du noch berühmter als dein Vater sein.«

Alessandro verstand. In wenigen Monden würde er seinen sechzehnten Namenstag haben. Das Einzige, was ihm für den Einzug in ein Ludus noch fehlte, war noch mehr Körpermasse. Seine Gestalt war muskulös, ohne Zweifel, aber der jüngere Bartus hatte jetzt schon mehr Körpervolumen als er. Heute sollte er sein Können unter Beweis stellen, um die Angebote für ihn in die Höhe zu treiben. Diese einfache Rechnung konnte er sogar ohne Ricardos Hilfe machen. Bei dem Gedanken, sich beweisen zu können, schnellte sein Puls in die Höhe. In ein Ludus zu kommen, war der nächste wichtige Schritt auf dem Weg in die Arena. Die Kutsche schaukelte und holperte über den unwegsamen Grund, während Alessandro seinen Gedanken nachhing. Der Dominus erklärte Ricardo in monotonen Sätzen, welche Geschäfte sie heute zu erledigen hatten und dass Ricardo gut aufpassen solle, mit wem sich der Herr unterhielt und mit wem nicht.

»Du bist mein unauffälliger Schatten«, schloss er seinen Monolog. »Einen Jungen von deiner Intelligenz werde ich noch gebrauchen können.«

»Ja, Dominus.«

Alessandro meinte, eine Spur von Enttäuschung in der Stimme seines Freundes zu hören. Bestimmt hätte Ricardo heute ebenfalls gerne gekämpft, denn die beiden Jungen teilten den Traum vom Ruhm der Arena. Als Alessandro daran dachte, unter Umständen ohne seinen besten Freund an einen anderen Platz gehen zu müssen, krampfte sich sein Magen zusammen. Am liebsten wollte er mit Ricardo zusammen in ein Ludus, und er war sich bewusst, dass der Herr ihm möglicherweise diesen Wunsch erfüllte, wenn er sich besonders geschickt anstellte. Das war ein großer Anreiz, sich heute in ein gutes Licht zu rücken.

Die Straßen von Pompeji waren wegen des Marktes, der jeden ersten Samstag des Monats stattfand, gefüllt. Händler schoben ihre Handkarren mit frischen Waren, Sänger musizierten zwischen leicht bekleideten Huren, die ihre Liebesdienste anboten. Der Dominus schritt mit erhobenem Haupt durch die Gassen, ohne auf das bunte Treiben zu achten. Alessandro hätte sich die Menschen und Waren gerne in Ruhe angeschaut, aber er musste mit seinem energischen Herrn schritthalten. Nur nebenbei erkannte er, dass einige Leute stehenblieben und dem Gespann um Tiberius Maximus mit bewundernden Blicken folgten. Bewohner, die aus schäbigen Häusern lugten, raunten sich unverständliche Worte zu, während bessergestellte Römer seinen Besitzer ehrfürchtig begrüßten. Alessandro wusste, dass sein Herr ein angesehener Bürger und Geschäftsmann war, auch wenn es den Anschein hatte, als würde er von manchen eher gefürchtet als geachtet. Zielstrebig suchten sie das Forum, den Marktplatz, auf.

Dort blieb Tiberius Maximus endlich stehen und blickte sich um, bevor er auf einen anderen edel gekleideten Römer zuging.

»Sei gegrüßt, mein verehrter Marcus Acilius. Wie ich sehe, hast auch du zwei deiner Sklaven mitgebracht.«

Alessandro musterte die beiden etwas älteren Jungen. Im Gegensatz zu ihm waren sie nicht mit einem Gewand bekleidet, sondern nur mit einem Lendenschurz. Ihre nackten Oberkörper waren wohlgeformt und muskulös, das Haar kurz geschoren. Mit ihren dunklen Augen schienen sie Alessandro und Ricardo verächtlich zu mustern.

»Und wen hast du da mitgebracht, Tiberius? Ist das alles, was du zu bieten hast?« Schmunzelnd wies Acilius mit dem Kopf in Richtung Alessandro und Ricardo. »Man erzählte mir, du würdest einen neuen Helden heranzüchten. Der sieht eher aus wie ein zarter Spatz, der in den Tavernen andere Bedürfnisse erfüllen wird.«

Zorn stieg in Alessandro auf. Er kannte dieses Gefühl und versuchte, es nach Möglichkeit zu unterdrücken. Immer wenn er an Vaters Tod dachte oder ihn jemand wegen seines schmächtigen Körperbaus auslachte, stieg die Wut in ihm auf und fegte alles andere weg. Lange hatte er gebraucht, bis er gelernt hatte, auf den richtigen Zeitpunkt zu warten, um sich den Zorn zunutze zu machen, und er wollte ihn auch heute gebrauchen, falls er von seinem Herrn die Möglichkeit dazu bekam. Im Moment hielt sich der Dominus noch zurück, er zuckte kurz mit den Schultern, als würden die Schmähworte an ihm hinuntergleiten, und machte ein beschwichtigendes Zeichen mit der Hand.

»Wie werden uns später noch sehen, mein lieber Marcus. Und nun komm, Ricardo, wir haben noch etwas vorzubereiten.«

Sie entfernten sich von Acilius. Als sie außer Hörweite waren, ballte der Dominus die Fäuste. »Dieser eingebildete Angeber! Alessandro, ich möchte, dass du diesem Vogel mit seinen zwei Lakaien heute eine Lektion erteilst. Gnaeus Brutius, der Lanista der größten Gladiatorenschule Pompejis, wird später kommen, und für die Marktbesucher wird es einen Schaukampf geben. Zeig dem

Affen, was du kannst, damit er das nächste Mal sein Schandmaul hält!«

Alessandro nickte, entschlossen, seinen Herrn nicht zu enttäuschen. »Ja, Dominus.«

Mit zufriedenerem Gesichtsausdruck machte sich Tiberius Maximus daran, seine Geschäfte zu tätigen, Ricardo dicht an seiner Seite, während Alessandro und die Wachmänner in einigem Abstand folgten.

Immer mehr Menschen strömten zum Marktplatz. Als die Sonne ihren Zenit erreichte, erhob ein Sprecher seine Stimme. Er stand auf einem eigens für diesen Zweck erbauten Podest, pompejische Stadtwächter mit ausgeblichenen blauen Umhängen wiesen die Menge an, einen Kreis zu bilden.

»Bewohner von Pompeji, ihr seid heute in der Absicht auf den Markt gekommen, edle Gaben einzukaufen und zu verkaufen, Geschäfte zu machen, Sklaven und Vieh zu erwerben und am römischen Leben teilzunehmen. Dafür danke ich euch im Namen unseres geschätzten Kaisers Vespasian!«

Durch die Menge gingen zustimmende Jubelrufe. Vespasian war ein beliebter Kaiser. Als weltoffener, toleranter und vor allem als kluger Kriegstaktiker war er beim Volk sehr beliebt.

»Ihr habt das Glück, euch heute hier auf unserem berühmten Forum versammelt zu haben. Es ist mir eine Freude, euch zu verkünden, dass euch heute unser geschätzter Mitbürger Tiberius Maximus seinen vielversprechendsten Schüler, den Sohn des legendären Felsen von Delos, vorführen wird! In seinem Hause sind schon viele Knaben zu Männern geworden und in die großen Arenen der Gladiatoren eingezogen, um das römische Volk zu unterhalten. Mit dem Griechen Alessandro zeigen noch vier Gladiatorenschüler aus den Ludi von Gnaeus Brutius und Marcus Acilius ihr Können, damit ihr, verehrtes Volk, wisst, welcher Stern morgen im Gladiatorenhimmel erstrahlen wird!«

Der Applaus war ohrenbetäubend. Das Volk freute sich, so

überraschend zu einem Spektakel zu kommen. Auf ein Zeichen wurde Sand auf dem freigemachten Forum ausgestreut.

»Zeig ihnen, was du kannst, und denk daran, unser Gast von letzter Woche hat an dir Interesse und steht im Publikum. Als Lanista ist er immer auf der Suche nach aussichtsreichen Gladiatorenschülern und wird deine Kampfkunst genau beobachten.«

Der Herr brauchte Alessandro keinen zusätzlichen Ansporn mehr zu geben. Er war bereits Feuer und Flamme für den Kampf.

Ricardo half seinem Freund, das Gewand abzustreifen, klopfte ihm kameradschaftlich auf die Schulter und schob ihn zu den anderen Schülern, die schon auf ihn warteten. Alessandro erkannte die Burschen von zuvor. Die übrigen beiden Sklaven hatte er noch nie gesehen. Der eine hatte nur ein gesundes Auge, während das andere blind ins Nichts starrte, und der zweite war ein schwarzer Sklave mit drahtigem Körperbau. Es behagte Alessandro nicht, dass er in der Gruppe der Kleinste war, aber er maß dieser Tatsache auch nicht viel Bedeutung bei. Manchmal war es von Vorteil, wenn man für schwächer gehalten wurde oder gar ein solches Verhalten vortäuschte. Man konnte dann seinen Gegner mit einem plötzlichen Gegenschlag derart überraschen, dass man ihn rasch zu Boden brachte.

»Das Schauspiel heute wird mit Übungsschwertern durchgeführt, die uns Gnaeus Brutius aus seinem Ludus mitgebracht hat. Ich muss nicht erwähnen, dass jeder Kämpfer Erfahrung mit Turnierschwertern hat. Ein Kampf gilt dann als gewonnen, wenn der Gegner entwaffnet und besiegt wurde. Anfangen werden die Sklaven aus dem Hause von Marcus Acilius.«

Alessandro und die zwei fremden Sklaven machten Platz für die beiden älteren Jungen. Zögerlich begannen sie, sich zu umkreisen. Alessandro hatte den Eindruck, dass keiner den anderen gerne bloßstellen wollte, so war es oft mit Kämpfern aus einem Haus. Trotzdem musste es einen Sieger geben, und als die Marktbesucher erste Protestrufe ertönen ließen, nahmen die Kontrahenten Tempo auf. Kritisch musterte Alessandro das Geschehen aus der Distanz. Beide Kämpfer waren körperlich stark und geschickt mit dem Schwert, aber es fehlte ihnen an dem Blick für die ungeschützte Seite des Gegners. Als sich das Duell hinzuziehen begann, fragte sich Alessandro, ob die zwei Jungen immer so zögerlich waren. Genau in diesem Moment traf der eine den anderen mit der Längsseite des Schwertes am nackten Rücken. Ein unterdrückter Schrei verriet den Schmerz des Getroffenen. Seine sonnengegerbte Haut platzte auf und Blut trat in einem dunklen Streifen heraus. Das Volk hatte Gefallen an dem Duell gefunden und applaudierte kräftig. Der Schlag hatte den anderen wütend gemacht. Im Gegenzug schoss er auf seinen Mitschüler los und begann wild mit dem Übungsschwert auf ihn einzudreschen. Das Publikum johlte vor Begeisterung. Der Angegriffene ging in Deckung, beide Arme schützend über den unbehelmten Kopf haltend. Der Schlagende hieb weiter auf ihn ein. Alessandro erkannte, dass der in Deckung stehende Kontrahent langsam den Schwertarm absenkte, mit dem anderen Arm notdürftig die Schläge parierte, um dann blitzschnell die frei gewordene Hand hochzureißen und den Kontrahenten zwischen den Beinen zu treffen. Voller Inbrunst erscholl ein weiterer Schrei über den Marktplatz, als der Angreifer sein Schwert fallen ließ und in die Knie sackte. Der Marktsprecher, der sich jetzt als Schiedsrichter auf den Platz gestellt hatte, grinste von einem Ohr zum anderen und rieb seine Hände.

»Ein klarer Sieg für ...« Er stockte und warf einen Blick auf die beiden Jungen. »Für einen der beiden Darka-Sklaven jedenfalls. Einen Kämpfernamen werden sie bekommen, wenn sie es in die richtige Arena schaffen. Aber davon sind sie noch weit entfernt, wie die Schmerzensschreie euch verraten haben. Und jetzt aus dem Hause von Tiberius Maximus Alessandro gegen Einauge. Möge der Bessere gewinnen.«

Alessandro fühlte eine Welle der Erregung durch seinen Körper fließen. Er hieß sie willkommen, denn er wusste, dass sie ihm das nötige Geschick bringen würde. Mit festem Blick fixierte er seinen Gegner, wobei es ihm schwerfiel, sich nicht davon ablenken zu lassen, dass sein Kontrahent ein blindes Auge hatte. Bläulich-milchig starrte es Alessandros Blick regungslos entgegen, während das andere Auge die Gegend absuchte. Alessandro machte einen ersten vorsichtigen Schritt. Normalerweise hatte ein

Thraker, die Art Gladiator, für die er ausgebildet wurde, ein gebogenes Kurzschwert und einen leichten Schild, aber da sie nicht in der Arena, sondern nur auf dem Marktplatz waren, spielte die offizielle Kleiderordnung keine Rolle. Heute musste er sein Können ohne Schild zur Schau stellen. Dadurch war das Risiko höher, bei einem Angriff getroffen zu werden, weshalb Alessandro sich abwartend verhielt. Ihm war bewusst, dass es nicht unbedingt ein leichter Kampf werden würde, nur weil der Gegner in seiner Sehfähigkeit eingeschränkt war. Sein Vater hatte ihm beigebracht, Respekt vor dem anderen zu haben und nicht zu leichtsinnig in das Gefecht zu gehen. Einauge parierte den ersten Hieb mit Leichtigkeit. Sein sehendes Auge blickte Alessandro so durchdringend an, dass dieser eine Gänsehaut bekam. In dem Gesicht seines Kontrahenten erkannte Alessandro einen starken Willen und wandte für einen kurzen Moment irritiert seinen Blick ab. Sekunden später erkannte er seinen Fehler, als ein Sirren in der Luft ihn wieder aufblicken ließ. Zu spät. Mit einer einfachen Bewegung schleuderte Einauge ihm das Schwert aus der Hand, und mit einem dumpfen Geräusch landete es im aufgeschütteten Sand. Das Publikum lachte schallend. Alessandros Blick fiel kurz auf seinen Herrn, der mit versteinerter Miene auf das Geschehen sah.

»Entwaffnet, aber noch nicht besiegt!«, schrie der Schiedsrichter über die johlende Menge hinweg.

Schon sprang Einauge nach vorne, ohne dass Alessandro Zeit hatte, sein Schwert wieder aufzunehmen. Die Muskeln anspannend rannte er dem anderen Sklaven entgegen. Er fürchtete die Hiebe mit dem Übungsschwert nicht, sondern schleuderte ihnen seine ganze Verachtung entgegen, so wie er es von Brekken gelernt hatte. *Nur Schmerz wird euch zu wahren Männern machen*, dachte er, während er seinen Schädel in den Bauch des Gegners rammte. Einauge flog durch die Luft und landete auf den Knien im Staub. Sofort hechtete Alessandro hinterher und warf sich auf ihn. Nur am Rande bemerkte er die Schwerthiebe, die Arme und Beine trafen. Mit aller Gewalt packte er Einauge am Hals und drückte ihm die Luft ab, bis dieser sein Schwert fallen ließ und sich ebenfalls mit der Kraft seiner Hände zu wehren versuchte. Alessandro spürte, wie sich Finger in seine Locken wickelten und er an den Haaren gezogen wurde. Er jaulte auf vor Schmerzen und ließ die Kehle los. Beide Jungs rollten im Sand, der Kampf glich jetzt eher einem Ringkampf ohne Regeln. Einauge erwischte Alessandro mit einem Schlag an der Nase, woraufhin diesem klebriges Blut über Mund und Kinn rann. Die Publikumsrufe gerieten in den Hintergrund, alles reduzierte sich auf den Kampf. Alessandro packte seinen Widersacher an beiden Ohren, zerrte ihn nach oben und schmetterte seinen Kopf in die Stirn des Gegners. Der Schlag hatte gesessen. Einauge taumelte und stürzte. Bevor Alessandro sich nochmals auf ihn werfen musste, erklärte der Schiedsrichter ihn zum Sieger.

Als die Aufregung nachließ, merkte Alessandro, wie sehr der Kampf ihn mitgenommen hatte. Benommen taumelte er zu den wartenden Sklaven, während Einauge von seinem Besitzer unsanft auf die Beine gebracht wurde. Ein letztes Mal sah er Alessandro feindselig entgegen, dann wandte er sich ab und torkelte davon.

Die nächste Begegnung zwischen dem Schwarzen und dem Gewinner des ersten Duells bekam Alessandro nur am Rande mit. Der frühere Sieger behielt auch dieses Mal die Oberhand, aber nur durch einen hinterlistigen Trick, den die Zuschauer mit Schmähworten bedachten.

Außer Atem und verschwitzt stand der Gewinner jetzt neben Alessandro und würdigte ihn keines Blickes. Das letzte Duell stand bevor, als der Schiedsrichter verkündete, dass man den Sklaven noch eine kurze Pause gönnen wolle, bevor es in die letzte Runde ging.

»Kauft euch noch etwas zu essen, Bürger von Pompeji. Und dann seht euch in Ruhe den Endkampf an, in dem der Darka gegen den Griechen kämpft!«

Alessandro hörte ein Spucken neben sich und fühlte einen Herzschlag später, wie ihn der nasse Auswurf an der großen Zehe traf.

»Drecksgrieche, heute wird dein Zeus beschämt die Augen

niederschlagen, wenn ich dich besiege!«, zischte der Darka-Junge ihm entgegen.

In Alessandro stieg wieder die Wut auf, auch wenn er sich bemühte, es sich nicht anmerken zu lassen.

Nach einer Weile kam der Marktsprecher an seinen Platz zurück und schwenkte einen Weinkrug.

»Jetzt geht es um alles! Zumindest für die Jungs. Lasst euch einstimmen auf die nächsten großen Spiele zu Ehren der Siege des Imperators Gaius Julius Caesar, zu denen uns nach langer Abwesenheit hier in unserer geliebten Stadt der Tantotaurus wieder beehrt!« Ein Raunen ging durch die Menge. »Ja, ihr habt richtig gehört, Bürger von Pompeji. Der einzige Stier wird kommen und gegen zwei der aussichtsreichsten Kämpfer des Reiches antreten. Verus und Comodus gemeinsam gegen die Bestie! Ich freue mich jetzt schon auf den Kampf, auch wenn wir darauf noch einige Zeit warten müssen. Möge Jupiter für heute erfreut sein über die Darbietung dieser zwei Knaben!«

Als der Marktsprecher das Zeichen zum Beginnen gab, überschlugen sich Alessandros Gedanken. Träumte er, oder würde Tantotaurus tatsächlich wieder kämpfen? Das musste ein Zeichen von Zeus persönlich sein! Der Zorn, der eben noch in seinen Adern gebrannt hatte, verwandelte sich in etwas viel Mächtigeres. Endlich würde er sich beweisen können. Alessandro musste diesen Kampf hervorragend absolvieren, um das Interesse der großen Schulen zu wecken. Konzentriert bis in die Haarspitzen stand er dem Darka-Jungen gegenüber. Es war von Vorteil, dass er diesen nicht mochte. Jetzt konnte er zeigen, was er unter Brekkens harter Hand gelernt hatte. Er zögerte nicht, seinem Kontrahenten Schläge an den Stellen, die besonders schmerzempfindlich waren, zuzufügen. Der Bauchraum unterhalb des Herzens bildete sein Hauptziel. Hier musste man treffen, um den Gegner erheblich zu schwächen. Alessandro hatte das in einigen schmerzhaften Lehrstunden am eigenen Leib erfahren.

Der Kampf glich einem Tanz. Alessandro sah die Schläge des Darka voraus, parierte, griff an und traf meistens hart und kompromisslos. In diesem Moment war er in einer anderen Welt.

Seiner Welt, in die er hineingeboren worden war. Es war seine Bestimmung, das Leben eines Kämpfers zu führen, und er umarmte sie dankbar. Leichtigkeit erfüllte seinen Kopf, als er zum Endschlag ausholte. Sein Schwert traf die Schwerthand des Darka. Dem fiel die Waffe aus der Hand und blitzschnell hatte Alessandro seinen Gegner im Würgegriff. Ohne zu zögern, hielt er ihm seine abgerundete Klinge an den Hals. Das Publikum applaudierte. »Maximus! Maximus!«, hörte er einige Rufe, die seinen Herrn lobten.

»Fantastisch, fantastisch!« Der Schiedsrichter klatschte begeistert in die Hände. »So ein Talent ist mir schon lange nicht mehr untergekommen! Volk, was machen wir jetzt mit dem Unterlegenen? Entscheidet ihr!«

Es dauerte einige Sekunden, bis Alessandro verstand. Das Volk sollte über das Weiterleben des anderen Sklavenjungen entscheiden. Als ihm klar wurde, was das bedeutete, begannen seine Hände zu zittern und ihm wurde heiß und kalt zu gleich.

»Mors! Mors! Mors!«, schrien die Stimmen, und die Fäuste des aufgebrachten Publikums senkten sich in Richtung Boden. *Tod! Sie wollen tatsächlich den Tod des Jungen.* In seiner Verwirrung sah er angespannt zu Marcus Acilius, der als Besitzer des Sklaven über ihn zu richten hatte. Während alle auf das Urteil warteten, legte sich eine seltsame Ruhe über das Forum.

Acilius räusperte sich. »Bürger, ich habe euren Wunsch vernommen, und ich pflichte euch bei. Dieser Darka-Junge ist es nicht wert weiterzuleben, deshalb ...« Er senkte seinen Arm in Richtung Boden, das Zeichen für das Todesurteil. »Tod!«

Das Volk tat seinen Zuspruch kund, doch Alessandro stockte der Atem. Er hatte mit einem harmlosen Markttag gerechnet, und nun würde ein anderer Sklave sterben. Da er selbst nur das abgerundete Schwert in der Hand hielt, war ihm klar, dass er das Urteil nicht eigenhändig vollstrecken musste. Benommen sah er aus dem Augenwinkel zwei römische Wachleute auf sie zukommen. Sie hatten ihre Langschwerter gezogen und stießen ihn zur Seite. Der eine riss den Kopf des Darka herum und entblößte dessen Hals. Alessandro sah reinen Hass in den dunklen Augen des Darka.

»Scheißrömer!«, zischte er zwischen den zusammengebissenen Zähnen hervor, bevor der andere Soldat ihm sein Schwert in die Kehle stieß. Der Junge sank auf die Knie.

»Lasst ihn für die Hunde, der Dreckskerl hat uns beleidigt!«, rief der eine Soldat und niemand kümmerte sich mehr um den Toten.

»Das hast du gut gemacht!«

Alessandro fuhr herum und sah sich dem breiten Grinsen seines Herrn gegenüber. Anerkennend klopfte der ihm auf die Schultern. »Du hast mir heute Ehre gebracht, das müssen wir feiern. Vor allem, dass du diesem Angeber Acilius eins ausgewischt hast, war großartig.« Der Dominus gab Ricardo ein Zeichen und sein Freund reichte ihm das sauber gebliebene Knabengewand. Zögernd hielt Alessandro es in der Hand, denn er wusste, wie schmutzig sein Körper war.

»Ach, mach dir nichts draus, zieh es einfach über. Du hast heute ehrenvoll gekämpft, das hat ganz Pompeji gesehen«, sagte der Herr, Alessandros zögernden Blick richtig deutend. »Jetzt gehen wir erst mal unseren Sieg feiern.«

Der Marktplatz begann sich zu leeren, und auch Tiberius Maximus setzte sich mit seinem Gefolge in Bewegung. Er steuerte eine nahegelegene Taverne an, wo er für sich und Alessandro zwei Becher Wein kaufte. »Hier, Alessandro, wir trinken auf deinen Sieg!« Klirrend stieß Tiberius Maximus an den gut gefüllten Kelch seines Sklaven. »Ihr könnt euch jetzt unterhalten, die Tagesgeschäfte sind erledigt, auch dank dir, Ricardo.« Er prostete ihm zu.

Alessandro war froh, dass sie miteinander sprechen durften, das lenkte seine Gedanken von dem toten Sklavenjungen ab. Lange unterhielten sie sich über die Rückkehr des Stiers in die Arena. Auch andere Tavernenbesucher redeten über das bevorstehende Ereignis und rätselten, ob Tantotaurus noch seine alte Größe besaß. Ihr Herr wurde des Geschwätzes bald müde und gab den Jungen und den Wachen ein Zeichen, ihre Kelche zu leeren. Gerade, als sie die Taverne verlassen wollten, kam Quintus Caesarus, ein anderer Geschäftsmann, mit seinen Soldaten herein. Die beiden Männer begrüßten sich freundschaftlich, doch Alessandro wusste, dass sie sich insgeheim verabscheuten.

»Guter Tiberius! Na, hast du auf den Sieg deines Sklavenjungen getrunken?« Er musterte Alessandro neugierig von oben bis unten. »Dafür, dass er dem Leib eines Straßenflittchens entschlüpft ist, hat der Bursche sauber gekämpft.«

Alessandro blickte irritiert zu seinem Herrn, während ihn ein undefinierbares Gefühl überkam. Es war das erste Mal, dass er etwas von seiner Mutter erfahren hatte, bis auf die spärlichen Erzählungen seines Vaters, in denen der allerdings lediglich die Schönheit und Sanftheit seiner Mutter gepriesen hatte.

»Du wirst mich beneiden, wenn ich ihn an ein ehrenwertes Ludus verkaufe, werter Quintus. Und nun entschuldige, wir haben noch etwas zu erledigen.« Zügig verließ Tiberius Maximus den stickigen Raum.

Die Straßen waren nach dem Ende des Markttreibens wieder gut passierbar. Alessandro wusste, dass die Römer nachmittags die Thermen aufsuchten, während ihre Frauen am Herd das Abendessen zubereiteten. Hie und da stieg ihnen bereits ein angenehmer Essensduft in die Nase, den anscheinend auch Tiberius Maximus bemerkte. Der Hunger vertrieb die Gedanken an seine Mutter, und beim nächsten Straßenkoch kaufte der Herr für sich und seine Sklavenschüler je ein Fladenbrot, das mit gebratenem Fleisch und Schafskäse gefüllt war und fantastisch schmeckte. Danach zogen sie etwas abseits der Hauptstraße durch die abgelegeneren Gassen. Plötzlich blieb der Herr vor einem alleinstehenden Haus stehen. Alessandro kannte das unscheinbare Haus mit den roten Vorhängen.

»Ich habe hier noch was zu erledigen«, sagte Tiberius Maximus, und ein überraschendes Lächeln erhellte sein Gesicht für einige Sekunden. »Alexos, komm mit, du hast noch etwas gut bei mir für heute.« Er nickte Alessandro zu.

Alessandro verstand, dass der Herr ihm einen Gefallen tun wollte, indem er ihn mit in Morenas Bordell nahm. Eine Sklavin aus diesem Haus hatte ihn schon zu einem früheren Zeitpunkt in die Freuden des Fleisches eingeweiht. Es war für ihn ein schönes, wenn auch kurzes Erlebnis gewesen, das er nur zu gerne wiederholen wollte. Trotzdem hatte er etwas anderes auf dem Herzen.

»Dominus?«, setzte er vorsichtig an, denn der Herr konnte ungehalten werden, wenn man ihn wegen irgendwelcher Wünsche ansprach.

»Was ist?«, sagte dieser knapp.

»Ich will nicht unhöflich sein und danke für das großzügige Angebot, doch es gibt noch eine Sache, die mir wichtiger ist als ein Mädchen.«

»Du willst doch etwa keine Knaben, wie dein Freund hier, oder?«

Alessandro wusste, dass der Herr Ricardos gleichgeschlechtliche Vorlieben meinte. Hastig schüttelte er den Kopf. »Nein, das nicht. Ich würde es nur vorziehen, wenn Ihr mich den Kampf sehen ließet.«

Der Dominus brach in schallendes Gelächter aus. »Du bist ein echter Gladiator, wie ich es immer vorausgesagt habe. Ziehst die Arena den Mädchen vor! Klar, Alexos, wir werden die Rückkehr des Stieres von den besten Plätzen aus beobachten, aber damit du nicht ganz verquer wirst, musst du auch dein anderes Schwert benutzen. Ausnahmsweise bekommst du beides!« Damit schob er ihn durch den roten Vorhang in das Freudenhaus.

Alessandro Wangen erglühten und das nicht nur wegen der Aussicht auf das, was ihn in den Kammern der Mädchen erwartete.

~

Aus Laetitias Tagebuch:

Vater hat mich gebeten, heute mit ihm und den Schülern die Stadt zu besuchen. Er hat irgendeinen Kampf auf dem Marktplatz organisiert. Dort wollte ich auf keinen Fall hin! Pompeji wiederzusehen, hätte mir das Herz gebrochen, vor allem an einem Marktsamstag, an dem die Stadt voller Leben ist. Ich glaube, dann wäre ich gar nicht mehr zu seiner Villa zurückgekehrt. Deshalb habe ich vorgetäuscht, dass es mir nicht gut geht, und er hat mich in Ruhe gelassen. Dafür hat er diesen Alessandro mit in die Stadt genommen. Und Ricardo, auf den er große Stücke hält. Ich habe keine Lust zuzusehen, wie dieser griechische Barbar sich auf irgendwelche Gegner stürzt. Ricardo ist ganz nett und höflich, aber Alessandro ist ein furchteinflößender Kämpfer.

KAPITEL 3

SCHÖNER ALS ALLES GOLD DER WELT

»Beim Zeus!« Alessandro hustete und prustete das Getränk, von dem er einen ersten kräftigen Schluck genommen hatte, fast wieder aus. Brekken sah ihn missbilligend an, Ricardo lachte.

»Das Zeug schmeckt eklig, stimmt's?«, fragte er mitfühlend. Alessandro nickte nur. Er versuchte, sich vorzustellen, es wäre süßer Wein, und kippte den Rest in einem Zug hinunter. Es war eine großzügige Geste des Herrn, ihm den Trunk mit Knochenasche zukommen zu lassen, noch eine Sonderbehandlung, die er als der aussichtsreichste Schüler genoss.

»Angeblich werde ich dadurch mehr Muskeln ansetzen, auf jeden Fall wird endlich etwas davon zu sehen sein«, erklärte er Ricardo in gedämpftem Ton, damit die anderen sie nicht hörten.

»Ja, eigentlich gibt es das nur für fertig ausgebildete Gladiatoren, aber vielleicht bist du ja bald so weit.«

Ricardo hatte immer ein großzügiges Wort für Alessandro, die beiden Jungen waren wie Brüder aufgewachsen. Niemand wusste, wer Ricardos Eltern waren oder woher seine Wurzeln genau stammten. Es gab nur dunkle Vermutungen. Der Dominus sagte, er habe ihn als Junge am Sklavenmarkt gekauft, weil er so einen weisen Gesichtsausdruck hatte. Bei diesem Gedanken hatten die Freunde oft zusammen gelacht, denn selbst wenn Ricardo in

Summen, Schrift und Geschichte herausragend war, machte er doch viele Witze und trickste den Herrn bei manchen Gelegenheiten gerne aus. Alessandro hingegen versuchte immer, seine Pflichten zur vollen Zufriedenheit zu erfüllen, weshalb die beiden sehr voneinander profitierten.

»Du hast vorgestern auf dem Forum niedergeschlagen gewirkt, hättest du lieber gekämpft?«, stellte Alessandro die Frage, die ihn schon seit ihrer Heimkehr beschäftigte.

Ricardo schüttelte den Kopf. »Am Anfang, ja. Aber als ich sah, was das Volk mit dem Darka gemacht hat, war ich froh, dass ich nicht dabei war.«

Alessandro pflichtete ihm bei. »Es ist immer dasselbe, wenn jemand nicht gut kämpft, wollen die Menschen ihn nicht mehr sehen. Der Dominus sagt immer, die Menge sei gar nicht so blutdürstig, es gehe viel mehr darum, dem Publikum einen spannenden Kampf zu bieten. Dann wird auch der Unterlegene oft begnadigt. Dieser Darka hat mit ungerechten Mitteln und hinterlistig wie eine Schlange gekämpft. Damit ist man bei den Römern unten durch.«

»Vielleicht hast du recht«, murmelte Ricardo.

Um das unangenehme Thema zu wechseln, fragte Alessandro seinen Freund, ob er die Bemerkung des Bekannten gehört hätte.

»Du meinst, als wir die Taverne verließen? Ja«, sagte Ricardo nachdenklich. »Der Herr hat nie etwas erwähnt über deine Herkunft, er sagt immer, dass du wegen deines Vaters zu ihm gekommen bist.«

»Ich habe das nie in Frage gestellt, aber stell dir vor, wenn meine Mutter wirklich aus Pompeji ist ...« Der Gedanke war zu grotesk, aber irgendetwas Wahres musste daran sein. Warum hatte man ihm davon nie etwas erzählt?

»Ich weiß nicht, warum man dir das verschwiegen hat«, sprach Ricardo seine Überlegungen aus. »Wenn du willst, kann ich versuchen, mehr darüber in Erfahrung zu bringen. Ich begleite den Herrn öfter in die Stadt.«

»Ja, wenn du etwas hörst, sag es mir bitte. Aber setze dich keiner Gefahr aus, dein Leben ist mir teuer.«

Ricardo grinste schelmisch. »Keine Angst, mein Freund!«

Brekken unterbrach ihre Unterhaltung mit dem Knall seiner Peitsche. »Ihr beiden Waschweiber!«, schimpfte er. »Wenn jetzt noch was in euren Schalen ist, habt ihr Pech gehabt. Ab auf den Übungsplatz mit euch.«

Zum Glück wussten die Freunde um den missgelaunten Kampfmeister und hatten ihren Gerstenbrei längst verzehrt.

»Maximus hat euch neue Ausrüstung zukommen lassen. Immerhin will er dich bald verkaufen. Da müssen wir noch intensiver üben.« Brekken schien die Aussicht, Alessandro bald loszuwerden, zu erfreuen. Er zeigte sein hässliches Lächeln, wobei die Narben sein Gesicht bis zur Unkenntlichkeit verzogen.

Hätte er gewusst, dass auch Alessandros Herz bei diesem Gedanken höher schlug, wäre er bestimmt weniger glücklich gewesen. Alessandro wollte ihm den Spaß nicht verderben und bemühte sich, sein Gesicht ausdruckslos zu halten.

Staunend standen die Jungen am Übungsplatz, während Brekken ihnen die Ausrüstung zuteilte. Bis jetzt hatten sie nur im Lendenschurz bekleidet die täglichen Übungen ausgeführt, denn der Herr war der Meinung gewesen, dass seine Schüler sich an Schmerzen gewöhnen mussten, wenn sie ruhmreiche Gladiatoren werden wollten, und da war weniger Schutz eine passende Maßnahme. Alessandro vermutete, dass der Herr jetzt, wo der Zeitpunkt seines Verkaufs näher rückte, dafür sorgen wollte, dass er sich an die schwerere Kampfausrüstung gewöhnen konnte.

»Er hat uns echte Helme gekauft!«, rief Alessandro erfreut aus, als Nero und Darius keuchend mit einer Holztruhe angestolpert kamen, deren leicht geöffneter Deckel einen Inhalt aus in der Sonne glänzendem Metall verriet. »Ob das alles nur deshalb ist, weil er uns bald verkaufen will?«, flüsterte er dem neben ihm stehenden Ricardo zu.

»Ich glaube eher, das ist der Grund!« Ricardo sah hinüber zum Eingang der Villa.

Alessandro folgte dem Blick seines Freundes und vergaß die

strahlenden Helme. Aus dem Hause des Herrn kam Tiberius Maximus in Begleitung seines Schwagers, dessen Frau und Kindern sowie seiner Tochter Laetitia. Sie hatte eine grüne Robe an, die in der gleichen Farbe wie ihre Augen leuchtete. Ihr geflochtenes Haar war von einer strahlend weißen Perlenkette geschmückt. Alessandro schluckte. Hatte je ein Mädchen so schön ausgesehen? Bevor er seinen niederen Rang vergessen konnte, stieß ihm Ricardo kräftig zwischen die Rippen.

»Hör auf, sie anzustarren!«, zischte er. »Oder willst du, dass der Dominus dich den Löwen vorwirft?«

Sein Freund hatte recht. Es stand ihm nicht zu, die Tochter des Herrn zu bewundern. Er wandte sich der neuen Ausrüstung zu, die plötzlich ihren Glanz verloren hatte.

Tiberius Maximus kam auf ihn zugeschritten, ein selbstgefälliges Grinsen auf dem sonst so verhärteten Gesicht. »Na, Alexos, wie gefällt sie dir?«

Alessandro fühlte, wie ihm das Blut ins Gesicht schoss. Für einige Sekunden war er sprachlos.

»Sag schon! Schmeichelt dir die neue Kleidung etwa nicht?«

»Doch, gewiss. Die Ausrüstung, Dominus, welch großzügige Gabe.« Erleichterung durchflutete ihn, denn einige Herzschläge lang hatte er gedacht, Maximus hätte die Blicke, die er seiner Tochter zugeworfen hatte, bemerkt.

»Worauf wartest du dann noch, probiere sie an!«

Mit seinen sonst so geschickten Fingern brauchte Alessandro heute erstaunlich lange, die hohen Beinschützer und die Bandagen zu schnüren.

»Brekken und ich haben beschlossen, dich das letzte halbe Jahr vor deinem sechzehnten Geburtstag vollständig auszubilden. Die Figur des Thrakers passt zu dir, du hast Geschick in dieser Rolle gezeigt. Auch wenn sie nicht deiner Kultur entspricht, passt sie doch zu deinem Charakter«, fuhr der Dominus unbeirrt fort. »Du wirst sehen, dieser Kampfstil unterstützt deine Schnelligkeit und dein Geschick im Nahkampf am besten.«

Alessandro hatte nichts dagegen einzuwenden, auch wenn er

insgeheim die Waffe des Secutors oder des Murmillos, die ein gerades und längeres Schwert trugen, bevorzugte. Endlich hatte er sich umständlich die neue Montur übergestreift. Das Schild war ebenso wie das Übungsschwert aus einfachem Holz, aber es wog trotzdem erheblich schwerer auf seinem Arm. Der mit Federn geschmückte Helm war ebenfalls ungewohnt, vor allem, weil die Geräusche gedämpft wurden und sein Sichtfeld eingeschränkt war.

Der Dominus lachte, als er sah, wie ungeschickt alle Jungen, bis auf Ricardo, mit ihrer Ausrüstung umgingen. »Brekken, ich überlasse dir diesen Haufen Anfänger. Sie sollen sich zügig mit Schild und Helmen anfreunden, wenn wir heute Nachmittag wiederkommen, möchte ich Fortschritte sehen!«

»Jawohl, mein Herr!«, versprach Brekken und grinste diabolisch. *Wahrscheinlich erkennt er eine neue Möglichkeit, uns zu schikanieren*, dachte Alessandro verbittert.

Hinter seinem Helm versteckt, warf Alessandro Laetitia einen letzten sehnsüchtigen Blick zu und war froh, dass niemand in sein Gesicht sehen konnte, als das Mädchen für einen Augenblick zu ihm herübersah. Tapfer hielt er sein Haupt aufrecht. Hätte er keinen Helm getragen, wäre er vor Scham über seine ihm bisher unbekannten Gefühle im Boden versunken.

Als der Herr mit seiner Familie in der Villa verschwand, atmete Alessandro tief durch. Jetzt konnte er sich ganz dem widmen, zu dem er geboren war.

»Die erste Runde beginnen Bartus und Ricardo!«, durchschnitt Brekkens kalte Stimme die Luft. »Strengt euch an! Ihr habt den Herrn gehört. Bis heute Nachmittag möchte er Fortschritte sehen!«

An Ricardos Ausrüstung hatte sich bis auf die Beinschoner und die obere Brustplatte nicht viel verändert. Als Retiarius kämpfte er traditionell mit Dreizack und Wurfnetz, dafür ohne Helm. Bartus hingegen hatte den schweren Schild eines Secutors erhalten, dazu den ungewohnten Helm und das gerade Kurzschwert. Alessandro sah, wie er nur mit Mühe eine würdevolle Haltung einnahm und das Schild schweratmend auf Kopfhöhe hielt. Ricardo dagegen tänzelte gewohnt leichtfüßig auf dem heißen Sand des Übungsplatzes. Wohl um den Kampf möglichst zügig hinter sich zu bringen, machte Bartus einen übereilten Vorstoß. Ricardo hielt ihn sich mit dem ausgestreckten Dreizack vom Leib und schwang sein Netz. Bartus versuchte vergeblich, das herannahende Fangnetz mit dem Schild abzuhalten, einige Sekunden später landete es endgültig auf seinem behelmten Kopf. Er stieß einen langen Fluch in seiner gallischen Muttersprache aus. Alessandro lachte mit den anderen Sklaven, die so eine kurze Darbietung von Bartus nicht gewohnt waren. Brekken fiel nicht in das Gelächter der Jungen ein, sondern schnaubte verächtlich.

»Wenn ihr irgendwann Gladiatoren werden wollt, und das ist das Einzige, zu dem ihr armseligen Seelen geboren seid, dann müsst ihr euch an Helm und Schild gewöhnen. Noch eine Runde, aber dieses Mal machen wir es unserem Secutor ein bisschen leichter.« Brekken schickte Nero und Darius aus, eine Eisenkette zu holen. »Als Retiarius muss sich Ricardo nicht so umstellen wie die anderen. Deshalb werden wir seine Füße in Ketten legen. Bartus, ich möchte, dass du diesen Vorteil ausnutzt. Zeig, was in dir steckt!«

Brekkens ungewöhnlich lange Rede, zusammen mit der Tatsache, dass sein Gegner in der Beinfreiheit behindert war, schien Bartus in den ersten Minuten zu beflügeln. Mit neu gefundener Kraft ging er auf Ricardo los, und als dieser das erste Mal über die schweren Ketten stolperte, verpasste Bartus ihm einen Hieb mit dem Schwert. Ricardo war rasch wieder auf den Beinen und schien sich an die neue Situation zu gewöhnen. Er machte langsamere, durchdachtere Schritte als sonst und visierte Bartus an. Bartus umkreiste ihn wie ein lauerndes Tier, aber als er das nächste Mal zustieß, war Ricardo aufmerksam genug, den hölzernen Dreizack in den freien Oberschenkel des Galliers zu stoßen. Bartus schrie verärgert auf und machte mit dem Schild voraus eine Vorwärtsbewegung in Richtung seines Kontrahenten. Ricardo versuchte erneut, sein Fangnetz zum Einsatz zu bringen, doch dieses Mal duckte sich Bartus weg. Nun versuchte er, den an den Beinen gebundenen Ricardo mit roher Gewalt von den Füßen zu holen.

Gerade wollte er den schweren Schild dazu nutzen, Ricardo aus der Balance zu bringen, doch der war geschmeidig wie eine Raubkatze. Ohne die Beine großartig zu bewegen, wich er mit dem Oberkörper mal links mal rechts aus, bis er Bartus mit dem Dreizack wieder auf Abstand gebracht hatte.

Alessandro sah, wie der angehende Secutor unter der Last des Schildes schnaufte. Er machte einen weiteren Vorstoß, der erneut von Ricardos Dreizack gestoppt wurde. »Da musst du früher aufstehen, du rohe Fleischmasse!«, hörte er seinen Freund sagen. Die Jungen lachten. Bartus aber, verärgert durch seine unbefriedigenden Fortschritte, stieß den Schild von sich und ging nur mit dem Schwert bewaffnet auf Ricardo los. Bevor die Situation eskalieren konnte, knallte Brekken mit der Peitsche.

»Halt, halt! Was denkst du dir dabei, deine Ausrüstung fallen zu lassen! Wenn sie dir zu schwer ist, solltest du Haussklave werden, aber kein Kämpfer!«

Alessandro spürte, wie Bartus unter seinem Helm vor Wut kochte.

»Nimm den Schild auf. Bis wir mit den Runden fertig sind, wirst du ihn im Strafkreis spazieren tragen. Der verdammte Schild muss mit deinem Arm verwachsen! Und den Helm lässt du auch auf!« Ärgerlich rief er zur nächsten Begegnung auf und ließ Ricardo von seinen Fesseln befreien.

Als Nächstes waren die byzantinischen Zwillinge an der Reihe. Cyrill und Crytus hatten beide die Ausrüstung eines Essedarius bekommen. Mit ihren wie Hasenohren abstehenden Federn wirkten sie fast belustigend. Nach Brekkens Wutausbruch traute sich jedoch niemand mehr zu lachen, und so betrachteten alle mit hochkonzentrierter Miene die identisch aussehenden Kämpfer. Cyrill war der Schnellere der beiden, Crytus der Stärkere. Im Gegensatz zum vorherigen Duell erwies sich die Muskelkraft als der größere Segen. Essedarii trugen einen Rundschild, der kaum leichter war als der Schild eines Murmillos, und so hatte sich der flinke Cyrill bald verausgabt, während sein Zwillingsbruder länger unter dem Gewicht ausharren konnte. Es war allerdings offensichtlich, dass er seinen Bruder nicht vor Brekken bloßstellen wollte, und so setzte er seine eigenen Stöße zögerlicher als sonst. Alessandro konnte den Ausdruck des Kampfmeisters hinter seinem Helm genau beobachten und sah, wie mit jeder verstreichenden Minute Brekkens Mimik immer mehr versteinerte. Der Knall seiner Peitsche zerriss schließlich die Anspannung, die in der Luft lag.

»Schluss, ihr Mädchen! Ich habe genug gesehen!« Mit dem Ellbogen drängte er Crytus auf die Seite. »Wenn du Hemmungen hast, deinem Bruder eine Lektion zu erteilen, übernehme ich das für dich!«

Das Grinsen in seinem Gesicht verhieß nichts Gutes. Alessandro hatte Mitleid mit den Brüdern, denn er ahnte, was jetzt kommen würde. Sie alle kannten Brekkens bösartigen Charakter und wussten, dass er vor nichts zurückschreckte. In der sengenden Mittagshitze, die sich erbarmungslos über das Land legte, mussten sie mit ansehen, wie Cyrill von dem alten Kampfmeister regelrecht verdroschen wurde. Brekken schlug so lange auf den Schüler ein, bis dieser mit zitternden Knien zusammensackte und im Sand liegenblieb. Dann schmiss er keuchend das Holzschwert auf den Boden und wandte sich an die anderen.

»Wenn einer von euch meint, er könne mich hier verarschen, dann wird euch dasselbe widerfahren wie dem Häuflein Dreck da unten!« Missbilligend deutete er auf den zusammengerollten Cyrill. »Und jetzt weiter! Der Herr möchte bis heute Nachmittag Fortschritte sehen! Alexos, Illius, ihr beide in eurer Montur gegen Retiarius! Mal sehen, ob wir den Olymp zum Tanzen bringen.«

Eben noch hatte Alessandro aus dem Augenwinkel beobachtet, wie Crytus seinem Bruder wieder auf die Beine geholfen hatte, nun aber musste er sich auf seinen eigenen Kampf konzentrieren. Mit Illius, der ebenso wie er ein gebogenes Kurzschwert und einen kleinen Schild trug, hatte er einen talentierten Kämpfer an seiner Seite. Ricardo würde heute von den beiden Griechen keine Gnade erfahren, genauso, wie Alessandro wusste, dass ihn sein Freund nach der Vorstellung der Zwillinge nicht schonen würde. Besser sie kämpften gegeneinander, als dass sie der Bestie Brekken nochmals Gelegenheit verschafften, sich an ihnen zu vergreifen. Illius und

Alessandro hatten oft Seite an Seite gestanden und kannten die Stärken und Schwächen des anderen. In der Vorwärtsbewegung machte Alessandro die ersten Schritte, während Illius darauf lauerte, dass der Gegner abgelenkt war. Dann sprang er flink nach vorne und versuchte einen Treffer zu landen. Doch Ricardo, der jetzt wieder ohne die hinderlichen Fußfesseln kämpfte, war wachsam. Er hielt die beiden Gegner mit dem Dreizack auf Abstand und zielte darauf ab, sie geschickt in die Enge zu treiben.

»Um ihn herum!«, rief Alessandro Illius in seinem besten Griechisch zu. »Er will uns in die Ecke drängen!«

Illius verstand und duckte sich unter dem Dreizack hindurch. Er war einen Hauch zu langsam, und Ricardo nutzte die Gelegenheit, um dem Jungen einen Stich am Rücken zu verpassen. Illius schrie kurz auf, mehr aus Entsetzen als durch Schmerz, denn Ricardo achtete genau darauf, seinen Gegner nicht ernsthaft zu verletzen. Er fuhr herum und stand von Angesicht zu Angesicht Alessandro gegenüber. Nach kurzem Überlegen machte Alessandro einen intuitiven Sprung nach vorne, und ehe Dreizack oder Fangnetz ihn berühren konnten, hatte er Ricardo einen harten Stoß in die Flanke erteilt.

»Na warte, dich kriege ich!«, rief Ricardo ihm entgegen und ließ das Netz über Alessandros Lockenkopf kreisen. Da kam Illius wie aus dem Nichts auf Ricardo zugeschossen, und die Wucht seines Schlages ließ den Retiarius nach Luft schnappen. Alessandro und Illius zögerten keine Sekunde, und gemeinsam hatten sie Ricardo bald besiegt. Illius hielt die Klinge an seinen Hals und sah erwartungsvoll zu Brekken. Der Kampfmeister war immer noch schlechter Laune, aber immerhin entließ er die Jungen zum Mittagessen. Auch Bartus durfte seine Ausrüstung ablegen und schlich geknickt zu ihnen herüber. In dem schattigen Holzunterstand, wo die Jungen ihr Essen einnahmen, saß Cyrill zusammengesunken neben seinem Bruder. Der Byzantiner sah übel zugerichtet aus. Die schutzlosen Stellen an Armen und Beinen waren übersät mit blauen Flecken, am Oberarm klaffte ein großer Schnitt.

»Er kann froh sein, dass er einen Helm aufhatte, sonst hätte

Brekken Hackfleisch aus ihm gemacht!«, flüsterte Ricardo Alessandro zwischen zwei Löffeln Haferbrei zu.

Alessandro nickte verstohlen. Zwar ging Brekken nie so weit, dass er einen der Schüler ernsthaft verletzte, aber manchmal kam es ihm so vor, als ob seine Grausamkeit zunahm.

Der Nachmittag war ähnlich quälend wie der Vormittag. Langsam gewöhnten sich die Jungen an ihre Ausrüstung, aber schon deutlich vor Ende der Übungseinheiten taten Alessandro sämtliche Knochen weh. Brekkens Laune wurde nicht besser, schließlich ließ er die Schüler ihre Ausrüstung abnehmen und schickte sie an die Holzpflöcke. Tiberius Maximus kam kurz vor dem Abendessen mit seiner Tochter zurück. Er nahm Brekken zur Seite, und Alessandro meinte zu hören, dass er nach den Fortschritten seiner Sklaven fragte. Brekkens Nicken entnahm er, dass er sie besser darstellte, als sie in Wirklichkeit waren.

»Alessandro, an deinen Palus«, zischte Ricardo mit unterdrückter Stimme. Verschämt wandte Alessandro seinen Blick von dem Geschehen ab und konzentrierte sich auf seinen Holzpflock. Unerbittlich schmetterte er darauf ein, ganz so, als ob der Stier persönlich vor ihm stünde. Tiberius Maximus klatschte in die Hände.

»Sklaven, zu mir! In einer Reihe aufstellen!« Noch bevor Brekken mit der Peitsche knallen konnte, standen alle in Reihe und Glied.

Den Kopf gesenkt haltend lauschte Alessandro den Worten seines Herrn. Dieser wollte zu Ehren seiner Tochter bald ein prächtiges Fest in der Villa ausrichten und befahl seinen angehenden Gladiatoren, ausgiebig mit der Ausrüstung zu üben.

»Ich will mich nicht blamieren. Euch bleiben drei Wochen Zeit, um euch mit der Ausrüstung vertraut zu machen. Vor allem von den Älteren erwarte ich, dass ihr ein Vorbild seid. Denkt daran, dass ihr bald den Sprung in ein Ludus schaffen könnt. Ricardo, Bartus, Alexos, verstanden?«

Beim Ausruf seines Namens sah Alessandro auf, doch statt in

die Augen seines Herrn, blickte er direkt auf die neben ihrem Vater stehende Laetitia. Sein Herz setzte einen Schlag aus. Für einen kurzen Moment wollte er seinen Blick wieder senken, doch dann sah er, wie sich auf den Lippen des Mädchens ein Lächeln ausbreitete, und es war ihm, als ob die Sonne erneut aufginge. Sein Herz begann so laut zu pochen, dass er Angst hatte, es könnte ihm aus der Brust springen. Er musste alle ihm gegebene Kraft aufbringen, seine Augen von diesem Geschöpf der Götter abzuwenden und seinen Herrn anzuschauen.

»Verstanden, Alexos?«, fragte der irritiert.

»Ja, Dominus!« Seine eigene Stimme klang ihm selbst fern und abwesend, nur jahrelange Gewohnheit konnte ihn dazu bringen, den Blick dem staubigen Boden zuzuwenden. Den Rest der Ansprache hörte er nicht mehr.

Wie auf Wolken getragen fand er sich später auf seinem Schlafplatz wieder. Nachdem er sich auf dem strohbedeckten Bett niedergelassen hatte, beschwor er das Bild der ihn anlächelnden Laetitia nochmals herauf. Er wusste, dass er sie niemals würde berühren können, und dennoch entglitten ihm die Gedanken. Trotz der Anstrengung des Tages, der Schmerzen in seinen Gliedern und dem wütenden Brekken umgab ihn ein seltsam wohliges Gefühl, als er in den Schlaf glitt.

Aus Laetitias Tagebuch:

Gestern Abend hat mir Vater die Geschichte von Alessandro erzählt. Wie ich ist er ohne die Zuwendung einer Mutter aufgewachsen. Für meinen Vater sind die Jungen wie Waren, die er zu seinem größtmöglichen Vorteil verkauft. Im Vertrauen hat er mir gesagt, dass er die Rachegedanken, die Alessandro nach dem Tod seines Vaters hegt, nutzen kann, um ihn zu einem der besten Kämpfer zu machen, die Pompeji je gesehen hat.

Heute haben die Sklaven neue Ausrüstungen bekommen. Alessandro schien gar nicht an dem Gold und Silber interessiert zu sein. Er hat mich mit viel größerer Freude angesehen, als all die Reichtümer. Vielleicht verbirgt sich hinter seiner harten Schale doch etwas Besonderes. Obwohl, ich weiß gar nicht, ob ich das genauer herausfinden will …

KAPITEL 4

BADESPASS

Die kommenden Wochen bestanden aus harter, schweißtreibender Arbeit. Brekken spornte vor allem die älteren Jungen zu immer mehr Leistung an. Wer unter seinem Kommando nicht gehorchte oder nicht die geforderte Ausdauer aufbrachte, bekam seine Peitsche zu spüren. Weder Illius noch Bartus noch Alessandro blieben davon verschont. Jeder von ihnen hatte rote Striemen an Armen, Beinen oder Rücken. Selbst Ricardo fing sich Peitschenhiebe ein, nachdem er sich missmutig über die harte Behandlung seiner Gefährten geäußert hatte. Die einzigen Lichtblicke in diesen Tagen waren die Momente, in denen Laetitia am Rande des Übungsplatzes stand und den Schülern bei ihren Kampfeinheiten zusah. Die anderen Jungen freuten sich ebenfalls über ihre Anwesenheit, denn das bedeutete, dass Brekken etwas milder mit ihnen umging. Für Alessandro fühlte sich ihre Nähe zudem wie eine warme Brise an, die ihn von oben bis unten durchflutete und seinem Leben einen kurzen Hoffnungsschimmer gab. Laetitia hielt sich immer am äußersten Rand des Platzes auf, meistens wurde sie von zwei Wachmännern oder ihrem Hausmädchen Katharina begleitet.

»Was sie nur hier unten bei uns will?«, fragte Alessandro seinen Freund Ricardo an einem heißen Augusttag.

Ricardo zuckte mit den Schultern. »Du solltest ihr nicht zu

viel Aufmerksamkeit widmen, alter Freund. Der Herr hat vor, sie in seine Geschäfte einzuweihen, das ist alles. Er hat keinen Sohn und auch keine weiteren Nachkommen, er wird eines Tages alles an seine Tochter übergeben.«

Alessandro schwieg. Natürlich war das der Grund, warum sie ab und zu zu ihnen hinunterkam.

Ricardo klopfte ihm tröstend auf die Schultern. »Erfreuen kannst du dich ja an ihrem Anblick. Aber vergiss nicht, woher du kommst, und vor allem nicht, wohin du gehst. Du bist Pompejis neue Hoffnung. So wie einst dein Vater die Herzen des Volkes erfreut hat, wirst du die Römer bald zur Ekstase bringen. Laetitia wird dich dann von der Ehrenloge kämpfen und womöglich auch sterben sehen. Das ist unser Schicksal.«

Die gutgemeinten Worte ließen Alessandro leer zurück. Es stimmte, was Ricardo sagte. Alessandro war nicht mehr als das Objekt kurzer Belustigungen. Wenn er Glück hatte und hart arbeitete, konnte er ebenso erfolgreich werden wie sein Vater. Bisher hatte er einzig davon geträumt, in die Geschichte der berühmtesten Gladiatoren einzugehen, doch nun stellte er sich zum ersten Mal in seinem Leben die Frage, ob das alles war, wonach es sich zu streben lohnte. Als Vater von der Aussicht auf Freiheit gesprochen hatte, war das ein abstrakter Gedanke gewesen, den Alessandro nicht wirklich begreifen konnte. Was wäre aus ihm geworden, wenn er damals überlebt hätte und sie gemeinsam die Villa verlassen hätten? Unwillkürlich öffnete und schloss er seine rechte Hand. Er hatte versprochen, Vaters Tod zu rächen, und er würde diesen Schwur nicht brechen. Nicht für Geld, nicht für Freiheit und schon gar nicht für ein Mädchen, das weit über seinen Verhältnissen stand.

Nachdem er diese Entscheidungen getroffen hatte, ging es ihm besser. Mit neuem Elan stürzte er sich in seine Kampfausbildung. Brekkens Schreie zogen an ihm vorbei, und seine einzigen Gedanken galten seiner Schwert- und Schildtaktik.

Die Schüler machten zügig Fortschritte. Bald war jeder von

ihnen mit seiner Ausrüstung vertraut genug, um dem Herrn eine erste Darbietung ihrer Künste zu präsentieren. Der einzige Wermutstropfen war das Wasserbecken, in dem sich die Schüler wuschen und vor ihren Auftritten badeten, das jetzt, Mitte August, ziemlich ausgetrocknet war. Die Hitzeperiode hatte ihren Höhepunkt erreicht und das bisschen Wasser, das es noch gab, brauchten sie zum Trinken. Alessandros Haare klebten und begannen wegen der mangelnden Pflege zu jucken, seine Haut schmeckte salzig vom nicht abgewaschenen Schweiß. Selbst Bartus, der wenig Wert auf Körperhygiene legte, begann zu murren.

»Jungs!«, zischte Brekken eines besonders schwülen Abends, »ihr habt hart an euch gearbeitet. Morgen sollt ihr dafür belohnt werden. Wie ihr wisst, steht das Fest zu Ehren der Anwesenheit von Laetitia, der Tochter des Dominus, bevor. Er möchte euch dafür sauber und in eurer neuen Ausrüstung präsentieren.« Erwartungsvoll blickte er in die Runde, doch die Jungen waren zu erschöpft von der Mühe des Tages und zu verängstigt, um einen Kommentar abzugeben.

Erst als Brekken ihnen mitteilte, dass sie zu diesem Anlass ausnahmsweise den Vormittag damit verbringen würden, sich in Maximus' hauseigener Therme zu baden, kam Leben in ihre Glieder.

»Der Dominus hat uns noch nie in seine eigene Therme gelassen«, raunte Ricardo am Abend.

»Es muss ein großes Fest sein, sonst würde er sich nicht so viel Mühe geben«, ergänzte Illius schüchtern.

»Nero hat mir erzählt, dass der Herr Gladiatoren herbringen lässt, für einen Schaukampf zu Ehren seiner Tochter!«, flüsterte Darius aufgeregt.

Alessandro merkte, dass der junge Schüler versucht hatte, seine Stimme leise zu halten, damit die Worte nicht an Brekkens wachsame Ohren drangen. Doch der missmutige Ausdruck auf dessen

Gesicht ließ keinen Zweifel, dass Darius in seiner Erregung zu laut gesprochen hatte.

»Was sagst du da, du Abschaum?«, fragte Brekken. »Der Herr hätte mir davon erzählt oder er hätte gewollt, dass es eine Überraschung bleibt. Also halt deinen Lügenmund!«

Verschämt blickte Darius zu Boden, aber nachdem Brekken sich in seine eigene Kammer zurückgezogen hatte, diskutierten die Jungen noch lange über ihre morgigen Besucher.

Als die ersten Sonnenstrahlen den Sandboden berührten, drehte sich Alessandro auf seiner harten Liege. Die frühen Morgenstunden brachten noch eine angenehme kühle Brise mit sich, die in wenigen Stunden der erbarmungslosen Hitze Platz machen würde. Auch heute ging er hinüber zum Übungsplatz, wo es ihm in der angenehmen Luft noch leicht fiel, seine Extrarunden zu drehen. Während er das leere Wasserfass hochwuchtete und anfing, damit zu laufen, überlegte er, ob zu dem Fest auch der Lanista der Gladiatorenschule geladen war. Es war wichtig, dass er ein gutes Bild abgab, und deshalb fiel es ihm später beim Frühstücken etwas leichter, den Knochenaschetrunk hinunterzuwürgen.

»Du hast schon ein bisschen Muskelmasse angesetzt«, munterte ihn Ricardo auf. »Bei den Göttern, freue ich mich auf das Bad!«, fügte er lachend hinzu.

Alessandro konnte nur beipflichten.

Gleich nach dem Frühstück kamen zwei Wachmänner und begleiteten sie in den Eingangsbereich der Villa. Drinnen war nichts von der herrschenden Trockenheit zu spüren, was Alessandro wieder einmal vergegenwärtigte, dass der Dominus ein sehr reicher Mann sein musste, der es seiner Familie an nichts mangeln ließ. Darum war es ihm selbst in Zeiten, in denen andere verdursteten, noch möglich, Wasser zu besorgen. Sauber und gepflegt wie immer kam er die Treppe herunter, um sie zu begrüßen.

»Ihr seht wirklich dreckig aus!«, schloss er seine Rede, nicht ohne zu erwähnen, dass man als echter Gladiator auch mal den Schmutz der Erde aushalten müsse. Gut gelaunt führte er seine Sklaven in einen Nebenraum, wo unter einem hitzegeschützten Dach ein großzügiges Wasserbecken lag. »Hinein in das göttliche Nass, viel Spaß und wascht euch anständig!«

Das brauchte er den Jungen nicht zweimal zu sagen. Sie wetteiferten miteinander, wer als Erstes den schmutzigen Lendenschurz abgelegt hatte, und stürzten sich förmlich in die Fluten, nachdem Dominus ihnen den Rücken zugekehrt hatte. Wie kleine Kinder spritzten sie sich gegenseitig nass, lachten und tauchten sich unter. Die wachsamen Blicke der Leibgarde waren ihnen dabei egal.

»Bei den Göttern, ich dachte, diese Staubschicht geht nie wieder runter!«, sagte Ricardo und lachte laut.

Als Antwort holte Alessandro mit einer Hand aus und schaufelte einen Schwall Wasser über seinen Freund. Die Jungen alberten so lange herum, bis ihnen von zwei Hausmädchen saubere Lendenschurze und Leinentücher zum Abtrocknen bereitgelegt wurden.

»Wir sollen euch noch etwas zum Trinken bringen«, erklärte eines der Mädchen, »so lange habt ihr noch Zeit.«

Anscheinend war es den Sklavinnen unangenehm, den Schülern den Spaß zu verderben. Jede Minute wollte Alessandro das langsam abkühlende Wasser noch genießen, und so tauchte er noch einmal mit Haut und Haar unter. Prustend kam er zurück an die Oberfläche und wäre am liebsten gleich wieder versunken, als er direkt vor der plötzlich am Beckenrand stehenden Laetitia auftauchte. In seiner Aufregung wusste er nicht, was er zuerst machen sollte. Er versuchte gleichzeitig, seine Blöße zu bedecken, zu erforschen, ob der Dominus in der Nähe war, so zu tun, als hätte er Laetitia nicht gesehen, und erneut abzutauchen. In seinem Kopf herrschte ein solches Durcheinander, dass er nur gebannt nach oben starren konnte. Zum Glück lächelte Laetitia und klatschte in die Hände, woraufhin Katharina mit einem Kelch herangeeilt kam. Laetitia nahm ihn entgegen und reichte Alessandro persönlich den mit Wasser verdünnten Wein.

»Ihr sollt trinken, hat mein Vater befohlen«, sagte sie mit heiterer Stimme.

Bei der Erinnerung an ihren Vater zuckte Alessandro zusammen. Laetitia musste das gesehen haben, denn sie flüsterte rasch, dass ihr Vater nicht in der Nähe sei.

»Alessandro, nicht wahr?«, fragte sie ihn dann mit einer Spur von Schüchternheit in der Stimme.

Alessandro konnte nur nicken. Er kam sich klein vor in seiner Nacktheit und unter ihr im Wasser kauernd. Verschämt trank er einen Schluck, ohne ihren Blick zu verlieren. Irgendwie sah sie nicht so aus, als ob sie sich über ihn lustig machte. Sie musterte ihn eher mit einem gewissen Interesse in ihren strahlend grünen Augen.

»Ich lasse dich jetzt alleine, aber ich freue mich, dich später wiederzusehen.« Langsam drehte sie sich um.

Sie hatte ihre Worte ohne Überheblichkeit gesprochen, sondern in einer Art und Weise, dass Alessandro glaubte, was sie sagte. Auf einmal wurden seine Glieder schwer wie Blei, und er fühlte sich, als würde ihm ein gewaltiger Sog die Füße wegziehen. Sein Herz begann zu schmerzen, als ob ein Dolch es durchbohrte. Wie vom Blitz getroffen erkannte er, dass er sich in seines Herrn Tochter verliebt hatte und dass es nichts gab, was er tun konnte, um sich diesem Gefühl zu widersetzen.

Später wusste Alessandro nicht, wie er es in seine frisch geputzte Ausrüstung geschafft hatte. Er konnte sich auch nicht daran erinnern, wie er und seine Mitschüler sich im Eingangsbereich in Reih und Glied aufstellten, um den geladenen Gästen einen imposanten Anblick zu bieten. In seinem Kopf hörte er noch Laetitias Stimme und sah in ihre grünen Augen, die ihn anstrahlten. *Guter Zeus, hilf mir! Das darf doch alles nicht wahr sein.* Menschen strömten in das Atrium, der sonst so zurückgezogene Herr hatte wahrlich die Pforten seines Anwesens geöffnet. Interessierte Blicke streiften die Körper der Nachwuchsgladiatoren. Es war in ganz Pompeji bekannt, woher die Lanista des Landes ihre aussichtsreichen Kämpfer erhielten. Glänzend wie Bronzestatuen standen sie nebeneinander, wobei es ihnen verboten war, mit den Gästen zu reden. Am besten sollten sie stillhalten und keine Miene verziehen. Sie symbolisierten mit ihrem versteinerten Ausdruck die römische Kampftugend, die nur eines besagte: Das Leben war den Bedürfnissen des Reiches unterzuordnen, und notfalls sollte man bereit sein, es mit Todesverachtung in den Augen in seinem Dienste hinzugeben. Alessandro ließ die teils bewundernden, teils abfälligen Blicke vorbeiziehen. Wie es schien, wollte Tiberius Maximus seine Gäste im unteren Stockwerk bewirten, denn hier war alles festlich aufgebaut. Sklaven brachten den Gästen Kelche voller Wein und aufwendig angerichtete Begrüßungshäppchen aus Oliven, Käse und Fleisch. Der Dominus war in eine edle Tunika gekleidet und begrüßte jeden Neuankömmling persönlich. Von Laetitia hingegen fehlte jede Spur.

Aus Laetitias Tagebuch:

Ich muss schnell noch einen Tagebucheintrag schreiben, die Gäste für mein Fest warten schon. Heute ist etwas Sonderbares passiert. Ich hatte ein geheimes Spiel mit Katharina vereinbart. Wir amüsierten uns köstlich darüber. Sie sagte, ich würde mich nicht trauen, die angehenden Gladiatoren bei ihrem Bad zu besuchen. Natürlich hielt ich dagegen und bin in die Therme meines Vaters geschlichen. Dort habe ich Alessandro direkt in die Augen geblickt, er schien recht verlegen zu sein. Irgendwie habe ich gar keine Angst mehr vor ihm. Es freut mich sogar, dass ich in seiner Nähe sein kann. Jetzt muss ich schnell los!

Nachdem sich alle in kleinen Grüppchen versammelt hatten, hielt

Tiberius Maximus seinen frisch gefüllten Kelch nach oben. Jeder verstand das Zeichen, dass der Gastgeber eine Rede halten wollte.

»Verehrte Freunde, ich freue mich, euch in meiner bescheidenen Landvilla willkommen zu heißen. Sie ist nicht nur ein wunderschöner Rückzugsort aus der Stadt, sondern dient ebenfalls als Schmiede der Zukunft. Wie ihr wisst, bilde ich hier handverlesen ein paar der aussichtsreichen Gladiatorenanwärter aus. Unter den vergangenen Sternen waren Namen, die euer Herz höher schlagen ließen. Denken wir zum Beispiel an Tantekoles mit seinen tödlichen Klingen oder Ulixius, den Schlächter von Rom. Und selbstverständlich wollen wir auch Herkules, den Felsen von Delos, nicht vergessen, dessen Stern unter meinem Dach zu leuchten begann.«

Alessandro musste schlucken, aber nicht wegen der Erwähnung seines Vaters, sondern weil in diesem Moment Laetitia von der Schwägerin des Herrn hineinbegleitet wurde. In seinen Augen hatte sie an Schönheit noch gewonnen. Heute hatte sie eine elegante rote Robe gewählt, passend dazu war eine Kette aus Perlmuttmuscheln in ihr hochgestecktes Haar geflochten. Ihre Arme waren mit goldenen Kettchen geschmückt, aber all der Schmuck konnte sich nicht mit der Schönheit ihres Antlitzes messen. Für einen kurzen Moment blickte sie in Alessandros Richtung, und ihm war, als funkelten ihre Augen für einen Herzschlag lang auf. Dann wandte sie sich ihrem Vater zu, der sie voller Güte an die Hand nahm.

»Und hier, im richtigen Moment erschienen, ist meine wundervolle Tochter Laetitia, die mir nun auf dem Land zur Hand gehen wird, denn dies ist eine besondere Zeit, da ich bald zwei meiner besten Schüler für euch in den Arenadienst schicken werde.« Mit einer galanten Geste deutete er auf Alessandro und Ricardo, die regungslos nebeneinanderstanden. »Der Junge aus Kleinasien ist ein kluger Kopf und dabei der beste Retiarius-Schüler, den ich je unter meinem Dach beherbergt habe. Der ansehnliche Grieche neben ihm ist des Felsens eigener Spross. Noch lebt er hier unter dem Namen Alessandro, aber bald schon wird er einen Kämpfernamen erhalten, der seinen Vorgängern würdig ist!«

Alle Augen waren jetzt auf Ricardo und Alessandro gerichtet, dabei war klar, dass Tiberius Maximus sie in den Himmel lobte, um den Wert der beiden in unermessliche Höhen zu treiben.

»Doch die Entscheidung, in welchem Haus sie dienen dürfen, wenn sie so weit sind, wird nicht jetzt gefällt, denn heute, liebe Freunde, sind wir hier, um zu Ehren meiner Tochter ein Fest zu feiern!«

Applaus ging durch die Menge, Alessandro konnte sich vorstellen, dass viele Männerherzen bei Laetitias Anblick höherschlugen.

»Als besonderen Höhepunkt darf ich zu meiner Freude in diesem Haus den Gladiator Verus begrüßen, der uns heute einen Besuch abstattet, denn er ist bereits in der Nähe der Stadt, um sich für seinen bevorstehenden Kampf gegen Tantotaurus, dem unbesiegten Stier, vorzubereiten!«

Freudenschreie schallten Tiberius Maximus entgegen, und auch Alessandro hätte am liebsten vor Aufregung den Kopf herumgerissen, um zu sehen, ob der aussichtsreiche Kämpfer Verus bereits das Atrium betreten hatte. Der Dominus scherzte, dass Verus heute zwar nicht kämpfen werde, aber ausgewählte Gäste könnten ihn von der Nähe aus betrachten, und für die Belustigung stünden noch unbekannte Gladiatoren, die gegeneinander antreten würden, bereit.

Der Abend schien selbst für Alessandro vielversprechend zu werden, vor allem, da Laetitia beim Essen einen Platz in seinem Blickfeld wählte. In verschiedenen Gängen wurden Platten mit gefülltem Wildschweinbraten und Schüsseln mit gedünstetem Gemüse hineingetragen, Alessandro konnte genau beobachten, dass Laetitia von jedem der edel anmutenden Gerichte nur ein paar Anstandshappen nahm. Es freute ihn, dass sie in unbemerkten Momenten immer wieder zu ihm hinüber spähte. Er wiederum konnte gar nicht anders, als ihren Blick zu erwidern, denn er war angehalten, erhobenen Hauptes geradeaus zu sehen. Auch wenn er nichts von den Köstlichkeiten abbekam, war es für ihn doch die schönste Mahlzeit seines Lebens.

• • •

Die Cena zog sich über den gesamten Nachmittag bis in den frühen Abend. Als den Gästen zur Nachspeise honiggetränkter Nusskuchen serviert wurde, entließ der Dominus seine Gladiatorenanwärter. Von Wachmännern begleitet sollten sie sich in ihren eigenen kargen Speisesaal zurückziehen und ein kurzes Mahl einnehmen, bevor den Gästen die Hauptattraktion geboten wurde. Von Brekken fehlte jede Spur, was Alessandro nicht überraschte, denn mit seinem grotesk vernarbten Gesicht mied er nach Möglichkeit jede unbekannte Gesellschaft. Dafür ließ der Dominus vier schwer bewaffnete Wachtposten bei seinen Schülern zurück, doch diese standen nur gelangweilt in den Ecken des offenen Raumes und achteten nicht auf das, worüber die Schüler sprachen. Ricardo setzte sich mit seiner dampfenden Schüssel wie gewohnt neben Alessandro. Alessandro war froh, für einen Augenblick den schweren Helm herunternehmen zu dürfen. Die Haare hingen schweißnass in sein Gesicht, und vom vielen Stehen waren ihm die Beine eingeschlafen, weshalb er mit den Füßen auf und ab wippte, während sich Ricardo gierig den frisch zubereiteten Gerstenbrei einverleibte. Alessandro hingegen fehlte der Hunger und so rührte er nur gedankenverloren mit dem Löffel in seiner Schüssel herum.

»Du denkst immer noch an Laetitia, stimmt's?«, fragte Ricardo ohne Umschweife zwischen zwei Löffeln Brei.

Alessandro nickte schwermütig. »Sie hat sich heute mit mir unterhalten.« Er traute sich nicht, hinzuzufügen, dass er das Gefühl hatte, dass sie ihn mochte.

»Alessandro! Du musst sie vergessen! Schlag sie dir aus dem Kopf. Sie ist die Tochter von Maximus!« Ricardo sah ihn verärgert an.

»Ich weiß.« Auf einmal war ihm zu übel, um noch einen Löffel hinunterzubringen.

»Dein ganzes Leben hast du auf den Moment gewartet, der sich nun bald erfüllen wird«, sprach sein Freund in einem etwas milderen Ton weiter. »Ich weiß nicht, was mit dir los ist! Falls du verliebt bist, geh zu Morenas Villa und bitte um ein Mädchen, dann wirst du Laetitia vergessen.«

Beim Klang ihres Namens schnürte sich Alessandros Herz noch enger zusammen. »Nein, es ist anders als mit den anderen Mädchen.«

Ricardo schüttelte den Kopf, widmete sich wieder seinem Mahl und wechselte das Thema. Er begann über die für den Abend geplanten Schaukämpfe zu reden, hielt einen Monolog über den aussichtsreichen Gladiator Verus und stand schließlich, frustriert von Alessandros verhaltenem Enthusiasmus, auf.

Als er alleine saß, zwang sich Alessandro doch dazu, ein paar weitere Löffel hinunterzuwürgen, aber seine Schüssel war nur zur Hälfte geleert, als er sie unter den wachsamen Augen der Wächter an den Spültisch stellte.

»Na, nur gut, dass du heute nicht kämpfen musst«, sagte einer der Wachtposten eher freundlich als vorwurfsvoll. »Geht euch jetzt das Gesicht waschen, danach werdet ihr auf dem Übungsplatz erwartet!«

Fackelschein erleuchtete das Areal, als die Gäste zu der Hauptattraktion des Abends geführt wurden. Die Atmosphäre hatte etwas Gespenstisches, Höllenhaftes. Noch nie zuvor hatte Dominus fremde Gladiatoren auf seinem Areal kämpfen lassen, außer in der Zeit, als Kaiser Nero die öffentlichen Spiele in Pompeji für zehn Jahre verboten hatte. Aber damals war Alessandro noch ein Kind gewesen und er erinnerte sich nur dunkel an Kämpfe, denen er am hellichten Tag zugeschaut hatte, meistens dann, wenn sein Vater daran teilnahm. Die drückende Tageshitze war einer lauen Nacht gewichen, vom Meer wehte eine kühle Brise über den Platz, aber selbst die leicht bekleideten Frauen schienen neben dem Feuer nicht zu frieren. Für die Schüler gab es nichts weiter zu tun, als sich in ihren im Mondschein schimmernden Rüstungen rings um den Platz zu positionieren und so als lebendiger Zaun für das Kämpferareal zu dienen. Alessandro konnte Laetitia auf einer eigens für diesen Zweck errichteten Empore neben ihrem Vater erspähen. Sie saß zusammen mit den Ehrengästen auf einem hohen Samtkissen und starrte still auf den noch leeren Platz. Der

Dominus scherzte mit einem seiner Nebenmänner, er schien die beklommene Starre im Gesicht seiner Tochter nicht wahrzunehmen. Auf einmal erfüllten tiefe Trommelschläge die Luft und beschleunigten Alessandros Herzschlag noch. Die Schläge wurden lauter und lauter, bis sie schließlich derart anschwollen, dass der Boden unter seinen Füßen zu vibrieren begann. Jetzt war es außer dem unheimlichen Trommeln still geworden. Hinter dem riesenhaften Mann, der nun in Erscheinung trat und erbarmungslos auf das Instrument einschlug, wurden zwei Fackelträgerinnen sichtbar, zwischen denen eine goldbehelmte Gestalt lief. Im tanzenden Fackelschein schienen seine Muskeln mit jedem Schritt zu springen. *Verus!* Aufgeregt reckte sich Alessandro unmerklich, um den mutigen Gladiator, von dem alle sprachen, genauer zu sehen. Seine Augen und Haare waren pechschwarz, es war, als ob ein sonderbares Leuchten von ihm ausging. Endlich hörten die Trommelschläge auf und die Gruppe positionierte sich in der Mitte des Übungsplatzes. Die Fackelträgerinnen rückten auseinander, damit das Publikum einen besseren Blick auf den Gladiator erhielt. Bewundernder Zuspruch erhob sich, der aber rasch zu einem Flüstern wurde, als der Dominus aufstand, um zu seinen Gästen zu sprechen.

»Meine verehrten Freunde, danke, dass ihr meine Villa beehrt habt und nun in den Genuss kommt, die ersten Pompejaner zu sein, die den neuen Stern am Gladiatorenhimmeln begutachten dürfen! Ich will keine lange Rede halten, es sei nur gesagt, dass ich weiß, dass jeder von euch dem Kampf gegen den unbesiegten Tantotaurus entgegenfiebert. An diesem denkwürdigen Abend habt ihr die Gelegenheit, den Mann kennenzulernen, der den Stier vielleicht zu Fall bringt! Begrüßt Verus!«

Ein Klatschen ging durch die Menge und aufgeregte Stimmen waren zu hören. Alessandro begutachtete den kompakten Mann. Am liebsten hätte er seinen Platz verlassen, um ihn aus der Nähe zu sehen und ihm zu sagen, dass es nicht seine Aufgabe war, Tantotaurus zu stürzen, sondern seine eigene. Er spürte den Drang, die Narbe zu fühlen, die ihn an seinen Schwur vor langer Zeit erinnerte. Doch hier, unter den Augen seines Herrn, musste er stillstehen und durfte nicht die kleinste Gefühlsregung zeigen. Verus würde heute nicht kämpfen, er war lediglich hergebracht worden, um die Augen der Gäste zu erfreuen. Um den Blutdurst der Anwesenden zu stillen, hatte Dominus zwei geringere Gladiatoren verpflichtet, deren Namen niemand kannte. Verus wurde von den Wachmännern auf die Ehrenloge geführt und blieb dort stehen, um für alle sichtbar zu bleiben. Kurz darauf schwang der Trommler erneut seine Schlegel und die anderen beiden Kämpfer wurden hereinbegleitet. Sie waren nicht halb so eindrucksvoll wie der junge Verus, aber auch sie waren ordentlich eingekleidet. Ihre Kurzschwerter glitzerten im Mondlicht und das Funkeln in ihren Augen verriet die Anspannung vor dem Kampf. Es würde eine klassische Begegnung zwischen einem Thraker und einem Murmillo geben. Der Dominus durfte nicht aussprechen, was alle Anwesenden bereits wussten. Der Kampf war *sine missione,* also ohne Begnadigung, angesetzt. Offiziell war diese Form der Kämpfe seit Kaiser Augustus verboten, aber es reizte die Römer, auf privaten Feiern einem solchen Kampf beizuwohnen. Einer der beiden Männer würde heute Nacht sein Leben lassen. Alessandro spürte, wie die Spannung in ihm stieg. Für einen Moment vergaß er sogar Laetitia. Auf das Zeichen von Maximus begann das Duell. Beide Kämpfer stellten sich sehr geschickt an. Alessandro wusste, dass ein solcher Kampf nicht zu früh enden durfte, denn man wollte die Zuschauer unterhalten. Am Anfang schien es, als ob der Thraker die Oberhand behielt, aber im Laufe der Zeit wendete sich das Blatt ein ums andere Mal. Das Publikum war begeistert. Gerade überlegte Alessandro, ob die beiden so gut kämpften, dass der Unterlegene vielleicht doch auf eine Begnadigung hoffen durfte, als dem Thraker plötzlich ein schwerer Hieb versetzt wurde und er ins Straucheln geriet. Für einen Moment glaubte Alessandro, dass der Getroffene sein Gleichgewicht zurückerlangen und wieder auf den Murillo losgehen würde, dann aber erkannte er Panik in den Augen des Thrakers. Ehe er sich versah, stürzte der Kämpfer in seine Richtung, als ob er fliehen wollte. Instinktiv stemmte Alessandro beide Arme nach vorne, um sich vor dem heraneilenden Thraker zu schützen, aber der Mann erhob sein

Schwert und versuchte in einem letzten verzweifelten Akt, sich freizukämpfen. Dabei erwischte er Alessandro an der Flanke, und das unerwartete Eindringen der Klinge nahm ihm kurzzeitig die Luft zum Atmen. Bevor der Flüchtende weiterkam, wurde er von Tiberius Maximus' Wachmännern überwältigt und unter Schmährufen zurückgeführt. Dort erwartete den Mann die Hinrichtung, und das Publikum johlte, als sein lebloser Körper in den Sand sackte.

Alessandro unterdessen fieberte nicht mehr mit dem Geschehen mit, sondern hielt sich die stark blutende Wunde. Das Schwert des Thrakers hatte ihm die linke Seite aufgerissen, und auch wenn er sich bemühte, Haltung zu bewahren, wusste er doch, dass er bald zusammensinken würde, wenn er die Blutung nicht stoppen konnte. Er fühlte, wie er mit jedem Atemzug schwächer wurde. Ihm wurde heiß und kalt zugleich, während sich sein Blick immer unschärfer auf die blutende Wunde richtete, die zu seiner Überraschung nicht mehr schmerzte. Benommen hob er das Haupt. Kurz bevor er das Bewusstsein endgültig verlor, sah er einen goldenen Kopf, der auf ihn einredete. Die rote Robe eng um sich geschlungen, hielt Laetitia in ihren zarten Händen einen weißen Seidenschal. Beherzt wickelte sie ihn fest um den tiefen Schnitt, dann spürte er, wie zwei Arme ihn stützten und durch die Menge geleiteten.

»Zum Medicus, schnell!«, hörte er die männliche Stimme eines Wachmanns rufen. »Macht Platz!«, schrie eine andere Stimme. Während alles um ihn herum in Hektik zu versinken drohte, wurden seine eigenen Reaktionen immer langsamer. Fühlte es sich so an, zu sterben? Der einzige Schmerz, den er fühlen konnte, war der Gedanke, von dieser Welt zu scheiden und das schöne Wesen, das ihm den Weg bahnte, zurückzulassen. Vor seinen schweren Lidern sah er Laetitia, die beherzt vorwärtsschritt und immer wieder über ihre Schulter zu ihm blickte. Bald war der Schal von Blut durchtränkt, aber sie hatten fast die Holzhütte des Medicus erreicht. Laetitia hämmerte an die Tür, endlich erschien das alte, faltige Gesicht des Heilers. Es sah so aus, als hätte der Mann bereits geschlafen, aber er erkannte den Ernst der Lage sofort, zündete die Öllampen an und kommandierte Alessandro auf die Liege. Erleichtert, sich niederlegen zu können, sackte dieser darauf zusammen. Der Medicus gab Laetitia eine Fackel und flößte Alessandro eine bittere Flüssigkeit ein. Das Letzte, was Alessandro sah, war Laetitias Gesicht, das sorgenvoll und engelsgleich auf ihn hinunterblickte.

Aus Laetitias Tagebuch:

Beim Jupiter, es ist etwas Schlimmes passiert! Ein wildgewordener Gladiator hat auf Alessandro eingestochen, um nach einem verlorenen Kampf zu fliehen. Ich musste ihm einfach zu Hilfe eilen. Es war schrecklich, ihn so bluten zu sehen! Zum Glück trug ich meinen Schal, damit konnte ich die Wunde etwas abbinden. Um mich herum waren alle wie gelähmt, dabei ist Alessandro so wertvoll. Jetzt ist er beim Medicus gut aufgehoben. Er meint, dass Alessandro bald wieder auf den Beinen ist. Der Stich war ernst, aber nicht tödlich, weil die Blutung gestoppt werden konnte. Es hat mir das Herz zusammengezogen, denn ich dachte schon, er würde sterben. Jetzt weiß ich, dass er mehr ist als eine Kampfmaschine. Hinter seiner harten Fassade ist er ein Mensch wie ich, jemand, den ich kennenlernen will, der mich neugierig macht.

KAPITEL 5

AMORS PFEIL

Es war eine helle Vollmondnacht, die Fackeln, die eben noch den Platz erleuchtet hatten, waren zu Millionen funkelnder Sterne geworden. Die Luft roch angenehm nach Meer und Salz. Die Gerüche erfreuten sein Herz, als Alessandro auf den unendlich weiten, glitzernden Teppich des Mittelmeers starrte. Unter ihm wühlten seine nackten Zehen im noch warmen Sand, während er von hinten leichte Schritte kommen hörte. Ohne sich umdrehen zu müssen, wusste er, wer ihn hier, an diesem geheimnisvoll anmutenden Ort, besuchte. Ihr Lachen klang hell in seinen Ohren, als sie zärtlich seine nackte Haut berührte.

»Laetitia, du bist hier!«, wollte er sagen, doch er brachte keinen Ton heraus. Stattdessen nahm er sie wie eine Feder in seine Arme, hob sie hoch, drehte sich einmal um die eigene Achse und setzte sie behutsam in den feinen weißen Sand. Er ergriff ihre Hände und küsste sie, schlang seine Arme um ihren Körper, um ganz dicht bei ihr zu sein.

»Laetitia, ich liebe dich!« Ganz leise konnte er die Worte jetzt murmeln.

Sie sah ihn an mit ihren saphirgrünen Augen, machte den Mund auf, um ihm zu antworten. Erwartungsvoll musterte er jede Linie ihres Gesichts. Er musste die Antwort auf sein Geständnis wissen, wollte mehr als alles andere erfahren, was sie über ihn dachte. *Nun sprich es aus, sag mir, was du für mich empfindest!*

»Alessandro, ich ...« Ihr Mund öffnete und schloss sich, doch auf einmal konnte er ihre Worte nicht mehr hören.

Jäh riss er die Augen auf. Helles Tageslicht schien durch die Fenster der kleinen Holzhütte. Strand und Sand waren wie weggeblasen, als Alessandro im Haus des Medicus aufwachte. Der Raum erinnerte ihn an die letzten Stunden seines Vaters. Nach dem verhängnisvollen Kampf mit dem Stier hatte Tiberius Maximus dem neuen Besitzer seines Vaters angeboten, ihn von seinem eigenen Arzt behandeln zu lassen, doch statt der erhofften Besserung, hatten sich die Blessuren des Felsens entzündet, und Alessandro musste mit ansehen, wie es ihm von Tag zu Tag schlechter ging, bis er schließlich qualvoll seinen infizierten Wunden erlag. Kurz darauf war der alte Medicus verschwunden, der Dominus hatte allen erzählt, dass er ihn aus seinem Dienst entlassen habe, für die unbefriedigende Leistung, die er bei seinem Vater gezeigt hatte. Alessandro erinnerte sich nicht gerne zurück. Hastig versuchte er, sich aufzurichten. Als er seinen Körper aufsetzen wollte, um sich umzusehen, durchfuhr ihn auf der linken Körperseite ein stechender Schmerz. Dunkel erinnerte er sich. Das Fest. Der Schnitt. Laetitia, wie sie ihn zum Medicus begleitet hat. Seine Augen waren immer noch schwer von der Medizin. Wo war der weiße Seidenschal? Als er es schließlich schaffte, an sich hinunterzublicken, sah er nur einen ausgebleichten Leinenverband, mit dem die Wunde verbunden war. Erschöpft sank er zurück. Langsam drangen Stimmen an sein Ohr. Es mussten die anderen Jungen bei ihren Übungseinheiten sein, die er aus der Ferne hörte. Sein Schlaf hatte anscheinend sehr lange gedauert. Auf einem wackeligen Holztisch neben ihm stand ein volles Wasserglas, doch obwohl er schrecklichen Durst hatte, traute er sich nicht, davon zu trinken. Vielleicht hatte der Medicus ein Schlafmittel beigemischt, und er wollte nicht mehr schlafen. So verharrte er in einem Dämmerzustand, bis er endlich die Tür aufgehen hörte. Er setzte sich trotz der Schmerzen auf, um besser sehen zu können, doch es war nicht der Heiler, der hereintrat.

»Du bist gekommen«, wollte er sagen, doch seine Zunge war dick und träge.

Laetitia lächelte ihn mit ihren sanften Augen an. Sie kam näher und rückte sich einen Schemel an seiner Seite zurecht. »Wie geht es dir? Seit wann bist du wach?« Da Alessandro ihr nicht antworten konnte, reichte sie ihm das Glas. »Du bist bestimmt durstig.« Alessandro wollte abwinken. Doch als ob sie sein Zögern verstand, beruhigte sie ihn. »Ich habe das Glas für dich dort hingestellt. Es ist nur Wasser.«

Dankbar wollte er einen Schluck nehmen, doch nach den ersten Tröpfchen begann er zu husten.

»Das kommt von der Medizin. Sei geduldig«, sagte Laetitia und strich ihm eine Haarsträhne aus dem Gesicht.

Alessandro fühlte, wie er durch die Berührung am ganzen Körper erzitterte.

»Der Medicus sammelt Kräuter für eine Salbe, um deine Wunde zu behandeln. Er sagt, die müsse er frisch pflücken. Ich habe wohl Glück, dass du gerade jetzt aufgewacht bist.« Sie lächelte ein so schönes Lachen, dass Alessandro, selbst wenn er kerngesund gewesen wäre, keinen Ton herausgebracht hätte. So hatte er eine Entschuldigung und konnte sie einfach nur anblicken.

»Ist es noch sehr schmerzhaft?«

Jetzt sah sie fast ein bisschen schüchtern aus. Alessandro hätte ihr gerne gesagt, dass er für ihre Anwesenheit einen noch viel höheren Preis gezahlt hätte, aber er konnte nur matt den Kopf schütteln und ein undeutliches Nein murmeln.

»Es ist nicht so schlimm. Du bist da«, sagte er zaghaft nach einer Weile des Schweigens und nachdem er sich lange darauf konzentriert hatte, diese paar Worte zu formen.

Laetitia lächelte wieder. Ihre Hand lag greifbar nahe bei seiner. Langsam streckte er die Finger danach aus, um sie kurz zu berühren. Fast erwartete er, dass sie ihre Hand zurückziehen würde, aber stattdessen ruhten ihre Finger sanft auf seinem Handrücken. Er schloss die Augen und dachte, er wäre im Himmel. Als er sie nach einigen Sekunden wieder öffnete, waren ihre Hände immer noch miteinander verbunden. Gerade, als er ansetzte, um Laetitia etwas zu sagen, hörten sie ein Knarzen und die Tür ging langsam auf. Blitzschnell trennten sich ihre Finger und beide sahen gebannt zum Eingang der Hütte.

»Ah, unser Patient ist aufgewacht!« Der Medicus stampfte zur Tür herein. »Wie geht es ihm? Hat er getrunken?« Sein Blick schweifte zu dem halbgeleerten Wasserglas.

»Ja«, sagte Laetitia. »Als ich gekommen bin, war er schon wach. Ich wollte nur kurz nach ihm sehen.« Ihre saphirgrünen Augen auf Alessandro gerichtet, verabschiedete sie sich von ihm. »Ich gehe jetzt. Der Medicus kümmert sich um dich«, flüsterte sie ihm zu.

Als der alte Mann sich über ihn beugte, lächelte sie ihm noch einmal kurz zu und erhob ihre Hand zum Winken. Matt lächelte Alessandro zurück. Als sie verschwunden war, kam ihm der Raum unendlich leer vor.

~

Fünfzehn Tage Ruhe hatte der Medicus Alessandro verordnet, aber schon am vierten Tag durfte er wieder in sein eigenes Quartier ziehen. Die Wunde hatte nicht mehr nachgeblutet und der Medicus sagte, es habe sich auch nichts entzündet. Ricardo war sichtlich erleichtert, als sie ihn humpelnd in die Holzhütten der Sklaven zurückbrachten.

»Ich dachte schon, es ist vorbei mit dir, so sehr hat der Schnitt geblutet«, witzelte er mit gespielter Leichtigkeit.

Alessandro winkte ab. »Es ist nur ein Kratzer. Ich war nicht auf den Schlag vorbereitet, das ist alles.« Tapfer lächelte er seinem Freund zu. Er war froh, wieder bei den anderen zu sein. Langsam humpelte er zum Übungsplatz, der jetzt in seiner alten unspektakulären Weise vor ihm lag und auf dem sich die anderen umkreisten. Eine ganze Woche sollte er sich schonen, so lange, bis die Fäden, mit denen der Medicus den tiefen Schnitt genäht hatte, gezogen waren.

Der Herr kam bald darauf, um mit ihm zu sprechen, und zusammen saßen sie in der verlassenen Speiseecke.

»Es tut mir leid, Alexos. Diese feige Assel hätte uns nicht unterkommen dürfen. So verhält sich doch kein Gladiator! Das war das letzte Mal, dass mir so ein Abschaum ins Haus kommt. Ich habe ihn aus derselben Truppe geliehen, aus der Verus kam, aber das hat man davon, wenn man Auswärtige nimmt.«

»Es ist nicht so schlimm, Dominus«, sagte Alessandro, weil er glaubte, dass sein Herr eine Antwort erwartete. Doch Tiberius Maximus schien gar nicht zuzuhören und redete einfach weiter.

»Ich habe ihm keine einzige Sesterze für den Mann bezahlt und dem Besitzer klar gemacht, dass so ein Feigling kein Verlust ist. Er soll froh sein, dass er ihn los ist. Wusstest du, dass die ganze Truppe aus Rom kommt? Der Hauptstadt unseres Imperiums, und so etwas schimpft sich Gladiator! Ich hatte ja nicht viele Ansprüche für die Abendvorstellung, nur dass die Kämpfer ebenbürtig sind und mein Publikum unterhalten.«

Er redete immer weiter, doch Alessandros Gedanken schweiften bald ab. Wie gerne hätte er jetzt Laetitia bei sich gehabt, statt den Monologen seines Herrn zu lauschen.

»... nicht wahr, Alexos?«

»Ja, Dominus!«

»Du klingst nicht besonders enthusiastisch. Freust du dich denn gar nicht auf den Kampf?«

Alessandro stockte. Vielleicht hätte er doch besser zugehört, was der Herr erzählt hatte.

Zum Glück winkte Tiberius Maximus ab. »Ich sehe, der Schnitt hat dir zugesetzt. Ist schon gut. Du warst nicht darauf vorbereitet. Aber sieh zu, dass du dich wieder fängst, immerhin bist du meine größte Hoffnung.« Mit diesen Worten ließ er ihn sitzen.

Erhobenen Hauptes schritt er von dannen und Alessandro blieb alleine zurück. Ohne die anderen Jungen fühlte er sich einsam, also stand er wieder auf und lief zum Übungsplatz zurück. Von dort beobachtete er das Geschehen, sah, wie Ricardo Bartus nach allen Regeln der Kunst auflaufen ließ und ihn in wenigen Sekunden zur Schnecke machte. Brekken kochte wie immer vor Zorn und schickte Bartus an den Palus zum Üben. Ricardo grinste Alessandro freundlich zu und Alessandro hob den Daumen, um auszudrücken, dass ihm der Kampf gefallen hatte.

Als sich gerade der Grieche Illius gegen Ricardo abplagte, kam Nero auf ihn zu und setzte sich beiläufig neben ihn. Die jüngeren Schüler hatten am Nachmittag kürzere Einheiten und Nero, als Anverwandter des Herren, hatte sowieso viel Freiraum. Normalerweise blieb der kleine Junge mit dem wachen Blick bei Darius, seinem einzigen Freund unter den Sklaven. Alessandro sah ihn von der Seite an. Nero wippte nervös vor und zurück.

»Was ist los, Nero? Hast du etwas ausgefressen?«

Erschrocken sah ihn Nero mit seinen fast schwarzen Augen an. »Nein ..., es ist nur ...« Er sprach seinen Satz nicht zu Ende. Dafür schob er ihm ein Stück gerolltes Papyrus zu.

»Von der Herrin«, brachte er schließlich heraus und war blitzschnell wieder verschwunden.

Alessandros Herz begann zu pochen. Ein Brief von Laetitia. Was darin wohl stand? Mit zitternden Fingern schob er das gelbliche Etwas unter seine Tunika, in seinen Lendenschurz. Hastig sah er zu Brekken, doch der war gerade damit beschäftigt, Illius Stellungstipps im Kampf gegen einen Retiarius zu geben, und hatte Alessandros Geste nicht bemerkt. Auch sonst schien niemand Notiz davon genommen zu haben, deshalb beschloss er, sich in seine Schlafkammer zurückzuziehen, um den Brief zu lesen.

Im Schatten des Raumes konnte er geblendet vom grellen Tageslicht erstmal überhaupt nichts erkennen. Es dauerte einige Augenblicke, bis sich seine Augen an das dunklere Licht gewöhnt hatten. Schließlich konnte er endlich die Buchstaben voneinander unterscheiden, doch vor Aufregung tanzten die Zeilen vor seinen

Augen. Er atmete tief durch und zwang sich, langsamer zu lesen. In einer schönen Handschrift stand geschrieben:

Triff mich nach dem Verbandswechsel in der Kammer beim Stall,
L.

Alessandros Herz machte einen Sprung. Sie wollte ihn sehen. Heute noch.

KAPITEL 6

WENN DIE ZEIT STEHEN BLEIBT

Die Minuten, die er beim Verbandswechsel in der Hütte des Medicus verbrachte, zogen sich wie eine Ewigkeit hin. Während er auf seine bereits abheilende Wunde blickte, musste er sich sehr zusammennehmen, um die Füße und Hände stillzuhalten. Vor lauter Aufregung wäre er am liebsten aufgesprungen und umhergelaufen. Der alte Medicus machte unterdessen seine Arbeit in einer Seelenruhe, die Alessandro fast in den Wahnsinn trieb. Langsam schlurfte der Heiler zu seinen Regalen, kramte darin herum und kam schließlich mit einem frischen Stück Stoff zurück.

»So, hier bin ich wieder. Deine Wunde sieht erstaunlich gut aus, dafür, dass du fast verblutet wärst.« Während er den Schnitt neu verband, erinnerte er sich selbst daran, Alessandro noch die Medizin für eine bessere Blutbildung zu geben.

Voller Ungeduld beobachtete Alessandro, wie der Medicus eine Flüssigkeit zusammenrührte und ihm eine Schale davon zuschob.

»Trink das. Das wird dich kräftigen«, sagte er in seiner langsamen Art.

Die dickflüssige Medizin war rostbraun, Alessandro schluckte sie in einem Zug runter und schüttelte sich. Der Inhalt der Schale schmeckte fast wie mit Kräutern vermischtes Blut und war so eklig zum Trinken wie der Knochenaschetrunk. Aber Alessandro ahnte, wie wichtig er für seine Genesung war. Deshalb bedankte er sich höflich und machte sich bereit zum Gehen.

»Morgen um dieselbe Zeit kommst du wieder. Es ist wichtig, dass du die Medizin bekommst, und ich werde auch den Verband noch mal wechseln.«

Alessandro nickte zum Zeichen, dass er verstanden hatte, und beeilte sich, die Hütte zu verlassen. Draußen war es noch hell und so sah er sich sorgsam um, bevor er wie beiläufig in Richtung der Stallungen schlenderte. Sollte ihn jetzt jemand sehen, würde er sagen, dass er sich eine Handvoll frisches Stroh holen wollte, um besser liegen zu können. Doch um diese Zeit war das Gelände verlassen. Seine Gefährten saßen beim Abendessen oder wuschen sich. Aus Erfahrung wusste er, dass der Dominus gewöhnlich damit beschäftigt war, sich in seine Kammer zurückzuziehen, um die letzten Vorbereitungen für den nächsten Tag zu treffen, und die Stallburschen hatten ihre Arbeit bereits beendet. Der Weg vom Haus des Medicus bis zu den Ställen war kurz. Beides lag hinter der Villa und war vom Balkon und vom Übungsplatz der Schüler nicht einzusehen. Zu dieser Seite erstreckte sich der stolze Garten. Dahinter lag der Pinienwald. Nichts regte sich, als Alessandro vorsichtig die Tür der Stallkammer öffnete. Das quietschende Geräusch jagte ihm einen Schrecken ein und er lauschte einige Augenblicke, ob sich etwas rühren würde. Als alles still blieb, trat er ein. Laetitia stand mit dem Rücken zu ihm und tat so, als würde sie an einem Sattel etwas einstellen. Doch dann drehte sie sich um und trat auf ihn zu.

»Du hast meine Nachricht erhalten und bist gekommen«, flüsterte sie ihm zu.

Er konnte nur nicken, während er sie im fahlen Licht, das durch ein kleines Loch oben im Mauerwerk fiel, betrachtete. Ihr Haar war lose hochgebunden und sie hatte eine schlichte weiße Tunika an, wie die gehobenen Römerinnen sie zum Reiten benutzten. Obwohl er gerne auf sie zugegangen wäre, waren seine Beine wie gelähmt. Laetitia betrachtete ihn mit einem Lächeln.

»Freust du dich nicht, mich zu sehen?«, fragte sie schließlich mit einem amüsierten Unterton in der Stimme.

»Doch, sehr, ich weiß nur nicht, was das alles zu bedeuten hat ...« Er kam sich auf einmal unendlich dumm vor.

»Ich wollte dir nur etwas geben«, sagte sie lächelnd und trat noch näher an ihn heran. Unter ihrem Gewand holte sie den weißen Seidenschal hervor, sauber gewaschen und gefaltet. »Er war voller Blut, deshalb habe ich ihn gereinigt.«

Sie stand jetzt vor ihm und blickte verlegen zu ihm hoch. Langsam und ohne die Augen von ihr abzuwenden, nahm er den Schal. Er fühlte sich wie ein zarter Windhauch in seinen rauen Händen an. Als ob es das Kostbarste auf der Welt war, drückte er ihn an sein Herz. »Ich kann ihn nicht annehmen, Laetitia, ich bin nur ein Sklave.«

Sie verstand und steckte ihn weg. Ihre Augen ruhten auf seinem Gesicht und er war so verwirrt, dass er nicht darüber nachdachte, wer von beiden als Erstes die Hände des anderen ergriff. Langsam kamen sie sich näher und schließlich, als wäre es das Natürlichste auf der Welt, hielt er sie fest in seinen Armen. Er konnte ihr Herz unter ihrer Robe schlagen hören und sog den blumigen Duft ihrer Haare ein. Sanft zog er sie noch enger zu sich heran. Er schloss seine Lider und fühlte, wie ihre Hände vorsichtig seinen nackten Oberkörper streichelten. Als er seine Augen wieder aufschlug, beugte er sich leicht vor. Wie in einem seltsamen Einverständnis berührten sich ihre Lippen und Laetitia öffnete ihren Mund. Alessandro durchströmte ein noch nie da gewesenes Gefühl der Vollkommenheit. Er konnte nicht sagen, ob es Stunden oder Minuten waren, in denen sie sich in den Armen hielten und küssten, doch schließlich mussten sie sich aus der Umarmung lösen.

Laetitia streichelte ihm über die Wange, sie betrachtete ihn voller Liebe. »Alessandro, wirst du morgen wiederkommen?«

Was für eine Frage. Er wäre an das Ende der Welt gereist, nur um mit ihr zusammen zu sein.

Aus Laetitias Tagebuch:

Ich habe ihn geküsst! Er war so zärtlich mit mir, eigentlich könnte ich mich gerade auflösen vor Glück. Ich fasse nicht, dass ich mich ausgerechnet hier verliebt habe, aber jetzt weiß ich, das ist das schönste Gefühl der Welt!

In den nächsten Tagen konnte Alessandro sein Glück kaum fassen. Bei jedem Sonnenaufgang zählte er die Stunden, bis er Laetitia in der Stallkammer wiedertreffen würde. Wäre es nach ihm gegangen, hätten die Tage ewig so weitergehen können. Laetitia schien dasselbe zu empfinden. Sobald er die Tür hinter sich geschlossen hatte, lief sie in seine Arme und küsste ihn überschwänglich. Die Minuten, die sie zusammen verbrachten, waren immer zu kurz, aber so sehr er auch nachdachte, sah er doch keine Möglichkeit, sich mit ihr zu einer anderen Zeit unbemerkt zu treffen. Vormittags war er bei den Sklaven, sah ihren Übungseinheiten zu, aß mit ihnen, lernte, wenn der Herr verlangte, dass sie Unterricht nahmen, und so blieb nur übrig, die Zeit, in der er zum Medicus ging, auszudehnen. Ricardo war der Erste, der ihn darauf ansprach.

»Was machst du so lange bei dem alten Heiler?«, fragte er, als Alessandro am dritten Abend in Folge zu spät zum Abendessen kam. Alessandro überlegte, seinen Freund anzulügen, zu behaupten, dass er nach der Medizingabe noch ein paar Minuten liegen müsse oder ähnlich abstruse Dinge, aber er hatte Ricardo noch nie angelogen und war sich ziemlich sicher, dass der es sofort bemerken würde. So senkte er seine Stimme zu einem Flüstern, damit niemand anderer auch nur einen Ton hörte. »Es ist wegen Laetitia.«

Ricardo sog scharf die Luft ein. Bevor er ihn mit Warnungen und Zweifeln überschütten konnte, sprach Alessandro schnell weiter. »Wir haben uns geküsst, stell dir vor, sie will mich auch!«

Statt sich für ihn zu freuen, ließ Ricardo den Kopf in die

Hände sinken und schüttelte ihn langsam hin und her. »Alessandro, du weißt, ich gönne dir jedes Glück der Welt, aber die Tochter des Herrn ... Wenn der Dominus das erfährt, wird er dich den Löwen zum Fraß vorwerfen. Er wird dir das Fleisch bei lebendigem Leibe vom Körper schneiden und häppchenweise verfüttern! Das darfst du nicht machen!«

Alessandro sah ihm fest in die mandelförmigen Augen. »Dafür ist es schon zu spät. Sie ist alles, was ich will, und ich würde keine Sekunde zögern, für sie zu sterben!«

»Was ist mit dem Ruhm der Arena? Was ist mit der Rache für deinen Vater? Schmeißt du all das weg, nur wegen eines Mädchens?«

Die Worte trafen Alessandro hart. Warum konnte sein Freund nicht verstehen, dass diese Liebe etwas Besonderes war?

Als hätte er den Kummer in seinen Augen richtig gedeutet, sprach Ricardo mit sanfterer Stimme weiter. »Laetitia ist eine reiche Römerin. Sie wird die Geschäfte ihres Vaters weiterführen. Wir sind als Sklaven geboren. Wenn wir Glück haben, werden wir eines Tages aus dem Dienst entlassen. Aber selbst dann sind wir der Bodensatz der Gesellschaft und werden es nie zu Reichtum bringen.«

»Laetitia ist anders. Du solltest sie hören. Sie liebt mich, wie ich sie liebe!«

»Eine Liebe, die zum Scheitern verurteilt ist! Selbst wenn sie es ernst meint, ihr Vater würde es niemals dulden.« Aufmunternd klopfte er Alessandro auf die Schulter. »Aber was soll's. Du hast noch vier Tage Ruhe, in denen werde ich dir eine Schüssel vom Abendessen aufheben. Genießt die Zeit, die ihr habt, danach wird es schwierig werden, einander zu treffen.«

Alessandro nickte. Er war Ricardo für die Hilfe dankbar, aber trotzdem hatten ihn seine Worte traurig gemacht. Während er in den letzten Nächten mit süßen Gedanken an Laetitia eingeschlafen war, quälte ihn nun die Frage nach der Zukunft. Insgeheim wusste er, dass Ricardo recht hatte. Selbst wenn er eines Tages ein noch so ehrenvoller, ruhmreicher Arenakämpfer wäre, er würde doch immer ein Außenstehender der Gesellschaft sein.

Gladiatoren wurden nur in der Arena geliebt, ansonsten waren sie verachtet wie Prostituierte. Die Welt war ungerecht.

»Alessandro, was ist mit dir? Du wirkst so betrübt heute.«

Seine Arme hielten sie eng umschlungen an seinen Körper gepresst. Er küsste ihr goldenes Haar und hätte weinen können. »Es ist ...« Sanft löste er ihre Umarmung, blickte ihr in die Augen und wollte alle Bedenken, die Ricardo geäußert hatte, wiedergeben. Ihm fiel es immer noch schwer, mit Laetitia zu reden, die richtigen Worte zu finden, ohne zu fürchten, lächerlich zu wirken. »Laetitia, ich liebe dich, aber ich bin nur ein Sklave. Ich werde dich niemals glücklich machen können.« Er seufzte. »Es tut mir leid.«

Statt ihm eine Antwort zu geben, küsste sie seinen Hals und ließ ihre Finger an seiner Brust hinuntergleiten. »Du machst mich zur reichsten Frau auf dieser Erde. Du hast meine Liebe erweckt. Es macht nichts, dass du mir kein Geld geben kannst, du gibst mir etwas viel Wichtigeres.«

Alessandro wollte widersprechen, doch er konnte nichts mehr sagen, als sie mit ihren Händen seine Hüften fasste und ihn noch näher zu sich hinzog.

~

Aus Laetitias Tagebuch:

Heute haben wir uns wiedergesehen. Es war wunderschön, ihm nahe zu sein, aber etwas war anders. Irgendwie wirkte er traurig. Er denkt, er wäre nicht gut genug für mich. Als ob ich mich je für irgendwelche Schichten interessiert hätte (sehr zum Leidwesen meines Vaters). Er versteht nicht, dass der Mensch das Wichtigste ist, nicht das, was er zu besitzen meint. Für mich zählt nur das Wesen, und ich fühle, dass Alessandro ein gutes Herz hat, auch wenn er kämpfen muss. Allerdings hält selbst Katharina diese Verbindung für zu gewagt. Ich kann nicht anders, als meinem Herz zu folgen ...

Abends lag Alessandro auf seinem Strohbett und weinte. Es war ein stummes Weinen, das niemand hören konnte. Warum war er so geboren? Warum war sie so geboren? Warum gab es Grenzen, die unüberwindbar schienen? Mit Tränen in den Augen schlief er ein. In dieser Nacht träumte er wieder vom Tantotaurus. Doch nun war es nicht sein Vater, der sich in der Arena befand, sondern er selbst. In seiner neuen Ausrüstung stand er dem Riesen gegenüber und es gab nur einen Zuschauer. Mit kummervoller Miene blickte sie auf die Arena hinunter, wo der Gigant ihn mit seinen bösartigen Augen anfunkelte. Er sah zu ihr hoch, wollte mit ihr reden, wollte bei ihr sein, sie halten und küssen. Es war ein Blick zu viel. Eine kalte Klinge bohrte sich in seine Seite, und immer noch hatte er nur Augen für sie. Laetitia schrie, doch er konnte ihre Worte nicht hören. Wusste, dass Tantotaurus mit der Doppelaxt ausholen würde, wartete auf den Schlag, und als er sterbend im Sand lag, streckte er noch einen Finger nach ihr aus. Laetitia ...

Eine Hand rüttelte ihn wach.

»Spinnst du, so ein Geschrei zu machen? Bald wird die halbe Welt wissen, dass du sie liebst! Komm zu dir, aber schnell.«

Es war Ricardo, der ihn aus diesem Albtraum erlöst hatte. Verschlafen rieb er seine Augen. »Nur ein Traum ..., zum Glück nur ein Traum! Es hat sich so echt angefühlt.«

»Es wird Zeit, dass du wieder kämpfst und mit uns trainierst. Das wird dich auf andere Gedanken bringen.«

Mit Schrecken dachte Alessandro an die Zeit, wenn seine Wunde verheilt war. Wann würde er dann eine Möglichkeit finden, mit Laetitia zusammen zu sein? Er ließ sich auf sein Bett zurücksinken, doch der Schlaf wollte ihn nicht mehr finden.

Am nächsten Vormittag kam Maximus auf den Übungsplatz, ließ die Kämpfe unterbrechen und die Sklaven sich in einer Reihe aufstellen. Alessandro erhob sich vom Boden, wo er gesessen hatte, um den Übungen der anderen zuzusehen, und lief in Richtung seines Herrn.

»Wie geht es dir, Alexos? Der Heiler hat mir gesagt, deine Wunde verheilt gut?«

»Ja, Dominus. Nächste Woche kann ich wieder mit den Übungen beginnen.«

Tiberius Maximus nickte zufrieden. »Aber pass auf, dass du dich nicht überanstrengst. Die Vormittagseinheit reicht zunächst aus. Nachmittags kannst du dich noch eine Woche lang ausruhen.«

Alessandro atmete innerlich aus. Vielleicht gab es auf diese Weise einen Weg, sich weiter heimlich mit Laetitia zu treffen. Dann sagte der Herr seinen Sklaven, dass sie in zwei Tagen alle zu den Spielen mitkommen durften, wenn Verus und Commodus gegen Tantotaurus in die Arena zogen. Jubel brach aus, und Alessandro wusste, dass es für die Jungen kein anderes Gesprächsthema mehr geben würde, bis es so weit war.

Als Alessandro jedoch am frühen Abend mit Laetitia am vereinbarten Treffpunkt zusammen war, dachte er darüber nach, ob es ihm wirklich noch so wichtig war, gegen den Stier zu kämpfen. Laetitia, die seine Schweigsamkeit offensichtlich in Unruhe versetzte, fragte ihn, ob er sich wieder Gedanken wegen ihrer unterschiedlichen Geburtsstände machte. Alessandro ergriff ihre Hand, blickte er ihr in die Augen und schüttelte den Kopf.

»Nein, jetzt gerade nicht. Ich habe es dir noch nicht erzählt, aber es war einmal mein größter Wunsch, selbst gegen den Tantotaurus anzutreten, um den Tod meines Vaters zu rächen.«

Laetitia sah ihn angsterfüllt an. »Alessandro, du bist noch viel zu jung. Bitte, das darfst du nicht tun!«

Er konnte nicht verbergen, dass ihm ihre Antwort nicht gefiel, und spürte, wie sich seine Augenbrauen zusammenzogen und er sich auf die Zähne biss.

»Ich will dir nichts vorschreiben, sondern mache mir nur Sorgen um dich«, fuhr Laetitia fort. »Sei deshalb nicht böse auf mich. Du wolltest doch noch etwas anderes sagen?«

Alessandro atmete tief aus. So schnell wie sein Zorn

gekommen war, löste er sich angesichts des besorgten Gesichtsausdrucks von Laetitia wieder in Luft auf. »Ja, das stimmt. Ich wollte eigentlich sagen, dass mein Interesse daran nicht mehr so stark ist wie früher. Jetzt, da ich dich habe, frage ich mich, ob es nicht eine Möglichkeit gibt, wie wir beide am Tag des großen Kampfes in der Villa bleiben können? Ich könnte mir meine Wunde wieder auftrennen, oder mir ein Bein brechen oder so«, sagte er mit einem Zwinkern, doch Laetitia winkte ab.

»Alessandro, ich bin so froh, dass du das gesagt hast. Dein Leben bedeutet mir mehr als alles andere, und ich würde sterben vor Angst, wenn du gegen den Stier kämpfen müsstest. Trotzdem sollten wir beide zu den Spielen gehen. Vater will unbedingt, dass ich ihn begleite. Er ließe mir eine Ausrede niemals durchgehen. Wenn ich krank wäre, würde er den halben Hausstand zurücklassen und jedem sagen, dass er mich keine Sekunde aus den Augen lassen soll. Außerdem wäre er außer sich, wenn deine Narbe wieder aufginge. Das bekommt dann der alte Medicus zu spüren.« Sie überlegte, während sie mit ihrem Finger Kreise auf Alessandros Haut zeichnete. »Nein, wir gehen beide hin, und wir werden einen Weg finden, uns länger zu treffen. Ich will das auch mehr als alles andere.«

KAPITEL 7

DER REGENBRINGER

Der Tag des Kampfes kam heiß und trocken über die Stadt, es war immer noch kein Regen gefallen. Alle Hoffnung auf den Segen des Wassers legten die Pompejaner in die Hände der Götter, die sie heute mit einem gebührenden Spektakel erfreuen wollten. Während der morgendlichen Tierhetzen sah Alessandro nicht viel von den sterbenden Löwen, Elefanten und Nashörnern, welche die römische Armee aus Kleinasien mühevoll in das Reich transportiert hatte. Seine Augen ruhten auf Laetitia, die neben ihrem Vater in der Ehrenloge saß. Ihr Körper war in eine dunkelblaue Tunika gehüllt, ihr Haar strömte über ihre Schultern, und sie hatte anscheinend ebenfalls nicht die geringste Freude am Geschehen in der Arena. Stattdessen schweifte ihr Blick unruhig über die Publikumsreihen. Alessandro vermutete, dass sie ihn suchte, aber sie würde ihn nur schwer ausfindig machen, denn die Sklaven waren wie üblich ganz hinten untergebracht, und vor ihm drängte sich ein Pulk aus anderen Zuschauern. Während sie emsig suchte, war sein Blick zur Ehrentribüne frei. An diesem Tag gab es keine Hinrichtungen, sondern eine Schaueinlage, die Alessandro für ein paar Minuten von den Gedanken an Laetitia ablenkte. Ricardo und er lachten über den Mann in der Arena, der einen Gallier nachmachte, der um Audienz beim Kaiser bat. Der Schauspieler war so gut, dass die Zuschauer lautstark eine Zugabe einforderten, und das, obwohl der Himmel drückte und die Luft schwül war.

»Ich habe noch nie so eine lustige Vorführung gesehen!«, sagte Ricardo, während er vom Lachen Luft holte. »Wenn wir doch nur einmal in ein richtiges Theater gehen könnten! Da gibt es solche Aufführungen bestimmt öfter.«

Alessandro konnte ihm nur beipflichten. Es tat gut, endlich mal wieder herzhaft lachen zu können. Nachdem der Schauspieler sich verabschiedet hatte, merkte auch Alessandro, wie die Spannung in der Arena stieg.

»Meine Damen und Herren, liebe Pompejaner, verehrte Gäste! Es ist nun an der Zeit für den Hauptkampf. Mögen die Götter erfreut sein und uns mit Regen belohnen, damit Pompeji in Ruhm und Stolz glänzen kann!« Der Herold machte eine bedeutungsschwere Pause, bevor er mit seiner Ansage weitermachte. »Heute, an diesem Samstag, werden wir den Himmel staunen lassen, wenn sich drei ehrenvolle Kämpfer gegenüberstehen. Auf der einen Seite wird Verus, der extra aus einem Ludus in Rom zu uns kam, gemeinsam mit der großen Hoffnung Commodus aus Capua antreten, und auf der anderen Seite seht ihr, Pompejaner, einen alten Bekannten zurückkehren. Noch immer ungeschlagen in seinen nun fünfundsechzig Kämpfen ist hier der Tantotaurus!«

Fanfaren ertönten und die Gladiatoren betraten unter tosendem Applaus die Arena. Alessandro sah gebannt auf den Mann hinunter, dem er den Tod geschworen hatte. Jeder Millimeter seines goldenen Helmes mit den zwei Hörnern war genauso, wie er ihn in Erinnerung hatte, und auch die blauen Runen zogen sich wie in seinen schwärzesten Albträumen über den gigantischen Körper.

»Bei den Göttern, er ist nicht weniger imposant, als vor ein paar Jahren!« ,sprach Ricardo seine eigenen Gedanken aus.

Alessandro nickte zustimmend. Tantotaurus schien immer noch riesenhaft, kraftstrotzend und unbesiegbar. Der Gladiator Verus, den sie bei dem Fest ihres Herrn zu Gesicht bekommen hatten, wirkte dagegen klein und unscheinbar. Genau wie Commodus neben ihm, genau wie Alessandros eigener Vater vor so vielen Jahren. Reflexartig öffnete und schloss Alessandro seine rechte Schwurhand. Er wollte derjenige sein, der dieses Ungetüm zur Strecke brachte. Hastig warf er einen Blick auf Laetitia, die sich wie die anderen in der Ehrenloge erhoben hatte und verhalten klatschte.

Der Kampf war ein Schauspiel aus klirrenden Schwertern und blitzenden Schilden. Alessandro beobachtete, wie Verus und Commodus gemeinsam eine gut durchdachte Strategie, den Giganten zu fällen, verfolgten. Verus umrundete ihn wie ein Wiesel, auf die geringste Schwäche lauernd, während Commodus geschickt versuchte, Tantotaurus mit seinem sich in der Sonne spiegelnden Rundschild zu blenden.

»Zur Hölle, sie verwirren ihn!«, rief Ricardo erregt, als Verus dem Stier seine Klinge in die runenfreie Seite stieß.

Tantotaurus begann zu straucheln, unterdessen wollte Commodus ihm mit Hilfe seiner Idee weiter die Sicht nehmen. Doch auf einmal durchfuhr ein Ruck die Zuschauer, und Alessandro hätte bald selbst vor Schreck laut aufgeschrien, als ein Donner krachend die Luft zerriss und dunkle Wolken sich vor die gleißende Feuerkugel am Himmel schoben.

Wie die anderen schnappte er nach Luft, Angst durchströmte seinen angespannten Körper. Das, was hier vorging, war unnatürlich, magisch, nicht von dieser Welt. Etwas, das nur von den Göttern selbst gelenkt worden sein konnte. Von der Arena erscholl ein triumphierendes Lachen. Tantotaurus stand wieder sicher auf den Füßen und hatte Verus wie eine lästige Fliege zur Seite geschoben. Er hielt nun auf Commodus zu, während dicke Regentropfen vom Himmel zu fallen begannen. Das Publikum geriet in Ekstase. »Er bringt uns den Regen! Tantotaurus! Tantotaurus! Der Stier bringt uns den Regen!« Alessandro war stumm vor Schreck. Etwas Übernatürliches ging vor sich, das er sich nicht erklären konnte. Genau wie die magischen Runen auf dem Körper seines Erzfeindes. *Er ist kein normaler Mensch,* dachte er bei sich, als er mit verkrampften Magen zusah, wie der Stier Commodus mit seiner

Doppelaxt in zwei Teile spaltete. Zwei reglose Körperteile fielen in den Sand. Alessandro zitterte, was in Anbetracht des Geschehens in der Arena niemandem auffiel. Sein Herz schlug schneller und er musste tief Luft holen, um sich nicht zu übergeben. Während er sich an seine eigenen Alpträume, die plötzlich sehr real erschienen, erinnerte, wurde der Tantotaurus von einer Blutfontäne übergossen. In einer Ruhmesgeste hielt der Stier seine rotgefärbten Hände dem Himmel entgegen und wandte sich dann langsam seinem anderen Gegner zu.

Verus, der an jenem Abend im Atrium der Villa so stolz und erhaben gewirkt hatte, erzitterte jetzt angesichts des Todes seines Mitstreiters. Wird sein Stern schon heute untergehen?, fragte sich Alessandro voller Panik, als Verus die unsicheren Versuche, sein Leben vor diesem Monster zu schützen, unternahm. Der Regen prasselte jetzt heftig, doch niemand verließ das Amphitheater. Alessandro warf Laetitia einen hastigen Blick zu, Katharina hielt ihr jetzt ein gespanntes Leinentuch über den Kopf. Sie war ebenso gebannt wie Alessandro und sah mit vor Schreck geweiteten Augen auf das Geschehen unter ihr. Verus nahm erneut Haltung an. Es war klar, dass er, wenn es sein Schicksal so wollte, einem ehrenvollen Tod entgegenging. Zu Alessandros Überraschung ließ er sich nicht so leicht niederkämpfen wie der vielversprechende Commodus. Die Zuschauer bejubelten seine tapferen Vorstöße dankbar.

»Er schlägt sich wacker!«, schrie Darius begeistert. Für ihn war es das erste Mal, dass er den Stier kämpfen sah.

Bartus neben ihm nickte zustimmend.

»Das hat gesessen!« Illius, der Grieche, applaudierte, als Verus dem Stier mit einer Krallenhand einen tiefen Striemen quer über den Bauch zog.

Ein Röhren war von der Arena zu hören. Tantotaurus war offensichtlich die Spielchen leid. In Rage schwang er die tödliche Doppelaxt und versetzte Verus einen Schlag in den Rücken, sodass dieser zu Boden ging und reglos liegen blieb. *Er hat ihn nicht richtig getroffen,* machte sich Alessandro Hoffnung, als der Schiedsrichter den Kampf beendete und den Schlagarm des Stieres festhielt. Auf ein Zeichen hin würde er Verus das Leben nehmen. Der goldene Helm richtete sich erwartungsvoll in Richtung der Ehrentribüne.

Der Kaiserpriester, der die Spiele ausrichten ließ, wartete auf die Reaktion des Publikums. Fast einstimmig hörte Alessandro Leben-Rufe und schloss sich erleichtert an. Verus hatte Mut bewiesen, es wäre schade, wenn dieser Mann vorzeitig sterben müsste.

»Leben!« Der Arm des Priesters schoss in die Höhe. Die Menge jubelte. Diese Spiele haben Pompeji Glück gebracht, dachte Alessandro, während er die langsam anschwellenden Rinnsale aus Wasser betrachtete. Er hatte kein Interesse an dem Schmerz in Verus' Gesicht, als der Stier sein Zeichen einforderte. Ebenso wie seinen Vater schleifte man den jungen Gladiator aus der Arena, wo er hoffentlich mehr Glück als der Felsen haben würde und sich bald von seinen Wunden erholen konnte. *Vielleicht wird die Welt ihn eines Tages im Amphitheater Flavium kämpfen sehen*, dachte Alessandro hoffnungsvoll. Denn überall sprach man von der größten Kampfarena der Welt, die gerade in Rom errichtet wurde.

Aus Laetitias Tagebuch:

Heute hat Vater mich zu den Spielen mitgenommen. Obwohl es so grausam war, dieser Bestie Tantotaurus zuzusehen, konnte ich meine Augen nicht vom Geschehen abwenden. Nun habe ich schreckliche Angst um meinen Liebsten, denn genau diesen Gegner will er besiegen. Selbst wenn er sagt, dass es ihm nicht mehr so wichtig ist, habe ich doch das Funkeln in seinen Augen gesehen. Hoffentlich lässt er diesen Gedanken wirklich los. Ich glaube nicht, dass ein normaler Mensch das fertigbringt! Hoffentlich kann meine Liebe ihn umstimmen!

Obwohl seine Wunden verheilt waren, hatte der Medicus Alessandro angewiesen, ihn jeden Abend für die Einnahme des Blutbildungstrankes zu besuchen. So war Alessandro froh, dass er eine Möglichkeit hatte, Laetitia auch am Abend nach dem großen Kampf zu sehen. Ungeduldig wartete er darauf, dass der Heiler ihm die Medizin reichte, und hastete dann zu der abseitsgelegenen Stallkammer, wo er dem vertrauten Knarren der Tür lauschte. In Windeseile schloss er Laetitia in seine Arme.

»Laetitia, meine Liebste! Ich hatte solche Sehnsucht nach dir!«

Ihre Haare waren feucht vom Regen. Sie strahlte ihn mit grünen Augen voller Liebe an. Doch während sie ihn ansah, verdunkelte ein tiefer Kummer ihren Blick. Fast panisch krallten sich ihre Hände in seine Oberarme.

»Alessandro. Ich könnte es nicht verschmerzen, dich auf so grausame Weise zu verlieren!«

Verwirrt sah er sie an. »Was meinst du damit? Du wirst mich nicht verlieren.«

»Wenn du eines Tages ein Gladiator bist und dich einer Bestie wie diesem Stier stellen musst ...«

»... dann werde ich sie besiegen, Laetitia!«

Sie schloss die Augen. Der Rest waren süße Küsse und heißer Atem, als sie sich berührten. Alessandro spürte seine Erregung, als sie ihren Körper an seinen schmiegte. Doch er wusste, dass er sich hier zurückhalten musste. Es fiel ihm schwer, sich in seinem Verlangen zu bremsen. Als die Zeit des Abschieds gekommen war, sah er ihr fest in die Augen und war sich sicher, dass er ewig auf Laetitia warten würde.

»Ich liebe dich, Laetitia«

»Ich liebe dich auch, Alessandro«, antwortete sie und gab ihm noch einen Kuss.

Als er mit glühenden Wangen und feurigen Gedanken die Tür zum Gehen öffnete, versperrte ihm ein Schatten den Weg.

»Alexos!«, sagte der Herr mit einer Stimme, die zu leise war, um Gutes zu verheißen.

KAPITEL 8

PFERDEMIST UND PEITSCHENHIEBE

Die Schläge, die auf seinen Rücken niederregneten, waren nichts, verglichen mit Laetitias Klagelauten. Alessandro hatte gelernt, seine Muskeln zu spannen und den Schmerz wie ein betäubtes Tier über sich ergehen zu lassen. Doch sein Herz war anders. Ungeschützt und unerfahren, qualvoll betrübt über die Pein der Frau, die er liebte. *Oh Laetitia, weine nicht um mich,* dachte er, als Brekken erneut mit der Peitsche ausholte.

»Sieh her, sieh ihn dir an. Mach deine Augen auf!« Die harsche Stimme des Dominus drang zwischen den Hieben an Alessandros Ohr. »Er ist nicht mehr als ein Vieh, eine Ware, die uns dienen soll. Er ist das Fleisch und das Blut, das wir den Göttern opfern, er ist kein Mann zum Verlieben!«

Die letzten Worte stachen Alessandro mehr als das Brennen der offenen Striemen.

»Hast du das verstanden, Laetitia? Du wirst deinem Vater keine Schande bereiten! Und jetzt geh mir aus den Augen, bevor du wegen diesem Sklaven noch in Ohnmacht fällst!«

Laetitias Schluchzen entfernte sich, anscheinend wurde sie von dem Ort der Bestrafung weggeführt. Vor sich konnte er nur die Steinwand sehen, denn er stand mit gespreizten Beinen und Armen mit dem Rücken zu Brekken und dem Herrn. Was immer sie mit ihm vorhatten, würde leichter zu ertragen sein, wenn Laetitia weg war.

»Genug!«, erlöste Tiberius Maximus ihn nach weiteren schmerzhaften Schlägen. Als die Anspannung langsam aus seinem Körper wich, gaben seine Beine nach und er sank erschöpft zu Boden.

»Dreh dich um und sieh mich an, Alexos!«, befahl der Herr.

Alessandro gehorchte, rappelte sich auf die Knie und blickte stumm in das Gesicht von Maximus, dabei war er sich seines erbärmlichen Anblickes quälend bewusst.

»Meine Tochter hat bei dir nichts zu suchen, ich möchte sie nie wieder mit dir alleine erwischen!«

»Ja, Dominus«, flüsterte Alessandro, doch der Herr forderte ihn auf, die Worte lauter wiederholen.

»Ja, Dominus!« Seine Stimme klang immer noch nicht überzeugend, aber der Herr schien zufriedener.

»Vielleicht war ich zu großzügig mit dir, Alexos. Du kannst dich mit jedem gewöhnlichen Mädchen vergnügen, aber lass Laetitia in Ruhe. Damit sie sieht, wo dein Platz ist, wirst du ab jetzt den Pferdestall ausmisten und dich um die Viecher kümmern. Wenn du abends damit fertig bist, bekommst du Einzelstunden mit Brekken.«

Ein teuflisches Funkeln in den Augen des Kampfmeisters verriet Alessandro, wie sehr sich Brekken darauf freute, ihn nach Strich und Faden zu vermöbeln. »Ja, Dominus.« Laetitia würde ihn wahrscheinlich nicht mehr ansehen, wenn er nach Pferdescheiße roch und von Brekken zugerichtet war. Der Herr hatte seine Strafe sorgfältig gewählt.

Aus Laetitias Tagebuch:

Ich schreibe diese Zeilen unter Tränen der Traurigkeit. Mein armer

Alessandro, dabei kann er doch nichts dafür! Vater hat uns noch nicht mal zusammen gesehen, und obwohl ich ihm geschworen habe, dass wir uns nur zufällig getroffen und nicht berührt haben, glaubt er mir nicht. Nun hat er Alessandro in den Stall verbannt und er muss mit diesem Scheusal Brekken trainieren. Ich habe gebettelt, dass er seinen besten Kämpfer verschonen möge, aber er hat nur gelacht und gesagt, die Einzelstunden würden ihm guttun, um in der Arena zu bestehen. Ich will ihn nicht in Gefahr bringen, also darf ich ihn nie wiedersehen. Diese Vorstellung ist so unerträglich für mich, dass sie mir mein Herz bricht. Ich muss stark sein. Für ihn.

Die nächsten Tage waren harte Qual. Tiberius Maximus hatte eine große Vorliebe für das Reiten und besaß einundzwanzig Reittiere, die alle versorgt werden mussten. Diese Arbeit machten normalerweise die Stallburschen, die Alessandro mit feindseligen Augen in seine neue Tätigkeit einwiesen. Zweifelsohne waren die Kampfschüler in ihren Augen nicht mehr als halbverwilderte Barbaren. Trotzdem stellte niemand die Befehle von Maximus infrage, und nach zwei Tagen kannte Alessandro seinen Arbeitsablauf. Pferde füttern, tränken, auf die Koppel führen. Ställe ausmisten und frisch ausstreuen. Dann die Tiere je nach Bedarf striegeln und den anderen Sklaven zum Vorbereiten für das Reiten bringen. Nachmittags der Reihe nach in ihre Ställe bringen und die Koppel abmisten. Wenigstens für die Bewegung war er dankbar und die Arbeit lenkte ihn zunächst von den Gedanken an Laetitia ab. Doch wann immer er etwas in der Stallkammer holen musste oder daran vorbeikam, war er sich ihrer Abwesenheit schmerzhaft bewusst. Er hoffte, sie beim Ausreiten zu sehen, doch er konnte sie nirgendwo erspähen. Vielleicht hatte der Herr ihr Hausarrest gegeben oder, noch schlimmer, hatte sie womöglich an einen anderen Ort gebracht. Seufzend hob er die nächste schwere Gabel Pferdemist auf die Karre. Dabei pochte sein rechter Arm so heftig, dass die Mistgabel erzitterte. Brekken hatte ihm gestern Abend seine erste Tracht Prügel versetzt. Der Kampfmeister wusste genau, wo er seine Schläge platzierte. Den verletzten Bauchraum hatte er dabei großzügig ausgespart. Dafür war er auf Alessandros Arme und Beine losgegangen und hatte sie gnadenlos mit seinem hölzernen Kurzschwert bearbeitet. Für Alessandro war es nach seiner Verletzungspause das erste Mal, dass er wieder gekämpft hatte. Auf der einen Seite war er froh gewesen, ein Schwert in der Hand zu halten, auf der anderen Seite war Brekken ein unbarmherziger Gegner, der Alessandro genau so viele Schläge zuteilte, dass der Herr nicht erbost sein würde. Jetzt biss er die Zähne zusammen, als er den Mistkarren aufnahm und sich auf den Weg zum dafür vorgesehenen Haufen machte. Der erdige Trampelpfad war immer noch aufgeweicht von dem großen Regen, und so musste er den Karren langsam an der Koppel vorbeibalancieren, damit er nicht umfiel. Eines der Pferde wieherte wie zur Begrüßung, und Alessandro blieb kurz stehen, um die Tiere zu betrachten. Jedes einzelne war auf seine Art ein besonderes Exemplar, doch eines stach am prächtigsten heraus. Nicht umsonst war Amadeo der Lieblingshengst des Herrn. Er hatte ein feuriges Temperament und einen stolzen, kraftstrotzenden Körper. Schneeweiß von der Mähne bis zur Schweifspitze galoppierte er erhobenen Hauptes zwischen den anderen Pferden. Nur ein kleiner schwarzer Fleck auf seiner Blesse hob sich von dem sonst so hellen Fell ab. Tiberius Maximus verehrte diesen Hengst. Die Sklaven erzählten sich, dass er ihn einem ausgedienten römischen Legionär abgekauft hätte und der wiederum hätte diese Art von Pferden von einem Feldzug gegen die Araber mitgebracht. Nach einer kurzen Pause nahm Alessandro ächzend die stinkende Mistkarre wieder auf. Aus der Ferne hörte er die Geräusche der anderen Kampfschüler, die zweifelsohne bei ihren morgendlichen Übungen waren, während er die Pferdeäpfel wegrollte. Sein Herz schmerzte bei dem Gedanken, dass er vielleicht nie wieder zu den anderen zurückdurfte, und noch mehr, als er an Laetitias Küsse dachte. *Oh Laetitia, wieso schmerzt es so sehr, zu lieben?* Die Ungewissheit, wie es ihr ging, war genug, um ihn halb verrückt zu machen.

• • •

»Da, nimm dies, du Bastard!« Brekken war es nicht gewohnt, seinen Mund im Zweikampf zu halten, so wie er es von den Schülern verlangte. Der Mann aus Germanien stieß einen dreckigen Fluch nach dem anderen aus, während Alessandro Mühe hatte, seine Schläge zu parieren. »Hat man dir die Eier abgeschnitten, als du verletzt warst, oder wieso kämpfst du nicht, du Hurensohn?!« Wieder ein Hieb gegen das linke Schienbein, doch die Schmähworte verletzten Alessandro mehr als die Schläge und er nahm seine ganze Kraft zusammen. Sein Schwert landete mit einem Krachen auf Brekkens Klinge. Brekken brauchte nicht mal einen Schild, um sich gegen ihn zu verteidigen. Manchmal fragte sich Alessandro, woher der alte Mann die Kraft nahm. *Dreckskerl,* dachte er und machte einen erneuten Vorstoß. Das Lachen seines Gegners klang wie ein Pferdewiehern, dann verzog er sein Gesicht zu einer fürchterlichen Fratze. Kaltblütig schlug er Alessandro das Holzschwert aus der Hand.

»Schild weg, Alexos! Wir kämpfen mit den Fäusten!«

An diesem Abend fühlte sich seine Nase doppelt so dick wie normal an und das linke Auge war zugeschwollen. Brekkens höhnisches Siegerlachen hatte ihn bis in den Schlaf begleitet, und als er am Morgen aufwachte, schmerzte sein Kopf immer noch. Amadeo streckte bei dem Geräusch des raschelnden Strohs neugierig sein Maul hervor und Alessandro hob wie zum Gruß die Hand. Im Stall, in dem er jetzt schlafen musste, war es noch halbdunkel, aber Amadeos weißes Fell glänzte im schummrigen Licht. Jetzt schnaubte der Hengst, als sich Alessandro aufrichtete. Das linke Augenlid hing ihm immer noch im Sichtfeld und er verfluchte Brekken in seinen Gedanken. Trotzdem kam er mühevoll auf die Beine und humpelte zu Amadeo hinüber. Der Hengst ließ sich zwischen den Nüstern streicheln und untersuchte Alessandros Hand. Obwohl er nicht viel von Pferden verstand, klopfte er dem schönen Tier den Hals und das ließ ihn gewähren. Es ist ein ungewohntes Gefühl, aber sehr wohltuend, dachte Alessandro, als er die Tür knarren hörte. Portus, der erste Pferdewirt des Dominus, blieb verwundert in der Tür stehen.

»Guten Morgen, Alessandro«, sagte er in einem freundlicheren Ton als in den letzten Tagen. »Du bist schon wach?«

Alessandro drehte sich langsam um und nickte nur angesichts der offensichtlichen Tatsache. Portus wich erschrocken zurück.

»Bei den Göttern, wie siehst du denn aus?«

Alessandro zuckte die Schultern. Was hätte er schon sagen sollen? Die anderen Sklaven sahen sich sehr wohl dann und wann Übungskämpfe an, aber fast niemand wurde mit den Auswirkungen eines ernsten Kampfes konfrontiert. Anscheinend war es auch dem Stallaufseher peinlich, dass er gefragt hatte, und so wechselte er das Thema.

»Amadeo mag dich. Normalerweise lässt er keinen Fremden an sich heran, aber du scheinst ihm zu gefallen.«

Als hätte der Hengst verstanden, wieherte er leise, und beide Anwesenden mussten lachen. Es war das erste Mal seit der Trennung von Laetitia, dass Alessandro grinste. Es fühlte sich gut an und die Tagesarbeit fiel ihm leichter.

Am zehnten Tag sah er sie endlich wieder. Die Sonne war bereits untergegangen, Brekken hatte ihn aus den Kampfübungen entlassen, danach durfte er seine schmerzenden Glieder abwaschen. Er wollte sich gerade auf dem zurechtgemachten Strohbett ausstrecken, als unerwartet die Stalltür einen Spalt aufgeschoben wurde. Verhüllt von einer einfachen braunen Robe schlich sie zu ihm hinein. Das Mondlicht warf von draußen einen hellen Schein auf ihr Antlitz, bevor sie die Tür hinter sich zuschob und im Dämmerlicht des Stalls verschwand. Sein Herz klopfte wild, als Laetitia auf ihn zulief. Für einen kurzen fürchterlichen Moment fragte er sich, ob sie gekommen war, um alles zu beenden. Doch als sie bei ihm war, beugte sie sich über ihn und küsste ihn mit einer überwältigenden Inbrunst. Sie hielt ihn mit ihren Armen fest umklammert, so als fürchtete sie sich davor, ihn jemals wieder loszulassen.

»Alessandro! Zum Glück bist du hier, ich habe mir solche Sorgen gemacht!« Atemlos blickte sie ihm zwischen den Küssen in die Augen.

Sie sah so besorgt aus, dass es Alessandro fast das Herz zerriss. »Laetitia, wieso weinst du?«, fragte er, als eine kleine Träne an ihre Wangen hinunterrollte.

»Mein Vater, er war so schrecklich wütend. Ich dachte, er tötet dich, und dabei hat er uns doch nicht wirklich erwischt ...« Sie brach den Satz unter heftigem Schluchzen ab.

Alessandro nahm sie enger in die Arme, streichelte ihr Haar und spürte ihr verweintes Gesicht an seiner Brust. Nachdem sie sich etwas beruhigt hatte, setzte er sie behutsam auf und sah ihr in die Augen. »Laetitia, wo ist dein Vater jetzt?«

Ein Lächeln huschte über ihr Gesicht. »Er trifft sich heute mit einem befreundeten Händler in der Via Cordulezza. Meine Haussklavin Katharina hat sich statt meiner in mein Bett gelegt. Wir haben schon in der Stadt öfter die Rollen getauscht, niemand wird mich vermissen. Ich musste dich unbedingt sehen!«

Alessandro wollte ihr sagen, dass sie etwas Besseres als einen Sklaven verdient hätte, dass sie weggehen solle, um ihren Vater nicht zu verärgern. Dass sie einen angesehenen Römer wählen solle. Die Worte hingen wie ein kurzes Flimmern in der Luft, bevor sie ihm unwiederbringlich entglitten. Laetitia hatte ihre Robe geöffnet, darunter war sie nackt. Was immer er zu ihr hatte sagen wollen, entglitt ihm unter den Küssen, mit denen er ihre honigsüße Haut übersäte. Sie waren nicht mehr zwei getrennte Menschen, sondern eine Einheit. Zwei Körper, die umeinanderkreisten, um zu etwas Größerem zu verschmelzen. Ihre Haut war warm und weich, als sie sich auf ihn legte und seine Schultern mit ihren Händen festhielt. In einem letzten entschlossenen Akt streifte sie ihren Umhang ab, und selbst die Götter hätten ihn nicht mehr aufhalten können. Sein Mund umschloss ihre wohlgeformten Brüste, während er fühlte, wie Laetitia seinen Lendenschurz lockerte. Er spürte, wie sie kurz die Luft anhielt, als sie sein erregtes Glied vorsichtig in die Hand nahm. Mit geschlossen Augen gab er sich ihren Liebkosungen hin, bis er sich fast nicht mehr zurückhalten konnte und sie trotz aller ihn übermannender Leidenschaft sanft auf den Rücken rollte. Er legte sie vorsichtig auf die Leinendecke, die man ihm als Zudecke gelassen hatte. Laetitia schien seinen Körper mit ihren Augen einzusaugen. Vorsichtig drückte er sie auf das Strohbett und hielt inne, als er plötzlich ihre Zurückhaltung fühlte. Unter Küssen fragte er sie, ob alles in Ordnung sei, doch Laetitia nickte nur.

»Ist es das erste Mal für dich?«, fragte er sie atemlos, und als sie immer noch nicht antwortete, wusste er, dass er mit seiner Vermutung richtig lag. Er wollte ihr um nichts in der Welt wehtun, wie groß auch immer seine Sehnsucht nach ihr war, und so nahm er ihre Hände und sah sie fest an. Ihr Antlitz war durch ihr typisches Lächeln so schön wie das Gesicht einer Göttin. »Laetitia, ich kann auf dich warten, selbst wenn es hundert Jahre dauert oder eine Ewigkeit.« Doch sie schüttelte nur erneut den Kopf, und während sie ihn zu sich heranzog, hauchte sie: »Aber ich kann nicht mehr auf dich warten, Alessandro.«

Im Nachhinein hätte er nicht mehr sagen können, ob es einige Minuten oder einige Stunden waren, die die beiden engumschlungen miteinander verbracht hatten. Sie in dieser Nacht gehen zu sehen, war fast unerträglich für ihn, auch wenn sie versprach, bei nächster Gelegenheit zurückzukommen. Ein tröstendes Schnauben kam von Amadeos Verschlag, als um ihn herum wieder alles still war und Laetitias Körperwärme langsam, aber unaufhaltsam aus der dünnen Leinendecke entwich. Sie hatte ihm ihr kostbarstes Gut geschenkt, ihre Jungfräulichkeit, und nun reute es Alessandro, dass er sich so gedankenlos hatte gehen lassen. In welche Schwierigkeiten würde Laetitia kommen, wenn ihr Vater etwas bemerkte? Die Konsequenzen, die ihm drohten, waren ihm in dem Moment des Aktes wie auch jetzt völlig unwichtig erschienen. Für eine Nacht mit Laetitia hätte er gerne alles, einschließlich seinem Leben gegeben, aber was, wenn ihr dadurch etwas Schlimmes geschah? Bis zum Morgengrauen wälzte er sich hin und her, und als das erste Sonnenlicht durch die Ritzen drang, sah er mit schreckgeweiteten Augen auf die roten Flecken, die sich auf der Leinendecke ausgebreitet hatten. Bei den Göttern, wie sollte er diesen eindeutigen Beweis seiner Schuld verschleiern können?

Aus Laetitias Tagebuch:

Ich habe es nicht geschafft. Ohne ihn zu sein, ist wie in einer leeren Hülle zu vergehen. Ich dachte, wenn ich ihm alles von mir gebe, dann wird er mich nicht mehr wollen. Vielleicht könnte ich dann der Versuchung ihn zu sehen, widerstehen? So habe ich mit Katharina geredet, die hat mehr Erfahrung mit Jungs und meinte, ich könnte recht haben. Wir haben einen Tag gewählt, an dem Vater in der Stadt war. Sie hat sich in mein Bett gelegt und ich bin in den Stall geschlichen, wo er jetzt schlafen muss. Dann habe ich es, bei Jupiter, tatsächlich getan. Zuerst hatte ich ein bisschen Angst, aber dann konnte ich einfach nicht anders. Wer weiß, wie viel Zeit uns bleibt. Das Schwerste war es, ihn wieder zu verlassen. Weil ich um sein Leben fürchte, mehr als um mein Herz, hoffe ich, dass er mich jetzt nicht mehr will.

KAPITEL 9

WAS DAS HERZ BEGEHRT

Am Ende entschied er sich dafür, die Außenseite seines linken Fußes mit einem scharfen Holzbrett aufzuschneiden, sodass er sagen konnte, er hätte sich bei der Fütterung der Pferde verletzt. Mit einem missmutigen Nicken hörte Portus seine Geschichte an, ohne sie in Frage zu stellen.

»Der Dominus braucht heute Amadeo. Er will mit Ricardo in die Stadt reiten.«

Als der oberste Pferdewirt den Namen seines Freundes aussprach, zuckte Alessandro zusammen. Was würde er darum geben, ein paar ungestörte Sätze mit ihm zu sprechen. Seit Laetitia ihn in der Nacht besucht hatte, war es für ihn unmöglich, einen klaren Gedanken zu fassen. Er sehnte sich nach jemandem, dem er sich anvertrauen konnte, der seine Lage verstand und der ihm vielleicht einen Rat gab. Dann dachte er wieder an die vergangenen Gespräche mit Ricardo, die Art, wie sein Freund traurig den Kopf geschüttelt und gesagt hatte, dass er sich Laetitia aus dem Kopf schlagen solle. Neben ihm räusperte sich Portus.

»Kommst du damit zurecht?«

Als Alessandro den obersten Pferdeknecht anschaute, fluchte der ungeduldig, dass die barbarischen Gladiatoren wirklich nur für die Arena taugten.

»Entschuldige, Portus. Ich war in Gedanken woanders«, murmelte Alessandro achselzuckend.

»Ob du es schaffst, Amadeo für den Herrn vorzubereiten? Ich habe heute noch was anderes zu tun, und bei dir ist er zutraulich.«

Alessandro schluckte. »Naja, das Zaumzeug kann ich nicht anlegen, das habe ich noch nie gemacht, aber striegeln und rausführen, das schaffe ich.«

Portus nickte gnädig. »Zum Zaumzeug aufziehen und satteln schicke ich dir eine Hilfe. Wenn wir dich hier noch länger aushalten müssen, kannst du genauso gut lernen, wie alles geht.« Ohne ein weiteres Wort drehte sich Portus um und verschwand, wahrscheinlich zu Merva, einer Haussklavin, wie Alessandro dem Getuschel der anderen Sklaven entnommen hatte.

Er war froh, wieder alleine zu sein. Langsam ging er auf Amadeo zu, der schon unruhig gegen die Stallbretter klopfte. »Jetzt musst du schön brav sein, dein Herr will ausreiten!«, flüsterte er in die Stille. Irgendwie kam es ihm seltsam vor, mit einem Pferd zu reden, aber Amadeo wippte wild mit dem Kopf, als ob er genau verstehen würde, was Alessandro sagte.

Es brauchte etwas Zeit, um den stolzen Hengst aus dem Stall zu führen, aber nur, weil dieser so ungeduldig war, dass Alessandro Schwierigkeiten hatte, ihm das Halfter anzulegen. Mit viel gutem Zureden schaffte er es schließlich und war zufrieden mit sich, denn es war das erste Mal, dass er ein Pferd eigenhändig zum Ausreiten vorbereitete. Die übrigen Stallsklaven staunten, als er mit Amadeo im Schlepptau ins Freie trat. Er band ihn an der Putzstelle fest, stellte ihm einen Eimer Hafer hin und ließ ihn fressen, während er auch die restlichen Tiere fütterte. Dann holte er die Putzutensilien und ging zu Amadeo, während die anderen damit anfingen, die Pferde auf die Koppel zu führen. Nur Olivier, der Stallsklave, den Portus für Alessandros Unterstützung ausgewählt hatte, brachte Curia, eine dunkelbraune Stute zum Putzplatz, band sie neben Amadeo fest und begann, sie ebenfalls für den Ritt in die Stadt bereit zu machen. Im Gegensatz zu ihm hatte Dominus Ricardo sogar das Reiten beigebracht, entweder, weil er ein Naturtalent war oder weil er zunächst vorgehabt hatte, ihn zu einem berittenen Gladiator zu machen. Doch im Laufe der Jahre hatte sich Ricardo als Retiarius so gut entwickelt, dass der Herr diesen Gedanken verwarf, wohl aber sein Reittalent nutzte, wenn er Geschäfte in der Stadt zu erledigen hatte und von den Sklaven nur den gelehrigen Ricardo mitnahm. Amadeo scharrte mit den Hufen, als der Hafereimer leer war, doch Alessandro klopfte ihm den Hals, sprach zu ihm und beruhigte auf diese Weise den weißen Hengst. Fast andächtig strich er über das samtige Fell, bürstete die Mähne und dachte dabei an letzte Nacht. Noch einmal gab er sich den Empfindungen hin, die er durchlebt hatte, als er Laetitia in den Armen hielt, als seine Finger mit ihren Haaren gespielt hatten und er sie zu sich hingezogen hatte, um ihr ganz nah zu sein. Er fragte sich gerade, ob sie nochmals die Gelegenheit erhalten würden, den Himmel zu bereisen, als Ricardo auf ihn zukam.

»Alessandro!«, rief er freudig, doch dann stockte er. »Du siehst schlimm aus, alter Junge. War das Brekken?«

Solange der Herr noch nicht in Sicht war, durften sich die Sklaven miteinander unterhalten, und Alessandro erzählte seinem Freund alles über die Extrarunden mit dem strengen Kampfmeister. »Es sind nur ein paar blaue Flecken, das geht schon wieder weg«, schloss er in gedämpfter Stimme.

Ricardo schüttelte den Kopf und fluchte. Ricardos Schmähworte trafen nach Alessandros Meinung punktgenau auf den verhassten Mann zu. Zu seiner Erleichterung erwähnte Ricardo mit keinem Wort Laetitia, wahrscheinlich, weil er genau wusste, dass Tiberius Maximus jeden Moment hier sein würde.

»Hoffentlich kehrst du bald wieder zu uns zurück«, sagte er gerade aufmunternd, als der Herr auf sie zugelaufen kam.

»Ricardo, gut, dass du schon da bist!«

Für Alessandro hatte er kein Grußwort übrig, obwohl er zu dessen Genugtuung verblüfft stehen blieb und beobachtete, wie Alessandro die letzten Stellen im weißen Fell des Hengstes zum Strahlen brachte. Wie immer ruhte sein bewundernder Blick hauptsächlich auf seinem Lieblingshengst, aber es war doch nicht zu übersehen, wie verwundert er war, dass Alessandro und nicht Portus das Tier vorbereitete. Der Dominus schnalzte mit der Zunge und sofort wieherte Amadeo.

»Alexos, auf die Seite. Den Rest mache ich!«, sagte der Herr knapp. Seine Augen waren noch kälter als sonst. Verachtung spiegelte sich darin, und Alessandro blieb nichts anderes übrig, als demütig zu Boden zu sehen und zu warten, bis der Moment vorüberging.

Als er an diesem Abend Brekken gegenüberstand, nahm er die ganze Verachtung im Blick seines Herrn mit auf das Rondell und schlug sich das erste Mal einigermaßen gleichwertig. Brekken fluchte, als ihn Alessandros Kurzschwert traf, aber mehr aus Ärger als aus Schmerz, denn Schmerzen fühlte der von unzähligen Narben überzogene Mann gewiss kaum mehr. Trotzdem hämmerte Alessandro weiter in Richtung des Kampfmeisters und reizte ihn so lange, bis Brekken schließlich wild tobend auf ihn zustürmte und ihn mit zwei schnellen Schlägen zu Fall brachte.

»Das reicht für heute, Scheißgrieche!«, schimpfte er und spuckte neben Alessandro aus. »Wenigstens hast du deine Eier wiedergefunden.«

Damit drehte er sich um und ließ Alessandro im Staub zurück.

Auf Laetitia wartete er in den nächsten Nächten vergeblich. Sein einziger Trost war, dass er sich immer besser gegen Brekken behaupten konnte und nicht ganz so schwer zugerichtet wurde wie am Anfang. Und dann kam sie eines Abends, als er schon gar nicht mehr damit gerechnet hatte, doch zu ihm. Sie brauchten nicht viele Worte, um sich zu verstehen. Im Halbdunkel fanden sich ihre Hände und Lippen. Es war so, als wären sie niemals getrennt gewesen, als gäbe es keine gesellschaftlichen Unterschiede zwischen ihnen. Mit seinen Küssen glitt er an ihrem Körper hinunter, verlor sich in ihrem sanften Stöhnen, als er die Stelle zwischen ihren

Beinen erreichte. Sein Herz schlug schneller, als Laetitia sich ihm hingab und die Bewegungen seiner Zunge genoss. Er verweilte eine Ewigkeit zwischen ihren Schenkeln, bis sie ihn schließlich energisch nach oben zog und ihm zuflüsterte, dass sie ihn in sich spüren wollte. Ihre Finger krallten sich in seine Hüften, als er ihr den Wunsch erfüllte und sie vor Lust leise aufschrie. Sie sah ihm in die Augen, während sie sich gemeinsam dem Höhepunkt näherten und sich die Welt um sie herum in der Unendlichkeit auflöste. *Oh Laetitia, deine Liebe ist alles, was ich will*, dachte er, als er sie zärtlich den Rücken entlang streichelte, und doch war es etwas, das im realen Leben noch unerreichbarer schien als der Sieg über Tantotaurus.

~

Aus Laetitias Tagebuch:

Himmelhochjauchzend, zu Tode betrübt, so fühlt es sich in mir an. Ich habe Alessandro wiedergesehen. Etwas hat mich wie magisch zu ihm hingezogen. Er war so froh, dass ich ihn besucht habe. Mein Plan ist nicht aufgegangen – vielleicht sind wir wirklich füreinander bestimmt? Katharina meint, ich sei verrückt, mich auf einen zukünftigen Gladiator einzulassen. Doch wenn ich in seinen Armen bin, singt meine Seele wie nie zuvor im Leben. Er berührt sie wie die schönste Melodie. Wenn wir getrennt sind, leide ich. Dann habe ich Angst, dass wir vielleicht niemals richtig zusammen sein können. Falls Vater uns entdeckt, wird er Alessandro töten. Und doch kann ich nicht anders. Das lässt mich verzweifeln!

KAPITEL 10

FREUDE UND SCHMERZ

Die folgenden Wochen waren für Alessandro ein Wechselbad der Gefühle. Während die Hitze des Sommers langsam nachließ, verbrannte sein Herz fast vor Sehnsucht an den Tagen und Nächten, in denen er Laetitia nicht sehen konnte. Wenn sie jedoch bei ihm war, wenn sie alleine sein konnten, wenn er sie in den Armen hielt, waren Freude und Schmerz fast wie Dolche, die sich ihm langsam in den Rücken bohrten. So sehr er sie liebte, so sehr hatte er auch Angst um sie. Die Furcht, erwischt zu werden, ließ ihn manchmal mitten in der Nacht schweißgebadet erwachen. Und doch kam sie immer wieder zu ihm und jedes Mal schmolz er aufs Neue dahin. Auch Laetitia ging es nicht besser mit ihren Sorgen. Manchmal lag sie, wenn die Leidenschaft sie überkommen hatte, eng an seinem von Brekken geschundenen Körper geschmiegt und weinte. Alessandro versuchte, sie zu trösten, doch Laetitia glaubte ihm nicht, wenn er sagte, dass er gelernt hatte, körperliche Schmerzen hinzunehmen.

»Du bist mehr wert, als dich in der Arena abschlachten zu lassen. Ich habe solche Angst, dich zu verlieren!«

Wieder und wieder küsste er ihre Augenlider, ihr Gesicht und drückte sie fest an sich. »Ich werde nicht sterben. Für dich will ich kämpfen, den Tantotaurus besiegen und dann bin ich eines Tages frei.«

»Wenn es so weit ist, werde ich mit dir gehen, mein Liebster, wohin du willst.«

Alessandro musste lächeln. »Wirst du nicht Gold und Edelsteine vermissen? Und deine Bediensteten? Ich kann dir das nicht bieten.«

»Ich will nur deine Liebe«, flüsterte sie ihm ins Ohr und ließ ihre Finger an ihm hinunterwandern.

An anderen Tagen machte er sich Gedanken, ob seine nächtlichen Abenteuer mit Laetitia ungeplante Folgen haben könnten. Beim nächsten Mal sprach er sie darauf an, doch sie lächelte nur und erklärte, dass die Mädchen einen Kräutertrunk nahmen, sodass sie nicht schwanger werden konnten. Fortan sah er nur noch die Vorzüge seiner momentanen Situation und vergaß fast, wie es sich anfühlte, unter den anderen Sklaven zu sein, bis der Herr ihn eines Tages nach getaner Stallarbeit abfing.

»Alexos. Du hast genug hier unten geschuftet. Brekken bringt dich wieder zu den anderen.«

Alessandro war so überrascht, dass er für einen Moment das Sprechen vergaß.

»Du willst doch wieder bei den anderen sein?«

»Ja, Dominus. Ich gehe mich noch schnell von Amadeo verabschieden, wenn es möglich ist?« Froh, einen Grund für seine Zurückhaltung gefunden zu haben, blickte er Tiberius Maximus an.

Ein breites Grinsen zog sich über dessen Gesicht. »Das wird nicht nötig sein, Alexos. Amadeo vertraut dir, und Portus, der alte Hund, hat sich freigekauft. Er wird jetzt mit Merva in einem Außenbezirk von Pompeji leben.« Alessandro spitzte die Ohren. Das waren überraschende Neuigkeiten. Der Herr fuhr ungerührt fort: »Das kommt ab und zu vor, Alexos. Aber bis ich einen neuen Pferdeknecht habe, wirst du dich zusätzlich zu deiner Ausbildung morgens und abends um Amadeo kümmern. Du bist dafür verantwortlich, dass er morgens sicher auf die Koppel und abends in den Stall kommt.«

»Ja, Dominus. Es ist mir eine Ehre!«, antwortete Alessandro.

»Das hoffe ich, Alexos! Und nun wollen wir das ganze Drama vergessen. Schließlich hast du ein Ziel vor dir!«

Der Dominus klopfte ihm auf den Rücken und Alessandro fragte sich, ob sie wohl beide das gleiche Ziel vor Augen hatten.

»Wahrscheinlich nicht«, sagte er zu Ricardo, als er endlich wieder mit ihm reden konnte und ihm die ganze Geschichte erzählte.

»Du kannst nicht ernsthaft glauben, dass du mit Laetitia in Freiheit leben kannst!« Der Ausdruck auf dem Gesicht des Freundes war genug, um all seine zarten Hoffnungen zu zertrampeln. Ricardo merkte offensichtlich, dass er etwas Niederschmetterndes gesagt hatte, und korrigierte sich. »Vielleicht kannst du eines Tages in Freiheit leben, aber ich verwette mein linkes Bein, dass Laetitia nicht das armselige Leben einer Gladiatorenfrau teilen wird. Sie ist ein Mädchen mit Rang und Namen. Bestimmt wird sie ihre Haussklavinnen genauso vermissen wie die feinen Speisen und die edlen Kleider.«

»Laetitia ist anders. Wir lieben uns. Sie wird mit mir gehen.« Alessandro versuchte, sowohl seinen Freund als auch die kleine Stimme in sich selbst zu überzeugen.

»Naja, Hauptsache, du bist wieder da! Um frei zu sein, musst du dich zunächst in der Arena beweisen. Und wenn du das überlebst, sehen wir weiter! Ich habe übrigens etwas über die Sache rausgefunden, über die sich Quintus Caesarus ausgelassen hat.«

Alessandro erinnerte sich an den schmierigen Geschäftsmann, den sie nach dem Tavernenbesuch in Pompeji getroffen hatten. »Du meinst das mit meiner Mutter?«, fragte Alessandro ängstlich und hoffnungsvoll zugleich.

Ricardo nickte und war offensichtlich froh, ihn wenigstens für kurze Zeit von den Gedanken an Laetitia ablenken zu können. »Ja. Sie hat tatsächlich in Pompeji gelebt.«

Diese Worte versetzten Alessandro einen Stich. »Hat gelebt?«, erkundigte er sich nochmals, um sicherzugehen.

»Also, wahrscheinlich lebt sie immer noch. Aber sie ist weggezogen, das ist noch gar nicht lange her, hat mir eine Nachbarin erzählt. Hals über Kopf, wohin, das wusste niemand.«

Alessandro überlegte. Er hatte ein ungutes Gefühl bei der Sache. »Ich habe erst vor ein paar Wochen von ihrer Herkunft erfahren und jetzt ist sie auf einmal weg? Meinst du, dass der Herr ...?«

Er brauchte die Worte nicht aussprechen. Ricardo presste den Zeigefinger auf seinen Mund, um Alessandro zum Schweigen zu bringen. »Der Dominus hat seine Ohren überall. Ich weiß nicht, ob das alles Zufall ist, Alessandro, aber ich würde die Sache an deiner Stelle ganz schnell vergessen. Um deiner Mutter willen, damit ihr nichts zustößt.«

Ein kaltes Gefühl überkam Alessandro. Ricardo hatte recht, Tiberius Maximus war ein Mann, der keine Skrupel hatte. Alessandro war jetzt klar, dass er ihn als Kleinkind für ein paar Sesterzen von seiner Mutter abgekauft haben musste, wie es Quintus Caesarus bei dem Tavernenbesuch in Pompeji erwähnt hatte. Wahrscheinlich, um ihn ganz nach seinen eigenen Wünschen formen zu können. Es war besser, nicht mehr von der Sache zu reden, auch wenn diese Erkenntnis Alessandro schmerzlich leer zurückließ.

~

Der Oktober war angebrochen. Vom Meer wehte eine kalte Brise über die Hügel Kampaniens. Es war Laetitia und ihm noch einmal gelungen, sich in der Schwärze der Nacht zu treffen. Sie hatte ihm einen Brief über Nero zukommen lassen, und nun standen sie beide am vereinbarten Aussichtspunkt nahe einem weißen Rosenbusch, der in der Wildnis wuchs.

»Wie du es nur geschafft hast, an die Schlüssel für die Schlafkammern zu kommen«, fragte er sie kopfschüttelnd und biss zärtlich in ihr rechtes Ohrläppchen.

»Ich musste dich einfach noch mal sehen. Vater will mit mir für einige Tage nach Rom. Er sagt, jetzt, wo der Sommer vorüber ist, sei die Zeit geeignet, um gute Geschäfte in der Hauptstadt zu machen.«

Alessandros Herz gefror. Seine größte Angst war, dass Tiberius Maximus seine Tochter wegbringen wollte. »Er ahnt doch nichts?«

Laetitia lachte trocken. »Nein, ich habe meine Rolle gut gespielt, das kannst du mir glauben.«

Alessandro seufzte erleichtert auf. »Gut. Dann hast du ihm gesagt, dass du mich abscheulich findest?«

»Absolut!« Sinnlich lächelnd ließ sie ihre Finger unter seine Tunika wandern. »Lass uns einen würdigen Abschied feiern, mein Liebster!«

Aus Laetitias Tagebuch:

Vater will mit mir ein paar Tage nach Rom. Er sagt, es sei eine »Geschäftsreise«, aber Katharina meint, dass er sich auch nach einem Mann für mich umschauen will. Die Vorstellung erfüllt mich mit Abscheu!
Heute Nacht habe ich mich von Alessandro verabschiedet und ihm meine ewige Liebe geschworen. Wir haben uns in der Dunkelheit bei meinem geliebten Rosenbusch getroffen, oben am Aussichtspunkt. Dort ist der schönste Platz in ganz Kampanien. Noch schöner war es, Alessandros Körper zu streicheln und seine Liebe zu spüren. Niemand wird uns je trennen, nicht einmal mein Vater!

KAPITEL 11

HEISSE EISEN

Es war jetzt genau acht Tage her, seit der Herr mit Laetitia abgereist war. Dessen Schwager, Julius Tullius, verwaltete das Anwesen in der Abwesenheit von Tiberius Maximus mit etwas milderer Hand, was ihn aber nicht davon abhielt, die Jungs von morgens bis abends auf den Übungsplatz zu schicken. Alessandro musste zusätzlich Amadeo versorgen, da immer noch kein passender Pferdeknecht gefunden war, dem der eigensinnige Hengst gehorchte. Morgens, nachdem er seine Extrarunden gedreht hatte, ging Alessandro zum Stall und führte Amadeo auf die Weide. Mittlerweile hatte er kein Problem mehr damit, ihm ein Halfter anzulegen. Mit jedem verstreichenden Tag schien es, als verstünden sich die beiden besser, und abends freute er sich darauf, ein paar Minuten an Amadeos Seite zu verweilen, ihm beim Fressen zuzusehen und ihm gute Nacht zu sagen. Laetitia vermisste er schmerzlich, aber sein Gefühl sagte ihm, dass sie bald zurückkommen würde. Das stimmte ihn etwas zufriedener. Als er diesen Abend zur Koppel hinunterging, erinnerte er sich an die Nacht, an der sie ihn das erste Mal im Stall besucht hatte.

»Amadeo! Amadeo, komm her!«, rief er in freudiger Erwartung, denn meistens kam der Hengst auf sein Rufen sofort angaloppiert. Heute hörte er kein Hufgetrampel, kein freudiges Begrüßungswiehern. Normalerweise trabten die Pferde zügig herbei, denn sie warteten auf ihr Abendessen. »Amadeo«, rief er nochmals und schnalzte mit der Zunge.

Am Zaun angekommen, war Amadeo immer noch nicht in Sicht, dafür drängten sich ein paar andere Pferde um den Koppeleingang. Alessandro bahnte sich einen Weg durch die aufdringlichen Tiere und schimpfte leise auf den Hengst, der sich wahrscheinlich am hinteren Teil der Weide aufhielt. »Verdammt!«, fluchte er, als er mit dem Halfter bewaffnet in einen frischen Pferdeapfel trat. »Amadeo, komm jetzt endlich!« Sein Ton hallte energisch über die Wiese. *Dieser Hengst macht, was er will,* dachte er, während er in die Richtung ging, die vom Zaun aus nicht einsehbar war. Er suchte zwischen den knorrigen Pinienbäumen und hinter eng stehenden Zypressen, aber das erhoffte weiße Leuchten des hellen Fells blieb aus. Panik überkam Alessandro, als er den Hengst nicht finden konnte.

»Wo bist du, Amadeo?« Seine anfängliche Wut schlug in Verzweiflung um. Nun hatte er jeden Quadratmeter der Weide abgesucht. Es war unmöglich, dass Amadeo ausgebrochen war, wenn doch alle anderen Pferde friedlich grasten. Vielleicht hatte ihn jemand zum Reiten mitgenommen und man hatte vergessen, ihm Bescheid zu sagen? Dieser Gedanke beruhigte Alessandro, bis ihm einfiel, dass niemand außer dem Herrn selbst es wagen würde, auf Amadeos Rücken zu steigen. Dennoch nahm er sich vor, später danach zu fragen. Im Moment gab es hier für ihn nichts mehr zu tun, obwohl ihn beim Anblick des leeren Stalls auf dem Rückweg ein schlechtes Gefühl überkam. *Sein Sattel und das Zaumzeug sind noch an Ort und Stelle,* flüsterte ihm sein Verstand zu. Wenn Amadeo tatsächlich weg war, bedeutete das großen Ärger für ihn.

Das Gerücht über die Abwesenheit des Lieblingshengstes machte wie ein Lauffeuer die Runde. »Ich weiß nicht, wo er ist! Ich wollte ihn abends in den Stall bringen und er war nicht da«, sagte Alessandro mit gesenktem Kopf zu Julius Tullius. Dieser funkelte ihn wütend an.

»Bestimmt hast du etwas damit zu tun. Mein Schwager hat dir

die Verantwortung für den Hengst gegeben. Wenn Amadeo nicht wieder da ist, bis Tiberius heimkommt, wirst du die Konsequenzen tragen!«

Alessandro erstarrte. Wie konnte dieser Mann so ungerecht sein?

»Hast du mich verstanden?«, brüllte Tullius ihn vor den anderen Sklaven an.

»Ja«, antwortete Alessandro mit gesenktem Kopf.

»Wir warten bis morgen früh, dann wirst du ihn suchen gehen. Und komm ja nicht ohne das Pferd zurück!« Die Stimme senkte sich bedrohlich.

Alessandro verstand, dass das Schicksal des Tieres von nun an eng mit seinem eigenen verbunden war. Sollte er Amadeo nicht finden, war er in gewaltigen Schwierigkeiten. Mit hängenden Schultern ging er zu seiner Hütte und betete, dass der Hengst morgen früh wieder auftauchen würde.

Aus Laetitias Tagebuch:

Bei den Göttern, die Tage ziehen sich hin. Vater hat mich tatsächlich dem Sohn eines Senators vorgestellt. Numerius heißt er und ist furchtbar eingebildet. Dabei ist er im Vergleich zu Alessandro noch ein Kleinkind. Beim Abendessen habe ich mit Vater gesprochen. Er war enttäuscht, dass mir Numerius nicht zusagt. In seiner Wut hat er mich sogar auf Alessandro angesprochen! Ich hoffe, ich habe meine Rolle gut gespielt. Ich sagte ihm, dass ich Alessandro als potenziellen Kämpfer schätze, aber diese Gladiatoren für mich keine Menschen sind, sondern wilde Barbaren. Vater schien das zu gefallen. Und er hat mich wegen Numerius in Ruhe gelassen.

Am nächsten Morgen führte Alessandros erster Gang zur Koppel.

Irgendwie hoffte er, dass Amadeo dorthin zurückgekehrt war. Mit schnellen Schritten eilte er die letzten Meter bis zum Zaun, doch von dem weißen Hengst fehlte jede Spur. Gähnende Leere begrüßte ihn, und auch auf sein Rufen hin blieb alles still. *Vielleicht ist er im Stall?,* dachte er und hastete den Weg zurück zu dem Bretterbau. An seinem alten Schlafplatz angekommen, fand er immer noch keine Spur des Pferdes und es blieb ihm nichts anderes übrig, als sich einzugestehen, dass Amadeo verschwunden war.

Brekken empfing ihn beim Frühstück mit noch schlechterer Laune als sonst und ranzte ihn an, dass Julius Tullius ihn sprechen wolle und dass er nach dem Essen nochmals zurückkommen würde. Ohne Appetit ergriff Alessandro eine Schüssel Gerstenbrei und setzte sich neben Ricardo.

»Lass den Kopf nicht hängen. Das Pferd mag dich, es wird schon zurückkommen«, ermutigte ihn der Freund.

»Und wenn nicht?«, fragte Alessandro, ohne eine Antwort zu erwarten.

Ricardo machte ein niedergeschlagenes Gesicht. »Wenn du willst, frage ich Brekken, ob ich dir beim Suchen helfen kann.«

»Frag lieber ihn«, sagte Alessandro und deute mit einer nur für Ricardo erkennbaren Handbewegung auf Julius Tullius, der strammen Schrittes zu den Sklaven herüberlief. Er unterhielt sich in gedämpfter Stimme mit dem Kampfmeister und sah dabei immer wieder zu Alessandro. Der Schwager von Tiberius Maximus war lange nicht so kantig und selbstsicher wie der Herr. Wo Tiberius Maximus als charismatisch angesehen wurde, wirkte Julius Tullius wie ein unförmiger Waschlappen. Gerade das machte ihn so gefährlich, denn wenn er das Sagen hatte, würde er diese neue Form der Autorität vermutlich ungezügelt auskosten, überlegte Alessandro. Dass er mit seiner Vermutung nicht ganz unrecht hatte, merkte er, als Julius Tullius mit Brekken im Schlepptau zu ihm kam.

»Ich habe gehört, dass Amadeo immer noch nicht aufgetaucht

ist«, zischte er. »Du wirst ihn suchen gehen, und wenn du bis ans Ende der Welt läufst.«

Alessandro sah Julius Tullius an. »Ja, das werde ich.«

»Ja, Herr, heißt das!«, schrie Tullius ihn erbost an.

»Ja, Herr.« Alessandro spürte die Kälte, die sich auf seine Stimme legte.

»Gut. Aber damit du uns nicht wegläufst, müssen wir dir noch ein Zeichen geben.« Ein Grinsen breitete sich auf dem speckigen Gesicht aus. »Brekken wird mir dabei helfen!«

Die Augen der anderen Jungen richteten sich stumm auf Alessandro. Wo Cyrill und Crytus Sekunden vorher noch miteinander gescherzt hatten, legte sich nun allgemeine Stille über die Gemüter der Jungs. Alessandro ahnte, was kommen würde.

»Brekken, schür das Feuer ein!«, befahl Julius Tullius. Der Kampfmeister gehorchte mit offensichtlichem Vergnügen.

»Mit Verlaub ...« Ricardo räusperte sich. »Das macht sonst nur der Herr persönlich. Und erst, wenn man die Prüfung für das Ludus abgelegt hat.«

Julius Tullius‘ Augen zogen sich zu engen Schlitzen zusammen. »Besondere Umstände erfordern außergewöhnliche Maßnahmen. Aber vor dir kleiner Kakerlake muss ich mich nicht rechtfertigen. Oder willst du auch das Eisen spüren?«

Ricardo sah ihn an, ohne zurückzuzucken. »Wenn ich dafür mit Alessandro gehen kann?«

Alessandro bewunderte den Mut seines Freundes, und auch wenn Julius Tullius vehement den Kopf schüttelte, war er doch froh über Ricardos Angebot.

»Ihr seid aufsässige Jungen! Mehr nicht«, schimpfte der Schwager des Herrn, als er die Gruppe auf den Übungsplatz begleitete. »Es ist sowieso Zeit, dass man euch in die Arena lässt. Da wird euch das Lachen bald vergehen.

Alessandro stockte schon jetzt der Atem, als er das brennende Feuer in Augenschein nahm. Brekken war dabei, ein Eisen darin zu erhitzen. *Es ist egal, ob ich das Mal jetzt oder in ein paar Monaten bekomme,* erinnerte er sich selbst. Das Zeichen, das ihn als Sklaven markierte, ein kleiner blauer Kreis hinter dem rechten Ohr, hatte er bekommen, als er noch zu jung gewesen war, um sich daran zu erinnern. Zweifelsohne würde ihm Julius Tullius nun das Zeichen des Hauses Maximus einbrennen, ein T und ein M, genauso, wie es sein Vater getragen hatte. Innerlich beruhigte er seinen Atem. Ein kurzer Schmerzmoment, das war alles. Er hatte Schlimmeres überlebt. Da er keine Schwäche zeigen wollte, streckte er freiwillig den Arm hin.

»Ganz ein Mutiger!«, scherzte Julius Tullius und holte das glühende Brandeisen langsam aus dem Feuer, um es dann mit glitzernden Augen in der Luft drehend zu bewundern. »Muss Brekken dich festhalten?«

»Nein, Herr«, sagte Alessandro entschieden. Er wollte Brekken nicht noch mehr Genugtuung bereiten. Entschlossen legte er seinen linken Unterarm auf einen Holzpflock. Als sich das glühende Eisen näherte, zwang er sich, die Augen offen zu halten, und auch als der Geruch nach verbranntem Fleisch ihn beißend in der Nase stach, zuckte er nicht zurück. *Ein kurzer Moment Schmerz, das ist alles,* sagte er sich erneut, als Feuer seinen Arm emporschoss. Sein Unterarm begann leicht zu zittern und Tränen traten ihm in die Augen, als das heiße Eisen ihm Haut und Fleisch verbrannte und er krampfhaft versuchte, sich auf den Beinen zu halten. Immer tiefer bohrte sich das glühende Metall, bis Alessandro fast die Besinnung verlor. *Gleich ist es vorbei,* sprach er sich innerlich Mut zu und am Ende blieb er standhaft. Weder Brekken noch der vollgefressene Julius Tullius sollten das Vergnügen haben, ihn jammern zu sehen. Von Weitem humpelte der Medicus heran. Er stellte einen Eimer kaltes Wasser ab und befahl Alessandro, den gebrandmarkten Arm in das kühle Nass zu tauchen. Alessandro war dankbar, als der beißende Schmerz nachließ. Mit stoischer Miene wickelte der Medicus ihm einen Verband um die Wunde und schlich dann leise schimpfend von dannen.

»So, das sollte genügen. Den Mut wirst du brauchen, wenn du das Pferd zurückholen willst. Nimm dir noch was aus der Küche mit, und dann geh. Eine Waffe bekommst du von mir nicht in die Hände! Tiberius Maximus ist schon auf der Rückreise und wird spätestens übermorgen hier erwartet.«

Aus Laetitias Tagebuch:

Endlich verlassen wir Rom! Diese Stadt ist so kalt, und das nicht nur, weil der Sommer das Land verlassen hat. Überall geht es hier lediglich um Macht und Geld. Ich will zurück nach Pompeji, zurück zu ihm. In meinen Träumen sterbe ich tausend Tode, weil ich Angst habe, dass ihm etwas passiert. Ich bete zu den Göttern, dass sie meinen Liebsten beschützen. Ich muss ihn schnell wiedersehen!

Alessandro fühlte lähmende Schwere in sich, als er mit seinem gepackten Bündel und dem Halfter in der Hand die Villa verließ. Er wusste, dass ihm nicht viel Zeit blieb, um Amadeo zu finden, und er wollte sich nicht ausmalen, was passierte, wenn er mit leeren Händen zurückkehrte. Der Herr würde ihn umbringen oder ihn an ein nicht angesehenes Ludus verkaufen. Als er weit genug von der Villa entfernt war, ließ er seinen Tränen freien Lauf. Der Weg, der vor ihm lag, schien endlos und unüberwindbar. Das Wichtigste war jetzt, den Hengst zu finden und nach Hause zu bringen, aber er wusste nicht mal, wo er mit der Suche beginnen sollte. War das Pferd in Richtung Stadt gelaufen oder in den Wald? Alessandro entschied sich, zunächst den Aussichtspunkt aufzusuchen, wo er sich von Laetitia verabschiedet hatte. Von dort hatte man einen guten Rundblick über die gesamte Umgebung. Sein Arm pochte unaufhörlich, als er sich die letzten Stufen hinaufquälte. Erschöpft blieb er neben dem wilden Rosenbusch stehen und sah sich um. In der Ferne lag das Mittelmeer, dessen wohltuende Brise er nur erahnen konnte. Sollte er den Weg in Richtung des Wassers, über das sein Vater ins Römische Reich geschleppt worden war, einschlagen? Links von ihm ragte der mächtige Berg

Vesuv auf, und zu dessen Füßen erstreckte sich eine fruchtbare Landebene.

»Beim Zeus. Wo soll ich nur anfangen zu suchen?« Stumm rief er den Gottvater der Griechen an, ihm den Weg zu weisen. Ein Wind kam auf und rauschte an seinen Ohren vorbei, ohne ihm hilfreiche Worte zuzuflüstern. Alessandro breitete seine Handflächen gen Himmel und beschwor noch einmal die Götter, seinen Weg zu leiten. Vergeblich. Kein Gott hier draußen schien ihn zu hören oder bereit zu sein, ihm zu antworten. Völlig auf sich selbst gestellt, entschied er, in Richtung Wald zu laufen, weg von der lauten Stadt. Dorthin würde sich ein Tier wohl am ehesten verkriechen, denn Amadeo konnte ja nichts ahnen von den Gefahren, die dort auf ihn lauerten. In den Wäldern von Pompeji gab es Bären und Wildkatzen, Wölfe und manchen Erzählungen nach noch schlimmere Biester. Eine Gänsehaut überkam ihn, als er an die Geschichten der anderen Sklaven dachte, wonach sich bluttrinkende Untote zwischen den dichten Bäumen versteckten.

»Sie kommen und holen die Jungen und Schönen. Sie nähren sich von ihrem Blut!« Darius war so aufgebracht gewesen, dass er auch Tage später nicht einschlafen konnte, als ihm Nero von den Geistern des Waldes erzählt hatte. Alessandro hatte den kleineren Jungen getröstet und über die Erzählungen gelacht.

»Lach nicht, Alessandro. Die Bluttrinker würden sich freuen, dein Blut zu kosten«, hörte er Ricardos ernste Stimme in seinem Ohr. *Ich muss Amadeo so früh wie möglich finden, im Sonnenschein gibt es keine Geister,* sprach er sich Mut zu und verließ den Aussichtspunkt in Richtung der dunklen Schatten.

Es dauerte bis weit nach der Mittagszeit, bis er an der Waldgrenze angekommen war. Bevor er in das Unterholz vordrang, setzte er sich für einen Augenblick ins weiche Gras und holte seine Wegzehrung aus dem Lederbeutel. In der Küche hatte er zwei harte Würstchen, drei Orangen und einen halben Laib Brot bekommen. Sein Trinkbeutel war noch zur Hälfte mit frischem Wasser gefüllt. Als er in die erste Wurst biss, merkte er, wie hungrig er war. Ehe er sich versah, waren seine Vorräte aufgezehrt, und er zwang sich, wieder auf die Beine zu kommen. Sein eingebundener Arm sandte immer noch Wellen voller Schmerz durch seinen Körper. Als er den Verband genauer betrachtete, fiel ihm auf, dass sich unter dem Leinentuch eine gelbe Flüssigkeit gebildet hatte. *Verdammt!, erschrak er.* Das Brandmal hatte sich entzündet. Um etwas Luft an die Wunde zu lassen, lockerte er den Verband zunächst, zog ihn dann aber Augenblicke später ganz ab, nur um angewidert auf die verbrannten, eitrigen Hautfetzen zu starren. Ein übler Geruch ging von der Stelle aus. Zum Glück war es der linke Arm, seine schwächere Seite. Wenn er hier einem Wildtier begegnen würde, könnte er wenigstens dagegen ankämpfen. Zur Sicherheit nahm er einen dicken Ast mit, sonstige Waffen trug er nicht. Wahrscheinlich hatte ihm Julius Tullius das Schwert verwehrt, damit Alessandro damit nicht auf dumme Gedanken kam. Er würde es auch ohne Schwert schaffen, sagte er sich, als er den ersten beherzten Schritt ins Unterholz wagte.

Immer tiefer drang er zwischen den hängenden Zweigen und den dicken Wurzeln der alten Bäume vor, bis er langsam die Orientierung verlor. Durch die dicht beieinanderstehenden Baumkronen schien nur wenig Tageslicht, sodass es schwer war, festzustellen, wie viel Zeit seit dem Mittag vergangen war. Seine Schritte vermischten sich mit dem Rascheln des Laubs, das den Boden bedeckte. Ansonsten war alles still.

»Amadeo«, rief er leise. »Amadeo, komm.« Doch niemand antwortete. Durch seinen linken Arm zog sich ein stechender Schmerz, der jetzt bis in die Schulter reichte. Bei der nächsten lichteren Stelle setzte er sich erschöpft nieder, wischte sich den Schweiß, der sich trotz des angenehm frischen Herbsttages gebildet hatte, von der Stirn und wagte einen Blick auf seinen Arm. Mit Schrecken starrte er auf die sich wie Spinnenweben hochziehenden roten Striemen. Das Zeichen für eine Verunreinigung des Blutes! Er wusste, dass es nur eine Frage der Zeit war, bis sein Körper in Flammen stehen würde. Dann würde er Amadeo niemals finden und in diesem verfluchten Wald elendig krepieren. Das durfte nicht sein! Er musste den Schwur an seinen Vater erfüllen und für Laetitia zurückkehren. Als er sich zitternd hochrappelte, glaubte er, ein Wiehern zu hören. Vielleicht hatte ihn das Fieber schon gepackt, trotzdem musste er es versuchen. Das Geräusch war aus der Ferne gekommen, aber er meinte, deutlich die Richtung vernommen zu haben.

»Amadeo?«, keuchte er nochmals in die immer weiter fortschreitende Dunkelheit. Ohne Zeitgefühl stolperte er durch den Wald, bis er erneut ein Wiehern hörte. Dieses Mal klang es näher, und so nahm er all seine verbleibende Kraft zusammen und folgte den vertrauten Tönen. Ansonsten war es um ihn herum seltsam still. Mit seinem gesunden Arm teilte er die niedrig hängenden Blätter und sah Amadeo auf einer vom Mond beschienenen Lichtung stehen. *Es ist bereits Nacht,* dachte er mit Schrecken, doch der eigensinnige Hengst freute sich augenscheinlich über seinen Anblick, denn er stieg in die Höhe und schwenkte seine Vorderhufe.

»Ist gut, mein Junge. Nun komm, wir müssen nach Hause!« Mit letzter Kraft schleppte er sich Amadeo entgegen. Das Pferd kam auf ihn zu, doch als er das Halfter aus dem Beutel holte, wich es ein Stück zurück und blickte Alessandro erwartungsvoll an. »Keine Kraft mehr für Spielchen, Amadeo!«, brachte Alessandro noch heraus und versuchte erneut, dem Hengst das Halfter umzulegen. Wieder wich das Tier zurück. »Bitte!«, flehte Alessandro. Er wusste, dass er nicht mehr stark genug war, Amadeo hinterherzulaufen.

»Bitte was?«

Eine Frauenstimme ließ Alessandro herumfahren. Für einen Augenblick dachte er, das Fieber hätte seinen Verstand endgültig verbrannt, als er in das Gesicht einer Göttin blickte. *Nyx, die Göttin der Nacht. Bald kommen ihre Dämonen und reißen mich in den Tod!*

Die Frau begann laut zu lachen, wobei sie strahlend weiße Zähne entblößte und ihr langes schwarzes Haar in den Nacken warf. »So, du denkst, ich bin eine Göttin! Hmm, so ganz unrecht hast du nicht, aber ich habe keine Dämonen, die dich töten werden.«

Alessandro fragte sich, ob er im Wahn seine Befürchtungen laut ausgesprochen hatte. Ein ungutes Gefühl beschlich ihn, denn die wie zwei schwarze Opale funkelnden Augen des Wesens entbehrten jeglicher menschlichen Wärme. Auch ihr Lachen spiegelte sich nicht darin. Hilflos sah er sich nach einem Fluchtweg um. Die Zypressen und Kiefern um in herum sahen alle gleich aus. Wie knorrige Gespenster schienen sie ihn mit ihren zu Klauen gewölbten Ästen einzukreisen. Alles begann sich zu drehen, und Alessandro fand sich im nächsten Moment auf dem Boden wieder, wo sich die Göttin der Nacht belustigt über ihn beugte.

»Man sagte mir, du seist tapfer. Der neue Stern am Himmel der endlos roten Arena?« Ihre Stimme glich dem sanften Schnurren einer Katze.

Alessandro schüttelte sich, wollte wieder auf die Beine kommen, hoch zu Amadeo und weg von diesem Ort, aber eine weiße Hand betastete seine Wange. Wie Eis brannte ihre Berührung auf seiner Haut, durchdringender als jedes Brandeisen. Er wollte um Hilfe schreien, doch wer hätte ihn hier an diesem entlegensten aller Orte hören sollen? So blieb er reglos liegen und schloss die Augen. Nun konnte er nur noch beten, dass der Tod ihn schnell holte. Wieder schnurrte die Frau, doch Alessandro konnte die Worte nicht mehr verstehen. Er spürte nur, wie sich die eiskalte Hand einen Weg nach unten bahnte, hin zu der Stelle mit dem Brandmal, das sich entzündet hatte. Als ihre Finger dort angekommen waren und sich in das flammende Fleisch krallten, riss er jäh die Augen auf und schrie, wie er noch nie in seinem Leben geschrien hatte.

»Ich sehe, es ist noch genug Leben in dir.« Das Lächeln in ihrem Gesicht war schaurig.

Alessandro wollte die Augen wieder schließen, doch etwas hielt seinen Blick fest. Sie ließ seinen Arm los und beugte sich sanft zu ihm. Ihr voller Mund war nur einen Fingerbreit von seinem Gesicht entfernt. Alessandro wollte zurückweichen, als sie ihm einen leichten Kuss auf die Lippen hauchte.

»Immer noch wehrst du dich, das gefällt mir«, flüsterte das Wesen belustigt.

»Bitte, lass mich gehen!« Seine Stimme war kaum noch hörbar.

»Wohin willst du denn, mein armer Junge? In deinem Zustand würdest du die Nacht nicht überleben.« Erwartungsvoll blickte sie ihn mit den tiefschwarzen Augen an, eine Locke streifte seine Wange.

»Ich muss nach Hause, das Pferd und …« Er zögerte, ihren Namen zu sagen. *Laetitia, ich muss zu Laetitia.*

»Und, was? Sprich! Zu mir kannst du ehrlich sein.« Ihr Lächeln wirkte falsch, teuflisch. Etwas an diesem Wesen war dunkler als alles, wovor Alessandro sich jemals gefürchtet hatte. Den Namen der Frau, die er liebte, in ihrer Gegenwart auszusprechen, kam ihm wie das Schlimmste vor, was er tun könnte.

»… und Tantotaurus!«, presste er hervor. Es kostete ihn Mühe seine Gedanken von Laetitia abzuwenden und zu dem Mann zu lenken, den er bezwingen wollte. »Ich muss meinen Vater rächen!«

Das Wesen musterte ihn skeptisch. »Soso. Wenn du willst, helfe ich dir dabei. Es ist wie ein Spiel. Ich gebe dir etwas und du gibst mir etwas.«

Alles in Alessandro schrie NEIN!, mit den Göttern durfte man sich nicht einlassen, sie konnten die Seelen einfangen und endlos peinigen.

»Ich bin keine Göttin, auch wenn ich so wunderschön wie eine bin. Mein Name ist Silvana und ich bin nur eine einfache Kräuterfrau, die hier auf der Lichtung zu Hause ist. Ich kann dir helfen, und dafür will ich nur einen Gefallen von dir.«

Alessandros Kopf hämmerte, eigentlich wollte er die Augen wieder schließen, seine letzten Gedanken zu Laetitia schweifen lassen, aber dann würde er sie unter Umständen verraten. So starrte er Silvana ins Gesicht, und zwischen seinen ausgedörrten Lippen brachte er heiser eine Antwort hervor.

»Was willst du?« Er bereute es, sobald die Worte seine Lippen verlassen hatten. Instinktiv sagte ihm ihr zufriedenes Grinsen, dass er niemals hätte fragen dürfen, doch nun war es zu spät.

»Eine Kleinigkeit. Ein Leben für dein Leben. Ich habe einen

eigenen Tantotaurus, an dem ich mich rächen will. Hauch ihm das Leben aus und deine Schuld ist beglichen.«

Alessandros Kopf wurde leicht. *Ein Leben für sein Leben.* Seine Gedanken rasten. Silvana wollte, dass er einen Fremden tötete. Jemanden, der ihm nichts getan hatte, den er nicht kannte. Mit pochendem Kopf schloss er die Augen. Laetitias Gesicht erschien vor ihm. Weinend, weil er nicht mehr in ihrem Leben war. Er sah sich auf seiner Totenbahre liegen, die anderen Schüler um ihn, der Herr mit seiner Tochter. Brekken, der hämisch lachte. Der Dominus sprach: »Alessandro hätte leben können, wenn er diesem harmlosen Kräuterweib einen Wunsch erfüllt hätte. Ein Gladiator muss bereit sein, zu töten!« Schallendes Lachen um ihn herum, weil er diese einfache Aufgabe nicht vollbringen konnte, und das verweinte, anklagende Gesicht von Laetitia. »Du hast mich alleine gelassen«, flüsterte sie ihm zu, als seine Bahre gesenkt wurde.

Die Vorstellung war mehr, als er ertragen konnte. Die Kräuterfrau hatte ein männliches Leben gefordert, einen Mann, keine Frau. Trotzdem fragte er zur Sicherheit nach.

»Oh ja, ich würde dich doch nicht auf Frauen und Kinder hetzen.«

»Jemand, der dir Unrecht getan hat?«

»Gewiss. Großes Unrecht. Ein Mann, der es verdient zu sterben!«

»Und zuerst hilfst du mir mit Tantotaurus?«

Ihre Augen verengten sich. »Von mir aus. Erst deinen Tantotaurus. Auf ein bisschen mehr Zeit kommt es mir nicht an.«

»Einverstanden!« Das Wort kam stockend, aber klar. Worauf auch immer er sich eingelassen hatte, er konnte jetzt nicht mehr zurück.

»Dann lass es uns besiegeln!«, flüsterte Silvana. »Da, wo ich herkomme, machen wir das mit einem Kuss.«

Alessandro war schon zu weit gegangen. Nun konnte er sich nicht mehr wehren, als sie sich über ihn beugte. Ihre Lippen waren weich, fast menschlich, und trotz des Fiebers gehorchte er ihr nicht so ungern, wie er es von sich selbst gewünscht hätte. Sein Kopf fühlte sich seltsam leer an, als ihre Zunge die seine umkreiste.

Plötzlich hielt Silvana für einige Sekunden inne und blitzschnell biss sie ihn mit spitzen Zähnen in seine Zunge. Alessandro wollte sie zurückziehen, doch sie hielt ihn fest. Ihre Arme waren unnatürlich stark. In ihrem Griff spürte Alessandro, wie sie sich ebenfalls die Zungenspitze öffnete und eine Welle der Trunkenheit durch seinen Körper schoss, als ihr Blut sich mit seinem vermischte.

»Trink!«, befahl sie und Alessandro gehorchte. Ihr Blut füllte seinen Mund und mit jedem Tropfen fasste er mehr Hoffnung, Laetitia wiederzusehen.

Kurz darauf ließ Silvana von ihm ab. Ein letztes Mal leckte sie sich über ihre blutroten Lippen, half Alessandro, sich aufzusetzen, und führte ihn zu ihrem Lagerplatz. Alessandros Gedanken waren verschwommen, er schaffte es gerade so, neben Silvana her zu torkeln. Trotzdem spürte er, dass das Fieber verschwunden war und sein Blick klarer wurde.

»Heim. Ich will heim!« Seine Stimme hörte er wie aus weiter Ferne, aber Silvana hatte ihn vernommen.

»Bald, mein Kämpfer, bald. Zuerst musst du dich ausruhen, deinen Körper heilen.«

Ohne zu widersprechen, ließ er sich von ihr in eine Hütte aus Ästen und Zweigen führen, in der er auf einem Bett aus Fellen niedersinken konnte.

»Schlaf. Morgen früh wirst du dich besser fühlen.«

~

Als er am nächsten Morgen erwachte, dachte er zunächst, er wäre an seinem alten Platz im Pferdestall. Es dauerte eine Weile, bis er erkannte, wo er wirklich war. *Silvanas Waldlichtung.* Siedend heiß fiel ihm der Handel mit ihr ein. Blitzschnell schreckte er hoch, als er sah, wo er genächtigt hatte. Ein weißes Bärenfell lag unter ihm, abgezogen, aber der gewaltige Kopf mit dem aufgerissenen Maul voller scharfer Zähne hing noch daran.

»Gefällt dir mein Gefährte?«

Alessandro fuhr herum, als er die schnurrende Stimme hörte. Die Morgensonne ließ ihre glitzernden Strahlen auf Silvanas Haut herabscheinen, aber sie schien von dem Licht nichts anzunehmen. Ihr Antlitz blieb unnatürlich weiß, fast wie das des toten Bären in ihrer Hütte. Der Blick der leuchtenden Augen durchbohrte ihn. *Tot, sie ist tot!* Es war ihm in der Dunkelheit der Nacht nicht aufgefallen, vielleicht auch nicht wegen seines Fieberwahns, aber instinktiv hatte er es gewusst. Silvana war keine normale Frau, geschweige denn ein einfaches Kräuterweib.

»Wer bist du?«

»Deine Rettung.«

Und mein Untergang? »Kann ich jetzt nach Hause? Mein Herr erwartet mich. Ich muss ihm das Pferd wiederbringen.«

»Sicher. Ich habe noch ein Abschiedsgeschenk. Es wird dir wohl bekommen.« Sie reichte ihm einen silbernen Kelch mit einer dampfenden Flüssigkeit. »Es hat ein bisschen gedauert, bis es fertig war. Trink, es bringt dir Kraft.«

Vorsichtig nahm Alessandro den Kelch und roch an dem Gebräu. Es duftete nach Wald, nach Erde und nach der Nacht. Wenn Silvana ihn umbringen wollte, hätte sie es bereits getan, und so trank er den Kelch langsam aus.

Silvana blickte ihn mit einem zufriedenen Ausdruck an. »Was macht dein Brandmal?«, fragte sie ihn mit einer Unschuld in der Stimme, die Alessandro aufhorchen ließ.

Er zuckte mit den Schultern, denn er hatte gar nicht mehr daran gedacht. Nun blickte er an sich hinunter, drehte die Hand und sah die eingebrannten Buchstaben, die zwar verschrumpelt, aber abgeheilt waren, an. Von dem T und dem M zog sich ein kaum erkennbarer Strich bis zu seinem Oberarm und weiter in Richtung seines Herzens. »Was ist das?«, keuchte er, während er die feine Linie betrachtete.

»Eine Erinnerung. Von nun an bin ich deine Herrin, bis deine Schuld bezahlt ist. Komm zu mir, wenn du Hilfe brauchst gegen dein Ungetüm. Du wirst verstehen, was ich meine. Und dann bringst du meinem Feind den Tod.«

Alessandro schluckte. »Ich werde meinen Teil der Abmachung erfüllen, Silvana.«

»Gut! Dann reite jetzt, du wirst merken, wenn ich dich rufe.«

Mit einem leisen Lachen drehte sie sich um und verschwand zwischen den Bäumen. Verwirrt blickte Alessandro sich um und stellte fest, dass der Kelch, den er kurz zuvor in seiner Hand gehalten hatte, fort war. Ebenso war vom Lager nichts mehr zu erkennen. Einzig ein kalter Hauch hing noch in der Luft, und Amadeo stand schnaubend neben ihm.

»Hat sie dich auch verhext, alter Junge?«, flüsterte Alessandro dem Hengst zu, bevor er sich auf seinen Rücken schwang. Noch nie hatte er auf einem Pferd gesessen, aber in diesem Moment vertraute er Amadeo blind und der Hengst enttäuschte ihn nicht. Geschmeidig trug er ihn in Richtung Heimat.

Aus Laetitias Tagebuch:

Etwas Furchtbares ist geschehen, ich spüre es genau! Jetzt sind wir nur noch wenige Meilen von zu Hause entfernt. Wenn das Cisium uns nur schneller heimbringen würde. Ich muss ihn sehen, wissen, dass er lebt!

KAPITEL 12

DER TRANK DER STÄRKE

»Nimm das!« Mit einem einzigen Hieb streckte Alessandro den überraschten Bartus zu Boden.

»Bravo, das ging schnell!«, jubelten ihm die anderen zu.

Brekken musterte ihn mit zu Schlitzen zusammengezogenen Augen. Stumm deutete er auf Illius, damit er Alessandro als Nächster entgegentrat. Illius näherte sich zögernd. Alessandro war bereit. Es war zwei Tage her, seit er mit Amadeo zur Überraschung aller zurückgekehrt war. Tiberius Maximus und Laetitia waren noch nicht an der Villa angekommen. Seit er wieder hier war, fühlte er eine unbändige Kraft, aber er schob es darauf, dass er sich durch das Fieber vorher so elend gefühlt hatte. Jetzt winkte er Illius mit der Hand zu sich, ermutigte den jungen Griechen näher zu kommen. Illius beobachtete ihn zögernd.

»Nun lauf schon auf ihn los, du Feigling!«, schrie Brekken ungehalten, und angesichts des scharfen Tons gehorchte Illius. Heute kämpften die Jungs mit leichter Rüstung, nur Sandalen, Schultergurt und Holzschwert, weshalb sie sich relativ leichtfüßig bewegen konnten. Alessandro mochte Illius mehr als Bartus, deshalb parierte er seinen Schlag nur mit halber Kraft. Trotzdem landete Illius zu seiner eigenen Verwunderung auf dem Gesäß. Ricardo lachte.

»Dann bist du gleich der Nächste!«, grollte Brekken und Ricardo sprang in die Mitte des Übungsplatzes.

Auch bei seinem Freund hatte Alessandro kein Problem, schnell die Oberhand zu gewinnen, und zu seiner Genugtuung kratzte sich Brekken ungläubig das Kinn.

»Genug! Alle sammeln!«, befahl er knapp.

Nach der kurzen Verschnaufpause war Alessandro weiterhin erstaunlich erfolgreich. Am Ende musste er es sogar mit drei Gegnern gleichzeitig aufnehmen, wobei er Bartus versehentlich so stark am Knie traf, dass dieser jammernd liegen blieb.

»Was ist mit dir los?«, fragte ihn Ricardo später unter vier Augen. »Ich habe so etwas noch nicht gesehen.«

Alessandro zuckte die Achseln. »Es ist nichts. Ich meine, in gewisser Weise fühle ich mich anders. Im Wald, als ich alleine nach Amadeo suchen musste, wäre ich vor Angst fast gestorben. Vielleicht hat mir diese Erfahrung Kraft gegeben?« Das Fieber und die Begegnung mit Silvana verschwieg er. Er wollte nicht über den Vorfall reden, vielleicht, um ihn vergessen zu können. Wenn er genau nachschmeckte, fühlte er immer noch ihr Blut auf seiner Zunge, und das erinnerte ihn daran, dass er sich auf etwas Schreckliches eingelassen hatte.

»Bartus musste sogar zum Medicus. Nicht, dass es der Ochse nicht verdient hätte, aber normalerweise ist er hart im Nehmen.«

»Ich habe ihn unglücklich getroffen, das ist alles.«

Ricardo musterte ihn mit einem nachdenklichen Gesichtsausdruck. Dann zuckte er die Schultern. »Bald wird der Herr wieder da sein«, sagte er beiläufig.

Alessandro spürte, wie sich ein Grinsen auf seinem Gesicht ausbreitete. Er freute sich auf Laetitia, zählte die Augenblicke, bis er sie wieder in die Arme nehmen und küssen konnte. Dann würden alle Fragezeichen in seinem Kopf verschwinden und er würde spüren, dass er das Richtige getan hatte.

• • •

»Bartus hat eine zertrümmerte Kniescheibe. Und daran bist du schuld!« Brekken wedelte mit ausgestrecktem Finger vor seinem Gesicht. »Soll ich mich mal benehmen wie ein trampelnder Elefant?«, fragte Brekken scharf.

Alessandro verstand nicht, worauf der Kampfmeister hinauswollte.

»Glotz nicht so blöd, sondern nimm dein Schwert. Das gibt eine Strafrunde mit mir!«

Alessandro schluckte. Schon wieder eine Tracht Prügel von Brekken. Jedoch hatte er keine Wahl und musste ihm folgen. Sein Bauch fühlte sich voll an nach dem Abendessen. Wenn er gewusst hätte, dass er noch kämpfen müsste, hätte er weniger gegessen.

Die Abendsonne schien angenehm auf das Areal, als sich die beiden Kämpfer bereit machten. Nur er gegen Brekken. Keine Zuschauer, keine anfeuernde Menge, keiner, der die Grausamkeiten des Lehrmeisters bezeugen könnte. Alessandro schluckte. Würde Brekken ihm ebenfalls auf die Kniescheibe schlagen? Bis jetzt hatte er ihn nie ernsthaft verletzt, aber da er nun für das Versehen mit Bartus bestraft werden sollte, bezweifelte er, dass Brekken milde mit ihm umgehen würde. Der Lehrmeister schien in seiner besten Verfassung zu sein. Händereibend schritt er den vorher mit einem Stock gezogenen Kreis ab.

»Heute wirst du bluten, Alexos!«, murmelte er vor sich hin. Dann ging er zu dem Waffenbehälter und warf Alessandro eines der Übungsschwerter zu. Alessandro musste sich sehr zusammennehmen, um nicht zu zittern, so schmerzhaft waren die Erinnerungen an die Einzelstunden mit Brekken.

Der Lehrmeister spuckte aus, wie er es so oft getan hatte, bevor er auf Alessandro eingeschlagen hatte. *Heute nicht, du Bastard!*, dachte Alessandro plötzlich von Zorn übermannt, als er sich für den Kampf gegen seinen Lehrmeister bereit machte.

Brekken schoss auf ihn los, das Glitzern über den Sieg leuchtete schon in seinen Augen, als er weit ausholte, um Alessandro den ersten Schlag zu versetzen. In Windeseile duckte sich Alessandro darunter weg, drehte sich und erwischte Brekken gerade noch am Arm, bevor dieser parieren konnte. Brekken machte einen wütenden Zischlaut, richtete sich auf und stieß wieder auf ihn zu. Dieses Mal war Alessandro vorbereitet. Er hielt das Übungsschwert fest, täuschte links an, wich zur anderen Seite aus und erwischte Brekken mit einem dumpfen Geräusch am Rücken. Mit schmerzverzehrtem Gesicht rang Brekken kurz nach Luft, bevor er die Fäuste ballte und sich erneut Alessandro gegenüberstellte. *Diese Kraft, sie muss von der Waldfrau kommen,* stiegen die Gedanken in seinen Kopf und nun war er es, der auf Brekken zuhielt. Siegessicher hieb er auf seinen Lehrmeister ein, jede Hemmung war vergessen. *Nimm das, du kaltblütiger Quäler,* dachte Alessandro, als er Brekken die Faust auf die Nase schmetterte. Für jeden Hieb, den dieser Alessandro im Laufe der Jahre ungerechterweise zugefügt hatte, wollte er sich heute rächen. Doch viel zu schnell kauerte sich Brekken auf den Boden und streckte zwei Finger als Symbol der Unterwerfung in die Höhe. Jetzt war es Alessandro, der ausspuckte, während er eine Siegesrunde um den Unterlegenen lief. Er konnte sich nur schwer zügeln, seine momentane Stärke nicht schamlos auszunutzen. Ein Klatschen schreckte ihn auf. Aus dem Schatten trat ein vertrautes Gesicht. Alessandro fuhr herum. »Herr, Ihr seid zurück!«

»In der Tat. Wie ich sehe, hast du dich sehr verbessert.« Mit undurchsichtiger Miene sah Tiberius Maximus zu dem immer noch am Boden liegenden Brekken.

»Dominus, es tut mir leid! Brekken hat mich aufgefordert, gegen ihn zu kämpfen.«

»Nachdem du Bartus die Kniescheibe zertrümmert hast!« Tiberius Maximus lachte laut. »Gut gekämpft, Alexos. Auch wenn ich fürchte, dass dir meine bescheidene Behausung langsam zu langweilig wird.«

Nein, Herr, so ist es nicht. Doch statt zu sprechen, schwieg er.

»Ich werde sehen, was ich für dich tun kann. Eigentlich wollte ich noch ein paar Monate warten, bis ich dich an ein Ludus verkaufe. Naja, vielleicht fällt mir in der Zwischenzeit noch etwas Besseres ein.« Grinsend und ohne sich weiter um Brekken zu kümmern, ging er davon. Alessandro blieb alleine mit seinem Lehrmeister zurück. Brekken sah ihn mit hasserfülltem Blick an.

»Es tut mir leid, ich hole den Medicus«, flüsterte Alessandro, bevor er sich umdrehte.

»Zur Hölle, was war das, Alessandro? Der Dominus hat erzählt, dass du wie ein Berserker gekämpft hast!« An diesem Abend konnten die Jungs ungestört miteinander reden, da Brekken die Nacht in der Hütte des Medicus verbringen musste.

»Ich weiß es nicht, Ricardo. Diese Kraft ist mir unerklärlich.«

»Du musst es dem alten Peiniger ganz schön gezeigt haben, wenn er jetzt beim Medicus ist«, sagte Crytus anerkennend.

Alessandro war klar, dass niemand Mitleid mit Brekken hatte. Für die anderen Sklaven war er selbst jetzt ein gefeierter Held, weil er den grausamen Kampfmeister mal richtig verprügelt hatte, aber welche Konsequenzen würde der Dominus ziehen? Außerdem konnte Alessandro immer noch nicht verstehen, wieso er weiter auf Brekken eingeschlagen hatte, obwohl dieser längst am Boden lag. Während die anderen sich noch amüsierten, zog es ihn zu seiner Liege. Er hatte Laetitia heute nicht gesehen, dabei hatte er sich so sehr auf ihre Rückkehr gefreut. Den Kopf voller Gedanken an sie schloss er die Augen und versank in einen traumlosen Schlaf.

Am Morgen war es nicht Brekken, der sie weckte, sondern einer der Wachmänner von Tiberius Maximus. Mit Schrecken stellte Alessandro fest, dass er seine Extraübungsrunde verschlafen hatte.

»Auf zum Waschen und Frühstücken, der Herr erwartet euch pünktlich am Übungsplatz!«, rief der Wächter in missgelauntem Ton. Die Jungs erhoben sich und gehorchten ohne Widerworte. Pünktlich, wie an den anderen Tagen, standen sie am Platz und warteten. Alessandro kribbelten die Füße. Es überkam ihn eine unangenehme Vorahnung, dass Tiberius Maximus besonders mit ihm etwas vorhatte.

Als er zu ihnen trat, war Alessandro im ersten Augenblick so enttäuscht, dass Laetitia wieder nicht bei ihm war, dass er die hochgewachsene Gestalt, die hinter ihm herlief, zunächst nicht wahrnahm. Erst als der Mann einen Schritt zur Seite trat, wusste Alessandro, woher sein schlechtes Gefühl rührte.

»Wie ihr mitbekommen habt, hat Alexos euren Kampfmeister vorübergehend außer Gefecht gesetzt. Ich war so frei, euch einen Ersatz zu beschaffen!«

Die Jungen hielten den Atem an. Vor ihnen stand ein sieben Fuß großer Hüne. Breitschultrig mit kantigem Gesicht, in dessen Stirn zottelige aschblonde Strähnen hingen. Ihn anzusehen, war sonderbar. Seine tiefliegenden Augen wirkten übermäßig groß im Vergleich zu dem schmalen Mund, der keine Gefühlsregung zeigte. An den Armen trug der Kämpfer schwere Eisenringe, sein Körper war mit einem dunkelgrauen Leinenhemd bedeckt.

»Unser Freund hier ist ein Kelte, der eine neue Aufgabe gesucht hat. Ich habe mir erlaubt, ihm von deiner außergewöhnlichen Kampfkunst zu erzählen, Alexos.«

Die graublauen Augen des Kelten wanderten direkt zu Alessandro. »Alexos, begrüße Frädrik oder besser Iscus, den Barbaren!«

Alessandro musterte den ausgedienten Gladiator. Er meinte, sich an Geschichten von Iscus erinnern zu können, es waren keine besonders schönen Erzählungen, und so nickte er nur kurz.

»Iscus hat sich in der Arena ehrenhaft behauptet. Nun hat er genügend Kämpfe absolviert, um sich freizukaufen. Allerdings hat er nichts dagegen, seinen Besitz ein bisschen aufzustocken, und deshalb wird er euch jetzt bis auf Weiteres Unterricht geben. Ein Glück, dass ich ihn auf meiner Heimreise in Capua aufgegriffen habe!«

»Versteht er überhaupt unsere Sprache?«, fragte Ricardo, doch der beleidigte Blick des Hünen ersparte dem Dominus die Antwort.

»Damit Iscus es mit euch nicht übertreibt, lasse ich vier Männer meiner Leibgarde da. Und jetzt werde ich euch zusehen, um zu prüfen, ob ich einen guten Handel gemacht habe!«

Das Grinsen im Gesicht seines Herren war selbstzufrieden, als er zuerst Ricardo aufforderte, gegen Iscus anzutreten. Gebannt betrachteten die anderen das Geschehen.

Für Iscus schien es zunächst schwer, die Fähigkeiten von Ricardo einzuschätzen. Beim ersten Mal, als er an der Schulter erwischt wurde, wich Ricardo mit schmerzverzerrtem Gesicht zurück. Nach einigen Minuten jedoch wusste er genau, wie er mit dem Retiarius üben musste, damit dieser sein volles Potenzial zeigen konnte. Tiberius Maximus nickte zufrieden.

Als Alessandro an der Reihe war, wirkte Iscus kein bisschen erschöpfter als zu Beginn. Winkend lockte Iscus ihn zu sich, nur um ihm geschickt die Breitseite seines Übungsschwertes zu verpassen. Alessandro winselte leise, als die Haut an der getroffenen Stelle zu kribbeln begann. Kein guter Start vor den Augen des Herrn. Iscus ließ sein Schwert kreisen und schien fast gelangweilt auf eine Aktion von Alessandro zu warten. *Zeit, ihn zu begrüßen,* dachte Alessandro, während er seinen nächsten Angriff sorgsamer durchdachte. Mit fast übernatürlicher Schnelligkeit gelang es ihm, seinen Gegner so sehr zu verwirren, dass er ihm tatsächlich das Schwert aus den Händen schlagen konnte. Der Rest war fast zu einfach. Behände packte er den Hünen an den Beinen und schleuderte ihn zu Boden. Blitzschnell warf er sich auf den kräftigen Körper und hielt ihn im Klammergriff fest.

»Genug!«, ertönte die Stimme des Herrn.

Alessandro ließ Iscus los, und der Ausdruck auf dessen Gesicht verriet ihm, dass er ebenso wie alle anderen von seiner Stärke und Schnelligkeit überrascht war.

»Alexos, du gehst heute an den Palus, ich habe keine Lust, noch einen weiteren Lehrmeister einzubüßen! Und Iscus, ...«, die Stimme von Tiberius Maximus senkte sich bedrohlich, »wenn du hier versagst, kannst du Pompeji verlassen, oder ich sorge dafür, dass du dahin zurückgehst, wo du hergekommen bist!«

Iscus senkte beschämt den Kopf und Alessandro hatte fast

Mitleid mit dem ausgedienten Gladiator. Gleichzeitig freute er sich, denn wenn er einen solch erfahrenen Kämpfer wie Iscus ausschalten konnte, würde sein Weg in die Arena nicht mehr lange auf sich warten lassen. Den Rest des Tages beschäftigte er sich mit dem Holzpfeiler und merkte erfreut, wie wenig Kraft ihn seine Übungen kosteten.

»Iscus ist ein guter Kämpfer, aber du hast ihn besiegt!«, sagte Ricardo anerkennend beim Abendessen. Die Sonne ging bereits unter, als die Jungen zusammensaßen und ihr Mahl einnahmen.

»Ja«, antwortete Alessandro gedankenverloren. Wieder war ein Tag vergangen, ohne dass er Laetitia gesehen hatte. Wollte sie ihn am Ende gar nicht mehr? Oder hatte der Herr sie doch irgendwo anders hingebracht?

»Wenn du Iscus besiegen kannst, darfst du bald in die Arena!«, versuchte Ricardo, ihn aufzumuntern.

Alessandro zuckte mit den Schultern. »Vielleicht«, sagte er matt. Ohne, dass er es aussprach, wusste Ricardo wohl, was sein Herz bedrückte.

»Sie darf nicht gleich zu dir gestürzt kommen! Wie sähe das aus?«, flüsterte er ihm zu.

Alessandro horchte auf. Auf diese Art hatte er die Sache noch gar nicht betrachtet. Vielleicht hatte sein Freund recht. »Sie ist doch wieder daheim, oder?«, fragte er hoffnungsvoll.

Ricardo nickte unmerklich. »Das ist sie, aber ihr müsst geduldig sein. Der Dominus ist wachsam!«

Das war alles, was Alessandro hören musste. Geduld war nicht seine Stärke, aber für Laetitia wollte er selbst daran arbeiten.

Aus Laetitias Tagebuch:

Wir sind zurück. Jupiter sei Dank, Alessandro lebt. In unserer

Abwesenheit ist Amadeo davongelaufen und er hat ihn zurückgebracht. Jetzt ist Vater wieder besser auf ihn zu sprechen, und ich möchte ihn in dem Glauben lassen, dass ich nichts mehr von Alessandro wissen will. Mein Herz spricht eine andere Sprache. Am liebsten wäre ich gleich zu ihm hingestürzt, aber Vater beobachtet mich genau. Ich brauche Geduld. Nun kann ich nur hören, was Katharina mir erzählt, nämlich, dass Alessandro Brekken bezwungen hat und jetzt Iscus, den neuen Lehrmeister, den Vater eingekauft hat. Außerdem sagt sie, er habe schon das Zeichen meines Vaters auf dem Arm. Hoffentlich hat er es tapfer ertragen, mein armer Alessandro.

KAPITEL 13

SOG IN DEN ABGRUND

»Laetitia!« Er wollte ihren Namen schreien, doch sie mussten leise sein. So zog er sie noch enger an sich, presste sein Gesicht in ihre Locken und hätte vor Freude weinen mögen. Endlich. Sie war zu ihm gekommen, hatte ihn auf den Hügel zu ihrem Lieblingsplatz am Rosenbusch geführt, und jetzt wollte er sie nie wieder loslassen.

»Alessandro, ist ja gut. Du erdrückst mich!«

Beschämt lockerte er seinen Griff. »Es tut mir leid.«

Doch Laetitia lachte nur. »Bleib so nah bei mir, mein Liebster. Ich habe dich schrecklich vermisst.«

Im Mondschein leuchteten ihre Augen wie zwei Sterne. Ihr ganzer Körper funkelte vom glänzenden Licht des Nachthimmels. Langsam küsste Alessandro ihren Hals. Vorsichtig hob er Laetitia hoch, drehte sich um die eigene Achse und setzte sie behutsam auf die weiche Decke, die sie mitgebracht hatte. Lachend ergriff sie seine Hände und zog ihn zu sich herunter.

»Komm her, Alessandro!«, flüsterte sie mit erregter Stimme. »Die Nacht ist kalt und du musst mich wärmen!«

Er folgte ihr nur allzu gerne. Jede Stelle ihres Körpers bedeckte er mit unzähligen Küssen, bis er zwischen ihren Beinen angekommen war. Voller Hingabe schloss er die Augen und begann, sie auch dort zu küssen. Das blonde Haar war benetzt von ihrer Lust.

Laetitia stieß einen kleinen Schrei aus. Angespornt von ihrem schnellen Atem machte er weiter, bis es für ihn schließlich kein Halten mehr gab. Mit brennender Leidenschaft ließ er sich in sie hineingleiten, hielt ihren Blick, während sich ihre Becken auf und ab wiegten.

»Alessandro!« Am Höhepunkt ihrer Lust flüsterte sie heiser seinen Namen, und als er sah, wie sie unter ihm fast die Besinnung verlor, hielt er sich nicht länger zurück und folgte ihr.

Eng umschlungen lagen sie eine Weile da, Alessandro spürte nur das tiefe Glück, dass er sie wieder hatte. Liebevoll deckte er sie mit ihrer Stola zu.

»Was haben sie mit dir gemacht, mein Liebster?«, fragte Laetitia schließlich mit beunruhigter Stimme, als sie sein Brandmal musterte.

Instinktiv zog er seinen Arm zurück und versuchte, ihn unter dem Gewand zu verdecken. »Nichts. Das ist das Zeichen deines Vaters, das man mir gab, als ich Amadeo suchen sollte. Bestimmt hast du davon gehört?«

Laetitia nickte. »Du hast ihn wiedergefunden. Wo war er denn?«

»Im Wald«, sagte Alessandro und versuchte, seine Stimme gleichgültig klingen zu lassen. Jeder Gedanke an Silvana war ein Stich in seinem Herzen, und er wollte die wertvolle Zeit mit Laetitia nicht mit schweren Erinnerungen vergeuden. Doch sie ließ nicht locker. Alessandro versuchte, mit ihr über etwas anderes zu sprechen, doch immer wieder huschten ihre Augen anklagend zu der spinnennetzartigen Narbe hinüber.

»Du bist anders als sonst, Alessandro. Du hast mehr Kraft. Vater sagt, du hättest sogar Brekken besiegt.«

»Er wird alt«, antwortete Alessandro betont beiläufig, während er versuchte, die aufsteigende Wut zu unterdrücken. »Mit mir hat das nichts zu tun!«

»Und was ist damit«, fragte Laetitia ruhig und deutete auf zwei dunkelrote Abdrücke an ihren Hüften.

Wie versteinert starrte Alessandro auf die Spuren, die seine Hände hinterlassen hatten. »Das wollte ich nicht!«, presste er schließlich hervor. »Laetitia, die Liebe mit dir war wie ein Rausch, ich musste dich so lange entbehren ...« Seine Stimme versagte, doch Laetitia winkte nur lächelnd ab.

»Es ist schon gut, es war wunderschön mit dir, nur eben anders als sonst. Liebe mich noch einmal langsam und ich verzeihe dir gerne«, antwortete sie mit einem geheimnisvollen Funkeln in den Augen.

Natürlich folgte er ihrer Aufforderung nur allzu gern, wobei er sich größte Mühe gab, sie behutsam anzufassen.

»Ganz so übertrieben sanft brauchst du auch nicht sein«, gluckste sie und biss ihm vorsichtig in die Schulter.

Trotz des Spaßes, mit dem sie sich am Ende dieser Nacht getrennt hatten, quälten Alessandro unruhige Gedanken. Anscheinend hatte Silvana ihm durch ihre Magie ungeahnte Kräfte gegeben, vielleicht, um ihn für den Kampf gegen Tantotaurus vorzubereiten. Nun musste er lernen, diese Kraft nicht allzu offensichtlich walten zu lassen und vor allem, sie in die richtigen Bahnen zu lenken. Mit Scham dachte er an die Fingerabdrücke an Laetitias Hüften. Vor allem bei ihr musste er aufpassen. Wenn sie wüsste, worauf er sich eingelassen hatte, würde sie bestimmt nichts mehr mit ihm zu tun haben wollen.

~

Aus Laetitias Tagebuch:

Irgendetwas ist mit Alessandro passiert. Er ist anders als sonst. Männlicher. Ich habe ihn nicht darauf angesprochen, dass sein Körper sich verändert hat, nur, dass etwas mit ihm anders ist, habe ich gesagt. Aber es stimmt. Seine Muskeln, seine Masse, alles ist mehr geworden, er ist sogar irgendwie größer als vorher. Etwas ist geschehen, und ich werde herausfinden, was es war!

Die nächsten Tage ließen Alessandros düstere Gedanken langsam verschwinden. In kleinen Schritten lernte er, mit seiner eigenen Stärke besser umzugehen. Manchmal täuschte er vor, dass er schwächer war, das beruhigte die anderen Schüler offensichtlich. Sie kamen wieder auf ihn zu und scherzten wie früher, und fast hätte er die Begegnung mit der Waldfrau vergessen, wenn ihn nicht die hässliche Narbe oberhalb seines Herzens daran erinnert hätte. Laetitia hatte ihn nicht mehr darauf angesprochen und er war ihr dafür sehr dankbar. Sie konnten sich nicht oft sehen, aber wenn, dann war ihre Liebe wie ein nicht enden wollender Rausch, trotz der Tatsache, dass er sehr an sich halten musste, um sie nicht wieder zu verletzen. Als er sie in einer Nacht in den Armen hielt, sprachen sie darüber, ein eigenes Haus mit einem Garten zu bauen, und es war für ihn der schönste Traum, den er sich vorstellen konnte. Vielleicht hatten ihn doch die Götter zu Silvana gelenkt und er hatte sich in dem unguten Gefühl ihr gegenüber getäuscht. Möglicherweise war Silvana das Werkzeug, das nötig war, um diesen Traum zu erfüllen.

»Hab ich dich!«, schnaufte Iscus an einem kühlen Dezembertag und verpasste Alessandro einen Schlag auf den Rücken, sodass er fast zu Boden ging. Verdutzt drehte er sich um. Er hatte geplant, sich unter der Klinge wegzuducken und Iscus von den Beinen zu holen. Stattdessen stand er ihm nun wieder gegenüber und musste sich eine neue Strategie einfallen lassen. Iscus sah ihn mit einem Grinsen an, bevor er auf ihn lospreschte. Ohne einen klaren Gedanken fassen zu können, parierte Alessandro reflexartig den nächsten Stoß, riss das Schwert in die Höhe und traf Iscus unter den Achseln.

»Das kannst du besser!«, rief der neue Lehrmeister und ging erneut auf ihn los.

Alessandro merkte, wie ungeschickt seine Bewegungen heute

waren. *Reiß dich zusammen*, befahl er sich, als er auf Iscus losstürmte. Eine müde Parade des Kampfmeisters machte sein Vorhaben zunichte und Iscus' schneller Gegenangriff ließ ihn sich auf dem Gesäß wiederfinden. Ein Lachen vom Seitenrand verriet ihm, wie miserabel seine Darbietung war. Brekken, der alte Lehrmeister, war seit einiger Zeit wieder so gut hergestellt, dass er den Schülern zusehen konnte.

»Hochmut kommt vor dem Fall!«, bellte er.

Alessandro merkte, wie ihm die Röte ins Gesicht schoss. Voller Zorn über Brekkens Spott rappelte er sich auf und stellte sich erneut Iscus gegenüber. Der hochgewachsene Kelte machte eine einladende Geste und die beiden umkreisten sich erneut. Schnell trafen sich ihre Übungsschwerter, und schließlich war es Alessandro, der über Iscus kniete. »Ergib dich«, rief er ihm zu, und Iscus folgte missmutig.

Trotz des gewonnenen Duells war Alessandros Laune beim Mittagessen gedrückt. Ein solcher Fehler wie heute Morgen war ihm schon lange nicht mehr passiert. Nicht mal die Witze über Brekkens entstellte Visage vermochten ihn mehr zum Lachen zu bringen. Am Ende schob er den Vorfall auf ein vorübergehendes Unwohlsein und beschloss, sich in seiner Schlafbaracke, in der es angenehm warm war, ein bisschen zur Ruhe zu legen. Schlaf übermannte ihn fast sofort, nur fand er sich auf der gespenstischen Lichtung von Silvana wieder. Verängstigt stolperte er durch das hohe Gras, drehte sich im Kreis, um einen Ausweg zu suchen. Die Wärme des Strohs war einer nebeligen Nacht gewichen. Dann erschien die gefürchtete Frau.

»Na, bist zu mir zurückgekommen, weil deine Kräfte nachlassen?«

Alessandro schluckte. War ihre Stimme bei der ersten Begegnung auch so schaurig gewesen? »Bitte! Gib mich wieder frei!«

Ein fürchterliches, helles Lachen durchschnitt die dunkle Nacht. »Du gehörst jetzt mir, Alessandro, vergiss das nicht! Löse dein Versprechen ein, dann bist du frei. Wenn nicht, wirst du für immer mein Sklave sein!«

Schweißgebadet schreckte er hoch. Zum Glück hatte niemand etwas bemerkt. Die anderen bereiteten sich vermutlich bereits für die Nachmittagsrunde vor. *Ein Traum. Das Ganze war nur ein Traum.* Schmerz schoss durch seinen linken Arm. Täuschte er sich, oder waren die Linien auf seinem Oberarm jetzt deutlicher zu sehen? Er schüttelte sich, um wieder zu klarem Verstand zu kommen. Sein Brandmal schien zu pulsieren. Verwirrt kam er auf die Beine und verließ hastig die Baracke. Das kalte Wasser in der Zisterne tat ihm gut, und er hoffte, dass die Nachmittagsrunde ihn von seinen bedrückenden Gedanken ablenken würde.

Dies stellte sich als müde Hoffnung heraus. Die Schmerzen in seinem linken Arm waren zu einem konstanten Stechen geworden, das ihm die Aufmerksamkeit raubte. Sogar der immer noch angeschlagene Bartus hätte heute ein leichtes Spiel mit ihm gehabt. Iscus selbst kämpfte nicht, sondern gab den Jungen Anweisungen, was sie verbessern konnten. Unter dem Kelten hatte jeder der Schüler noch ein bisschen mehr gelernt. Auch Alessandro war dankbar für seine Erfahrung. Im Gegensatz zu Brekken war er fast einfühlsam, was das Erlernen neuer Kampftechniken anbelangte. Doch heute verlor selbst Iscus mit ihm die Geduld.

»Grieche, das kannst du besser! Wenn du den Olymp der Arena besteigen willst, musst du dich zusammenreißen, sonst ist ein schlechter Tag dein letzter Tag!«

Wütend schmetterte Alessandro das Übungsschwert in den Sand. Wieder war er unterlegen, dieses Mal sogar gegen den jüngeren Illius. Er fragte sich, was mit ihm vorging. *Poch, poch, poch.* Sein linker Arm sandte leichte Schmerzwellen. Ein Blick gab ihm die gefürchtete Bestätigung. Die Striemen waren deutlicher zu sehen! Iscus hatte es jetzt auch bemerkt.

»Was ist das?«

Alessandro zuckte mit den Schultern. Auf keinen Fall dufte er etwas von Silvana erzählen.

»Mach Pause für heute. Sieh zu, dass du zum Medicus kommst, und dann leg dich hin.«

Wortlos hob er das Holzschwert auf und stieß es in den noch halb leeren Sammelbehälter. Dann streifte er sich den Schild vom Arm. Auch ohne das Gewicht ließ das Pulsieren nicht nach. Während er zu seiner Unterkunft lief, überlegte er fieberhaft, was er tun sollte. So wie er die Lage einschätzte, konnte ihm der Medicus nicht helfen. Die einzige Möglichkeit war, dass er zu Silvana in den Wald ging, um sich was auch immer geben zu lassen, damit seine Kräfte zurückkehrten und der Schmerz nachließ. Verstohlen blickte er sich um, doch alle schienen mit ihren eigenen Aufgaben beschäftigt zu sein. Wenn man ihn erwischte, würde er gewiss großen Ärger bekommen, noch gewaltiger jedoch würde der Zorn des Dominus sein, wenn Alessandro nicht mehr in der Lage war, anständig zu kämpfen. Mit diesem Gedanken schlich sich Alessandro vom Gelände, an der Pferdekoppel vorbei. Amadeo stand bei den anderen Pferden und wieherte vergnügt, als er Alessandro sah. Wehmütig blickte er auf den prächtigen Hengst. Wie gerne wäre er auf Amadeo geritten, dann könnte er den Weg zügiger zurücklegen. Das Pferd schien seine Gedanken zu lesen, denn es trottete bis zum Ende der Koppel. Am Zaun angekommen streichelte Alessandro Amadeo über die Nüstern.

»Wünsch mir Glück, alter Junge!«, flüsterte er ihm ins Ohr. Dann drehte er sich um und begann, den leicht ansteigenden Pfad in Richtung des Waldes zu nehmen. Er war noch nicht weit gegangen, als er Getrampel hinter sich hörte. Hastig sah er über die Schulter, aber statt des gefürchteten Verfolgers waren es Amadeos Hufe. »Amadeo! Was machst du denn hier?«, fragte er halb lachend, halb schimpfend. »Wenn man merkt, dass du weg bist, gibt es richtig Ärger für uns.«

Der Hengst schnaubte zufrieden, warf seinen Kopf in den Nacken und schien Alessandro sagen zu wollen, dass er aufsteigen könne. »Naja, mit dir zusammen wäre ich schneller, also lass uns gehen!« Mit Schwung warf er sich auf dem Rücken des Hengstes. Amadeo verfiel sofort in ein zügiges Tempo, was Alessandro dazu zwang, sich fest in die weiße Mähne zu krallen. »Auf geht's, Amadeo. Bring mich zu Silvanas Lichtung!«

Amadeo galoppierte über die Ebene und in Windeseile waren sie an der Waldgrenze. Auch hier schien der Hengst den Weg bestens zu kennen und brachte Alessandro mit jedem Schritt näher zu der gefürchteten Frau. *Vielleicht hat Silvana den Hengst tatsächlich verzaubert?*, fragte sich Alessandro.

Wieder war es düster unter den niedrig hängenden Ästen. Auf der Lichtung empfing ihn ein unnatürliches Licht, und Alessandro bekam eine Gänsehaut, die nicht von der kühlen Luft herrührte. Am liebsten wäre er sofort wieder umgekehrt. Schmerzen hin, Schmerzen her, Hauptsache weg von hier.

»Na, hast du mich vermisst?«

Eine Frauenstimme ließ ihn herumwirbeln. »Silvana!«

Die Frau grinste. »Ich wusste, du kommst zurück! Was kann ich für dich tun?«

Ihre Stimme klang übertrieben besorgt, als sie mit einem Finger sein Kinn hob, um ihm anzusehen. Er wollte nichts lieber, als den Blick von dieser Zauberin abzuwenden, aber irgendwie konnte er sich nicht von ihren schwarzpurpurnen Augen lösen. »Der Trank ..., was hast du mit mir gemacht? Meine Kraft lässt nach!«

»Das war ja nicht anders zu erwarten«, erklärte sie, während sie gelangweilt ihre Fingernägel anblickte. »Hast du gedacht, ein Kräutertrank wirkt ewig? Sag mir, wie oft musstest du Knochenasche trinken, damit deine Muskeln so beeindruckend werden konnten, und was würde wohl passieren, wenn du den Trank weglassen würdest?« Mit gierigem Blick strich sie Alessandro über den Oberarm.

»Das ist was anderes«, protestierte er matt. »Du wolltest mir Zauberkräfte geben, damit ich Tantotaurus besiege!«

»Und die hast du bekommen. Nur musst du sie dir in regelmäßigen Abständen abholen. Einen Mondzyklus, höchstens vierzig Tage, länger hält die Wirkung nicht an.«

»Ich werde den Mann töten, darauf hast du mein Wort.«

»Ich muss dein Versprechen auch spüren können, Worte sind wie Wind. Schnell gesagt und noch schneller vergessen.«

Alessandro meinte, das Brandmal schon bis zum Hals zu spüren. »Wirst du mir jetzt den Trank brauen?«, fragte er ungeduldig.

»Komm mit!«, befahl Silvana in einem Ton, der keinen Widerspruch duldete.

Gemeinsam verließen sie die Lichtung, und Alessandro folgte ihr auf einem verschlungenen Waldweg hin zu einer Holzhütte. »Nur herein, nur herein«, lud ihn ihre Stimme ein, und Sekunden später fand er sich in einem anheimelnden Raum wieder. Silvanas Hütte war einfach eingerichtet, aber gemütlich. Der Raum hatte eine Feuerstelle, ein hölzernes Bett war mit Pelzen bedeckt, und auch auf dem Boden lagen Felle zum Sitzen. Alessandro erkannte den weißen Bärenpelz wieder, auf dem er in der ersten Nacht geschlafen hatte. Ein schwerer Duft von Waldkräutern hing in der Luft. In der einen Ecke stand ein Holztisch mit zwei Stühlen.

»Setz dich«, sagte Silvana und ging zu ihrer Feuerstelle. Ohne dass Alessandro verfolgen konnte, wie sie es anstellte, entzündete sich plötzlich ein Feuer, und der Inhalt des darüber hängenden Kessels begann zu brodeln.

Mehr Kräuterduft erfüllte den Raum. Alessandro wurde leicht schwindelig, und er war froh, dass er sitzen konnte, während Silvana scheinbar wahllos Zutaten in den dampfenden Topf warf. Ihr einfach gewebtes Kleid wirbelte hin und her, und ihre Augen leuchteten bedrohlich im lodernden Feuerschein. Fast meinte Alessandro, dass er sie irgendetwas murmeln hörte, aber mit einem Mal war er zu schläfrig, um ihren Worten große Aufmerksamkeit zu schenken.

»So, fertig. Jetzt kannst du trinken!«

Erschrocken sah er in ihr Gesicht. War er kurzzeitig eingenickt? Hastig richtete er sich auf und wollte schon nach dem Trank greifen, als ihre bleiche Hand ihn zurückhielt.

»Ein Kuss, der mir die Wahrheit zeigt?«

Alessandro zuckte zurück. Er hatte noch Albträume vom letzten Mal.

»Oh, du willst nicht. Na, das ist Wahrheit genug.« Silvana blickte ihn verletzt an.

»Nein, so ist es nicht« Alessandros stotterte. Dass sich Silvana abgelehnt fühlte, tat ihm leid.

»Schon gut. Trink nur. Ich vertraue dir.«

Erleichtert hob er den Kelch und trank gierig. Wie Feuer schoss die Flüssigkeit durch seinen Körper, anders als beim letzten Mal, wenn ihn seine Erinnerung nicht täuschte. Sofort bemerkte er die Wirkung des Tranks. Sein Körper schien zu pulsieren, und auch seine Sinne wurden schärfer. Die Gerüche der Hütte überwältigten ihn, und durch den schweren Dunst konnte er noch etwas anderes wahrnehmen. »Du bist die Stärke«, flüsterte er und spürte nochmals nach.

Silvana lächelte, und auf einmal erschien auch sie lebendiger und wärmer. Nur schwer konnte er das Bedürfnis unterdrücken, sie zu berühren und ihre Macht zu schmecken. Taumelnd stand er auf.

»Nicht doch«, hauchte sie, und ihr Lächeln war das der Kriegergöttin Athene. Ihre Finger drückten ihn behutsam hinunter, aber er hatte es satt, sich kommandieren zu lassen.

Sich selbst nicht wiedererkennend packte er ihre Hand und stand auf. Es gab nichts außer diesem Raum, ihm und der verlockenden Lebenskraft, die in Form einer Göttin vor ihm stand. Sie schien sich an seinem Sinneswandel zu laben, denn ihre dunklen Augen brannten vor Verlangen, als sie seinen muskulösen Oberkörper einzusaugen schienen.

Alessandro machte einen Schritt auf sie zu. »Zeig mir, wer du wirklich bist!« Seine Stimme war heiser, der Blick auf die Gestalt vor ihm gerichtet.

»Komm her und finde es heraus!« Ihre Augen blitzen einladend auf.

Ein Spiel. Ein tödliches Spiel. Und doch kam er immer näher. Silvana verharrte wie eine lauernde Schlange. Alessandro griff nach dem Träger ihres Kleides und mit einem Riss war es entzwei. Wie von einem sanften Windhauch getragen, fiel es geräuschlos zu Boden. Darunter trug sie nichts. Beim Anblick ihrer nackten

Brüste klopfte etwas in seinem Hinterkopf, doch mit einem energischen Grollen verbannte er alles um sich herum.

Blitzschnell packte Silvana ihn bei der Schulter, und ihre Krallen gruben sich brennend in seine Haut. Alessandro zuckte zusammen, doch dann spürte er wieder diese unbeschreibliche Kraft in sich aufsteigen, presste seine Hände in ihre Taille und zog sie zu sich. Der Tanz hatte begonnen. Mit seiner Zunge umkreiste er ihre Brust, bis er sie ganz mit dem Mund umschloss und hart daran zu saugen begann. Silvana zischte, während ihre Hände zwischen seine Beine glitten, den Lendenschurz lösten und an seiner prallen Männlichkeit entlangstrichen. Stöhnend hob sie sein Kinn, ihren Mund leicht geöffnet. Er wollte sie küssen, doch ihre Lippen berührten sich nur kurz, bevor Silvana ihre Zunge in ihn hineingleiten ließ. Ein kleiner Biss von ihr genügte, um einen Schauer der Lust durch seinen Körper zu jagen. Energisch hob er sie hoch und drängte sie Richtung Tisch. Als er sie absetzte, hielt sie sich an seinem Oberkörper fest, ihr Atem ging schwer und kurz. Mit seinen Händen drückte er ihre Schenkel auseinander und glitt in sie hinein. Ihre Beine umschlangen sein Becken, und fast schien es, als wollte sie ihn in der Umklammerung ersticken, wenn er sich nicht weiter in sie hineinflüchtete. Er sah in ihre schwarzen Augen, die ihn herausfordernd anfunkelten. *Jetzt noch nicht,* schienen sie ihm zuzuflüstern. Im gleichen Moment stieß Silvana ihn von sich weg. Bestimmend schob sie ihn zu den Fellen auf ihrem Lager und drückte ihn hinunter.

Alessandro schloss die Augen, während sie ihn mit dem Mund befriedigte. Ein Bild von Laetitia schoss durch seinen Kopf. Jäh verflog das schöne Gefühl. Dies war keine Liebe, sondern ein Machtkampf, den er führen musste, wenn er leben wollte. Wut überkam ihn. Er packte Silvana bei den Handgelenken und zog sie zu sich herauf. Mit ebenso großer Kraft schlug sie seine Arme beiseite und hielt ihn zwischen ihren Schenkeln gefangen, während sie sich auf ihn setzte. Die Bewegungen ihres Beckens waren fast zu viel für Alessandro, aber in einem letzten Kraftakt rollte er sie auf den Bauch und fuhr von hinten in sie hinein. Silvana stieß einen Lustschrei aus, und Alessandro musste sich bremsen, um den Tanz nicht vorzeitig zu beenden. Er wollte ihr Gesicht sehen, wenn er in ihr kam. Deshalb hielt er inne, um sie umzudrehen. Fast sanft schob er ihre Beine auseinander und begann, sie mit der Zunge zu verwöhnen, das Lauern eines wilden Tieres vor dem tödlichen Biss. Silvana schien das Gefühl zu genießen, denn sie räkelte sich auf dem weichen Fell. Er ließ seine Zunge tiefer in sie gleiten, zog sie wieder heraus und machte leichte Kreisbewegungen mit seinen Fingern. Kurz bevor sie sich in ihrem Stöhnen verlor, zog Silvana ihn zu sich herauf und dirigierte ihn wieder in sich hinein. Sie umschlang mit den Beinen seinen Rücken, während seine Hände über ihre Haut fuhren.

Zeig mir, wer du wirklich bist! Ein Kuss, und er konnte sie schmecken. Er wusste, dass er sie brauchte, wenn er das Unmögliche schaffen wollte.

»Tiefer, mein Krieger, schneller!«

Sein Körper gehorchte, und er fühlte, wie Silvana sich unter ihm aufbäumte. Ihre Augen brannten, als sie ihn ansah, die ganze Welt stand in Flammen, als das Meer seiner Leidenschaft sich in ihr ergoss. *So heiß und doch so kalt.*

Tatsächlich, ihre Haut war kalt. Ruckartig schreckte er hoch, doch Silvana lächelte nur und schob ihn von sich weg. »Nicht schlecht für den Anfang, aber nun ist es Zeit für dich, nach Hause zu gehen. Du wirst merken, wenn ich nach dir rufe.« Ihrer Stimme war jegliche Gefühlsregung entwichen.

Hastig sammelte er seine Sachen auf, bevor er sich verwirrt vor der Tür wiederfand. Was war da eben passiert? Verstört sah er an sich hinunter. Sein Körper war übersät mit Kratzern, Schrammen und blauen Flecken. Mit zitternden Händen zog er Lendenschurz und Sandalen an. Amadeo stand vor ihm. Silvana musste eine Zauberin sein, und er hatte sich auf sie eingelassen. Schmerz überkam ihn, als er fühlte, was für einen schrecklichen Fehler er gemacht hatte. Und dennoch schien es so, als hätte er keine andere Wahl gehabt. Die entscheidende Frage war, ob er sich je wieder von ihrer Macht würde lösen können.

KAPITEL 14

DAS SCHWARZE LOCH

Als sie bereits in der Nähe der Villa angelangt waren, stieg Alessandro von Amadeo und schickte den stolzen Hengst alleine vor. Ohne Umschweife trabte das Pferd los und wusste anscheinend genau, was Alessandro von ihm wollte. Von fern hörte er die anderen Sklaven auf dem Übungsplatz. Nachdenklich sah er sich um. War wirklich ein ganzer Tag verstrichen? Es war Nachmittag und er versuchte herauszufinden, wie viel Zeit er mit der Waldfrau verbracht hatte. *Zu viel.* Die Narbe, die sich von seinem Brandmal über den Arm bis zu seiner linken Brust zog, war wieder blass und unscheinbar. Auch die blauen Flecke und Schrammen, die Silvanas Finger auf seinem Körper hinterlassen hatten, waren wie weggeblasen. Nichts deutete mehr auf seinen Besuch bei ihr hin, und doch fühlte er sich, als könnte er ganze Bäume ausreißen. Er wollte gerade unauffällig am Übungsplatz vorbeischleichen, als eine tiefe Stimme seinen Namen rief.

»Alessandro! Grieche. Warst du beim Medicus?« Iscus musterte ihn skeptisch. »Du siehst besser aus.«

»Es geht mir gut, es war nichts Ernstes«, antwortete Alessandro.

»Gut. Hat der Medicus gesagt, dass du dich ausruhen sollst, oder kannst du weiter trainieren?«

»Ich mache wieder mit.« Anscheinend war fast keine Zeit

verstrichen. Gedankenverloren nahm Alessandro sein Übungsschwert auf.

»Arbeite erst mal am Palus. Wir machen nur noch eine Stunde«, befahl Iscus.

Als sie fertig waren, hatte der Palus tiefe Furchen. In Alessandros Vorstellung war der Holzpflock zum Leben erwacht und hatte die Gestalt von Tantotaurus angenommen. Mit ungebremster Kraft hatte er darauf eingedroschen und am Ende war er nicht einmal verschwitzt gewesen. Wenn es nach ihm gegangen wäre, hätte er die ganze Nacht weiter trainieren können. So aber beendete Iscus das Training für heute und schickte die Sklaven zum Abendessen. Alessandro sagte kaum ein Wort, sondern verkroch sich in seiner eigenen Gedankenwelt. Würde ihn das Waldweib von nun an immer geißeln, oder war diese Last als Preis, den Tantotaurus besiegen zu können, erträglich? *Es ist nur vorübergehend,* versicherte er sich. Bis er den Mann getötet hatte, dessen Leben Silvana als Gegenleistung für ihre Dienste verlangte.

»Machst du dir schon wieder Gedanken um Laetitia?« Es war Ricardo, der sein Grübeln unterbrach.

»Nein«, antwortete er wahrheitsgemäß.

»Den Göttern sei Dank, du hast eine andere Beschäftigung gefunden! Worüber hast du dann nachgedacht?«

»Was geht dich das an?« Die Worte kamen schärfer als geplant. Ricardo zuckte zurück.

»Hast wohl schlechte Laune, du ruhmreicher Kämpfer. Da verziehe ich mich besser!« Ohne ein weiteres Wort drehte sich Ricardo um und ging zu Crytus und Cyrill an den Tisch.

Alessandro wollte ihn aufhalten, aber er brachte die Lippen nicht auseinander. Am Ende war es ihm egal. Sollte Ricardo denken, was er wollte, er hatte seine eigenen Probleme zu lösen.

~

»Aufhören!« Das Knallen einer Peitsche zerriss die Luft. Ein zweiter Knall. Beim dritten Mal landete die Peitsche krachend auf Alessandros Rücken. Erst jetzt bemerkte er, dass er Crytus in einem festen Würgegriff hielt und sein Gegner bereits blau angelaufen war. Erschrocken löste er den Griff. Röchelnd rollte sich Crytus auf die Seite und begann Blut zu husten. Ehe sich Alessandro versah, bekam er von Iscus einen Tritt in den Rücken und landete mit dem Gesicht voran im Staub.

»Bist du verrückt geworden? Um ein Haar hättest du ihn erwürgt!«

Alessandro wusste, dass Iscus recht hatte, und dennoch machte ihn die Erniedrigung wütend. »Was schreist du mich so an? Er lebt ja noch!«, presste er verbissen hervor.

»Was ist hier los?« Jetzt kam Brekken angehumpelt. »Überlass ihn mir«, zischte er Iscus zu. Der neue Kampflehrer war augenscheinlich froh über das Angebot. »Alexos, mit mir!«

Brekken winkte zwei Wachmänner herbei, und auch wenn Alessandro sicher war, dass er alle drei Männer besiegen konnte, nahm er Vernunft an und ließ sich abführen.

Als sie außer Sichtweite des Übungsplatzes waren, gab Brekken ihm einen kräftigen Tritt in die Magengrube. Alessandro rang nach Luft. »Was glaubst du eigentlich, wer du bist? Scheißgrieche!«

Die zwei Wachmänner hielten ihn links und rechts fest, während Brekken einen Schlagring überstreifte, und begann, ihm einen Hieb nach dem anderen zu verpassen. Doch selbst als Alessandro das Blut an sich herunterlaufen sah, hätte er dem teuflischen Germanen am liebsten ins Gesicht gelacht, da er kaum Schmerz verspürte. Einzig der Gedanke an sein zernarbtes Gesicht und die Angst, die Laetitia haben würde, spornten ihn an, so zu tun, als sackte er in sich zusammen.

»Ins Loch mit ihm. Ich werde dem Herrn Bericht erstatten.«

Wie ein Mehlsack ließ sich Alessandro in einen abgelegenen Raum zerren. Die Wachen legten ihm schwere Eisenketten an die Füße und machten wortlos kehrt. Als die Tür mit einem dumpfen Krachen zufiel, fand sich Alessandro im Dunkeln wieder.

Mit aller Kraft trommelte er gegen die mit Eisenbändern verstärkte Tür, denn die Schwärze um ihn herum schnürte ihm den Hals zusammen, machte ihn fast wahnsinnig, weil sie ihn an die funkelnden Augen von Silvana erinnerte. Aber so sehr er auch schrie, es kam niemand, um ihn herauszuholen. Schließlich waren seine Hände blutig und seine Stimme heiser. Erschöpft ließ er sich an der kalten Wand hinuntergleiten. Seine Gedanken rasten. Verdammt, was hatte er nur gemacht? Niemals hätte er einen anderen Schüler derart in den Würgegriff nehmen dürfen! Jetzt schämte er sich für sein Verhalten und nahm sich vor, dass er seine Strafe widerspruchslos über sich ergehen lassen würde.

Nachdem er endlich eingenickt war, schreckte er gebeutelt von Albträumen wieder hoch. Die Dunkelheit umgab ihn immer noch gnadenlos, panisch fuhr er herum. Er wollte aufspringen, doch etwas hielt ihn am Boden. Im ersten Moment dachte er, es wären Silvanas Klauen, die seine Fesseln umschlossen hielten. Voller Furcht wollte er sich von ihr befreien, doch dann merkte er, dass es nur die Ketten waren. Erleichtert atmete er aus und tastete blind um sich. Seine Zelle war kalt. Selbst der Sandboden, der draußen angenehm die Wärme der Wintersonne speicherte, war kühl. Fröstelnd rieb er die Hände gegeneinander und überlegte, wie viel Zeit vergangen war. Kein Fenster zeigte ihm, ob es draußen hell oder dunkel war, kein Mond und keine Sonne drangen zu ihm herein. In diesem schwarzen Loch war nichts zu erkennen.

~

Aus Laetitias Tagebuch:

Jetzt weiß ich ganz sicher, dass etwas nicht stimmt. Alessandro hätte um ein Haar einen anderen Schüler erwürgt. Vater ist fuchsteufelswild gewesen. Mein Liebster bricht mir das Herz. Sind alle Gladiatoren am Ende doch nur erbarmungslose Schlächter? Ich würde so gerne mit Alessandro reden, aber ich kann nicht zu ihm.

~

Alessandro hatte aufgehört, über irgendwas nachzudenken, als schließlich nach endlosem Schlafen und Wachen die Tür einen Spalt weit aufging und er geblendet vom grellen Licht zu winseln begann.

»Alexos! Die Wachen werden dich jetzt rausholen!«

Es war die Stimme von Maximus. Ein Wachmann machte ihn von seinen Ketten los und stieß ihn zur Tür. Alessandro kniff gequält die Augen zusammen. Auf dem Boden kauernd sah er zum Dominus auf und erwartete, ihn entweder alleine oder in Begleitung von Brekken vorzufinden, aber was er jetzt sah, ließ ihn sich in das schwarze stinkende Loch zurückwünschen. Laetitia stand neben ihrem Vater, ihre verweinten Augen auf Alessandro gesenkt. Niemals zuvor war sich Alessandro so dreckig und unwürdig vorgekommen wie in diesem Moment. Es kostete all seinen Mut, ihrem Blick standzuhalten, in ihre grünen Augen zu sehen, die Wärme darin zu suchen. Er starrte in das Gesicht, das er mehr liebte als alles andere. *Verzeih mir!* Und Laetitia schien zu verstehen. Ein unmerkliches Nicken von ihr gab ihm die Kraft, die er brauchte, um das Urteil Dominus zu empfangen.

»Alessandro, du hast mich schwer enttäuscht. Wenn dich Iscus nicht zurückgehalten hätte, wäre einer meiner Schüler jetzt tot. Das kann ich nicht dulden. Wenn du dich zerfleischen willst, dann nicht hier. In den letzten Monaten hast du viel gelernt, hast an Körpermasse gewonnen und bist aggressiver geworden. Ich denke, es ist Zeit für dich, die Arena kennenzulernen. Du sollst dich dort behaupten, nicht mehr hier unter den anderen Schülern. Iscus wird dich auf deinen ersten Auftritt vorbereiten, da du es so eilig hast, Blut zu schmecken.«

Alessandro dachte an Silvanas Kuss und hätte sich fast übergeben. »Ja, Dominus.« Seine Stimme war ein raues Husten. Er würde mit allem einverstanden sein, so lange der Herr ihn bei Laetitia ließ.

Tiberius Maximus musterte ihn mit kalten grauen Augen und schien einen Teil seiner Gedanken zu erraten. »Gnaeus Brutius hat einen hohen Preis für dich geboten. Eigentlich wollte ich dich an sein Ludus verkaufen, aber wenn du so weitermachst, wirst du tödlicher sein als jeder andere Gladiator vor dir, und dann sollst du meinen Namen ehren. Noch diesen Monat will ich dich kämpfen sehen!«

Als Alessandro aufblickte, sah er eine Träne in Laetitias Auge glitzern. *Hab keine Angst, ich kämpfe für dich!* »Ja, Dominus. Ich tue alles, was du befiehlst!«

»Dann zeige ich dir jetzt deine neue Unterkunft. Sie ist komfortabler als deine bisherige Bleibe, einem vielversprechenden Gladiator würdig. Enttäusche mich nicht noch mal!«

»Nein, Herr. Das werde ich nicht. Ich werde für Euch kämpfen und sterben und Eurem Hause Ehre bringen.

»Gut!« Tiberius Maximus' Grinsen war fast so diabolisch wie das der Waldfrau.

Aus Laetitias Tagebuch:

Heute habe ich ihn wiedergesehen. Es war schrecklich. Er sah aus wie ein Geist. Und doch konnte ich so etwas wie Scham in seinen Augen erkennen. Es tut ihm leid, wie er mit Crytus umgegangen ist. Mein Vater hätte ihn in dem Loch verhungern lassen, wenn ich nicht mit ihm geredet hätte. Ich vermute, im Moment braucht Vater Geld, und er sieht in Alessandro die Chance, Unmengen davon zu bekommen. Jetzt muss Alessandro von den anderen Sklaven getrennt leben, aber immerhin lebt er. Seinen Tod hätte ich nicht verschmerzt.

KAPITEL 15

ALLES NEU

Tiberius Maximus hatte nicht zu viel versprochen. Die Behausung, die Alessandro zugewiesen wurde, war ganz anders als seine alte Hütte, die er mit den anderen Schülern teilte. Der Herr hatte ihm eine eigene Kammer mit einem großzügigen steinernen Badetrog gegeben. In der Ecke des Raumes war eine eigens für ihn eingerichtete Essecke mit Tisch und zwei Stühlen. Das Fenster ging hinaus auf das Atrium, die Mauer darunter war mit einer bunten Kampfszene bemalt. Alessandro fragte sich, wozu der Raum früher gedient hatte. An der nördlichen Wandseite gab es eine Holzliege auf Bronzefüßen mit eigener Matratze, auf der eine Decke und zwei Kissen lagen, nebenan war eine Vertiefung in die Wand gemeißelt, die als Altar für eine Götterfigur diente. Alessandro fühlte sich wie in einem Palast.

Iscus, der nebenan untergebracht war, trat zu ihm. »Der Herr muss großes Vertrauen in deine Künste haben, wenn er dich mit so einer Unterkunft ehrt. Nicht viele Gladiatoren leben in derartigem Luxus.«

Alessandro starrte schweigend aus dem Fenster, dann drehte er sich langsam zu dem hochgewachsenen Kelten um. »Ich werde alles dafür geben, dass der Dominus diese Entscheidung nicht bereut! Bereite mich sorgsam auf meine Aufgabe vor, und ich werde seinem Namen Ruhm bringen.«

Iscus nickte lächelnd. »Wir fangen gleich nach dem Mittagessen an. Sei pünktlich auf dem Übungsplatz!«

Die Sonne stand hoch am Himmel, als Alessandro voller Zuversicht den Platz betrat. Was immer er in dem schwarzen Loch erduldet hatte, war wie eine dünne Staubschicht, die er achtlos weggewischt hatte. Tiberius Maximus gab ihm die Möglichkeit, in der großen Arena aufzutreten, und das war es, was er sich immer erträumt hatte. Die anderen Jungen waren mit Brekken bereits beim Kämpfen, und er wollte gerade einen freudigen Gruß ausrufen, als ihn Ricardos Blicke trafen. Seine Brauen waren zusammengezogen und sein sonst so offenes Gesicht wirkte finster. Ricardo spuckte auf den Boden und wandte sich wieder seinem Gegner zu. Alessandro stand wie versteinert, dann fiel ihm das letzte Gespräch ein und er verstand. Doch als Iscus mit seiner Ausrüstung beladen vor ihn trat und ihm bedeutete, sich anzukleiden, waren Ricardo und die anderen rasch vergessen. Schnell schnürte Alessandro die Schulter- und Beinschienen fest und stand bald Iscus gegenüber. Er konnte immer noch die volle Stärke von Silvanas Trank fühlen, und es war ein Leichtes, dem Lehrmeister die Stirn zu bieten. Dem Kelten stand Erstaunen ins Gesicht geschrieben, als Alessandro ihn dreimal hintereinander mühelos entwaffnet hatte.

»Wir brauchen einen anderen Gegner für dich. Jemanden, der jünger und wendiger ist als ich«, keuchte er, während er sich den Schweiß abwischte. »Ich werde mit dem Dominus reden, für heute üben wir fortgeschrittene Schwertkampftechnik.«

Alessandro erfüllte alles, was Iscus von ihm abverlangte, mit Leichtigkeit.

»Du bist bereit für die Arena. Wenn nicht du, wer dann?«, sagte Iscus abends seufzend. Alessandro wollte sich gerade den anderen Sklaven anschließen, als ihm einfiel, dass er jetzt ein eigenes Quartier besaß. Mit einem letzten Blick auf seine ehemaligen Mitbewohner drehte er sich um und verließ den Platz in die entgegengesetzte Richtung. Iscus kam ihm nach. Zusammen gingen sie auf den abgelegenen Bau zu, der eigentlich wie eine

Gästewohnung aussah, obwohl Alessandro genau wusste, dass er bewacht wurde. In seiner Unterkunft wartete ein heißes Bad auf ihn, auf dem Tisch stand eine Karaffe mit verdünntem Rotwein. Als er dabei war, sich auszuziehen, kam eine Haussklavin herein und stellte eine Schüssel mit Gerstenbrei sowie ein Brett mit frischem Weißbrot, Oliven und Käse ab. Alessandro fühlte sich nach dem schwarzen Loch wie im Himmel. Nun fehlte nur noch Laetitia, um das Mahl perfekt zu machen. *Irgendwann,* dachte er hoffnungsvoll.

Laetitia gelang es erst in der darauffolgenden Woche, ihn zu besuchen. Sie schickte ihre Haussklavin Katharina zu Iscus und gab ihr den Befehl, die zuständige Wache so lange abzulenken, bis sie zu Alessandros Fenster geschlichen war. Ein zaghaftes Pfeifgeräusch schreckte ihn aus seinen Gedanken.

»Laetitia! Da bist du endlich!« Erleichtert half er ihr, durch das Fenster zu steigen. Schnell blies er die Kerze aus, die seinen Raum bis eben noch erleuchtet hatte.

»Mein Engel.« Liebevoll strich er ihr eine blonde Locke aus dem Gesicht. Sanft nahm er ihre Hände und zog sie zu sich heran. Der weiche Kuss ihrer Lippen war alles, was er brauchte, um zu wissen, dass er das Richtige getan hatte. »Laetitia, du bist bei mir!«

Sie lächelte, doch ihre Augen zeigten eine sonderbare Traurigkeit. »Alessandro. Ich hatte solche Angst um dich! Was ist nur in dich gefahren, dass du Crytus fast erwürgt hast?«

Langsam ließ er ihre Hand los. »Laetitia, alles, was ich mache, tue ich für dich. Für uns. Für unsere Liebe.«

Eilig griff sie nach seiner Hand, drückte sie, als ob sie sich selbst versichern wollte, dass er noch da war. »Ich weiß.« Eine Träne glitzerte in ihrem Auge, löste sich und rollte langsam ihre Wange hinab.

Der Anblick war mehr, als er ertragen konnte. »Komm her.« Alessandro wollte sie bei sich spüren, doch sie bat um Einhalt.

»Wenn ich Vater nicht überredet hätte, dass er aus dir seinen eigenen berühmten Kämpfer macht, dann hätte er dich in diesem Loch verhungern lassen. Alessandro, du hattest Glück, dass er mir zugehört hat!«

Beschämt sah er zu Boden. Natürlich war es Laetitias Idee gewesen, ihn zu Ehren des Hauses Maximus kämpfen zu lassen.

»Alle Stärke der Welt hätte dir in dem Loch nichts mehr genützt. Versteh doch, Alessandro, mein Vater will nur, dass du dich an die Spielregeln hältst. Vielleicht haben wir dann eine Chance ...«

Verärgert schnitt er ihr die Worte ab. »Ich bin der beste Kämpfer, den dein Vater je hatte. Er kann sich geehrt fühlen, dass ich für ihn kämpfe!«

Laetitia sah ihn ungläubig an. »Du warst noch nie in der Kampfarena. Woher willst du wissen, welche Gefahren dir dort drohen?«

Ihre Worte waren wie Dolchstiche. Alessandro merkte, wie sich sein Hals zuschnürte. Konnte sie nicht sehen, was er alles für sie auf sich nahm? Und wieso begriff sie nicht, dass seine Stärke ihn überall hinbringen würde?

»Bitte, schau nicht so zornig. Ich versuche nur, einen Weg für uns zu finden!«

»Ich werde einen Weg finden, Laetitia. Als Mann sollte ich es sein, der für uns sorgt«, antwortete er trocken.

»Das ist doch egal. Ich liebe dich und du liebst mich, wir sollten den Weg zusammen gehen. Und ich habe nun mal den besseren Zugang zu meinem Vater.«

»Du mit deinem Vater! Wenn er so großartig ist, solltest du einfach das machen, was er sagt und die Finger von mir lassen!« Wütend stieß er sie von sich weg.

Noch nie hatte er Laetitia verärgert gesehen, aber nun wurde ihr Blick düster. »Es war ein Fehler zu kommen, du hast dich verändert!«, murmelte sie, während sie sich wegdrehte.

Bitte geh nicht. Warte. Es tut mir so leid! Stumm blickte Alessandro ihr nach, als sie seinen Raum durch das Fenster verließ. Als sie schon fast unten war, löste sich seine Starre und er stürmte ihr hinterher. »Laetitia, warte!« Doch das Letzte, was er von ihr erspähte, waren ihre blonden Locken, die in der Dunkelheit verschwanden.

Er sah sich in seiner edlen Unterkunft um, und plötzlich wünschte er sich zurück zu den anderen, zurück in den Pferdestall, zurück zu Laetitia. Wut stieg in ihm auf. Mit den Fäusten schlug er gegen die Steinwand, immer wieder. Das Blut an seinen Händen fühlte sich gut an, es war das Einzige, was ihn noch wärmte. Als er allen Zorn aus sich herausgeprügelt hatte, übermannte ihn die gleiche tiefe Traurigkeit, die er in Laetitias Augen gesehen hatte. Niemals hätte er sich so gehen lassen dürfen, und er sann bereits nach einem Weg, sein Verhalten wiedergutzumachen. Der Wunsch in ihren Augen und in den Augen seines Herrn, ein würdiger Kämpfer sein, blies alle anderen Gedanken weg. Als er auf seine Schwurhand schaute, erinnerte er sich an das Versprechen, den Tod seines Vaters zu rächen. Entschlossen nahm er einen Steinsplitter, den er von der Felswand geschlagen hatte, und setzte ihn oberhalb der Narbe an. »Niemals will ich mehr die Beherrschung bei Laetitia verlieren. Ich will um ihre Liebe kämpfen und alles dafür tun, dass sie mich auch lieben kann!« Der Stein war hart und kalt, als er sich die Spitze in sein Fleisch bohrte. Langsam zog er eine tiefe rote Linie quer über die Hand. Dann schloss er die Faust, dachte an seine Liebe zu Laetitia und schwor sich, alles dafür zu tun, sie zu erhalten.

~

Aus Laetitias Tagebuch:

Wir haben uns schrecklich gestritten. Was ist nur mit Alessandro los? Er ist so zornig, obwohl er doch immer so liebevoll war. Vielleicht macht ihn dieser Iscus zu einem Monster? Ich weiß es nicht. Auf der anderen Seite braucht er die Kraft, um das, was auf ihn zukommen wird, zu überstehen. Ich will doch nur mit ihm zusammen sein, seine Wärme spüren, aber anscheinend ist er nur noch an den Kämpfen interessiert.

~

In der Früh weckte ihn Iscus mit einem missbilligenden Blick auf seine aufgeschürften Hände. »Spar dir deine Kraft für die Zeit, wenn du sie brauchst, Charun!«

Alessandro war zu verwirrt, um auf seine aufgeschürften Finger zu achten. »Wie hast du mich gerade genannt?«

»Charun. Der Totengott der Etrusker. Dieses Volk war Begründer unserer glorreichen Spiele! Charun ist dein neuer Kämpfername. Du musst den Jungen hinter dir lassen, wenn du in der Arena eine Chance haben willst.«

Zögernd blickte Alessandro in die graublauen Augen, die jede Gemütslage genau einzuschätzen schienen. »Aber hier kann ich doch Alessandro bleiben, oder?«

Iscus' Lachen glich einem kalten Bellen. »Das Leben verläuft nicht immer so, wie man es sich gerade wünscht. Die Geburtsnamen deiner Gladiatorenahnen sind längst vergessen. Aber ihre Arenanamen werden Jahrhunderte überdauern. Mach dir nichts daraus, aber Alessandro ist tot!«

Alessandro schluckte. Doch schließlich nickte er. Für sich selbst wollte er insgeheim seinen Namen bewahren. Er würde ihn dann wieder ausgraben, wenn er Tantotaurus getötet hatte und mit Laetitia frei sein konnte. Vielleicht war es sogar vorteilhaft, in der Arena eine eiserne Maske zu tragen. Wenn er anderen den Tod brachte, würde es nicht Alessandro sein, der zustach, sondern Charun.

»Ich sehe, wir können beginnen«, sagte Iscus zufrieden und wies den Weg nach draußen.

Die erste Lektion war einfach. Alessandro musste so tun, als würde er sich in seiner Ausrüstung dem Publikum präsentieren. Beim Ausruf seines neuen Namens sollte er sich auf die Brust klopfen und die Zuschauer grüßen.

»Es wird nicht die große Arena sein, in der du zunächst

auftrittst, aber auch in einem kleinen Kreis ist es wichtig, die Herzen der Menge zu erobern«, merkte Iscus an. »Wer immer dir gegenübersteht, ist dein Feind. Du darfst keine Sekunde zögern, ihn zur Strecke zu bringen, denn es wird auch auf dich niemand Rücksicht nehmen. In der Arena heißt es Leben oder Sterben. Niemals darfst du dich auf eine Begnadigung verlassen.«

Alessandro nickte. Ihm war klar, dass ein richtiger Kampf etwas anderes sein würde, als das Training mit den anderen Kampfsklaven.

»Hast du schon mal getötet?«

Die Bilder des toten Darka-Sklaven auf dem Marktplatz gingen ihm durch den Kopf und die Erleichterung, die er gefühlt hatte, als nicht er, sondern der römische Soldat es gewesen war, der den Todesstich gesetzt hatte. »Nein. Nicht wirklich«, gab er ehrlich zu.

»Dann ist es Zeit, dich auf den Moment vorzubereiten, in dem du aufgefordert wirst, deinem Gegner das Leben zu nehmen.« Iscus' Grinsen war grässlich, Alessandro konnte die kalte Tötungsmaschine dahinter erkennen.

»Dominus, habe ich die Erlaubnis, mit Charun die Gefängnisse zu besuchen?«, fragte Iscus Tiberius Maximus nach dem Mittagessen.

Der blickte fast gelangweilt auf Alessandro hinab. »So, du weißt also bereits über deinen neuen Namen Bescheid.«

»Ja, Herr.«

Der Dominus nickte zufrieden. »Das ist gut, denn schon bald naht dein erster Kampf. Wir werden ihn gebührend ankündigen, und ich möchte nicht, dass du meine Ehre beleidigst. Iscus, tue, was nötig ist, um Charun vorzubereiten. Ich werde Wachen mitschicken.«

Alessandros Gedanken rasten. Es konnte nichts Gutes verheißen, wenn Iscus ihn zu den Kerkern mitnehmen wollte. Dennoch musste er stark bleiben. Auf keinen Fall konnte er sich erlauben, bereits an der ersten Hürde zu scheitern. Deshalb nahm er sich vor, was auch immer von ihm verlangt wurde, mit einer eisernen Maske und dem neuen Namen zu ertragen. Den Jungen *Alessandro* ließ er zurück in der Villa des Herrn. Er hoffte, Laetitia würde gut auf seinen Geist aufpassen.

»Dein Zug, Charun. Stich ihn ab.« Iscus deutet auf eine Stelle zwischen Hals und Schulterblatt. »Entweder hier oder hier!« Er bohrte dem vor ihnen knienden Gefangenen den Finger in die Kehle. Der Mann war langhaarig und unrasiert und stank, als ob er sich einen Mond nicht gewaschen hatte. Ohne sich zu wehren, blickte er Charun entgegen. Es war einer dieser Christen, die sich überall breitmachten und von einem neuen Weltretter philosophierten. Anscheinend fürchtete er den Tod nicht, denn er blickte gefasst nach oben. *Schade*, dachte Charun. Vielleicht wäre ein anständiger Gladiator aus ihm geworden. Langsam hob er das Schwert. Schwer wie Blei lag es in seiner Hand. *Stark sein,* erinnerte er sich. Es war ein Glück, dass sein Opfer bereit war, zu sterben, und nicht um sein Leben flehte. Ein Stich. Es war der Totengott der Etrusker, nicht Alessandro, der das Schwert hob, sich an die Kraft erinnerte, die durch seinen Körper strömte, und zustach. Beherzt, damit es schnell ging und der Christ nicht unnötig leiden musste. *Er war sowieso dem Tod geweiht!,* erinnerte ihn seine innere Stimme, während der Mann nach vorne überfiel und leblos liegen blieb.

»Gut. Wie ich sehe, hast du kein Problem damit, einem den Tod erwartenden Unterlegenen den Gnadenstoß zu versetzen. Doch wie sieht es aus, wenn jemand um Gnade winselt?« Grinsend stieß Iscus einen anderen Gefangenen nach vorn. Der Junge hatte nur einen leichten Bartwuchs, vielleicht zählte er gerade vierzehn Jahre. Mit weit aufgerissenen Augen hatte er das Blutvergießen verfolgt, und es war offensichtlich, dass er wahnsinnige Angst davor hatte, selbst zu sterben.

»Nein, bitte nicht! Bitte!«, stieß der Junge aus und sah Alessandro mitten ins Herz.

Charun, dachte Alessandro. Er musste seine Maske wiederfinden. Die kalten Augen von Iscus funkelnden ihn an, und er wusste, dass sie keine Schwäche dulden würden.

»Versuch es dieses Mal in der Kehle!«

Keine Wahlmöglichkeit, sondern eine Anordnung. Für einige Sekunden hatte Alessandro Mitleid mit dem Jungen, auch wenn er wusste, dass dieser sowieso sterben musste.

Iscus erkannte es in seinem Zögern. Breit grinsend trat er auf den Jungen zu und flüsterte ihm etwas ins Ohr. Hoffnung erhellte das jugendliche Gesicht. »Alexos, gib dem Burschen hier dein Schwert. Er wird das tun, was dir so schwerfällt!«

Ungläubig schüttelte Alessandro den Kopf. Ihm war klar, dass er das nicht zulassen durfte. Iscus' Gesicht verhärtete sich noch ein bisschen mehr.

»Dann werde wieder Charun, der Todesbringer, der keine Gnade kennt!«

Iscus' Handeln bewirkte, dass sich etwas in Alessandros Herz schloss. Zitternd setzte er das Schwert an den Mittelpunkt der Kehle, sah die hastigen Schluckbewegungen des Jungen, dem in diesem Moment klar wurde, dass er tatsächlich sterben würde. Bevor sein Opfer aufschreien konnte, stieß er zu und blickte in das sterbende Gesicht seines Gegenübers. Mit zitternden Händen zog er das blutverschmierte Schwert zurück und hatte Mühe, die Fassung zu wahren. Ihm war, als hätte er sich selbst hingerichtet. Er wusste, dass ein Teil von ihm in diesem Moment ebenfalls gestorben war, und es munterte ihn nicht auf, als Iscus ihm erklärte, dass es nötig sei, die weiche Seite im Kampf ums Überleben auszublenden.

An diesem Abend, als er endlich alleine in seinem Quartier war und sich den Schmutz vom Körper gewaschen hatte, dachte Alessandro an den Tag zurück. Es war einer der schwärzesten seines Lebens gewesen. Er konnte keine Ehre darin finden, zwei wehrlose Gefangene umzubringen, nur damit der Herr sicher war, dass er sich im entscheidenden Moment auf Alessandro verlassen konnte. Auf seinem Bett ausgestreckt betrachtete er seine sauber gewaschenen Finger. Als er die Augen schloss, tauchte das Gesicht des flehenden Jungen vor ihm auf. Mehr denn je sehnte er sich nach Laetitia, um ihr seine Gedanken anzuvertrauen und Trost in ihren Armen zu finden. Seine ganze Wut war verflogen, er fühlte sich einsam und jämmerlich alleine. Keinen seiner Freunde hatte er heute gesehen, und er hatte das Gefühl, dass der Dominus ihn von nun an von allem fernhalten würde, was den alten Alessandro wieder zum Leben erwecken könnte.

~

Aus Laetitias Tagebuch:

Wo bist du nur, mein liebster Alessandro? Jetzt haben sie dir einen neuen Namen gegeben. Charun – nach dem Totengott der Etrusker. Für mich wirst du immer Alessandro bleiben, und morgen wirst du zum ersten Mal kämpfen. Mögen die Götter dir beistehen. Ich muss dich wissen lassen, dass die Liebe immer siegen wird, sonst habe ich versagt!

KAPITEL 16

DIE ERSTE BEWÄHRUNG

Der Tag seines ersten Kampfes brach fahl unter bedecktem Himmel an. Iscus, der in den letzten Tagen zu seinem ständigen Schatten geworden war, begrüßte ihn mit einer Schüssel Gerstenbrei und dem scheußlichen Knochenaschetrunk. Wie jeden Morgen spürte Alessandro nach, ob seine Kraft noch vorhanden war. Als er an sich herabsah, nahm er seine muskulösen Beine, seinen durchtrainierten Bauch und seine breiten Schultern wahr. Die Narbe, die sich von seinem Brandmal hochzog, war blass und unscheinbar. Nichts schmerzte, nichts zog. Es war einen halben Mondzyklus her, seit er bei Silvana gewesen war, seitdem hatte sich an seiner Stärke nichts geändert. *Zum Glück.*

»Denk daran, wenn du deinem Gegner gegenüberstehst, bist du Charun, der Richter über Leben und Tod.«

Alessandro schauderte. Sich mit einem Gott zu vergleichen, empfand er als unpassend, auch wenn er wusste, dass die Römer sich dadurch nur amüsieren wollten.

»Ja, Iscus. Danke für alles.«

»Ich lasse dich jetzt alleine, griechischer Halbgott. Nach dem Frühstück gehen wir Waffen polieren, und ich bereite dich auf deinen Gegner vor.«

Alessandro war froh, als der Kelte verschwunden war. Laetitia war seit ihrem Streit nicht wiedergekommen, gesehen hatte er sie nur einmal aus der Ferne. Auch mit Ricardo und den anderen hatte er kein Wort wechseln können, da er abgeschieden von ihnen mit Iscus geübt hatte. Es war ein kleiner Trost, dass er sie vielleicht nachher sehen konnte, denn er ging davon aus, dass sich niemand den Kampf entgehen lassen würde.

Als er hinaustrat, war er überrascht, wie hektisch die Haussklaven umherliefen.

»Es wird ein großes Fest zu Ehren deines ersten Kampfes geben«, erklärte Iscus.

Ähnlich wie bei dem Fest zu Ehren von Laetitia wurde die Villa feierlich geschmückt. Überall waren Sklaven damit beschäftigt, Platten mit kalten Gerichten aufzutragen und den Sand neu aufzuschütten, einige Männer waren dabei, eine Art Sitzrondell zu errichten.

»Hier wirst du später kämpfen und dich hoffentlich gut schlagen. Der Herr hat einen passenden Gegner ausgewählt, älter und erfahrener als deine Freunde hier, aber dennoch unter deinem Niveau. Deshalb sollte er leicht zu schlagen sein, denn der Herr will dich nicht verlieren. Enttäusche ihn nicht, Charun.«

Alessandro sah sich um. Noch fühlte er sich wie er selbst, nicht wie Charun, der Entscheider über Leben und Tod. »Ich sehe mich noch etwas alleine um, Iscus.«

Es hatte den Anschein, als wollte der Kelte Einspruch erheben, aber schließlich nickte er nur knapp. »Gut, in einer Stunde treffen wir uns hinter der Unterkunft auf dem kleinen Übungsplatz, um dich einzukleiden und bereit zu machen.«

Alessandro war froh, als er seinen Schatten für ein paar Augenblicke loswurde. Er wollte Ricardo suchen gehen und auch nach Laetitia schauen, aber es erschien ihm unwahrscheinlich, dass er sie heute irgendwo ohne Gesellschaft antreffen würde. Seinen alten Freund fand er allerdings nach kurzer Zeit in der Unterkunft der Kampfschüler. »Ricardo!«, rief er und zu seiner Erleichterung kam er ihm entgegen. »Ricardo, es tut mir leid. Ich wollte dich nicht vor den Kopf stoßen. Es war einfach so viel in letzter Zeit ...«

»Du hast dich verändert, Alessandro. Schau dich an, wie muskulös und kräftig du geworden bist. Das hat uns anderen Angst gemacht.«

»Das ist doch nur äußerlich. Innerlich bin ich immer noch Alessandro.« *Oder?*

»Ich habe gehört, sie haben dir einen neuen Namen gegeben?« Ricardos Stimme klang scherzhaft, aber Alessandro war der ernste Unterton darin nicht entgangen.

»Ja. Der Dominus hat mir den Kämpfernamen *Charun* gegeben. Aber das ist nur für die Belustigung des römischen Publikums gedacht.«

Ricardo nickte. »Sie sind verrückt, die Römer!«, flüsterte er ihm zu und Alessandro musste lachen. »Du wirst heute gewinnen, und der Herr wird Freude daran haben«, sagte er aufmunternd. »Hauptsache, wir müssen nicht mehr gegen dich antreten.«

»Es tut mir leid, auch das mit Crytus. Ich weiß selbst nicht, was mit mir los war. Kannst du ihm das ausrichten?«

Ricardo sah ihn skeptisch an. »Du kannst es ihm selbst sagen, er ist hier.« Er deutete mit einem Nicken in Richtung des Essensplatzes.

Bevor Alessandro hinüberging, rang er Ricardo noch das Versprechen ab, Laetitia im Falle seines Ablebens seine ewige Liebe zu versichern. Den Streit mit ihr verschwieg er allerdings.

Mit Crytus zu reden, war etwas schwieriger. Erst, als sich sein Bruder Cyrill als Vermittler einschaltete, war der Kräftigere der beiden Zwillinge gewillt, Alessandros Entschuldigung anzunehmen. Etwas erleichterter fand er sich zur vereinbarten Zeit auf dem kleineren Übungsplatz ein, wo Iscus ihn bereits erwartete. Sein bereitgelegter Helm und die Beinschienen glänzten in der Sonne.

»Das Schwert bekommst du erst, wenn es so weit ist. Und jetzt kleide dich an.« Iscus half ihm, die Bandagen am Schwertarm und an den Beinen zu befestigen. »Deinen Schild haben wir etwas verändert«, sagte Iscus mit Blick auf den viereckigen Armschild, auf dem jetzt ein Paar Flügel mit einem Hakenschwert in der Mitte zu sehen war.

Alessandro seufzte. »Noch weitere Anspielungen auf Charun?«

Iscus grinste. »Die Römer lieben so etwas! Und jetzt lass uns noch etwas Schwertführung üben, damit du gut eingestimmt bist!«

Als sie fertig waren und Alessandro endlich seinen schweren Helm abnehmen wollte, trat Tiberius Maximus mit Laetitia zu ihnen.

»Ich sehe, du bist vorbereitet, Charun. Kämpfe gut heute, und meine Gunst wird dir sicher sein.«

Alessandro senkte den Kopf und war froh, dass der Helm sein Gesicht verbarg. So konnte er in Laetitias Augen ihre Zuneigung lesen, ohne dass ihr Vater es merkte. Ob sie seine Augen durch den schmalen Schlitz erkennen konnte?

»Kämpfe gut und ehre unser Haus«, sprach Laetitia schließlich, und als ihr Vater etwas zu Iscus sagte, warf sie ihm schnell eine Kusshand zu. Alessandro legte die rechte Hand auf sein Herz und gab ihr dadurch ebenfalls ein Zeichen seiner Liebe. Länger konnten sie nicht miteinander reden, aber immerhin war es genug, um Alessandro aufzubauen.

Als er sich die Rüstung am frühen Abend zum zweiten Mal umlegte, wusste er, dass es jetzt ernst wurde. Nur allzu gern stülpte er sich in diesem Moment die Maske von Charun über und ließ Alessandro hinter sich. Von nun an zählte einzig das Überleben. Fackelschein erhellte den Platz, die Sonne war an diesem Januarabend schon vollständig untergegangen. Trotz der Tatsache, dass heute nicht so viele Gäste wie beim letzten Fest geladen waren, erkannte Alessandro, dass die wichtigsten Leute anwesend waren. Allen voran die Mitglieder von Maximus' engster Familie, die auf der Ehrentribüne ihre Plätze einnahmen. Vom Ende des Übungsplatzes konnte er gut erkennen, wer alles eintraf. Im Moment setzte sich der von Alessandro gehasste Schwager, Julius Tullius, zwischen seine Frau und seine drei Kinder. Dann erschien Laetitia, die ihre Blicke über den Platz schweifen ließ. Schließlich richtete sie ihn auf Alessandro. Es war, als könnte sie durch seine Rüstung hindurchsehen, während sie starr in ihrer Position verharrte. Für sie neigte er den Kopf ein wenig, dann hörte er hinter sich Schritte. Laetitias Ausdruck schien zu versteinern, als sie ihr Gesicht dem herannahenden Gegner zuwandte. Neben ihm blieb ein Mann stehen, der ihn um einen halben Kopf überragte. So viel zu den schönen Worten, dass Tiberius Maximus einen unterlegenen Gegner ausgewählt hatte. Für einen kurzen Moment riskierte Alessandro einen verunsicherten Seitenblick auf den glänzenden Koloss. Die anderen Kampfsklaven erschienen und stellten sich ringsum zu den Fackeln. *So, wie ich gestanden habe, als die Welt noch in Ordnung war.* Ricardo drückte seinen rechten Daumen fest zusammen und hielt die Faust leicht nach oben, ein Zeichen, dass er Alessandro Glück wünschte. Als Letztes betrat der Herr die Ehrentribüne, und ohne sich zu setzen, begann er mit klarer Stimme zu sprechen.

»Familie und engste Freunde, ihr seid heute von mir eingeladen worden, um einen ehrwürdigen Tag mitzuerleben. Über Jahre habe ich mich damit begnügt, die talentiertesten Sklaven zu Gladiatorenschülern auszubilden und an die besten Lanistae des Landes zu verkaufen.« Er machte eine bedeutungsschwere Pause, bevor er weitersprach. »Bis ich ihn gefunden habe!« Seine Hand zeigte auf Alessandro. »Charun, der fleischgewordene Richter über Leben und Tod!«

Der Applaus, der folgte, war ohrenbetäubend. Nie zuvor hatte Alessandro die Bewunderung der Zuschauer so intensiv gespürt. »Ihr seid heute meine Zeugen, wenn Charun uns seine Künste zum ersten Mal in einem Kampf Mann gegen Mann vorführt. Sein Gegner kommt aus unserer Schwesterstadt Capua. Er ist hier, um unsere neue Hoffnung zu zerstören. Sein Name ist Ventus cantantes, der singende Wind.«

Der Applaus für den Gegner war verhaltender. Capua und Pompeji waren, was die Kämpfe anbelangte, scharfe Konkurrenten.

Fanfaren ertönten und ein Mann mit einem Holzstock

erschien. Der Schiedsrichter, wie Alessandro wusste. Tiberius Maximus machte den beiden Gladiatoren ein Zeichen, den abgesteckten Platz zu betreten und sich dem Publikum zu präsentieren. Alessandro begrüßte die Zuschauer, wie er es gelernt hatte. Als die Fanfaren zum zweiten Mal erklangen, setzte er fast feierlich seinen Helm auf. Jetzt war er versteckt hinter der Maske, wo es nur noch Raum für den Totengott gab und nicht für menschliche Gnade.

»Möge der Kampf beginnen!«, schrie Tiberius Maximus und die Kämpfer rannten aufeinander los.

Mit der Kraft, die ihm Silvanas Trank verliehen hatte, schwang Alessandro Schwert und Schild präzise und schnell. Der singende Wind, der in der Ausrüstung eines Murmillos kämpfte, hatte keine Chance und lag geschlagen am Boden, bevor der Kampf richtig angefangen hatte. Unzufriedenes Brummen machte sich breit, und die ersten Stimmen verlangten den Tod des unwürdigen Gegners. Selbst Tiberius Maximus schien überrascht, dass der Kampf so frühzeitig ein Ende gefunden hatte. Schließlich erhob er sich und sprach zu seinen Gästen.

»Freunde, Familie. Wie ihr seht, habe ich euch nicht zu viel versprochen. Charun wird in Zukunft meinen Namen ehren, wir werden noch viel Freude an seinen Kampfkünsten haben. Was aber sagt ihr zu der erbärmlichen Darbietung seines Gegners? Euer Wunsch wird mir Befehl sein!«

Die Meinung fiel eindeutig aus, und nun war Alessandro froh, dass Iscus ihn mit zu den Kerkern genommen hatte. Als der Schiedsrichter das Zeichen gab, genügte ein Stich, um dem singenden Wind das Leben auszuhauchen. Als er zum Sieger erklärt wurde, ging sein Blick zu Laetitia, die erleichtert zu ihm herabblickte.

Nachdem sich die Festlichkeiten aufgelöst hatten und er wieder in seiner Behausung war, ließ Alessandro sich am gerichteten Tisch nieder und dachte an den Tag zurück. Sein erster Kampf war gut verlaufen. Ricardo hatte ihm die Daumen gedrückt, und seine Liebste hatte er gesehen, wenn auch nur von fern.

»Alessandro!«, flüsterte jemand unterhalb des Fensters. War es die Stimme von Laetitia, die ihn rief? Er schnellte nach oben und sah in die Dunkelheit hinaus.

»Wer ist da?«, fragte er vorsichtig.

»Ich bin es, Nero!«

Enttäuschung breitete sich in ihm aus. »Was willst du?«

»Ich habe etwas von der Herrin.« Eine kleine Hand reichte eine Papyrusrolle.

»Danke, Nero. Wenn du sie das nächste Mal siehst, richte ihr meinen Dank aus.«

»Ich soll auf eine Antwort warten«, beharrte der junge Römer.

Im Kerzenschein brach Alessandro das Wachsiegel und betrachtete Laetitias schöne Handschrift. Wärme durchflutete seinen Körper, als er die Zeilen las. Hätte sich der Junge unter seinem Fenster nicht geräuspert, wäre er immer tiefer in seine Gedanken versunken.

»Nero«, flüsterte Alessandro. »Sag ihr, ihr Wunsch ist mir Befehl.« Alessandro betrachtete das Nicken des schwarzen Schattens und beobachtete, wie Nero wieselflink über das Gelände huschte. Voller schöner Gedanken ließ er sich auf sein Bett fallen und vergaß dabei das Abendessen.

KAPITEL 17

DAS HAUS MIT DER BLAUEN TÜR

»Laetitia«, murmelte Alessandro mit halb geschlossenen Lidern in ihr Ohr. Ihre goldenen Locken ringelten sich auf dem Betttuch um ihre Schultern. »Wie hast du es nur geschafft, deinen Vater zu überreden, dass er seinen Sklaven einen freien Tag in Pompeji gönnt und wir uns in diesem Haus treffen konnten?« Verzaubert von den gemeinsamen Momenten, die sie ihm gerade geschenkt hatte, fühlte er sich ihr näher als je zuvor.

»Ich habe meine eigenen Wege«, flüsterte sie, lächelte und gab ihm einen Kuss auf die Schulter, an die sie sich schmiegte. »Die Besitzerin ist mir wohl gesinnt. Und Vater hatte ein wichtiges Treffen in der Stadt. Dafür, dass du nach dem ersten Kampf einen freien Tag bekommst, habe ich schon lange vorher gesorgt. Vater denkt, ich besuche nur eine Freundin hier in der Stadt.«

So ganz überzeugte ihn die vermeintliche Sicherheit, in der sich Laetitia wähnte, nicht, aber er wollte ihr auch nicht den schönen Tag verderben.

»Für wie lange hat dir deine Freundin die Wohnung zur Verfügung gestellt?«

»Den ganzen Vormittag. Es bleibt also genug Zeit für dich, wieder zur Villa zu kommen, und ich kann Vater bei seinem Treffen abholen. Niemand wird etwas merken.« Sie stützte sich auf ihren Ellbogen und sah ihm in die Augen. »Es sei denn, du willst früher gehen?«

Alessandro lachte und wirbelte sie herum. »Glaubst du, ich bin verrückt? Jede Sekunde will ich mit dir genießen, meine Liebste!« Wie froh und dankbar er doch war, dass sie sich wieder unbeschwert miteinander unterhalten konnten! Keiner von ihnen hatte den Streit erwähnt, und fast war es so, als hätte er nie stattgefunden. Jetzt, in diesem Moment, wollte er sich nur auf Laetitia konzentrieren und die Liebe, die sie verband, genießen.

Der Moment des Abschiedsnehmens kam viel zu schnell. Die letzten gemeinsamen Minuten hatte er sie in den Armen gehalten und den warmen vertrauten Geruch ihrer Haut eingesogen. »Laetitia, ich werde dich immer lieben, das weißt du doch?«

Sie lächelte. »Ich weiß es, Alessandro. Ich werde dich auch immer lieben und für mich wirst du immer Alessandro bleiben. Nicht irgendein brutaler Totengott.«

Alessandro seufzte. »Du meinst Charun? Die Römer wollen Unterhaltung. Ich gebe sie ihnen, bis ich irgendwann ein freier Mann bin und dich heiraten kann!«

Sie nahmen sich in die Arme und küssten sich. Er konnte Laetitia schmecken, ihre warme Aura umkreiste ihn wie der schönste Sonnenschein.

»Es ist Zeit«, hauchte sie, auch wenn keiner sich gern vom anderen losriss. »Du gehst zuerst, ich folge dir ein paar Minuten später.«

Alessandro nickte. Nach einem weiteren sehnsüchtigen Kuss öffnete er die Tür, die zur belebten Straße führte. Niemand achtete auf ihn, als er sich unter die Menge mischte. Er drehte sich noch einmal zu dem Haus um, in das Laetitia ihn eingeladen hatte. Die blaue Tür, die zu dem Haus gehörte, war bereits wieder geschlossen.

»Was starrst du da so auf das Haus, aus dem du gerade gekommen bist?« Jemand stieß ihn in die Seite.

»Bartus! Was machst du hier?«, rief Alessandro überrascht aus.

Der Gallier sah sich um, bevor er antwortete. »Wir haben doch alle einen freien Vormittag in Pompeji bekommen und dürfen durch die Stadt ziehen. Mit dir habe ich in diesem Viertel allerdings nicht gerechnet.« Immer noch schaute Bartus in Richtung der blauen Tür. »Hast du ne kleine Freundin da drinnen?«

»Was? Nein, natürlich nicht!«, rief Alessandro vielleicht etwas zu empört aus. Bartus zog die Augenbrauen hoch. Fieberhaft dachte Alessandro darüber nach, wie er Bartus ablenken konnte. »Wo ist Ricardo? Kannst du mir zeigen, wo er ist?«

»Keine Ahnung, wo dein knabenliebender Freund ist.«

In dem Moment sah Alessandro aus dem Augenwinkel, dass sich die Haustür öffnete. Gleich würde Laetitia herauskommen und Bartus durfte sie auf keinen Fall erblicken! »Hör auf, Ricardo zu beleidigen!«, rief Alessandro und packte den überraschten Bartus am Hals, um ihn herunterzuziehen und den Blick zu verdecken. Der Gallier war jedoch schnell genug, sich seinem Griff zu entwenden.

Menschen blieben trotz der Neujahrskälte stehen und schimpften. Alessandro machte sich bereit, Bartus einen Schlag ins Gesicht zu geben, falls Laetitia noch in der Nähe war. Er konnte ihre Gestalt reglos in der Haustür verharren sehen und wollte ihr ein Zeichen geben, davonzulaufen, als Bartus seinem Blick folgte. Mit offenem Mund starrte er für einige Sekunden in Laetitias Gesicht, bevor sie sich abwandte und davoneilte. Die stehengebliebenen Menschen riefen durcheinander. Einige wollten einen Kampf sehen, andere fragten lautstark, was der ganze Tumult zu bedeuten hätte.

»Das war die Tochter des Herrn!«, stieß Bartus schließlich ungläubig aus.

Alessandro sagte kein Wort, sondern schwang nur bedrohlich seine Faust.

»Los, nun kämpft schon, ihr barbarischen Sklaven!«, schrie ein betrunkener Mann. Doch Alessandro ließ die Faust sinken. Dafür erntete er Schmähworte und finstere Blicke. Die Menge löste sich langsam auf.

»Ich weiß nicht, wovon du redest, Bartus. Wahrscheinlich ist dir der Wein zu Kopf gestiegen«, sagte Alessandro bedächtig.

»Ich hab dich an den Eiern, Grieche. Ab jetzt schaue ich genauer hin, denn dafür ...«, er deutete auf sein Knie, »will ich Vergeltung.«

»Du hast nichts gesehen, Bartus. Ansonsten wird mehr als eine Kniescheibe daran glauben.«

Mist!, dachte Alessandro, als er schon auf dem Heimweg war. Dass Bartus ihn und Laetitia miteinander in Verbindung brachte, verhieß nichts Gutes. Grübelnd sann er darüber nach, wie es ihm gelingen könnte, ihre Beziehung weiterhin geheim zu halten.

Aus Laetitias Tagebuch:

Ich bin so froh, dass er wieder der Alte ist. Als wir uns heute Vormittag in Pompeji getroffen haben, war alles genau wie früher. Alessandro zeigt mir, was Liebe ist, ich fühlte mich ihm so nahe, wie sonst nur meiner geliebten Göttin Venus. Das Treffen war es sogar wert, von Bartus gesehen zu werden. Er wird schon Stillschweigen bewahren, für Vater zählt nur das Wort von Ricardo. Allen anderen Sklaven schenkt er kein Gehör.

Es war drei Tage her, seit er sich mit Laetitia in Pompeji getroffen hatte. Bartus blickte ihn immer wieder finster an, aber darauf angesprochen hatte er ihn nicht erneut. Dafür blieb auch wenig Gelegenheit, denn Iscus folgte Alessandro wie ein Schatten.

»Der Herr will mehr Kämpfe von dir sehen. Bald schon wird er dich der Öffentlichkeit präsentieren!«

Alessandro drehte sich zu dem hinter ihm laufendem Iscus um. »Umso besser. Ich kann es kaum erwarten. Wenn er ruft, werde ich bereit sein.«

Iscus nickte zustimmend. »Bis dahin dürfen wir nicht lockerlassen. Du hast deinen ersten Kampf gut gemeistert.«

Tatsächlich ließ Tiberius Maximus noch am selben Abend nach Alessandro rufen. In Begleitung einer Wache wurde er in die Villa des Herrn geführt. Der saß gerade mit Laetitia auf dem Balkon und schien etwas mit ihr zu besprechen, als der Wachmann sich räusperte. »Der Grieche ist da!«

Langsam drehte sich Tiberius Maximus um und musterte ihn mit kalten Augen. »Charun. Es ist mir eine Freude.«

Sein Gesicht zeigte keine Sympathie, ganz im Gegensatz zu Laetitia, deren grüne Augen ihn warm anleuchteten.

»Dominus. Ihr habt mich rufen lassen?«

»In der Tat. Dein erster Kampf war schnell vorbei. Aber das lag nicht an dir. Du hast dich gut geschlagen. Du weißt, ich bin ein mitfühlender Mensch und möchte uns beide reich machen.« Er musterte ihn durchdingend. Alessandro wusste nicht, was der Dominus von ihm erwartete, deshalb schwieg er.

»Ich dachte an drei bis vier geringere Kämpfe, bevor wir dich in einem Hauptkampf einsetzen. Du sollst ein Geheimtipp sein, auf den ich viel Geld setzen und gewinnen kann. Das würde uns beiden nützen.«

Mich erfreut nur Laetitia in meinen Armen. Behalte du dein Geld, dachte er bei sich. »Natürlich, Dominus«, sagte er zögerlich.

Laetitia schien seine Gedanken zu erraten, denn ihre Mundwinkel zuckten. Missmutig musterte Tiberius Maximus seine Tochter.

»Laetitia, hast du dazu etwas zu sagen?«

»Nein, Vater. Deine Pläne sind wie immer von überragender Klugheit.«

Da Laetitia ihren Sarkasmus gut verschleiern konnte, schienen die Worte Tiberius Maximus zu besänftigen. »Dann ist es abgemacht. Ich gebe Iscus Bescheid, er wird dich auf die Arena vorbereiten.«

»Ich werde Euch nicht enttäuschen, Dominus«, sagte Alessandro zum Abschied.

»Noch Ende dieser Woche wirst du deinen ersten richtigen Auftritt in der Arena haben. Dafür habe ich bereits gesorgt!«, rief ihm Tiberius Maximus hinterher, während sich Alessandro schon umdrehte, um sich von den Wachen zu seinem Schlafgemach führen zu lassen. Zufrieden stellte Alessandro fest, dass der Weg in die Arena geebnet war und er mit der Verwirklichung seiner Träume beginnen konnte.

Aus Laetitias Tagebuch:

Heute konnte ich meinen Geliebten nur kurz sehen. Vater hat einen mörderischen Plan – ich muss Alessandro warnen. Obwohl er stark ist und gut kämpft, wird er niemals dem, was Vater für ihn vorgesehen hat, standhalten können.

»Nimm das, du Hurensohn!«, schrie sein Gegner in einem verzweifelten Versuch, seinen Schild gegen Alessandros Körper zu schmettern. Doch Alessandro wich geschickt aus und traf seinen Widersacher an der Ferse, worauf dieser schreiend zu Boden ging.

»Charun! Charun! Charun!«, brüllte die Menge ihm zu und es klang so, wie er es sich immer vorgestellt hatte. Alessandro warf einen triumphierenden Blick zur Ehrentribüne, wo an diesem Tag der Statthalter von Pompeji mit seiner Familie saß. Sein Blick hinter dem geschmückten Helm galt allerdings nur Laetitia, die sich klatschend zusammen mit den anderen erhoben hatte. Für einen Augenblick war er ein gefeierter Held. Der einzige Wermutstropfen war der Moment, in dem der Schiedsrichter den Gegner für den Gnadenstoß freigab. Alessandro biss sich hinter seinem Helm versteckt fest auf die Lippe und schickte ein Stoßgebet zu seinen Göttern, ihm seine Taten zu verzeihen.

»Zum Glück muss man nicht jeden Gegner töten«, gestand er seine Gedanken später Laetitia, die sich mit ihm beim Stall verabredet hatte. Dort ging Alessandro immer noch regelmäßig Amadeo besuchen, und Laetitia hatte mittlerweile eine eigene Stute von ihrem Vater bekommen, nach der sie oft sah. Natürlich konnten sie sich hier keine Berührungen und Liebkosungen schenken, aber immerhin war es ihnen möglich, ein paar Worte zu wechseln.

»Ja, ich bin auch froh, wenn man Menschen am Leben lässt, die ehrenvoll gekämpft haben.« Ihre Augen ruhten auf seinen. Blitzschnell beugte sie sich vor und hauchte ihm einen Kuss auf die Lippen. »Mein Geliebter, das war für deinen Sieg.«

Alessandro lachte. »Da hätte ich doch mehr verdient, oder?«

»Das nächste Mal«, versprach Laetitia. »Vater erwartet mich gleich.«

»Bartus hat uns in der Stadt gesehen«, sprach Alessandro seine Befürchtungen aus.

Laetitia zupfte nachdenklich an ihrer Unterlippe. »Bartus ist nur ein unbedeutender Sklave. Er wird den Mund halten.«

»Ich hoffe es. Aber wir müssen aufpassen. Ich glaube, dein Vater vertraut mir immer noch nicht.«

»Wir sind doch vorsichtig.« Sie zwinkerte, als sie sich an ihm vorbei nach draußen schlängelte, nicht ohne vorher stehen zu bleiben und ihm einen weiteren Kuss zu geben.

»Laetitia, was würde ich ohne dich machen?«

Sie lächelte und verschwand.

Nachdenklich blieb er alleine bei Amadeo zurück. Der Hengst war das einzige Lebewesen, das sein Geheimnis kannte. Nun schaute er ihn mit klugen schwarzen Augen an und schnaubte zufrieden, als Alessandro ihn am Hals tätschelte.

»Was ist, wenn meine Kräfte wieder nachlassen?«, fragte er leise in die Stille. Ihm widerstrebte es zutiefst, von den Zauberkräften der Druidin abhängig zu sein. Wie schön wäre es, wenn er für immer so stark bleiben könnte wie in diesem Moment, und nicht die ganze Zeit fürchten müsste, dass ihm seine Stärke erneut genommen würde. Die Vorstellung, zu der unheimlichen Lichtung gehen zu müssen, jagte ihm Angst ein. Auf keinen Fall wollte er die unheimliche Waldfrau nochmals berühren, aber er konnte sich nur allzu gut an das überwältigende Gefühl erinnern, das ihn übermannt hatte, als er das letzte Mal von dem Trank kostete.

»Ach, Amadeo! Könnte ich diese Zauberin nur hinter mir lassen. Vielleicht finde ich einen Weg, wenn ich Tantotaurus besiegt und Laetitia für mich habe!« Das Pferd schwenkte den Kopf und scharrte mit dem Vorderhuf, eine Aufforderung nach etwas zum Essen. Gedankenversunken hielt Alessandro ihm ein paar Haferkörner hin.

»Es ist Zeit zu gehen!«

Iscus' tiefe Stimme schreckte Alessandro auf. Wie lange hatte der Kelte schon beim Stall gestanden? Der Blick in seine ausdruckslosen Augen verriet nichts. »Ich komme«, antwortete er in einem gespielt ruhigen Ton.

»Alessandro!« Es war Ricardos Stimme, die ihn zwei Tage später abends aus dem Bett riss. »Auf ein Wort!«, rief sein Freund, das Gesicht hell von einer Kerze erleuchtet, während er sich verstohlen im dunklen Raum umsah.

»Wie bist du hier reingekommen?«, fragte Alessandro, als er sich aufsetzte.

»Brekken sitzt mit Iscus beim Trinken und ist sternhagelvoll. Niemand hat bemerkt, dass ich mich weggeschlichen habe.« Ricardo sah sich mit erstaunten Augen um. »Nobel hast du es hier«, sagte er anerkennend, »aber ein Sklave bist du immer noch. Wie geht es dir so alleine?«

»Manchmal wünschte ich, ich wäre zurück bei euch. Hier ist es einsam.«

Ricardo nickte. »Das kann ich mir vorstellen. Aber du hast es verdient, in der Arena zu kämpfen.«

Alessandro war froh, dass die Schatten sein Gesicht verhüllten.

Sie überdeckten den Zweifel, den er gegenüber seinen Leistungen hegte. Am liebsten hätte er Ricardo gestanden, dass es lediglich ein Trank war, der ihn so stark werden ließ. Stattdessen schwieg er.

»Du fragst dich sicherlich, warum ich hier bin, oder?«

»Ja«, antwortete Alessandro. Er wusste, dass es nicht nur die alte Freundschaft zwischen ihnen sein konnte, die Ricardo so spät am Abend zu ihm geführt hatte.

»Es ist wegen des Herrn. Ich muss dich warnen.«

Diese Worte ließen Alessandro erstarren, und er merkte, wie seine Hände zu schwitzen begannen. »Es ist doch nichts mit Laetitia?«, fragte er schnell.

»Nein.«

Erleichterung durchflutete ihn. Dann konnte es nichts Schlimmes sein.

»Der Dominus hat Nachricht bekommen, dass drei seiner Handelsschiffe gekapert wurden. Beladen mit teuersten Gewürzen, Kleidern aus Seide und exotischen Tieren. Er war außer sich.«

»Du hast schon immer mehr von den Geschäften verstanden als ich. Aber sicherlich ist es nicht das erste Mal, dass ein Schiff verloren geht.«

»Natürlich nicht. Aber solch ein Wert. ›Unersetzlich!‹, hat er ausgerufen. Ein Ruin für das ganze Haus Maximus!«

Ungläubig sah Alessandro seinen Freund an. »So schlimm kann es unmöglich sein.«

»Tiberius Maximus hat bis vor ein paar Monaten damit gerechnet, uns für viel Geld an ein Ludus zu verkaufen. Doch nun hat er sich anders entschieden und will erstmalig einen Gladiator für sich behalten.«

»Ich werde ihm gutes Geld bringen«, sagte Alessandro beharrlich.

»Ja, aber die Frage ist, wann? An den kleinen Kämpfen verdient er nicht viel, wenn, dann müsste er dich gegen einen bekannteren Gegner antreten lassen und als Geheimtipp auf dich setzen.«

»Auch davor habe ich keine Angst!«

Ricardo fasste sich in die schwarzen Haare. »Er will dich gegen die tödliche Kobra kämpfen lassen. Und das schon nächste Woche!«

»Die tödliche Kobra? Dann werde ich dafür sorgen, dass das Haus Maximus reich belohnt wird!«

»Sei auf der Hut, alter Freund. Dieser Kämpfer hat seinen Namen nicht umsonst!«

Als Ricardo gegangen war, dachte Alessandro noch lange über seine Worte nach. Die tödliche Kobra war ein ernstzunehmender Gegner, bestimmt zehn Mal so erfahren wie Alessandro. Berühmt und berüchtigt war er wegen seiner tödlichen Peitsche, die er zu schwingen vermochte, ohne dass man seine Bewegungen voraussehen konnte. Aber es war auch eine große Chance. Wenn der Dominus wirklich ein beträchtliches Vermögen auf See verloren hatte, dann war dies eine gute Gelegenheit, ihn ein bisschen mehr von ihm abhängig zu machen. Er dachte an Laetitia und war sicher, dass er es für sie mit jedem Gegner aufnehmen würde. Zufrieden trank er noch einen Schluck Wasser und legte sich dann auf sein Bett zurück. Voller Wohlwollen wollte er der nahen Zukunft harren, einzig die Furcht davor, dass ihn seine Kräfte verlassen könnten, hinderte ihn, sich vollständig zu entspannen. Mit unruhigem Blick sah er durch sein Fenster hinaus. *Eine Mondperiode, höchstens eineinhalb,* hallten ihm die Worte von Silvana in den Ohren. Der Himmel war bewölkt und trüb, aber es dünkte ihn, dass es bald wieder Zeit für einen neuen Trank war. Bevor er die Augen schloss, betete er zum Gottvater Zeus, dass es ausreichte, wenn er sich nach dem Kampf gegen die tödliche Kobra auf den Weg zur Waldfrau machte.

Aus Laetitias Tagebuch:

Gestern ist uns die Botschaft zugetragen worden, dass drei unserer wichtigsten Schiffe gekapert wurden. Vater war außer sich. Er sagt, wenn er nicht bald ein großes Geschäft tätigen kann, sei das Haus Maximus am Ende! Jetzt wird er seinen mörderischen Plan noch schneller umsetzen. Er will sein ganzes Geld mit Alessandro verdienen und wird ihn deshalb gegen einen übermächtigen Gegner kämpfen lassen. Ich habe Ricardo geschickt, damit er ihn warnen kann. Obwohl Alessandro stark ist und gut kämpft, wird er das, was Vater für ihn vorgesehen hat, niemals überleben. Hoffentlich hört er auf seinen Freund!

KAPITEL 18

FÜR DIE LIEBE

»Alessandro, gewinn diesen Kampf!« Iscus drängte ihn durch die Menge hin zu einer Tür, die in die Untergeschosse der Arena von Pompeji führte. »Denk an die Peitsche. Wenn du genau hinschaust, sind die Bewegungen gut vorhersehbar. Aber du musst wachsam sein, sonst ist es aus mit dir.«

Alessandro verstand, was Iscus meinte. In den letzten Tagen hatte er ausschließlich daran gearbeitet, gegen das tückische Seil zu kämpfen. Zunächst hatte es ihn so oft von den Beinen gezogen, dass er aufgehört hatte, zu zählen. Gegen Ende wurde es deutlich besser, bis er schließlich in der Lage gewesen war, die Waffe seines Gegners für den eigenen Angriff zu nutzen. Ein Stechen fuhr ihm durch seinen Unterarm. Nur kurz, wie eine Ermahnung. Erschrocken zuckte er zusammen. Sein Zeitgefühl hatte ihn also nicht getäuscht und reumütig ärgerte er sich darüber, dass er Silvana nicht vor dem Kampf besucht hatte. Jetzt war der denkbar ungünstigste Zeitpunkt für einen schmerzenden Arm. Iscus trieb ihn voran durch die dunklen Gänge. Als ehemaliger Gladiator kannte er sich in den Gewölben bestens aus.

»Nerven behalten, Grieche. Dann wird das schon. Du hast dich in den letzten Kämpfen gut behauptet.«

Ein weiter Stich ließ Alessandros Herz verkrampfen. *Bitte! Ich verspreche, ich komme danach zu dir!* Seine Gedanken galten

Silvana, er hoffte, dass es eine Möglichkeit für sie gab, seine Botschaft zu empfangen. Tatsächlich kam es ihm so vor, als ließe der Schmerz nach. Erleichtert blickte er zu Iscus. »Wo geht es zu den Waffen?«

Gemeinsam mit dem Kelten bereitete er sich auf seinen Kampf vor. Allen Gladiatoren wurden eiserne Fesseln angelegt, bis sie in die Arena traten. »Die Römer haben Angst vor ihren eigenen Bestien!«, zischte ihm Iscus zu. »Beachte das nicht weiter, ich bringe dich zum Ausguck.«

Der Aussichtspunkt war ein Loch in der Wand, durch das man das Geschehen im Kreis genau verfolgen konnte. Es war das erste Mal, dass Alessandro das Gemetzel aus nächster Nähe betrachtete. Jeden gedämpften Schrei, jeden Fluch, jedes Ringen nach Luft konnte er hier genau hören.

»Beeindruckend, was? Und dein Gegner wird genauso gnadenlos sein wie der da!«, Iscus deutete mit dem Finger auf einen bulligen Kämpfer.

Während er tief durchatmete, spürte er nochmals in sich hinein. Seine Kraft würde reichen, wenigstens für den einen Kampf, das merkte er deutlich. Vor seinen Augen kämpften zwei aneinander gekettete Männer gegen einen Koloss. Das Pärchen hatte anscheinend eine Strategie entwickelt, um dem Übermenschen die Füße wegzuziehen. Tatsächlich landete er einige Minuten später mit einem dumpfen Aufprall auf dem Sandboden. Staub wirbelte auf und dem Gefallenen entwich ein Stöhnen. Schon stürzte sich einer der Angeketteten auf ihn, doch die mächtige Hand des Riesen erwischte ihn und presste ihn zu Boden. Während der Koloss dem einen Kämpfer die Luft abdrückte, stürmte der andere auf seinen ungedeckten Rücken los, doch der Einzelkämpfer bekam die plötzliche Bewegung mit, rollte mit seinen schweren Schenkeln auf die Kette und stoppte so dessen Vorwärtsbewegung. Alessandro konnte beobachten, wie er erst einen Gegner erwürgte und dann den anderen mit seiner eigenen Kette einschnürte.

»So in der Art muss dir das auch mit der Peitsche gelingen«, gab ihm Iscus letzte Anweisungen.

Fanfaren ertönten, als der Kampf vorüber war. Der Sand wurde geglättet, das Blut überdeckt, Sklaven zogen mit langen Holzhaken die beiden Toten aus der Arena. Neben Alessandro klapperte ein Gitter. Achtlos wurden die beiden Leichen hereingebracht und abgelegt, dann ging das Tor wieder zu. Alessandro wandte den Blick ab. Er wollte aufrecht aus der Arena gehen.

»Das schaffst du! Denk daran, du bist Charun, wenn du unter deinem Helm verschwindest. Niemand wird dir das Leben stehlen, du entscheidest, wie der Kampf ausgeht!« Iscus blieb hinter ihm zurück, als Alessandro in die Arena gestoßen wurde. Seine Hände waren noch gebunden, ebenso wie die seines Gegners, der sich von der anderen Seite näherte. Alessandro ließ seinen Blick nach oben schweifen. Die Arena war von Menschen gefüllt. So fühlte es sich also an, unter den Augen Tausender zu kämpfen. Die Menge applaudierte, als sich die beiden Gegner gegenüberstanden. Alessandro schaute zur Ehrentribüne. Sein Herz machte einen Hüpfer, als er Laetitia neben ihrem Vater sah. Er neigte den Kopf zum Gruß. Seinen Kontrahenten musterte er nur aus dem Augenwinkel. Mit sieben Fuß Höhe war er deutlich größer als Alessandro, dabei schmal und sehnig, ein bisschen wie Ricardo. Noch einmal dachte er an Silvana, aber die gefürchteten Schmerzen blieben aus. Die Worte des Sprechers konnte er kaum verfolgen, so sehr rasten seine Gedanken. Innerlich wiederholte er alles, was Iscus ihm über die Peitsche beigebracht hatte. Wie in Trance ließ er seine Fesseln lösen und nahm das Kurzschwert entgegen. Als er seinen Helm aufsetzte, wusste er, dass es jetzt ernst werden würde und er die Menge ausblenden musste. Von nun an zählten nur noch sein Gegner und der Weg, diesen zu besiegen.

Ein kalter Wind wehte über den Sandplatz der Arena, doch davon bemerkte Alessandro nicht viel, als er ein ums andere Mal den schnellen Bewegungen der Peitsche auswich, mit denen sein Gegner ihn zu Fall bringen wollte. Zischend wie eine echte Kobra umtanzte ihn der Gladiator, und Alessandro hatte Mühe, sich ihm auf Schwertdistanz zu nähern. Endlich gelang ihm ein Vorstoß, und er traf ihn etwas unglücklich am Oberarm, nicht ohne selbst die knallende Peitsche zu spüren. Ein Brennen breitete sich an der Stelle seines Halses aus, an der die Kobra ihn getroffen hatte. Die Menge johlte, und er hörte, wie die Zuschauer aufsprangen und klatschten. Schon musste er wieder auf das fliegende Seil achten, das die tödliche Kobra durch die Luft wirbelte. Alessandro ging mit seinem Schild in Deckung, als es auf die Oberfläche knallte. Als sein Gegner es erneut hochzog, merkte Alessandro, dass es sich um seinen Schild gewickelt hatte und diesen mit nach oben zog. Als der Schild seiner Hand entrissen wurde, sah er den Gegner, der ohne Helm kämpfte, höhnisch grinsen. *Bastard!* Von dem hämischen Lachen angestachelt stürmte Alessandro auf seinen Gegner zu. Zu spät fiel ihm auf, dass die tödliche Kobra genau das beabsichtigt hatte. Schon wickelte sich die Peitsche um sein linkes Bein, und wie der Riese, der vor ihm gekämpft hatte, krachte er hart auf den Sandboden. Staub stieg in seine Augen und für einen Moment nahm ihm der Aufprall die Luft zum Atmen. Er merkte, dass ihm sein Schwert entglitten war, und sah voller Panik, wie die Kobra auf ihn zueilte. Die Zeit schien still zu stehen, als sein Gegner einen kleinen Dolch aus dem Ledergürtel zog und sich auf ihn stürzen wollte. Gerade noch rechtzeitig rollte Alessandro sich zu seinem Schwert und erwartete, auf dem Rücken liegend, die Kobra. Augenblicke später waren beide Kämpfer ineinander verkeilt, und Alessandro musste feststellen, dass der sehnige Körper seines Kontrahenten dem einer glatten Schlange glich, die sich geschickt aus seinem Griff zu winden wusste. Dieser Mann hatte seinen Namen nicht umsonst, aber am Ende würde es Charun sein, der über Leben und Tod entschied. Von diesem Gedanken beflügelt, spürte er die Kraft der Entscheidung in sich aufsteigen. Alessandro dachte an die Schlangen, die er als kleiner Junge zwischen den Zypressen gejagt und gefangen hatte. Auch die waren flink zwischen den Steinen verschwunden, wenn er nicht schnell genug gewesen war. Er stellte sich einen Moment bloß und wusste, dass ihn die Peitsche am nackten Oberkörper treffen würde. Wenn er den Schmerz vorausahnte, konnte er ihn gut wegstecken. In dem Augenblick, als die Peitsche ihn traf, holte er blitzschnell mit dem Schwert aus. Es stieß auf Widerstand, doch einige Sekunden später ging es durch Haut und Knochen. Die Hand der Kobra flog durch die Luft, noch immer die Peitsche haltend. Die Menge verstummte. Jetzt hatte Alessandro gewonnen, auch wenn die Kobra sich mit ihrem Dolch tapfer zur Wehr setzte. Nach einigen raschen Zügen lag sein Kontrahent am Boden. Erleichterung durchflutete Alessandro, als er das Jubeln der Menge wieder wahrnahm und auf seiner Seite wusste.

»Leben! Leben! Leben!«, forderten die Zuschauer, denen der Kampf auf Augenhöhe gefallen hatte, und Alessandro war froh, dass er heute niemanden töten musste.

Blutverschmiert nahm er seinen ersten Palmenzweig, der ihm als Siegeszeichen überreicht wurde. Der Dominus nickte gefällig von der Ehrenloge, doch Alessandro hatte nur Augen für Laetitia. Ihr zu Ehren streckte er den Zweig empor und wusste, dass er für sie alles tun würde. *Selbst zu Silvana gehen und dafür sorgen, dass meine Kraft nicht schwindet!* Wie als Antwort zog es nun in seinem linken Unterarm. Ein Zeichen, dass er sich beeilen musste, denn die Zeit war knapp.

~

Aus Laetitias Tagebuch:

Heute hat mein Liebster wieder gekämpft. Ich war froh, als er siegreich vom Platz ging. Allerdings hat Vater geschimpft, weil er Schwachstellen in Alessandros Kampfstil erkannt hat. Dennoch kann er ihn nicht von der Arena zurückziehen, zu viel Geld steht auf dem Spiel. All mein Bitten und Betteln, ihn noch ein, zwei Jahre trainieren zu lassen, hilft nicht. Und zu sehr darf ich ihn nicht drängen, sonst merkt er, dass es Alessandros Leben ist, um das ich mir Sorgen mache, und nicht, wie viel Geld er unserem Haus bringt. Wäre er doch nur als freier Römer geboren, dann wäre es leichter und wir könnten einfach zusammen sein.

Ebenso wie nach seinem ersten Kampf erhielt Alessandro einen freien Tag, und auch die Botschaft von Laetitia, sich mit ihr zu treffen, folgte prompt. Als er an Bartus und Silvana dachte, hatte er Zweifel, ob es nicht zu gefährlich war, ihrer Bitte nachzukommen. Er wusste, dass es an der Zeit war, zu Silvana zu gehen, und dennoch wollte er seine Angebetete nicht enttäuschen, schon gar nicht, da sie das Treffen so sorgfältig geplant hatte. Laetitia hatte vor, sich mit ihm im Wald treffen, sie wollte einen Ausritt mit ihrer Stute Nala vortäuschen, und Alessandro sollte ihr wie zufällig begegnen. Er kannte die Stelle, die Laetitia vorschwebte. Es war eine unscheinbare Höhle, umgeben von Büschen und Bäumen. An diesem Ort hatten sie sich noch nie getroffen, und so beschloss er, ihrem Ruf zu folgen und anschließend zu Silvana zu gehen, auch wenn der Schmerz in seinem Unterarm stetig zunahm.

Der neue Morgen erstrahlte in einem glänzenden Winterlicht, aber es kündigte sich bereits an, dass die Sonne wieder an Kraft gewann. In der Früh war es noch recht frisch, weshalb Alessandro sich ein Leinenhemd überstreifte, als er seine Unterkunft hinter sich ließ, scheinbar ziellos zu den Ställen lief und den Tag damit begann, Amadeo mit einem Apfel zu begrüßen. Der weiße Hengst freute sich sichtlich über die Aufmerksamkeit, denn er scharrte wie wild mit den Vorderhufen. Alessandro tätschelte ihm den Hals, und Amadeo rieb in der freudigen Erwartung, endlich Auslauf zu bekommen, den Kopf an Alessandros Hand.

»Ruhig, mein Freund«, flüsterte Alessandro ihm zu, während seine Augen auf dem leeren Platz von Nala ruhten. Eilig versorgte er Amadeo, führte ihn aus dem Stall und ging in Richtung der Koppel. Als der Hengst freudig losrannte, sah Alessandro sich aufmerksam um. Nichts Verdächtiges. Sein Brandmal juckte seit dem Morgengrauen, aber er wollte dieser Tatsache nicht zu viel Aufmerksamkeit schenken. Von ganzem Herzen war er bereit, den Vormittag über nur für Laetitia da sein. Ein letztes Mal blickte er sich um, bevor er den Weg in Richtung Wald einschlug.

»Alessandro!« Er hätte ihre Stimme unter Tausenden erkannt. Erleichtert schlüpfte er durch die Hecke und fand sie mit einem Korb auf einer Decke sitzend. Es bedurfte keiner Worte, als er sie in die Arme schloss und küsste. Ihr Herz schlug so laut, dass er es hören konnte. Freudig strahlte sie ihn an.

»Mein Liebster!«

Liebevoll lächelte er. »Wo hast du Nala gelassen?«

»Ich habe sie Katharina mitgegeben. Falls jemand fragt, soll sie sagen, dass ich noch Kräuter sammeln bin und mittags wieder daheim sein werde.«

»Hoffentlich schickt dein Vater niemanden, der dich beschützen soll.«

»Das ist nicht nötig, wenn ich in deinen Armen bin.«

Der Tag war angenehm warm geworden, Alessandro fühlte sich wie im Paradies, als er Laetitia sanft streichelte.

»Was ist das, Alessandro?« Laetitia starrte auf das Brandmal, das mittlerweile feuerrot war.

»Es ist nichts, meine Liebste.«

Sie riss die Augen auf. »Es ist entzündet. Du musst es behandeln lassen!«

»Nachher. Mach dir darum keine Sorgen. Kein Schmerz der Welt könnte mich davon abhalten, meine Zeit mit dir zu verbringen!« Laetitia wollte ihm widersprechen, doch er küsste sie so leidenschaftlich, dass sie schwieg und sich ihm hingab.

Später lag er mit halb geschlossenen Augen auf dem Rücken, Laetitia eng an sich geschmiegt. Sein Arm juckte jetzt heftig, was ihn ärgerte, denn so konnte er den Frieden um sich herum nicht genießen.

»Es ist schlimmer geworden, Alessandro. Bitte gehe gleich zum Medicus.« Auch Laetitia hatte offenbar bemerkt, dass der rote Kreis sich ausgedehnt hatte.

»Das mache ich, mein Herz.«

»Soll ich dich begleiten?«, fragte sie mit sorgenvoller Stimme.

»Nein!«, stieß er erschrocken hervor. Seine hastige Antwort ließ Laetitia stocken. Augenblicklich wusste er, dass er einen Fehler gemacht hatte. »Ich meine, es wäre nicht gut, wenn uns jemand zusammen sieht.«

Laetitia musterte ihn schweigend. Schließlich nickte sie. »Du bist Vaters große Hoffnung. Er vertraut auf deine Siege, und vielleicht müssen wir unsere Liebe bald nicht mehr geheim halten.« Sie sah ihn erwartungsvoll an.

»Wie meinst du das?«, fragte er vorsichtig.

»Vater hat, wie dir Ricardo erzählt hat, viel Geld verloren. Nun will er es sich mit deiner Hilfe zurückholen. Wenn es dir gelingt, seine Taschen wieder zu füllen, wird er es dir danken.«

»Das werde ich gewiss schaffen, meine Liebste.« Er gab ihr einen Kuss, bevor er sich aufsetzte. »Aber vorerst sollten wir unsere Liebe noch geheim halten.« Das Bild von Silvana schwebte vor seinen Augen. Auch wenn es ihn schmerzte, Laetitia davon zu überzeugen, ihn alleine zulassen, wusste er, dass genau das erforderlich war, um sie nicht in die Sache mit der Waldfrau hineinzuziehen. Sein schmerzender Arm ließ keinen Zweifel daran, dass er sich sofort auf ihre Lichtung begeben musste.

Schließlich seufzte Laetitia, dass sie bestimmt schon erwartet würde.

Alessandro gab ihr einen letzten Kuss. Das Jucken war so unerträglich geworden, dass er sich stark zurückhalten musste, um sich nicht ständig an der Stelle zu kratzen. Möglichst eilig wollte er den Besuch bei Silvana hinter sich bringen, daher war er ausnahmsweise erleichtert, als Laetitia sich von ihm verabschiedete.

Während er noch einige Minuten wartete, sann er über die Worte nach, mit denen er Silvana begegnen wollte. Auf keinen Fall würde er sich erneut von den Kräften des Tranks hinreißen lassen, das letzte Treffen machte ihm immer noch zu schaffen. Da alles ruhig war, wagte er sich aus dem Gebüsch. Den langen Weg zur Lichtung schaffte er heute auch ohne Amadeo, allerdings senkte sich bereits die Sonne über den Wald, als er sein Ziel erreichte. Er hoffte, dass er mit Hilfe des Trankes den Heimweg zügiger zurücklegen könnte, dann würde seine Abwesenheit vielleicht unbemerkt bleiben.

»Ah, Alessandro. Oder soll ich dich lieber Charun nennen?« Das gehässige Lachen von Silvana ließ ihn sich wünschen, auf der Stelle wieder umkehren zu können.

»Silvana«, begrüßte er sie ruhiger, als er sich fühlte.

Mit einem abfälligen Blick auf seinen nackten Unterarm fragte sie, ob er etwas von ihr brauche.

»Der Trank wäre hilfreich. Damit ich weiterhin erfolgreich im Kampf bin.«

»Damit du dann bald dein Versprechen einlösen kannst, meinst du.« Ihre Stimme war kalt wie der Winter, von dem Iscus ihm erzählt hatte.

»Auch das. Aber im Moment bin ich noch an meinen Herrn gebunden.«

»Tiberius Maximus!« Silvana spuckte den Namen mit angeekeltem Gesichtsausdruck aus.

Alessandro war überrascht, wie viel sie wusste. Laetitia. Er musste sie schützen! »Ja. Woher weißt du das alles?«, fragte er mit, wie er hoffte, gleichmütiger Stimme.

»Ich habe meine Quellen«, antwortete sie trocken. »Dann komm, du wildes Biest!«

Dieses Mal hatte sie den Trank bereits gebraut. Alessandro war froh, dass er nicht darauf warten musste. Wenn es ihm jetzt noch gelang, die Beherrschung zu wahren, wäre er mit sich zufrieden. Mit zitternden Händen nahm er den Krug entgegen. Silvana lächelte verschlagen. Wie Feuer breitete sich die Flüssigkeit in seinem Körper aus. Das Jucken ließ sofort nach und Alessandro kam sich kräftiger vor denn je.

»Danke«, brachte er mit bebender Stimme hervor.

Silvana kam ihm gefährlich nah, und er merkte, dass er kurz davor stand, sich auf sie zu stürzen. *Laetitia! Ich liebe Laetitia!*, erinnerte er sich. Opalschwarze Augen blickten ihn durchdringend an. »Ich gehe jetzt. Sobald ich kann, löse ich mein Versprechen ein.«

»So eilig heute?«, fragte Silvana säuselnd.

Alessandro schloss die Augen. »Der Herr erwartet mich.«

»Und deine Herrin auch.« Ihre Hände glitten an seiner Brust hinunter, ein Bein hob sie leicht an, während sie ihren Körper an ihn schmiegte.

Zu schwach, ich bin zu schwach! Er konnte nicht verhindern, dass er sie packte und an sich zog. Es war sein Geheimnis und niemand würde es je erfahren. Das Feuer brannte in seinem Körper, als er sie küsste. Keine Liebe, nur Verlangen. Silvana stürzte sich mit der gleichen Mischung aus Wut und Begehren auf ihn, ihre Körper waren ebenbürtig. Mit ungebremster Leidenschaft stieß er in sie hinein, während sie lustvoll aufstöhnte. Sie drehten und wanden sich, das zeitlose Verschmelzen zweier Körper. Auf einmal nahm er ein Rascheln im Gebüsch wahr, gefolgt von einem verzweifelten Aufschrei. Er stieß Silvana von sich und sah in Richtung des Klagelautes, der so durchdringend war, dass er ihm das Herz abschnürte.

»Laetitia!«, stieß er hervor, als er das verweinte Gesicht seiner Geliebten sah. Doch sie drehte sich um und rannte blindlings in den Wald. »Halt, bleib stehen. Warte, ich kann dir das erklären!«

Alle Lust war aus seinem Körper gefahren, verzweifelt kam Alessandro auf die Beine, zurrte seinen Lendenschurz fest und stolperte hinter ihn her. Das schrille Gelächter, das ihn von der Lichtung begleitete, drang in sein Ohr.

»Laetitia, wo bist du? Bleib stehen!« Doch alles Rufen half nicht. Er hatte ihre Spur verloren und irrte blindlings durch den dichten Wald. Die Sonne war untergegangen, und so war es schwer für Alessandro, sich zu orientieren. Verzweifelt blieb er stehen. Die Baumkronen ächzten in dem aufkommenden Abendwind. Plötzlich wurde ihm bewusst, in welche Gefahr er Laetitia gebracht hatte. Was, wenn Silvana sie vor ihm aufspüren würde? Oder ein Bär oder die gefürchteten Schattenkatzen? Alessandros Herz raste. Er musste sie finden, hilflos stolperte er durch das Unterholz.

Er war noch nicht weit gekommen, als ein schriller Schrei die Stille zerriss. Hastig sah er sich um. Von fern hörte er ein Knurren, gefolgt von einem zischenden Fauchen. Ohne zu zögern, lief er auf das Geräusch zu. Seine Beine flogen über den Waldboden, leicht und schnell. Die tiefer hängenden Blätter wegschlagend näherte er sich der Stelle, von der nun ein ängstliches Wimmern drang. Gerade als er die letzten Äste auseinanderschob, schrie erneut jemand, und Alessandro musste mit ansehen, wie zwei große Schattenkatzen sich der am Boden liegenden Laetitia näherten.

»Lauf weg«, brüllte er ihr zu, doch schon schlug eines der gefährlichen Tiere seine Pranken in ihre Hüfte. Das andere blickte fast gelangweilt zu Alessandro, der für eine Sekunde wie versteinert stehen blieb. Laetitia schrie seinen Namen, schlug hilflos um sich, aber das Tier packte ihre Hand und schleuderte sie hin und her. Alessandro stürzte sich auf die Katzen. Mit bloßen Händen nahm er eine der Schattenkatzen in den Würgegriff und zerrte sie von Laetitia. Er wollte sie gerade zu Boden ringen, als die andere ihm fauchend auf den Rücken sprang. Krallen bohrten sich in seine Haut, doch er dachte nur an Laetitia und ignorierte den Schmerz. Von beiden Seiten griffen die Wildkatzen Alessandro nun an, und es kostete ihn Kraft und Ausdauer, sie endlich zu vertreiben. Ein letztes Mal fauchten sie ihn an, dann ließen sie ab und verschwanden zwischen den Bäumen.

Schweißgebadet drehte er sich zu Laetitia um. Sie lag bewusstlos am Boden, mit Schrammen und Kratzern übersät, aber ihr Brustkorb hob und senkte sich, wie Alessandro erleichtert feststellte. Vorsichtig nahm er sie auf, strich die Haare aus ihrem Gesicht und küsste ihre Stirn.

»Mein Engel, es tut mir so leid. Ich bringe dich nach Hause!«

KAPITEL 19

WAS WIRKLICH ZÄHLT

Kalte Wut stand in den Augen des Dominus, als er von Alessandro zu seiner Tochter blickte. Alessandro hatte sie in die Hütte des Medicus gebracht, und in Windeseile hatten alle erfahren, dass Laetitia von zwei Raubkatzen angefallen worden war.

»Was hat sie mit dir im Wald zu suchen gehabt«, fragte Tiberius Maximus mit bedrohlich gesenkter Stimme, während der Medicus Laetitias Schrammen säuberte.

»Ich habe einen Schrei gehört, da bin ich in den Wald gerannt und habe sie gefunden, als zwei Schattenkatzen sie bedrohten.«

Der Dominus musterte ihn skeptisch. »Was hatte sie alleine im Wald zu suchen?«

Mich! Sie hat mich gesucht. »Ich weiß es nicht, Herr.«

»Ich habe dich schon einmal aufgefordert, deine Finger von meiner Tochter zu lassen! Sie hat etwas Besseres als einen Schlächter verdient!«

Alessandro sah zu Boden. Ihm wurde bewusst, wie recht Tiberius Maximus hatte. Ein anderer Mann hätte sie nicht im Stich gelassen und dazu getrieben, in einen gefährlichen Wald zu gehen.

»Andererseits hast du sie vermutlich gerettet. Dafür danke ich dir!«

Alessandro sah nach oben. Die Gesichtszüge von Tiberius Maximus hatten sich etwas entspannt.

»Wir werden hören, wie sich alles zugetragen hat, wenn Laetitia zu sich gekommen ist. Medicus, ich möchte, dass meine Tochter in der Villa versorgt wird, weit ab von diesen Barbaren.« Er warf einen letzten abfälligen Blick auf Alessandro, bevor er Laetitia vorsichtig in seine Arme nahm und sie davontrug.

»Charun! Charun! Charun!« Die Menge kannte seinen Namen und forderte ihn auf, endlich die Arena zu betreten. Unruhig trat Alessandro von einem Fuß auf den anderen. Gedankenverloren legte er noch einmal den Kopf in den Nacken und spähte zwischen den Gitterstäben auf die Ehrentribüne. Heute war Laetitia nirgendwo zu sehen. Seit dem Angriff der Raubkatzen, der nur vier Tage zurücklag, war sie bewusstlos. Aber er durfte jetzt nicht an sie denken, musste sich auf das konzentrieren, was ihn gleich erwartete. Seine Gegner waren dieses Mal eine Meute verurteilter Verbrecher, die er zusammen mit einem anderen Gladiator namens Zoccurus besiegen sollte.

»Reine Drecksarbeit«, flüsterte Iscus in sein Ohr, während die Verurteilten aufgestellt wurden. »Das sind üble Burschen, Vergewaltiger, Diebe, Mörder. Bei denen darfst du keine Gnade zeigen!«

Alessandro hörte nur mit einem Ohr zu. Der Trank erfüllte seinen Körper mit tödlicher Kraft. Er musste nur die Augen schließen und an Silvanas höhnisches Lachen denken, damit er eine Wut heraufbeschwören konnte, die alles niedermachte.

»Und hier, Bewohner von Pompeji, für euch als Rachegott der Kämpfer Charun, der sie alle in die ewige Finsternis stoßen wird!«

Tosender Applaus begleitete ihn, als er den Sand der Arena betrat. »Keine Gnade!«, zischte ihm Iscus mahnend hinterher, während Alessandro die Augen nach vorne richtete und in die Mitte schritt.

»Charun! Charun! Charun!«

»Du hältst die Herzen der Menge in deiner Hand«, sagte eine Stimme neben ihm.

Alessandro blickte sich um und sah das behelmte Haupt eines

Murmillo-Kriegers. »Danke, Zoccurus. Heute werden wir gemeinsam Ruhm ernten!«

Zoccurus nickte kurz und schlug Schwert und Schild gegeneinander, ein Zeichen, dass er es nicht erwarten konnte, zu beginnen.

Als die Fanfaren das Signal zum Start gaben, begann ein wildes Gemetzel. Schreiend stürzten sich die beiden Gladiatoren auf die Verurteilten, die lediglich stumpfe Schwerter in den Händen hielten. Angesichts des imposanten Angriffsgeschreis gingen die dem Tode geweihten in die Verteidigungshaltung und ließen fast wehrlos die erste Angriffswelle über sich ergehen. Iscus hatte Alessandro die Erwartungen der Römer genau erklärt, und so wusste er, dass es eine Schande wäre, sich von dem menschlichen Abschaum ernsthaft verletzen zu lassen. Alessandro stieß mit seinem Schwert immer wieder zu, er hakte, schlug mit dem Schild gegen ungeschützte Köpfe und sah, wie einer nach dem anderen gefällt wurde. Endlich stießen beide Gladiatoren Siegesschreie aus und sahen zur Ehrentribüne. Das Publikum dankte für diese gelungene Einlage mit gebührendem Applaus.

»Unter den Augen von ganz Pompeji haben diese Gladiatoren die Ehre unserer Stadt wiederhergestellt! Dankt Charun, dem gnadenlosen Schlächter, und Zoccurus, dem eisernen Murmillo!«

»Gut gemacht«, lobte Iscus, als Alessandro das Blut von seinen Fingern wusch.

Angewidert starrte er auf das rotgefärbte Wasserbecken. »Das war nicht mal ein richtiger Kampf. Zehn Verurteilte gegen zwei Gladiatoren in voller Rüstung!«

»Die Römer lieben so etwas! Du hast deine Rolle gut gemeistert. Der Rest ist egal!«

Es ist mir auch nicht schwergefallen, mit den Kräften von Silvana. »Ja, Iscus, es war dennoch kein ehrenvoller Kampf.«

»Ruhm und Ehre werden früh genug zu dir kommen. Ein paar unbedeutendere Auftritte noch, dann kannst du deinen ersten ganz großen Kampf erleben.«

Alessandro schüttelte seine Hände trocken. »Wie meinst du das?«

»Du weißt, was ich meine. Schon immer hast du davon geträumt, so hat es mir der Herr berichtet.«

»Du redest doch nicht etwa vom Tantotaurus?«, fragte Alessandro atemlos.

Iscus nickte. »Doch. Aber es ist noch ein Geheimnis. Du musst nur weiterhin das tun, was sie von dir erwarten, Grieche.«

Alessandro sah Iscus in die Augen. »Das werde ich.«

Iscus grinste, und zusammen gingen sie durch die düsteren Katakomben, an deren Ausgang ein Pferdewagen auf sie wartete.

»Laetitia ist wach!« Ricardo stürmte Alessandro entgegen.

Eine Mischung aus Erleichterung und Schuldbewusstsein durchflutete ihn. »Zeus sei Dank«, antwortete er schließlich. »Hast du sie gesehen?«

Ricardo nickte. »Nach der Lehrstunde mit dem Maestro. Sie sah noch ein bisschen blass aus, aber ich denke, sie hat den Angriff ganz gut überstanden. Stimmt es, dass sie alleine im Wald war?«

Wahrheitsgemäß bejahte Alessandro die Frage. Die näheren Details wollte er aber selbst Ricardo nicht mitteilen. »Hat sie dich nach mir gefragt?«, fragte er schließlich zögerlich.

Zu seiner Enttäuschung schüttelte sein Freund den Kopf. »Wir hatten aber auch keine Zeit, ein Wort zu wechseln«, meinte er tröstend.

~

Aus Laetitias Tagebuch:

Ich wünschte, ich könnte die Vergangenheit ausreißen wie all die Seiten meines Tagebuches. Wie konnte ich mich nur so in Alessandro täuschen? Ich wusste, dass etwas nicht stimmt. Diese ganze Kraft, die körperliche Veränderung, sein ungebremster Zorn, all das hätte mich warnen müssen. Das Schlimmste war dieser schwarze Schatten, der ihn in den Armen hatte. Es war zu grotesk, wie ein schwarzer Zauber, der ihn aussaugte, nur in Gestalt einer Frau. Es war Alessandro, der mich vor den Schattenkatzen gerettet hat, aber manchmal wünschte ich, sie hätten meinen Leib zerfetzt, dann würde jetzt mein Herz nicht so sehr schmerzen.

Die kommenden Tage waren die reinste Qual für Alessandro. Unter den harten Befehlen von Iscus blieb ihm kaum Zeit für sich selbst, geschweige denn dafür, Laetitia zu suchen. Durch Nero ließ er ihr einen kurzen Brief zukommen, der allerdings unbeantwortet blieb. Umso überraschter war er, als ihn eines heißen Nachmittags ein Wachmann zur Villa befahl. Verschwitzt räumte er die Übungsschwerter fort und folgte dem Aufruf.

Tiberius Maximus aß mit seiner Familie an einem gedeckten Tisch. Genüsslich biss er in eine rote Traube, während seine Augen auf Alessandro ruhten. Sofort fiel ihm auf, dass Laetitia nicht am Nachmittagsmahl teilnahm.

»Alexos oder Charun oder wie immer du jetzt genannt wirst. Meine Tochter möchte ihrem Retter gerne persönlich danken. Du liegst ihr anscheinend sehr am Herzen.«

Alessandro sagte kein Wort, denn er befürchtete, dass der Herr ihm eine Falle stellen wollte.

»Sieh mich nicht so sonderbar an, sondern geh zu ihr. Sie wartet dort hinten in ihrem Zimmer.« Mit einer Kopfbewegung deutete er ans Ende des Raumes zu einer offenstehenden Tür auf der linken Seite.

Zwei Wachen begleiteten Alessandro, aber er nahm sie kaum wahr, so sehr pochte sein Herz. Zögerlich näherte er sich. In den ganzen Jahren hatte er noch nie ein privates Zimmer in der Villa des Herrn betreten. Vom Tisch wehte eine sonderbare Stille zu ihm herüber. Wahrscheinlich hielten auch die anderen den Atem an, angesichts der Tatsache, dass ein Gladiator die Kammer der Herrin betrat.

Laetitia saß in einem langen, seidenen, blassblauen Kleid mit dem Rücken zu ihm und blickte aus dem Fenster auf das Meer hinaus. Um ihre linke Hand war ein Verband gewickelt. Alessandro blieb am Eingang stehen. Langsam drehte sie sich zu ihm um. Ihre sonst so freudigen Augen blickten kühl. »Komm näher, mein Retter«, sprach sie mit distanzierter Stimme. Unsicher trat Alessandro auf sie zu. Er schluckte, bevor er mit gesenkter Stimme sagte: »Laetitia, es tut mir leid!«

»Psst.« Da Alessandro sie mit seinem Körper vor den Augen der Wachen verbarg, legte sie ihren Finger auf den Mund. »Das habe ich schon zu oft gehört. Erspar mir das. Ich bin kein einfältiges Mädchen, das die Welt nicht begreift«, flüsterte sie zurück.

Die Härte ihrer Worte traf ihn schmerzhafter als ein Schwerthieb. Wie gerne wollte er sich ihr erklären, aber die beiden Wachmänner standen immer noch wartend und schweigsam an der Eingangstür. »Gut, dass es dir wieder besser geht«, brachte er holprig hervor.

Laetitia lachte verächtlich. »Vorher ist es mir gut gegangen. Jetzt bin ich mir da nicht mehr so sicher.«

Alessandro wusste nicht, was er sagen sollte. Von einer Entschuldigung wollte Laetitia anscheinend nichts wissen, und eine Geste seiner Liebe konnte er sich unter den Augen der beiden Männer nicht erlauben.

Schließlich erhob sich Laetitia. Sie ging zu einem Tisch voller bunter Mosaike und nahm ein eingerolltes Pergament. »Das ist für dich, Alessandro. Danke, dass du mich gerettet hast!« Sie drückte ihm die Pergamentrolle in die Hand und gab ihm ein Zeichen, mit den Wachen zu gehen.

Mit einem letzten sehnsüchtigen Blick wandte sich Alessandro um und wollte die Villa verlassen, als Maximus ihn aufhielt.

»Alexos. Komm gesell dich noch ein bisschen zu uns!«, rief er lachend.

Alessandro zögerte, aber da er den Befehlen gehorchen musste, näherte er sich. Der Herr schien in bester Trinklaune, als er seinen Gladiator musterte.

»Was ist das für ein Brief in deiner Hand? Post von Laetitia?«, fragte er mit einem Grinsen.

Alessandro zuckte mit den Schultern.

»Hat dir die Arena die Sprache verschlagen? Komm, lass mich für dich vorlesen, falls du die Buchstaben vergessen hast.«

Der Schwager von Tiberius Maximus fing als Erster zu lachen an, gefolgt vom hellen Kichern der Damen bei Tisch. Fieberhaft überlegte Alessandro, wie er den Brief von seinem Herrn fernhalten konnte.

Mit einem entschiedenen Griff riss Tiberius Maximus das Pergament an sich. »Mal sehen, was dir mein Töchterchen zu sagen hat.« Eilig überflog er die Schrift. »Interessant«, murmelte er nach einer Weile. »Meine Tochter schreibt dem tapferen Gladiatoren einen Dankesbrief, da er sie auf ihrem Ausflug in den Wald gerettet hat. Sie erklärt Alexos tatsächlich, dass sie auf der Suche nach Kräutern war, die man nur bei Nacht pflücken soll.« Offensichtlich enttäuscht vom Inhalt des Briefes zerknüllte Tiberius Maximus das Pergament und warf es Alessandro zu. »Nimm es dir als kleines Andenken.« Mit einer Geste bedeutete er dem Wachmann, Alessandro nach draußen zu bringen. Erleichtert stieß Alessandro die Luft aus. Laetitia hatte ihn nicht verraten.

Aus Laetitias Tagebuch:

Bei aller Wut, ich könnte ihn nie verraten. Es hat mir einen Stich versetzt, ihn heute zu sehen. Wie soll ich ihn je vergessen? Wie soll ich vor mir selbst jemals leugnen, was zwischen uns war? Wenn es Liebe ist, warum tut es dann so weh?

In der Villa machte unterdessen das Gerücht die Runde, dass Alessandro bald gegen den Tantotaurus antreten würde. Einige Sklaven wie Illius und Ricardo sahen Alessandro eher mitleidig an, während Bartus keinen Hehl daraus machte, auf wessen Seite er stand.

»Der wird dich niedermetzeln, und dann ist es aus mit dem glänzenden Charun!«, rief er entzückt, wann immer sich ihre Wege kreuzten.

Einmal ließ sich Alessandro so provozieren, dass er Bartus einen Schlag ins Gesicht gab. Blut sickerte aus der gebrochenen Nase.

»Das wirst du büßen, Grieche. Aber nicht durch meine Hand. Ich werde dabei sein, wenn Tantotaurus dich in die Hölle schickt!«

Wenn Alessandro ehrlich war, hatte er selbst Bedenken. Alles würde davon abhängen, zu welchem Zeitpunkt er gegen diesen übermächtigen Gegner antrat. Wenn die Kraft des Trankes frisch war, hätte er eine realistische Chance. Was aber, wenn der Herr den Kampf so terminierte, dass seine Kraft bereits weitgehend aufgebraucht war? Tiberius Maximus hatte sich Alessandro gegenüber noch nicht zum Datum geäußert. Es blieb ihm also nichts anderes übrig, als der Dinge zu harren. Das fiel ihm wegen Laetitias Zurückweisung umso schwerer. Seit sie ihm den Brief gegeben hatte, war sie wie vom Erdboden verschluckt. Selbst bei seinem letzten Kampf gegen einen geschickten Retiarius war sie nirgendwo zu sehen gewesen.

Tag für Tag verging und Alessandros Motivation schwand immer mehr. Wenn er nicht für Laetitias Liebe kämpfte, wofür dann? Die Rache an dem Stier war ihm nicht mehr Grund genug. Nur halbherzig leistete er Iscus' Aufforderungen Folge.

»Wenn du gegen Tantotaurus bestehen willst, musst du mehr zeigen, als das bisschen Schwertgewedel!« Iscus zwang ihn mit seinem eigenen Schwert zu Boden. »Was ist los? Ich dachte, du wärst so scharf auf das Duell?«

Das dachte ich auch. »Weißt du, wann es stattfinden wird, Iscus?«

»In etwa vier Wochen. Der Herr will den Bewohnern des Reiches genügend Zeit zur Anreise geben. Immerhin erscheint

Tantotaurus nur bei sehr ausgewählten Kämpfen. Das wird das Spektakel des Jahres.«

Alessandro schluckte. Erst in vier Wochen! Er fühlte sich schon jetzt ermattet. *Eine Mondperiode,* hatte die Waldfrau gesagt. Die war bald vorbei, vier Wochen würde seine Kraft auf keinen Fall andauern! In seine Gedanken versunken, bemerkte er Iscus' missbilligenden Blick zu spät, um ein helleres Gesicht aufzusetzen.

Der Kelte grunzte: »Sieh zu, dass du mir morgen mit etwas mehr Begeisterung entgegentrittst. Sonst können wir es gleich lassen!«

»Ja, Iscus«, versprach Alessandro, ohne wirklich an seine eigenen Worte zu glauben.

Es dauerte eine weitere zähe Woche, in der ihm mit jedem fortschreitenden Tag bewusster wurde, dass seine Kräfte nachließen. Dann hörten er mitten in der Nacht einen Eulenlaut unter seinem Fenster und wusste sofort, dass sie es war.

»Laetitia?«

»Ja. Hilf mir hoch!«

Mit seinen durchtrainierten Armen zog er sie mühelos nach oben. Da stand sie, der Sternenschein in ihrem Blick gespiegelt. Für einige Sekunden war Alessandro sprachlos. Er hatte so viel falsch gemacht.

Laetitia sah ihm in die Augen. »Ich wollte dich aus meinem Leben verbannen, aber ich habe dich zu sehr vermisst. Es hat mir so weh getan.« Eine Träne blieb glitzernd an ihren Wimpern hängen.

Alessandro umarmte sie vorsichtig. Er sog ihren vertrauten Geruch ein und küsste ihre Wange. »Ich weiß, meine Liebste. Ich will es dir erklären.«

Es dauerte fast den Rest der Nacht, bis Alessandro sich alles von der Seele geredet hatte. Zunächst kamen die Worte stockend, doch mit der Zeit fiel ihm das Erzählen leichter. Laetitia hörte aufmerksam zu, ohne ihn zu unterbrechen.

»Ich habe es für dich getan. Für uns. Das musst du mir glauben. Wenn ich das Zeug trinke, bin ich wie von Sinnen. Silvana ist eine böse Zauberin, und ich wollte dich von ihr fernhalten. Doch jetzt hat sie dich gesehen, und ich habe Angst.« Als er ihr dieses Geständnis machte, fühlte er, wie wahr seine Worte waren. »Laetitia, ich würde sterben für dich. Ohne mit der Wimper zu zucken, wenn das mein Schicksal ist.«

»Du sollst nicht sterben, ich hätte dann keinen frohen Tag mehr. Diese Zauberin ... Das Einzige, was ich gesehen habe, war der schwarzer Schatten einer Frau. Dieses Wesen meint es nicht gut mit dir.« Niedergeschlagen sah sie zu Boden.

»Ich werde nicht mehr zu ihr gehen!«, sagte Alessandro schließlich. »Soll mich diese Wunde eben verbrennen, vielleicht schneide ich sie mir eigenhändig raus. Den Kampf gegen Tantotaurus gewinne oder verliere ich ohne dieses schauerliche Weib!«

Laetitia sah nicht so glücklich aus, wie er erhofft hatte. Jetzt war sie es, die ihn in die Arme nahm und küsste. »Lass uns die Zeit nutzen, die wir haben!«, flüsterte sie und Alessandro fiel eine Steinlawine von seinem geplagten Herz.

Aus Laetitias Tagebuch:

Jetzt verstehe ich einiges besser. Er hat endlich mit mir gesprochen und mir die Wahrheit gesagt. Ich muss meinem Herzen folgen, und dieser Weg steht und fällt mit seinem Leben.

KAPITEL 20

ENDLOSER SCHMERZ

»Sie ist es wert, dass ich für sie sterbe!«, flüsterte er in die Dunkelheit. Nicht an den brennenden Unterarm zu denken, war in etwa so, wie im Gewitter im Meer zu schwimmen und auszublenden, dass der Blitz ihn treffen konnte. »Ich werde stark sein!« Dieses Mal meinte er die mentale Stärke, nicht die körperliche. Sollten seine Gebeine von ihm aus von Charun ins Totenreich begleitet werden. Das, was ihn ausmachte, würde die Ewigkeit überdauern. *Vielleicht wird es morgen schon vorbei sein mit mir*, überlegte er, während er an den Kampf dachte, den er im Theater von Pompeji als Stimmungsmacher vor der Premiere eines neuen Stückes führen sollte. Ein bedeutungsloser Kampf gegen einen beliebten Gladiator pompejischer Abstammung. Der Dominus hatte ihm zwar gesagt, dass die Zuschauer den Pompejaner mit ziemlicher Sicherheit begnadigen würden, aber wie sah es aus, wenn er der Unterlegene war?

Die Gedanken an Laetitias Liebe vertrieben für einen kurzen Augenblick die düsteren Überlegungen, aber sie halfen ihm nicht dabei, einzuschlafen. In seiner einsamen Kammer lag er mit schmerzendem Arm und schmerzendem Herzen wach. Er wusste, dass er Silvanas Lichtung rechtzeitig erreichen könnte, aber er wollte sein Versprechen halten. Das war er Laetitia schuldig und darum warf er sich schweißgebadet hin und her. In den frühen

Morgenstunden fand er etwas Ruhe, nur um von der aufgehenden Sonne und einem unerträglichen Durst geweckt zu werden. Seine Kehle fühlte sich staubtrocken an. Hastig stand er auf und stolperte zum Esstisch, auf dem noch eine halbvolle Karaffe mit verdünntem Wein vom Vorabend stand. In einem Zug leerte er den gesamten Inhalt und fühlte sich danach noch schlechter. Erst das kalte Wasser, mit dem er sich jeden Morgen wusch, half ihm, etwas klarer im Kopf zu werden. Bis Iscus anklopfte, war er einigermaßen hergestellt, nur sein Brandmal juckte entsetzlich. Eilig beschloss er, es mit einem Stück Leinentuch abzubinden, und war gerade rechtzeitig fertig, bevor sein Lehrmeister hereintrat.

»Charun! Bereit für den Kampf?« Iscus trat näher und betrachtete ihn genauer. »Du siehst schlecht aus heute. Kannst du antreten?«

Alessandro nickte. Wenn er jetzt den Kampf absagte, würde ihm der Dominus vielleicht die Chance verwehren, dem Mörder seines Vaters gegenüberzutreten. »Es ist nur der Wein, Iscus!« Mit einer, wie er hoffte, lapidaren Bewegung deutete er in Richtung der leeren Karaffe.

Iscus zuckte mit den Schultern. »Dann sieh zu, dass du ausnüchterst, bis der Kampf beginnt.«

Das Theater von Pompeji lag am äußeren Stadtrand, eingefasst vom Forum Triangolare und dem Teatrum Tectum. Etwas oberhalb ehrten die Bürger die Göttin Isis mit einer prachtvollen Tempelanlage. Um in das eindrucksvolle Theater zu gelangen, mussten die Kämpfer nicht durch Katakomben schreiten, sondern bahnten sich ihren Weg durch die Menschenmassen, die sich an dem hellen Sonnentag den Nachmittag mit einem Theaterstück vertreiben wollten oder einfach nur gekommen waren, um den Einzug der beiden Gladiatoren zu beobachten. Für einen kurzen Moment ließen ihn der Applaus und die guten Wünsche der Menge seinen schmerzenden Arm vergessen. Wie Blei hing er an seiner Schulter, und er war froh, dass er sein Schwert in der rechten Hand trug. Der andere Gladiator war Marcus Attilius, beliebt und bekannt, weil er ein freier Mann war, der sein Leben der Arena verschrieben hatte. Als gebürtiger Pompejaner konnte er auf den Rückhalt der Stadtbewohner zählen. Zahlreiche Kämpfe hatte er gewonnen, einige verloren, immer war er begnadigt worden, weshalb er nun schon älter und erfahrener war als die meisten anderen Gladiatoren. Iscus hatte Alessandro sorgfältig auf die Strategie von Attilius vorbereitet. Unter normalen Umständen wäre dieses Duell für Alessandro kaum besorgniserregend gewesen. So aber konnte er nur beten, dass sein Gegner einen ebenso schlechten Tag wie er hatte. Als aber in den Zuschauerreihen bewundernde Zurufe für Marcus Attilius hörbar wurden, begrub Alessandro diese Hoffnung. Mit erhobenem Haupt und vor Stolz geschwellter Brust bahnte sich Attilius mit seinem Gefolge den Weg in das Theater.

Ich hätte mir dieses grausame Brandmal rausschneiden sollen, als noch Zeit dafür war!, dachte Alessandro verbittert.

Jetzt betraten auch Alessandro und Iscus, gefolgt von den Männern des Tiberius Maximus, das Theater. Die mit Sand aufgeschüttete Arena war hier vergleichsweise klein, denn den größten Platz nahm die erhöhte Bühne ein, auf der die Schauspiele dargeboten wurden. Steinstufen erstreckten sich bis oben, die Ehrentribüne lag an der Außenseite, wo die Würdenträger der Stadt vom Volk am besten gesehen werden konnten. Auf den mit griechischen Säulen umrahmten Ehrenplätzen wartete bereits Tiberius Maximus mit seiner Tochter und einem edel anmutenden Römer, welcher der Ausrichter der heutigen Spiele sein musste. Laetitia hatte sich erhoben und starrte mit geweiteten Augen in seine Richtung. Sie musste erkannt haben, dass es ihm nicht gut ging, denn sie flüsterte ihrem Vater aufgeregt etwas ins Ohr. Tiberius Maximus sah fast gelangweilt zu Alessandro herunter. Sein Gesichtsausdruck blieb regungslos. Er zuckte mit den Schultern, machte eine abwehrende Handbewegung und wandte sich wieder dem Römer zu, dessen leicht bekleidete Begleiterin nun neben ihm erschien. Laetitia standen Tränen in den Augen, als die beiden

Gladiatoren die Menge begrüßten. Attilius kämpfte als Murmillo und hob sein schweres Schild mit einer beeindruckenden Leichtigkeit. Die Zuschauer jubelten beiden Männern zu, die Sympathien schienen ausgewogen verteilt. Alessandros Name hatte sich ebenfalls verbreitet, und viele feierten ihn als einen neuen Helden. Ein letztes Mal blickte Alessandro zu Laetitia, dann setzte er den Helm auf, der ihn zu Charun machte. Vielleicht konnte er den Kampf doch rasch hinter sich bringen.

Wie erwartet begann Attilius mit einer passiven Haltung. Der Kämpfer war dafür bekannt, dass er gerne abwartete, seinem Gegner die Kraft raubte und dann erst den Angriff begann. Alessandro machte einen entschlossenen Schritt und verfehlte knapp den nackten Oberkörper seines Gegners. Stattdessen krachte sein Schwert auf den schweren Schild. Jetzt wurde Attilius aktiver, arbeitete sich mit Armen und Beinen nach vorne. Er landete ebenfalls einen Treffer, den Alessandro mit dem Schild parieren konnte. Schnell startete er den Gegenangriff, doch plötzlich stolperte er, strauchelte und schwankte zur Seite. Attilius nutzte diese Schwäche unverzüglich aus. Sein Schwert traf ihn erst am Bein und in der darauffolgenden Aufwärtsbewegung am linken Arm. Alessandro schrie auf vor Schmerz, als die Klinge sein Brandmal berührte. Blinde Wut überkam ihn und er bohrte das Kurzschwert in die Seite seines Gegners. Jetzt war Attilius es, der vor Schmerzen fluchte. Leider hatte der Stich nicht richtig gesessen und so drängte der Pompejaner ihn jetzt immer weiter zurück. Panisch versuchte Alessandro dagegenzuhalten, doch seine Kräfte schwanden immer mehr.

Sterben, ich werde sterben, wenn ich ihn nicht besiegen kann. Verzweifelt suchte er Laetitias Gesicht. Sekunden später donnerte ihm der Schild des Gegners in den Helm und ließ ihn erneut taumeln. Ein weiterer Hieb streckte ihn zu Boden. Während er mit dem Gesicht in den Staub fiel, meinte er, einen hellen Schrei zu hören. Als er geschlagen liegen blieb, wurde alles um ihn herum still. Eiskalt fühlte er die Klinge des Gegners an seinem Hals, und zu seiner Überraschung war es ein beruhigendes Gefühl. Nichts mehr zu gewinnen, nichts mehr zu verlieren. Vor allem die

Erleichterung, Silvana nicht mehr unter die Augen treten zu müssen und hoffentlich von allem Schmerz befreit zu werden. Die Gewissheit, dass er Laetitia wiedersehen würde, dass sich ihre Wege mit dem Tod nicht für immer trennten, würde ihm helfen, was immer nun kam, zu überstehen. Undeutlich sah er den Holzstab des Schiedsrichters.

»Steh auf und knie dich nieder!«, befahl seine harsche Stimme.

Alessandro versuchte zu gehorchen. Es kostete ihn unglaubliche Mühe, sich auf die Knie zu begeben und noch einmal den Blick auf die Ehrentribüne zu richten. Dort standen sie. Tiberius Maximus, dem Wut und Enttäuschung ins Gesicht geschrieben standen, Laetitia, die verzweifelt zu ihm hinunterblickte und gleichzeitig versuchte, sich ihre Gefühle nicht anmerken zu lassen, und der römische Edelmann, den das Geschehen am Platz viel weniger interessierte als das Dekolleté seiner Begleiterin.

»Hier seht ihr Charun, bezwungen von einem pompejischen Gegner aus euren eigenen Reihen! Was meint ihr, verehrte Zuschauer? Hat er es verdient, zu leben, oder soll sein Stern schon wieder untergehen?«

»Leben! Tod! Leben!« Die Meinungen gingen auseinander. Gelangweilt hörte sich der Ausrichter der Spiele die Stimmen des Volkes an. Seine Begleiterin flüsterte ihm etwas ins Ohr. Die Miene des Mannes hellte sich auf. »Bürger von Pompeji, ihr sprecht heute nicht mit einer Stimme. Deshalb werden diejenigen, die den Tod von Charun fordern, nun enttäuscht sein. Ich werde ihn begnadigen, aber bald schon wird er auf keine Begnadigung mehr hoffen können, denn dann steht er vor dem einzigen Stier, Tantotaurus!«

Die Menge jubelte.

Alessandro atmete aus. *War es nun gut oder schlecht, an einem anderen Tag sterben zu müssen?*

~

Aus Laetitias Tagebuch:

Heute habe ich begriffen, wie ernst die Lage für meinen geliebten Alessandro ist. Ein falsches Wort und sein Leben wäre in den Arenasand geflossen. Warum ist die Welt so grausam? Jetzt weiß ich, dass er zu der Zauberin gehen muss – und ich werde ihn begleiten. Katharina wird mir helfen, sie ist die Einzige, der ich vertrauen kann.

Nach dem Kampf tat ihm alles weh. Am schlimmsten war der Arm, aber auch alle anderen Glieder schmerzten. Der Medicus schüttelte den Kopf, als er Alessandro versorgte.

»Da hättest du ebenso gut gleich in der Arena krepieren können, das wäre weniger schmerzhaft gewesen.«

Alessandro wollte einfach nur schlafen. Der Trank, den ihm der Medicus einflößte, half ein bisschen, seinen Schmerz zu lindern. Langsam entglitt er in einen unruhigen Dämmerschlaf. In seinen Träumen sah er die Gesichter der Menschen, die ihm wichtig waren. Ricardo, Illius, sein Vater, der auf Amadeo zu ihm ritt, selbst seine Mutter, an deren Gesicht er sich nicht erinnern konnte und die ihm doch ein wohliges Gefühl von Wärme schenkte. Sie alle durchkreuzten seine Gedanken, vor allem aber Laetitia. Laetitia, die ihn im Arm hielt, Laetitia, die vor Freude lachte, wenn er sie küsste, Laetitia, die ihm alles gab, was sein Leben ausmachte.

Er wusste nicht, wie lange er geschlafen hatte, als er die Augen aufschlug und sie vor sich stehen sah. Es war finster, und wäre es nicht ihr Gesicht gewesen, das den Raum erhellte, wäre er wieder weggedämmert.

»Laetitia!« Seine Stimme war heiser und trocken. Die Stimme eines toten Mannes.

»Alessandro, Jupiter sei Dank, du bist aufgewacht! Wir haben nicht viel Zeit!«

Meinte sie, dass seine letzte Stunde bevorstand? »Ich weiß«, brachte er schließlich heraus und tastete nach ihrer Hand. »Es ist alles gut, Laetitia, es tut mir leid, dass ich nicht stärker war. Du wirst eine andere Liebe finden, jemanden, der dich glücklich machen kann.« Die Worte waren ein Eingeständnis seines Versagens, auf der anderen Seite wünschte er ihr von ganzem Herzen jedes Glück dieser Erde.

Laetitia schüttelte den Kopf. »Du wirst nicht sterben, heute nicht und morgen auch nicht. Dafür werde ich sorgen. Du hast gesagt, es vergeht kaum Zeit, wenn man bei der Waldfrau ist.« Sie sah ihn fragend an.

»Nein, Laetitia. Denk nicht mal dran! Nie wieder werde ich zu ihr gehen, das habe ich dir versprochen!«

»Rede nicht so einen Unsinn. Es geht um dein Leben, um unser Leben. Ich komme mit dir mit. Ich werde nicht zulassen, dass du stirbst! Wenn du tot bist, hat auch mein Leben keinen Sinn mehr!«

»So darfst du nicht denken, meine Liebste!« Eindringlich drückte er ihre Hand, doch sie schüttelte sie ab.

»Alessandro, es war dumm von mir, dir dieses Versprechen abzuverlangen. Ich hätte wissen müssen, dass du einen guten Grund hattest, dieses Kräuterweib aufzusuchen. Lass uns diesen Weg gemeinsam gehen, dann schaffen wir das!«

Alessandro schloss die Augen und atmete schwer aus. Er ahnte, dass Laetitia es ernst meinte. »Silvana ist eine böse Frau, sie führt nichts Gutes im Schilde, da bin ich sicher. Es wird gefährlich sein«, warnte er schließlich.

Doch Laetitia ließ sich nicht umstimmen. Auf ein Zeichen hin erschien Katharina. »Du musst versuchen, aufzustehen, mein Liebster. Wir werden dich stützen. Bis zum Stall ist es nicht weit! Ich habe Katharina alles erzählt, sie wird uns nicht verraten.«

Alessandro nahm seine letzten Kräfte zusammen und mühte sich auf die Beine. Als er gestützt von Laetitia und Katharina in die Nacht hinaustrat, sah er die Villa in einiger Entfernung unter einem drückend schweren Sternenhimmel in stiller Finsternis. Für einen Augenblick wusste er nicht, wo er sich befand.

»Die Wachleute meines Vaters haben dich aus der Hütte des Medicus zu einem kleinen Schuppen neben dem Stall gebracht. Vater wollte nicht, dass die anderen dich leiden sehen.« Laetitia hatte offenbar seine Gedanken erraten.

Mit vereinten Kräften schafften sie es bis zum Stall.

»Amadeo ist bereits fertig gesattelt und gezäumt. Er wird uns beide tragen! Katharina, schleiche in meine Kammer und tue so, als würde ich schlafen. Ich danke dir.« Schnell gab Laetitia dem Mädchen einen Kuss auf die Wange.

Gemeinsam halfen sie Alessandro auf das Pferd. Mit letzter Kraft krallte er sich in der weißen Mähne fest. Laetitia schwang sich hinter ihm hinauf und ergriff die Zügel.

Er überlegte immer noch, wie er Laetitia davon abhalten könnte, ihren Plan zu verwirklichen, doch mit sanfter Stimme flüsterte sie in sein Ohr: »Es ist das letzte Mal. Du brauchst nur die Kraft, um dieses Ungeheuer zu besiegen. Dann werden wir einen Heiler finden, der dich von dem Gift in deinem Körper befreit!«

Sie klang so überzeugt, dass Alessandro einen kleinen Hoffnungsschimmer sah. Vielleicht gab es tatsächlich jemanden, der ihn von dem Einfluss der Druidin befreien konnte, oder sie würde selbst ihre Macht über ihn aufgeben, sobald er den Mann, den sie als Gegenleistung verlangte, getötet hatte.

Amadeo fand den Weg allein. Laetitia war in ein sonderbares Schweigen verfallen, das Alessandro erst kurz, bevor sie die Lichtung erreichten, brach.

»Meine Liebste, bitte warte hier. Silvana soll dich nicht sehen. Ich werde mich mit aller Kraft dagegen wehren, sie anzufassen.«

Laetitia nickte, half ihm, vom Pferd zu steigen, und gab ihm einen Kuss.

Alessandro spürte, wie seine Beine nachgaben. Bis zur Lichtung zu gehen, kostete ihn unendlich viel Kraft. Um aufrecht zu stehen, stützte er sich an einem dicken Baumstamm ab. »Silvana!«, rief er mit krächzender Stimme.

Es kam keine Antwort. Erschöpft ließ sich Alessandro zu Boden sinken. Er wollte die Hoffnung schon aufgeben, als er hinter sich ein Rascheln hörte.

»Charun, auf den Knien!«, hörte er eine belustigte Stimme.

Langsam drehte er seinen Kopf. Silvana stand hinter ihm, ihre opalschwarzen Augen musterten ihn amüsiert, ihre Mundwinkel zuckten, doch die Freude, die sich darin zeigte, war kalt. Alessandro fröstelte.

»Du siehst aus wie tot«, sagte sie schließlich verächtlich. »Du hättest früher kommen sollen.«

Alessandro nickte nur stumm. Auf keinen Fall durfte ihm ein falsches Wort entfahren!

»Hat es dir die Stimme verschlagen?«, fragte Silvana noch eisiger.

Alessandro musterte die Waldfrau. »Einen Trank noch!«, flüsterte er schließlich. »Bitte!«

»So ist es recht!«, antwortete Silvana zufriedener. »Immerhin musst du gegen den Stier kämpfen, und der verfügt über seine eigenen dunklen Kräfte! Aber erzähl mir doch zuerst von dem Mädchen, das dir das letzte Mal hinterhergeschlichen ist. Du warst so schnell verschwunden ...«

Alessandros Herz gefror. »Lass sie aus dem Spiel. Sie hat damit nichts zu tun!«

»Außer, dass sie deine Loyalität zu mir beeinflusst!« Silvanas Blicke brannten auf ihm. Darin spiegelte sich der blanke Hass.

»Sie hat damit nichts zu tun«, wiederholte Alessandro. »Wenn du willst, dass ich für dich töte, brauche ich den Trank!«

»Stimmt«, sagte Silvana keck, »aber ich kann mir auch jemand anderen suchen und dich hier elendig verrecken lassen.«

Alessandro sah die gespenstische Frau ungläubig an.

»Hast du gedacht, dass ich dich brauche? Oder gar liebe?« Sie spuckte die Worte voller Verachtung aus. »Sieh selbst, was die Liebe aus einem macht! Für eine andere quälst du dich, bist nur noch ein Schatten deiner selbst, du stirbst sogar für sie!«

Oder ich lebe für sie! »Silvana, bitte, sag mir, was ich tun soll. Ich bringe dir den Kopf des Mannes, den du verlangst! Ein Trank noch, damit ich wenigstens gegen Tantotaurus kämpfen kann!«

»Nein! Ich habe genug von dir, genug von deiner Schwäche. Geh zu deinem Pferd zurück und kehre heim in die Arme deiner Geliebten, falls du es noch rechtzeitig schaffst.«

Alessandro ließ den Kopf hängen. Ihm fiel nichts mehr ein, was er hätte sagen können, um Silvana umzustimmen. Sie stand über ihm, ein Schatten in der Dunkelheit. Plötzlich wurde es etwas heller auf der Lichtung. Es war, als ob ein Schleier gehoben wurde. Alessandro schaute auf und erkannte, dass Silvana den Blick von ihm gelöst hatte. In ihrem starren Gesicht breitete sich ein diabolisches Grinsen aus. *Laetitia!* Panik stieg in ihm auf, doch er wagte nicht, sich umzudrehen. Als er ihre Stimme hörte, schloss er die Augen und unterdrückte eine Träne. *Nein!*

Silvana zeigte angesichts des neuen Gastes offen ihre Begeisterung, das konnte nichts Gutes verheißen. Mit glühenden Blicken verschlang sie jeden Zentimeter von Laetitia, die sich inzwischen zu Alessandro gestellt hatte und ihn an der Schulter berührte.

»Bitte«, hörte er sie jetzt sagen. »Gibt es einen Weg, dass du uns noch einen Trank braust?«

Silvana zögerte. Alessandro beobachtete, wie sie immer noch gierig Laetitias Körper musterte. »Keine Jungfer mehr, aber fast eben so gut«, murmelte sie.

»Geh, Laetitia!«, flüsterte Alessandro, der immer noch am Boden kniete.

»Wie alt bist du, junge Römerin?«, fragte Silvana mit lockender Stimme.

»Siebzehn«, antwortete Laetitia.

»Dein Blut würde mir gut bekommen. Ich könnte daraus einen Schönheitstrank brauen.« Silvana lächelte.

Alessandro schreckte zusammen. »Auf keinen Fall wirst du ihr Blut bekommen, du böses Weib!«

»Und wer würde mich daran hindern? Etwa du?« Sie machte eine kleine Geste und Alessandro merkte, wie ihm schwarz vor Augen wurde und er zur Seite kippte. Das Letzte, was er sah, war Laetitia, die gefasst auf Silvana schaute. *Bitte nicht!*

»Was hat sie mit dir gemacht?«

Laetitia war leichenblass, als sie ihn an der Hand von der Lichtung führte.

»Nachher«, flüsterte sie ihm zu.

Alessandro ballte die Fäuste. Er hatte keine Schmerzen mehr. Laetitia hatte ihm den Trank eingeflößt, der ihn sich wieder wie einen Menschen fühlen ließ. Als er die Augen aufgeschlagen hatte, hatte sie an seiner Seite gesessen, von Silvana fehlte jede Spur. Das anfängliche Gefühl der Erleichterung war sofort verflogen, nachdem Alessandro Laetitia genauer gemustert hatte. Ihre Haut wirkte fahler, ihr Haar schlaffer als sonst. Ihr Gesicht hatte jede Farbe verloren und aus ihren Augen war die Freude gewichen.

Die Hand, die ihn nun führte, war kalt. Wortlos erreichten sie Amadeo. Dieses Mal konnte Alessandro alleine aufsteigen, er zog Laetitia hinter sich hoch und sah ihr nochmals in die Augen. Etwas Schreckliches musste passiert sein, während er ohnmächtig gewesen war. Sein Herz verkrampfte sich.

Gemächlich trabte der Hengst von der Lichtung. »Es ist immer noch Nacht«, bemerkte Alessandro, als sie durch die dunklen Bäume und Sträucher ritten. Der Mond war hinter den Wolken hervorgetreten, hell und rund erstrahlte seine Silhouette am Himmel, weshalb Alessandro die Umgebung gut erkennen konnte. Laetitias Hände waren eng um seinen Bauch geschlungen.

»Brrr, Amadeo«, flüsterte er dem Hengst zu und ließ ihn halten. Augenblicklich blieb das Pferd stehen. Alessandro schwang sich hinunter und reichte Laetitia die Hand. »Du fühlst dich kalt an. Was hat Silvana mit dir gemacht?«

Laetitia lächelte tapfer. »Ein kleiner Preis für dein Leben. Unser Leben.«

Alessandro war nicht überzeugt. »Wäre ich ihr bloß nie begegnet!«, sagte er leise.

Laetitia schüttelte den Kopf und schmiegte sich an ihn. »Dann wärst du längst tot. Es bringt nichts, darüber nachzudenken, was passiert wäre, wenn wir einen anderen Weg gegangen wären.«

Alessandro schloss die Augen. Er fühlte bereits die vertraute Kraft, die in seinem Körper erwachte. »Jetzt werde ich Tantotaurus besiegen können und dann bin ich frei, Laetitia. Dein Vater wird einen Haufen Geld mit mir gewinnen, denn nach meinem letzten Kampf glaubt niemand an meinen Sieg.«

Laetitia schluckte. »Alessandro, bitte tritt diesen Kampf nicht an. Nutze den Moment deiner Stärke und laufe weg. Ich kenne einen Mann, einen Heiler, der dir vielleicht helfen kann. Sein Haus befindet sich in der Nähe des Hafens. Finde ihn, und ich komme dir hinterher, sobald ich kann.«

»Was redest du da, Laetitia?« Ungläubig sah er ihr in die seltsam ausdruckslosen Augen. »Bald werde ich frei sein!«

Laetitia schüttelte den Kopf. »Bitte Alessandro. Silvana hat von meinem Blut getrunken, und was ich dabei gesehen habe, war schrecklich!«

Alessandro schloss sie in die Arme und küsste sie. »Glaube nicht immer, was du siehst. Silvana hat dir diese Bilder mit Absicht geschickt. Ich werde kämpfen und wir werden frei sein. Jetzt, da ich den Trank bekommen habe, kann mich nichts mehr aufhalten.«

Sie schaute ihn immer noch zweifelnd an. Als sie anhob, noch etwas zu sagen, küsste er sie. »Laetitia, vertraue mir. Wir schaffen das.«

~

Aus Laetitias Tagebuch:

Meine geliebte Venus, was habe ich nur getan. Bitte beschütze mich! Die dunkle Zauberin hat von meinem Blut getrunken und mir eine schwarze Zukunft gezeigt. Alessandro glaubt nicht daran, aber ich weiß, was ich gesehen habe. Hoffentlich hat er recht und es ist nur eine böse Verwirrung des Geistes. Ich könnte es nicht ertragen, wenn er tatsächlich stirbt!

KAPITEL 21

DIE RACHE DER GÖTTER

Sein Körper surrte vor Energie nach dem Trank und dem Ausklang der Nacht. Jetzt würde alles gut gehen, da war er sich sicher. Er hoffte, dass er auch Laetitia, die sich so tapfer der Waldfrau gestellt hatte, überzeugen konnte. Mit einem lachenden und einem weinenden Auge hatte sie sich von ihm verabschiedet. Er hatte eine Notlüge benutzt, um sie letztendlich davon zu überzeugen, dass er außer Gefahr war. *Ob sie mir geglaubt hat, dass Silvana mir schon früher Schreckensszenarien geschickt hat?* Was er aus Laetitias Gesicht lesen konnte, gab ihm keinen Aufschluss über ihre Gedanken. Sie musste ihm nur noch einmal vertrauen, ein letzter Kampf. Sobald die Sonne erwachte, wollte er mit dem Herrn reden. Wenn er den Stier besiegt hatte, würde er frei sein. Die Freiheit, die er sich vorstellte, schmeckte herrlich. Kraftvoll wie ein geschmeidiger Ritt auf Amadeo, lieblich wie Laetitia in seinen Armen, warm und wohlig wie der Sonnenschein und vielversprechend wie ein neues Leben. Insgeheim schloss er seinen Vater in diese Vorstellung ein. Sein Geist würde Laetitia und ihn begleiten. Wenn Laetitia ihm einen Sohn gebären würde, könnten sie ihn Persekules nennen, wie sein Vater in Wirklichkeit geheißen hatte.

Hoffnungsvoll schloss er die Augen und gab sich dem Bild hin, das sich in seinen Gedanken aufbaute. Laetitia, seine wunderschöne Frau und Mutter ihrer Kinder, in ihrem eigenen Garten, vor ihrem eigenen Haus. Ihr Blick voller Liebe auf ihn gerichtet. Frei von Sklaverei und Leid würden sie sein und auch ihre Kinder würden in Freiheit aufwachsen. Ein tiefer, zufriedener Seufzer entfuhr ihm. Nur noch wenige Tage, dachte er und ließ sich in den Schlaf gleiten.

Am nächsten Morgen klopfte Iscus verhalten an, fast, als fürchtete er, einen sterbenden Krieger auf seinem Totenbett zu stören. Das verdutzte Gesicht, das er machte, als er seinen Kämpfer angekleidet und gut gelaunt am Tisch sitzen sah, ließ Alessandro laut auflachen.

»Komm rein, Iscus! Es ist alles bestens! Ich esse nur etwas, und dann kann es losgehen!«

Iscus zögerte. Sein Blick wanderte zu dem Brandmal, das wieder blass und unauffällig war. Die Augen des Kelten blitzten. »Ich habe nicht damit gerechnet, dich in so guter Verfassung vorzufinden! Bei deinem letzten Kampf wärst du fast verreckt. Der Herr war außer sich. Um ein Haar hätte er mich einen Kopf kürzer gemacht!«

Alessandro lachte nur noch lauter, so froh war er an diesem Tag. »Aber wir stehen beide noch hier, Iscus! Kannst du nicht verstehen, dass der letzte Kampf eine Täuschung war, damit niemand mehr damit rechnet, dass ich gewinne, und Tiberius Maximus noch größere Gewinne einstreichen kann?«

Iscus stutzte. Seine sonst so berechnenden grauen Augen schienen verwirrt. Dann schüttelte er den Kopf. »Mach mir nichts vor, Grieche. Da, wo ich herkomme, gibt es mächtige Zauberer. Du warst fast tot. In deinem Zustand hätte dir nur noch ein Druide helfen können!«

Alessandro verschluckte sich an seinem Gerstenbrei. Auch wenn er das Wort, das Iscus eben ausgesprochen hatte, noch niemals zuvor gehört hatte, schauderte ihn und seine gute Laune verflog. »Was weißt du darüber?«, fragte er leise.

Iscus schüttelte den Kopf. »Ich werde nicht darüber sprechen, nur so viel: Du hättest dich niemals auf diese dunklen Kräfte einlassen dürfen. Diese Art der Magie ist gefährlich.« Er sah Alessandro fast schon mitleidig an. »Ich hätte es ahnen müssen, diese unnatürliche Kraft ... Alessandro, wenn das rauskommt, sind wir beide des Todes!«

Dann schwieg der Kelte, und Alessandro hatte nicht das Gefühl, dass er noch ein Wort über diese Sache verlieren wollte. »Was soll ich machen, Iscus? Ich muss diesen Kampf gewinnen!«, fragte er schließlich mit niedergeschlagener Stimme.

Sein Lehrmeister nickte nachdenklich. »Du musst gewinnen, und dann musst du fortgehen und darfst niemals zurückkommen.«

Erleichterung überkam Alessandro. Genau das war sein geheimer Plan. »Das werde ich, Iscus«, versprach er und erhob sich zu seiner vollen Größe. Er spannte jeden einzelnen Muskel. »Sieh mich an, Iscus. Ich kann den Stier besiegen!«

»Dann hoffen wir, dass du bei Kräften bleibst! Frühstücke jetzt, und dann werden wir mit dem Dominus reden.«

Alessandro konnte das Gespräch mit Tiberius Maximus kaum erwarten. Gierig schlang er alle ihm gereichten Speisen herunter. Es war ein Festessen. Zwei Haussklavinnen hatten ihm Platten mit Schafskäse und Oliven gebracht, frisches warmes Weißbrot, eingelegte Sardinen, ein kaltes Stück Braten, dazu glänzendes Obst und Gemüse. Obendrauf hatte man ihm eine Karaffe perlenden Weißwein mit Wasser gereicht, von dem er nur in Maßen immer wieder nippte. Als er fertig war und Iscus ihn abholte, fühlte er sich beinahe wie der römische Kaiser persönlich. Mit hocherhobenem Haupt schritt er aus.

»Alexos!« Die schneidende Stimme seines Herrn ließ ihn innerlich straucheln. »Wie ich sehe, geht es dir tatsächlich besser! Was war das gestern für eine erbärmliche Vorstellung?«

»Herr, ich kann es Euch erklären. Das Ganze war nur ein Schauspiel, damit Ihr mehr Ruhm und mehr Gold für meinen Sieg über Tantotaurus bekommt!«

Der Dominus schnaubte verächtlich. »Dein Straucheln sah ziemlich echt aus. Ich habe mich deiner geschämt! Was, wenn die Menge dich nicht begnadigt hätte?«

»Ich war mir ihrer Gunst sicher!«, log Alessandro. »Ein gewisses Risiko musste ich eingehen, aber wie Ihr seht, fühle ich mich gut. Ich werde den Kampf gegen den Stier gewinnen. Damit werdet Ihr in die Geschichtsbücher eingehen.« Er schluckte, aber schließlich riss er sich zusammen und redete weiter: »Herr, einen Wunsch habe ich noch, falls ich den Kampf gewinne und Ihr damit reich werdet.« Seine Stimme hörte sich nicht ganz so überzeugend an, wie er es sich gewünscht hatte.

Iscus starrte ihn an.

Tiberius Maximus aber fragte in seinem gewohnt abfälligen Ton: »Und was genau wäre das?«

»Meine Freiheit«, ächzte Alessandro schließlich. *Und Laetitia,* fügte er in Gedanken hinzu.

Der Dominus musterte ihn belustigt. »Sag mir, Alexos, was will ein Schlächter wie du mit Freiheit? Willst du dir etwa ein kleines Haus mit Garten kaufen und dich dort mit einem Weib niederlassen?«

»Möglicherweise …«, antwortete Alessandro zögerlich. Wie hatte der Herr nur seine Gedanken erraten?

»Jemand wie du gehört in die Arena. Bis zu seinem bitteren Tod. Du bist dafür geboren, zu kämpfen, das hast du wohl vergessen? Deine Zeit beginnt erst. Zur Ruhe kannst du dich setzen, wenn du dreißig bist, wie Iscus.« Er schwenkte den Kopf in Richtung des Kelten. »Und nicht mal dann wird dich die Arena loslassen. Du bist als Gladiator geboren, und so wirst du auch sterben. Glaube nur nicht, dass es anders sein könnte!«

Zorn packte Alessandro. Er spürte, wie sich seine Fäuste zusammenkrampften. »Herr, ich werde den Tantotaurus töten und Euch Euren Wohlstand bis in die Ewigkeit sichern. Nach dem Schiffsunglück werdet Ihr diesen Kampf brauchen!« Die Worte waren ausgesprochen, ehe er sich zurückhalten konnte.

Der Dominus sah ihn mit hochgezogenen Brauen an. »Woher weißt du davon? Wer hat dir das verraten?«

»Es ist ein offenes Geheimnis, Herr. Niemand musste es mir zuflüstern.« Alessandro fühlte, wie sich sein aufgewühltes Inneres wieder beruhigte. Der Herr war in der Zwickmühle. Nachdenklich kratzte sich Tiberius Maximus am Kinn.

»Ich hätte dich in deinem Loch verrotten lassen sollen«, sagte er missbilligend. »Aber dann wären Jahre des Trainings, Jahre der Aufzucht verschwendet gewesen. In deinen Unterrichtsfächern warst du nie herausragend wie Ricardo, aber im Kämpfen bist du einzigartig. Männer wie du werden sich ohne Schwert und ohne Aufgabe schwertun. Aber wenn es dein Wunsch ist, dann wirst du von mir die Freiheit bekommen.« Tiberius Maximus sah ihn mit durchdringendem Blick an. »Aber nur unter zwei Bedingungen. Erstens, wenn du als Freiwilliger wieder kämpfen willst, dann nur für mich, zu Ehren des Hauses Maximus ...«

Alessandro nickte eifrig. So einfach hatte er sich die Verwirklichung seines Traums nicht vorgestellt.

»Zweitens: Lass meine Tochter aus dem Spiel. Sie hat etwas Besseres verdient als dich und das weißt du auch. Deine Blicke für sie sind mir nicht entgangen. Wenn du gehst, gehe ohne sie!«

Alessandro schluckte. Eigentlich hätte er ahnen müssen, dass so etwas kommen würde. Doch ohne Laetitia konnte er nicht leben. Er zögerte einen Moment zu lange.

»Ich wusste, dass du niedere Absichten hegst, Scheißgrieche. Schlag sie dir aus dem Kopf. Laetitia empfindet nichts als Mitleid für dich. So war sie schon immer. Den räudigen Straßenköter, den sonst niemand beachtete, ließ sie in ihr Herz und nahm ihn auf. Das ungeschickteste Sklavenmädchen, das von allen gescholten wurde, durfte sie bedienen, und selbst mit den Bettlern von Pompeji hat sie Mitleid. Ihr Herz ist zu weich für diese Welt, deshalb braucht sie einen starken, angesehenen Ehemann, der ihre Ambitionen in die richtige Bahn lenkt. Aber das sollte einen Sklaven wie dich nicht kümmern.«

»Wenn ich den Kampf gewinne, werde ich alleine von hier verschwinden, Herr.«

Der Dominus nickte zufrieden. »Dann ist es beschlossen. Ich bekomme das Geld und du deine Freiheit! Hand drauf«

Es war ein seltsames Gefühl, dem Herrn die Hand zu reichen. Trotzdem war Alessandro über den Gesprächsverlauf erleichtert. Zwar hatte er zugesichert, dass er alleine gehen würde, aber er hoffte, dass sie ihm folgen würde. Weit weg von ihrem Vater würde er sie dann bringen, vielleicht sogar nach Griechenland, um ein neues Leben zu beginnen. Niemals würde er in die Arena zurückkehren. Das Blutvergießen würde er nicht im Geringsten vermissen. *Noch ein Kampf, dann bin ich frei!* Alles verlief nach Plan.

Aus Laetitias Tagebuch:

Jetzt ist es schon ein paar Nächte her, seit wir zusammen bei der Waldfrau waren. Die Erinnerungen sind noch frisch, aber die Angst verblasst langsam. Wahrscheinlich hat Alessandro recht und alles wird gut. Ein Kampf noch, aber er ist stark wie nie zuvor. Wenn es einer schafft, diesen Stier zu besiegen, dann er. Und ich werde dafür sorgen, dass Vater sein Versprechen hält. Dann ist Alessandro frei, und ich werde ihm folgen, sobald ich kann. Mama hat früher immer gesagt, wo Dunkelheit ist, da ist auch Licht, und das Licht ist stärker als die Dunkelheit. Wir finden jemanden, der Alessandro von diesem entsetzlichen Brandmal befreit.

»Laetitia! Meine Liebste, du bist hier!« Erleichtert half Alessandro ihr durch das Fenster herein. »Ist dir auch niemand gefolgt?«, fragte er atemlos.

»Nein, Geliebter. Niemand ist mir gefolgt, ich habe aufgepasst, wie du es mir gesagt hast.«

Er hielt ihr Gesicht und küsste ihren Mund. »Dein Lächeln ist zurück«, stellte er erleichtert fest.

Laetitia nickte. »Wahrscheinlich hast du recht damit, dass

Silvana mir die schlimmen Bilder, die ich gesehen habe, absichtlich geschickt hat, um mich zu ängstigen. Einen Kampf musst du noch führen und dann schenkt dir mein Vater die Freiheit. Er hat es mir selbst gesagt.« Laetitia sah ihm freudig in die Augen.

»Ja, aber ich musste ihm versprechen, alleine zu gehen ...«

»Was?!«, unterbrach ihn Laetitia eine Spur zu laut.

»Pssst, wir müssen leise sein! Bleib ruhig, natürlich werden wir danach zusammen leben.«

An Laetitias Blick erkannte er, dass das ebenso ihr Wunsch war. »Wir müssen nur zusehen, wie wir es am geschicktesten anstellen. Ich glaube, dein Vater ahnt, dass wir tiefere Gefühle füreinander haben.«

Laetitia nickte eifrig. »Er hat mich immer gut gekannt und genau beobachtet. Ich fürchte, das ist das Schicksal eines Einzelkindes.«

»Mach dir nichts draus, eines Tages wird er es verstehen. Das bedeutet aber, dass du zunächst weit weg von ihm leben musst.« Alessandro beobachtete ihren Gesichtsausdruck ganz genau. Darin erkannte er Traurigkeit, aber auch eine wilde Entschlossenheit, die sein Herz schneller schlagen ließ. »Wir schaffen das«, flüsterte er ihr zu und drückte sie an sich. »Ich kann nicht ohne dich leben, Laetitia!«

»Und ich würde niemals einen anderen Mann haben wollen, Alessandro, nur dich, nur du und ich.«

Der Moment war zu schön, um wahr zu sein. Am liebsten hätte Alessandro ihn für immer festgehalten. Laetitia löste langsam die zarte Kette, die sie um den Hals trug.

»Das ist meine Geburtskette. Ich möchte, dass du sie als Glücksbringer trägst. Sie soll dich wieder zu mir zurückführen, denn ich weiß nicht, ob wir uns vor dem Kampf noch einmal sehen können.«

Sprachlos nahm Alessandro das silberne Schmuckstück mit dem runden Anhänger entgegen.

»Es steht für das ewige Leben und den ewigen Kreis der Wiederkehr. Du wirst es nicht um den Hals tragen können, dafür ist die Kette zu kurz. Aber vielleicht kannst du sie dir um deinen Schwertarm binden. Sie wird ihm Kraft geben!«

Alessandro standen Tränen in den Augen. »Danke, meine Liebste. Ich werde sie in Ehren halten und sie dir zurückgeben, sobald wir uns wieder in die Arme schließen.«

»Ich liebe dich, Alessandro, vergiss das nicht.«

»Und ich liebe dich, Laetitia, für immer und ewig!«

Ein Knacken durchbrach den darauffolgenden Kuss. Laetitia und Alessandro ließen voneinander ab.

»Was war das?«, fragte Laetitia mit zitternder Stimme.

Alessandro war bereits zum Fenster geeilt. Er konnte gerade noch erkennen, wie ein Schatten sich ein paar Meter weiter in den Bäumen verlor. »Mist! Man hat uns belauscht! Laetitia, du musst schnell weg von hier. Geh zu Nala in den Stall und tu so, als ob du bei den Pferden gewesen bist!« Eilig trat er auf sie zu, zog sie noch einmal an sich, um ihr einen Kuss zu geben. »Ich liebe dich. Wir sehen uns nach dem Kampf. Es ist zu gefährlich, wenn wir uns vorher noch mal treffen. Sei zuversichtlich!«

»Denk an die Kette, mein Liebster. Ich werde dir schreiben, wo wir uns finden, wenn der Kampf vorüber ist. Bald sind wir frei!«

Alessandro half ihr aus dem Fenster. Für einen kurzen Augenblick drückte er ihre Hand. »Vertrau mir, Laetitia!«

Sie nickte nur und dann war sie verschwunden. Voller gemischter Gefühle ließ er sich auf sein Bett sinken, betrachtete die zierliche Silberkette und steckte sie schließlich in den Kissenbezug. Keine Minute später wurde die Tür aufgerissen und herein stürmte ein wutentbrannter Tiberius Maximus, gefolgt von einem offensichtlich aus der Puste geratenen Bartus.

Alessandro gefror das Herz, doch er riss sich zusammen und tat, als wäre er aus einem Dämmerschlaf geweckt worden. »Herr! Ist etwas passiert?«, fragt er unschuldig.

»Meine Tochter! Wo ist sie, du Schuft?«, donnerte Maximus.

Ruhig bleiben!, ermahnte sich Alessandro. »Laetitia? Ich weiß es nicht. Wie kommt Ihr darauf, dass sie hier ist?«

»Wo soll sie sonst sein, du hinterlistiger Verräter?«, fragte Maximus mit bebendem Zorn.

»Ich bin alleine. Seht selbst, hier ist niemand!«

»Gerade war sie noch da. Ich habe ihre Stimme gehört!«, mischte sich Bartus ein.

Alessandro funkelte ihn zornig an.

»Und dunkle Zauberkräfte nutzt er auch!«, entfuhr es Bartus.

»Sei still, Sklave. Es gibt keine dunklen Zauberkräfte. Wer auch immer diesem Unsinn Glauben schenkt, ist sowieso nicht ganz bei Trost. Und zu meiner Tochter ..., ich sehe sie hier nicht.« Alessandro atmete auf. »Aber ich werde dich beobachten lassen, Grieche. Ab sofort schläft Iscus bei dir. Er wird dir folgen wie ein Bluthund, und wie ein Bluthund wird er dich von hier hetzen, wenn du den Kampf gewonnen hast.«

»Und wenn ich verliere?«, fragte Alessandro, den die Drohungen des Herrn langsam wütend machten. »Ist Euch das lieber? Dann habt Ihr Euer letztes Geld verloren.«

»Und du dein Leben. Danach wartet die Rache der Götter auf dich. Ich verliere vielleicht mein Geld, aber Geld ist wie Ebbe und Flut, es kommt und geht. Im Gegensatz zu deinem Leben, davon hast du nur eins. Wenn es aus deinem Körper entwichen ist, ist es weg!« Mit einem verächtlichen Lachen drehte er sich um.

»Und dich bringe ich zu Brekken. Er wird dich lehren, deinen Lügenmund zu halten!«, fügte er mit einem abfälligen Blick auf Bartus hinzu.

Ich wünsche dir heftige Schmerzen, Verräter, dachte er, als der Dominus Bartus wegführte.

KAPITEL 22

DIE BITTE

»Alessandro, kämpf nicht!« Ricardo sah ihn so eindringlich an wie Laetitia vor ein paar Tagen. »Der Herr wird dich sterben lassen, egal, wie der Kampf ausgeht. Ich habe es mit eigenen Ohren gehört.«

Alessandro schüttelte den Kopf. Er fühlte sich unbesiegbar. »Wenn jemand mich tötet, ist es der Stier und nicht ein Geschäftsmann wie Tiberius Maximus.«

»Du unterschätzt seinen Einfluss. Bitte, sei vernünftig.«

»Ricardo, ich weiß, du bist mir wohl gesonnen, aber das, was ich vorhabe, ist das Vernünftigste, was ich je gemacht habe. Ein Kampf noch, und ich bekomme meine Freiheit.«

»Das hat dein Vater auch gedacht. Dann ist er elendig krepiert.«

»Mein Vater hatte nicht die Mittel, um Tantotaurus zu besiegen. Ich schon.«

»Dein Vater hatte Muskeln, die hart wie Knochen waren. Und der Stier hat sie zerschmettert.«

»Tantotaurus hat mit vergifteter Klinge gekämpft. Ich werde ihm seinen Dolch abnehmen, ehe er bis drei zählen kann. Diese Rechnung werde ich auf jeden Fall begleichen!«

Ricardo zuckte hilflos mit den Achseln. Alessandro konnte den Schmerz in den Augen seines Freundes deutlich erkennen, jedoch berührte ihn dessen Sorge genauso wenig wie die Bedenken Laetitias. In zwei Tagen würde das lang erwartete Spektakel stattfinden, das sein Leben für immer verändern konnte. Überall auf den Straßen Pompejis hatten die Menschen die Ankündigung des Sensationskampfes in das Mauerwerk geritzt, so jedenfalls hatte Alessandro es von Iscus gehört.

»Mein Freund«, hatte der Lehrmeister gesagt, »nun hast du die Gelegenheit, eine Legende zu werden!«

Alessandro wusste, dass Iscus nie die Möglichkeit gehabt hatte, dem berühmten Tantotaurus gegenüberzustehen. Umso mehr Wert legte Iscus auf die speziellen Vorbereitungen für dieses Duell. Er hatte sich sogar die linke Körperhälfte mit Runen bemalen lassen, nur um mit Alessandro mögliche Schwachpunkte aufzudecken.

»Du kannst es schaffen, Alexos! Du kannst es wirklich schaffen!«, hatte er ihn ermutigt, als er geschickt die abgerundete Schwertspitze an einem winzigen hautfarbenen Fleck zwischen unheimlichen dunklen Runen ruhen ließ.

»Zeus, mein Gottvater, vergib mir für das Blut, das ich vergießen musste!« Alessandro saß an dem Grabhügel vor den Toren der Villa und betete. Die Pappel, deren dünne Äste dunkle Schemen auf die Steine warfen, spendete ihm ein bisschen Schatten. Es war lange her, seit er diesen Platz besucht hatte, wie er sich jetzt mit schlechtem Gewissen in Erinnerung rief. Er wischte die anklagenden Gedanken zur Seite. »Jetzt bin ich da, Vater. Ich werde deinen Tod morgen rächen. Gib mir die Kraft, das zu vollenden, was du dir so sehr gewünscht hast!« Irgendwo zirpte eine Grille, ansonsten war alles still. Iscus hatte sich in einem angemessenen Abstand ein paar Meter weiter an einen Felsen gelehnt und döste in der Abendsonne. Alessandro warf ihm einen Seitenblick zu, bevor er leise weitersprach. »Eros, gib mir die Kraft eines Liebenden, damit ich Laetitia bald wieder in den Armen halten kann.« Sein Blick richtete sich auf die silberne Kette, die er versteckt unter einem dicken Lederarmband immer bei sich trug, seit er Laetitia das letzte Mal gesehen hatte. »Ein Kampf noch, Zeus, und ich werde Schwert und Schild niederlegen.«

Aus Laetitias Tagebuch:

Ein Kampf noch, und dann ist er frei. Mögen die Götter ihm beistehen, dieses Ungeheuer zu besiegen! Ich würde alles dafür geben, ihn lebend wiederzusehen.

KAPITEL 23

TÖTE IHN!

Fanfaren im Atrium weckten ihn am nächsten Morgen. Alessandro saß aufgerichtet in seinem Bett und blickte sich hektisch um. Hatte er verschlafen? Aber Iscus, der an seinem Tisch saß und einen kleinen Dolch schliff, beruhigte ihn. »Dominus versammelt alle. Sie wollen dir Glück wünschen. Es ist eine große Ehre, dass jemand aus dem Hause Maximus gegen den Tantotaurus kämpft.«

Alessandro fragte sich, ob man seinem Vater auch so einen Abschied bereitet hatte. Damals war er noch zu jung gewesen und sein Vater wurde direkt von seinem Ludus in die Arena gebracht.

»Los, streif dir den Lendenschurz über. Zeig dich ihnen, bevor wir frühstücken und aufbrechen.«

Mit Füßen wie Blei gehorchte Alessandro. Zu seiner Überraschung hatten sich tatsächlich alle Bewohner der Villa und die Sklaven in der Mitte des Gartens versammelt und standen im Halbkreis um ein verhülltes Gebilde.

»Charun! Mächtiger Kämpfer des Hauses Maximus! Komm her und zeig dich uns!«, begrüßte ihn die Stimme des Herrn.

Alessandro trat, wie befohlen an die Seite des Dominus und senkte den Kopf.

»Erhebe dein Haupt, Charun! Lass uns das Feuer in deinen Augen lodern sehen und versprich uns deinen Sieg!«

Alessandro hob den Kopf. Er wollte den Umstehenden einen

überzeugenden Blick schenken, stattdessen zog sich ihm die Kehle zusammen, als er in Laetitias Augen sah. Ungeachtet der Menge um sich herum hielt er ihrem Blick stand und prägte sich jedes Detail ihres Gesichts ein. Sie schenkte ihm ein unmerkliches Lächeln und ihre Augen blitzten auf. Erst jetzt konnte er seinen Blick lösen und in die Runde schweifen lassen. Alle waren da. Ricardo, Illius, Crytus und Cyrill, Nero, Darius, sogar Bartus und Brekken. Voller Abscheu sah sein alter Lehrmeister an ihm herab. Der Wunsch, Alessandro heute sterben zu sehen, stand ihm offen ins Gesicht geschrieben. Dieser Ausdruck war alles, was Alessandro brauchte, um das Feuer in sich zu entzünden. Aus seinem Innersten schwor er die Kraft des Trankes herauf, spannte seinen Körper und blickte Tiberius Maximus an.

Dieser zuckte nicht mal zurück. Mit dem gleichen kalten Feuer erwiderte er seinen Blick. »Wie ich sehe, bist du bereit, Charun! Ehre meinen Namen, und wir werden zusammen Geschichte schreiben!«

Unter tosendem Applaus zog Tiberius Maximus an dem Leinentuch, und eine Büste mit seinem Abbild wurde enthüllt. »Wenn du den Kampf gewinnst, werde ich auch eine Statue von dir entwerfen, Charun. Geh und mache uns unsterblich!«

Alessandro nickte. Der Reihe nach kamen die anderen Sklaven auf ihn zu, um ihm Erfolg zu wünschen. Allen voran ging Ricardo, der ihn umarmte und sich eine Träne aus dem Gesicht wischte.

»Heute ist dein Tag. Du schaffst das!«, flüsterte er ihm zu. »Denk an die Freiheit und an deine Pläne!«

Der Kloß in seinem Hals ließ Alessandro kein Wort hinausbringen. So sah er dem Freund einfach fest in die Augen. Sein griechischer Landsmann Illius verabschiedete ihn als Nächstes, gefolgt von den Zwillingen, die ihm ebenfalls viel Glück wünschten. Dann kamen Darius und Nero. Der junge Römer signalisierte ihm, dass er sich zu ihm hinunterbücken sollte.

»Am Rosenbusch beim Aussichtspunkt. Dort wird sie einen Brief verstecken!«

Alessandro gab Nero einen Abschiedskuss auf die Wange. »Danke«, murmelte er.

Von hinten hatte sich Bartus herangeschoben. »Lügner!«, zischte er. »Dein Verrat wird auffliegen. Ich weiß, dass es hier nicht mit rechten Dingen zugeht. Noch vor deinem Fall finde ich heraus, wie du so schnell geheilt worden bist, und dann sorge ich dafür, dass du in der Unterwelt schmorst!«

Alessandro biss die Zähne zusammen. Niemals würde Bartus etwas herausfinden. »Dir auch eine gute Zeit, mein Freund. Mögen die Götter über uns urteilen!«

Brekken war schon verschwunden. Am Ende wünschte ihm Tiberius Maximus noch viel Glück, wobei er wachsam darauf achtete, dass sich Laetitia Alessandro nicht näherte.

Wir sehen uns bald, halte durch!, sprach Alessandro in Gedanken, als Iscus ihm winkte, zu folgen.

»Alessandro! Viel Erfolg!«, rief Laetitia ihm eilig nach, und er drehte sich noch einmal kurz um, um die Hand zum Abschied zu heben. *Bis bald, meine Liebste.*

»Du musst essen!«, ermahnte Iscus ihn, als er in seine volle Schüssel starrte.

Gedankenverloren nahm er einen Löffel.

»Ganz Pompeji wartet auf diesen Tag. Jeder hofft, dass du den verfluchten Tantotaurus heute besiegst!«

Jeder? »Werde ich danach wirklich frei sein, Iscus?«

»Der Herr hat dir sein Wort darauf gegeben. Wenn du diesen Kampf für ihn gewinnst, wird er genug Geld mit dir verdient haben, auch wenn du noch sehr jung für die Freiheit bist.«

»Was wird dann aus dir, Iscus?«

»Ich habe meinen Teil erfüllt. Vielleicht lässt mich der Herr trotzdem bleiben. Er ist gnädiger mit seinen Sklaven als die meisten anderen Römer. Falls er neue Schüler aufnimmt, kann ich sie ausbilden.«

»Dafür hat er Brekken.«

Iscus schwieg eine Weile und nickte dann. Alessandro konnte eine Spur von Unsicherheit in den Augen des Gladiators erkennen.

»Wie dem auch sei, ich danke dir für alles, was du mir gezeigt hast.«

Der große Kelte winkte ab. »Schau lieber, dass du fertig wirst, die ganze Stadt erwartet dich.«

Iscus hatte nicht untertrieben. Alle Zufahrtswege, Gassen und Straßen waren vollgestopft mit Menschen, die dem heutigen Kampf zu Ehren des Kriegsgottes Mars entgegenfieberten.

»Macht Platz für Tiberius Maximus!«, schrien die Wachmänner und verscheuchten das Fußvolk von der Straße. Der Herr ritt auf Amadeo und sah dabei wie ein Imperator aus. Alessandro, der mit Iscus in einem Carpentum saß, lugte vorne an dem Kutscher vorbei. Männer, Frauen und Kinder machten den Weg frei und verfolgten das Gespann mit anerkennenden Blicken. Schon waren sie auf der Straße, die zum Amphitheater führte. Alessandro sog noch mal ganz bewusst den Duft der Stadt ein. In seinen Gedanken war er wieder acht Jahre alt und auf dem Weg zum letzten Kampf seines Vaters. *Heute werde ich dich rächen, Vater,* dachte er und ballte seine Fäuste. Das silberne Kettchen, das ihm Laetitia gegeben hatte, hielt er gut versteckt. Die Stunde des Kampfes näherte sich.

Wie die Male davor wurden Iscus und er von den Wachmännern zum Hintereingang gebracht. Alessandro hatte der Ordnung halber Ketten an den Händen. Ein Mann nahm sie mit missbilligendem Blick in Empfang.

»Gekommen, um zu sterben?«, fragte er trocken.

Weder Iscus noch Alessandro antworteten ihm, sondern ließen sich stillschweigend in die Katakomben führen. Die Vorkämpfe waren bereits in vollem Gange, was man an den fernen Rufen der Zuschauer hörte. Gladiatoren wurden an ihnen vorbeigetrieben. Der Geruch nach Blut und Schweiß lag schwer in der Luft. Alessandro konzentrierte sich nur auf den Augenblick. Mit der Kraft des Trankes war er dem Stier ebenbürtig.

»Der letzte Kampf ist bald zu Ende«, sagte Iscus, der wie immer bestens über das Geschehen in der Arena unterrichtet war. »In ein paar Minuten ertönen die Fanfaren für dich, Alessandro.«

»Wieso nennst du mich jetzt bei meinem richtigen Namen?«, fragte er verwirrt.

»Weil du ein tapferer Mann bist, und falls du heute stirbst, möchte ich, dass du dich an deine Seele erinnerst.«

»Ich werde nicht ...«

Iscus unterbrach ihn. »Versprich mir, dass du dich verhältst wie ein echter Gladiator.«

Alessandro nickte. Er wusste, was Iscus damit meinte. Kein Betteln, kein Jammern, nicht mal ein Zusammenzucken wurde von einem todgeweihten Gladiator erwünscht. »Ich verspreche es.« Alessandro gab ihm die Hand darauf. Im selben Moment erklangen die Fanfaren, die den Hauptkampf ankündigten. Nachdem Iscus Alessandros Ketten an den Händen geöffnet hatte, reichte er ihm Schwert, Schild, Helm und einen kleinen Dolch, den er an Alessandros Gürtel befestigte. Zum Abschluss klopfte er ihm ein letztes Mal auf die Schulter.

»Töte ihn!«, flüsterte Iscus, bevor Alessandro nach draußen trat.

Die Arena war ein wogendes Meer voller Zuschauer, die aufsprangen und zu jubeln begannen, sobald Alessandro das Rondell betrat. Auf der einen Seite waren die Sonnensegel gespannt, den Hintergrund dominierte der mächtigen Berg Vesuvius, der in den Himmel ragte wie ein majestätischer Gott. In der Ehrenloge erkannte er Laetitia mit ihrem Vater und einige andere Römer, die sich erhoben hatten, um die Gladiatoren besser sehen zu können. Alessandro nahm seinen Platz in der Mitte der Arena ein, den Helm in seiner Hand. Mit festem Blick starrte er hoch zu Laetitia, die sich ihm entgegenzulehnen schien. Plötzlich merkte er, wie hinter ihm der Boden zu beben begann. Dumpfe Schritte näherten sich, und der Schatten eines Riesen überdeckte ihn. Alessandro schloss die Augen und erduldete die

Ungewissheit über den Anblick der nahenden Bedrohung. Die Zuschauer schienen ebenfalls die Luft anzuhalten. Fanfaren durchschnitten die unheimliche Stimmung, und ein Schiedsrichter deutete mit einem Holzstock auf den Platz neben Alessandro.

»Bürger von Pompeji. Die Legende lebt und ist heute hier, um sich Charun, dem Totengott, zu stellen. Mögen die Götter ihr Urteil fällen, aber mögen sie uns vor allem unterhaltsame Spiele bescheren.«

Die Menge johlte. Für Alessandro rückten ihre Stimmen in weite Entfernung, als er einen Seitenblick auf das neben ihm aufgerichtete Ungetüm warf.

Tantotaurus hatte seinen Stierhelm bereits aufgesetzt, die Doppelaxt, mit der er immer kämpfte, blitzte in der Sonne. Blaue Runen schlängelten sich über die linke Seite seines nackten Oberkörpers. Bei jeder Bewegung des Stiers schienen sie mitzugleiten und ihre Form anzupassen.

Dunkler Zauber! Alessandro schluckte und umfasste den Griff seines Kurzschwertes so fest, dass es wehtat. Schweiß begann an seinem Körper herunterzulaufen. Als der Stier verächtlich die Luft einsog, war es Alessandro fast, als könnte Tantotaurus seine Angst riechen. *Der Trank wird mich schützen!,* machte er sich Mut.

Viel zu schnell gab der Schiedsrichter das Zeichen, den Helm aufzusetzen und den Kampf zu beginnen. Binnen weniger Sekunden befand er sich von Angesicht zu Angesicht seinem Erzfeind gegenüber.

»Ich werde dich töten, du Monster!«, schrie Alessandro während des ersten Angriffes. Der Stier parierte mühelos den schnellen Schlag und sah ihn mit hasserfüllten Augen an.

»Made, ich mache Menschenbrei aus dir, genau wie aus deinem Vater!«

Alessandro zuckte zusammen. Der Stier wusste, wem er gegenüberstand. Mit zusammengepressten Zähnen stürzte sich Alessandro erneut auf seinen Gegner. In der Sonne sah er die Doppelaxt blitzen und mit einem Krachen riss sie einen Teil seines Schildes weg.

Tantotaurus ließ seine Finger knacken. »Mehr hast du nicht zu bieten, Abschaum? Wozu bin ich überhaupt hergekommen?«

Doch bevor der Stier das anschließend folgende Gelächter beendet hatte, holte Alessandro erneut aus. Er flog heran wie ein Adler im Sturzflug und bohrte sein Kurzschwert in die ungeschützte rechte Seite des stahlharten Bauches. Tantotaurus packte sein Handgelenk. Um sich befreien zu können, musste Alessandro das Schwert loslassen. In der Luft baumelnd versetzte er dem hässlichen Gesicht einen Schlag, sodass dem Stier das Blut aus der gebrochenen Nase floss. Ärgerlich grunzte sein Gegner auf. Im nächsten Moment hörte Alessandro ein Knacken in seinem Arm. Er wusste, dass etwas Schreckliches passiert war, bevor er es fühlte. Die einzige Möglichkeit, dem eisernen Griff zu entkommen, war es, den Stier bei den Hörnern zu packen. Mit der unverletzten Schwerthand krallte er sich in das blutverschmierte Gesicht seines Gegners und zog sich hoch zum Helm. Tantotaurus ließ seinen linken Arm los, nur, um Alessandro kurz darauf an den Schultern zu packen und wegzuzerren. Doch Alessandro war schneller. Er bekam den Helm zu fassen, riss ihn Tantotaurus vom Kopf und stach eines der Stierhörner in das Auge seines Feindes. Wutentbrannt schrie sein Gegner auf und ließ Alessandro los. Mit einem dumpfen Knall landete er im Staub. Der linke Arm hing wie Brei an seiner Seite, ein schrecklicher Schmerz durchdrang Alessandro von der Schulter bis zum Handgelenk. *Ich habe Schlimmeres überlebt,* erinnerte er sich. Trotzdem gelang es ihm nur mit Mühe, ein paar Meter Distanz zwischen sich und dem Stier zu schaffen, um einen Überblick über die Lage zu erlangen. Tantotaurus war gerade dabei, Alessandros Kurzschwert aus der runenfreien Seite zu ziehen. Sein Helm lag im Sand, Blut schoss aus dem Loch, wo vor ein paar Sekunden noch sein Auge gewesen war.

Sein Schild! Er musste den Schild erreichen. Bevor Tantotaurus verstehen konnte, was Alessandro vorhatte, huschte der zu dem heruntergefallenen Schild. Die Hälfte, die noch übrig war, nahm er in die rechte Hand und rammte sie erneut in die runenfreie Seite. Tantotaurus geriet ins Wanken. Beflügelt von seiner eigenen Kraft schlug Alessandro wieder und wieder zu, so lange, bis er die Möglichkeit hatte, sein Schwert zu fassen. Der Stier hatte es achtlos auf den Boden geworfen. Mit sicherem Griff wollte er seinem Kontrahenten ein schnelles Ende bereiten, als dieser sich zu seiner vollen Größe aufbaute und seine Axt erneut schwang. Der erste Schlag verfehlte ihn, doch der zweite traf seinen Schulterschutz hart und unbarmherzig. Alessandro taumelte. Wieder erhob sich der Stier, die blauen Runen spannten sich vor Alessandros Augen. Im Sonnenlicht schienen sie hin und her zu gleiten und ihre Position zu verändern. Alessandro blinzelte. Für einen kurzen Moment sah er eine unbemalte Stelle in der Nähe des Herzens. Mit letzter Kraft sprang er hoch, holte aus und stach zu. Im selben Moment spürte er, wie sich die Klinge der Doppelaxt in seinen Rücken bohrte und ihm die Luft zum Atmen nahm. Der Stier taumelte ebenfalls. Sein schweres Schnaufen mischte sich mit den Jubelrufen der Zuschauer, die bis vor einigen Sekunden Alessandros Wahrnehmung entglitten waren. *Laetitia, vergib mir,* dachte er, als er nach Luft ringend auf die Knie sank. Sein Blick fiel auf das Lederarmband, das ihr Kettchen verbarg. Tantotaurus stand mit wackeligen Beinen und blutendem Mund über ihn gebeugt. Alessandro sah, wie die Hände des Stiers zitterten, als er erneut mit seinem tödlichen Beil ausholen wollte.

»Jetzt schicke ich dich zu deinen Göttern, Grieche!«, presste Tantotaurus heraus.

»Und ich schicke dich in die Hölle!«, entgegnete Alessandro, als er atemlos den Dolch aus seinem Gürtel zog und ihm den Stier in den rechten Fuß bohrte. Tantotaurus geriet ins Straucheln und fiel mit seinem ganzen Gewicht auf Alessandro. Beide Männer waren sich jetzt so nahe, dass sich ihre Körper verkeilt hatten. Alessandro wusste, dass der Stier ebenfalls seinen Dolch suchte, denn die Doppelaxt war ihm aus den Händen gerutscht und lag nun außer Reichweite in der Arena. Atemlos stießen und rissen sie sich mit Händen und Füßen. Ein letztes Mal beschwor Alessandro die Kraft des Trankes in seinem Körper herauf und schaffte es, dem Stier die Klinge an die Kehle zu pressen.

»Das ist für den Mord an meinem Vater. Dafür, dass du ihn wie ein Feigling vergiftet hast mit deinem Dolch!« Mit diesen

Worten stieß Alessandro zu und beobachtete, wie die Augen von Tantotaurus sich weiteten.

Blut schoss aus der Wunde über Alessandros eigenes Gesicht, während der Kopf des Stiers nach vorne sackte. Ein letztes Mal versuchte Tantotaurus, Luft zu holen.

»Kein Gift! Niemals! Ich wusste, wo ich ansetzen musste, um zu beweisen, dass dein Vater kein Felsen ist!« Ein letztes Mal blitzte ein blutiges Lächeln über das Gesicht des Stiers, bevor dem Körper seines Gegners die Kraft entwich. Auch Alessandro merkte, dass er immer schwächer wurde. Sein verschwommener Blick suchte die Ehrentribüne, doch er traf nur den strahlenden blauen Nachmittagshimmel. *Laetitia, wo bist du?* Bevor seine Sinne schwanden, hörte er einen markerschütternden Schrei. Hell und schrill und voller Angst, wie er ihn bereits in seinem Traum vernommen hatte. Danach wurde es schwarz um ihn.

KAPITEL 24

IN DER UNTERWELT

Waren Stunden, Tage oder Wochen vergangen? Alessandro wusste es nicht. Er lag betäubt in der Dunkelheit, zurückgelassen, um zu sterben. Als er das erste Mal aufwachte, wünschte er, er hätte die Augen für immer geschlossen gehalten. Sein gesamter Körper stand in Flammen, ein loderndes Feuer, das ihn ganz und gar verzehren wollte. Ein Schrei war seiner Kehle entwichen und hallte hundert Mal von den kalten Steinwänden wider. Ein schwarzer Sklave kam und flößte ihm einen Trank ein, worauf Alessandro die Augen wieder schloss.

Es grüßen euch die Todgeweihten!

Sein Ableben stand kurz bevor. Er spürte es in den Momenten, in denen er bei Bewusstsein war. Manchmal konnte er seinem ihn peinigenden Gefängnis für kurze Augenblicke entkommen, dann sah er sich aus der Vogelperspektive auf einer Liege ausgestreckt, leblos, von einem dunklen, kalten Raum umgeben. Irgendetwas zog ihn immer wieder in seinen Körper zurück. *Laetitia.* Sie war seine Sonne, selbst in dieser abscheulichen Situation.

Der Schwarze kam und ging, nie redete er mit Alessandro.

»Wo bin ich?«, fragte er ihn, nachdem er alle Kraft gesammelt hatte, nur um diese Frage zu stellen.

Als der Schwarze sich schließlich doch zu einer Antwort herabließ, klang seine Stimme tief und bedächtig. »In der Unterwelt, mein Freund. Bald bist du in der Unterwelt!« Die weißen Zähne blitzten in der Dunkelheit auf. Dann schwieg der Sklave wieder und gab ihm Schlafmittel.

Frei, ich sollte frei sein!, rief sich Alessandro in Erinnerung, bevor seine Augen erneut schwer wurden.

Aus Laetitias Tagebuch:

Dies ist der erste Eintrag, den ich seit dem schrecklichen Kampf niederschreibe. Als mein Geliebter zu Fall gebracht wurde, sind auch mir die Füße unter dem Boden weggerissen worden. Ich fühle mich wie tot, will weder essen noch trinken. Keine Freude dringt mehr zu mir, und Vater weigert sich, ihn in der Villa behandeln zu lassen. Vielleicht gibt er nach, wenn ich weiterhin die Nahrung verweigere, ich muss Alessandro sehen!

Ein schrecklicher Gedanke während seines Dämmerschlafes ließ Alessandro erneut zur Besinnung kommen. Was, wenn der schwarze Mann recht hatte und das Götterurteil ihn in die Unterwelt schickte, selbst wenn er den Gottvater um Vergebung gebeten hatte? Dann würde er Laetitia niemals wiedersehen. Das durfte nicht sein.

»Sklave!« Seine eigene Stimme klang matt und fremd. Er versuchte, die Hand zu heben, doch sein ganzer Körper blieb reglos. »Sklave!«, rief er noch mal etwas lauter. »Wasser!«

Er war wieder eingenickt, bevor er die Augen erneut aufschlug und das schwarze Gesicht vor ihm aufragte. »Wasser! Ich brauche Wasser. Kein Schlafmittel.«

Der Sklave nickte und reichte ihm einen Krug. Alessandro konnte kaum schlucken, dabei war es so wichtig, das Feuer in seinem Körper zu löschen. *Zeus, erbarme dich!* Alessandro fühlte sich noch schlimmer als in den Momenten, in denen er die Druidin um Hilfe gebeten hatte.

Obwohl er jetzt längere Wachphasen hatte, ging es ihm täglich schlechter. Wie weit sich diese Spirale nach unten drehen konnte, wusste er nicht.

Schließlich war er so schwach, dass er nur noch die Augen aufschlagen und vor sich hinstarren konnte. Der Sklave brachte ihm regelmäßig Flüssigkeit und sah nach seinen Wunden, aber am Ende wandte er sich immer schulterzuckend ab. Alessandro flüchtete sich in seine Traumwelt, in der er Laetitia in den Armen hielt und sie beide frei waren.

Aus Laetitias Tagebuch:

Zwei ganze Wochen sind jetzt schon vergangen, mein Hungerstreik hat zu nichts geführt. Ich werde noch wahnsinnig vor Angst um meinen Geliebten, deshalb greife ich zum Äußersten. Jupiter steh mir bei, aber wenn Vater nicht dafür sorgt, dass Alessandro zurückkommt, werde ich zu ihm in die Katakomben gehen. Bestimmt finde ich einen Wächter, der mich für Geld zu ihm lässt. Ich muss ihn sehen, sonst vergehe ich vor Kummer!

Eines Tages schlug Alessandro seine Augen auf, weil er meinte, ein Weinen zu hören. *Laetitia?* Ihre helle Gestalt leuchtete vor ihm auf. War er bereits gestorben? Es kostete ihn Mühe, die Augen offen zu halten, und doch: Er sah ihr Licht ganz deutlich. Ihre sanften Hände berührten seine glühende Stirn.

»Alessandro. Du lebst! Jetzt wird alles gut!«

»Laetitia.« Er schaffte es kaum, ihren Namen auszusprechen, dabei wollte er sie doch damit trösten, dass sie sich bei den Göttern wiedertreffen würden.

Unter ihrer kühlen Hand fielen seine Augen erneut zu. Ein wohliges Gefühl überdeckte den konstanten dumpfen Schmerz in seinen Gliedern. *Geh nicht weg!* Aber er war zu schwach, um noch etwas zu sagen.

»Alessandro, ich gehe zu Silvana in den Wald. Vielleicht kann sie dir helfen. Du musst wieder gesund werden, Alessandro, hörst du? Ich liebe dich, ich brauche dich hier an meiner Seite. Erinnerst du dich an unseren Plan, wegzuziehen und in Freiheit zu leben? Seine Umsetzung ist greifbar nahe. Bitte, Alessandro, ich weiß, dass du es schaffst. Halte durch, bis ich zurück bin.«

Er fühlte einen warmen Kuss auf seinen spröden Lippen. Seine Hand zuckte, denn er wollte Laetitia zurückhalten. »Bitte!« *Geh nicht zu Silvana, bleib bei mir, wenn ich sterbe.* »Bitte!« Es war das einzige Wort, das er herausbrachte. Und sie verstand ihn nicht.

»Ich beeile mich, Alessandro. Du wirst sehen, alles wird gut!« Sie drückte ihm noch einmal die Hand, bevor sie durch die geöffnete Tür verschwand.

In all den Jahren als Sklave hatte er sich nie so hilflos gefühlt wie jetzt als freier Mann. Den Kopf zur Seite gedreht starrte er in die Dunkelheit, die ohne Laetitia an Intensität gewonnen hatte. Wenn ihr etwas bei Silvana zustoßen sollte, wäre es seine Schuld. Noch eine Sünde, die ewig auf seinen Schultern lasten würde.

~

Als er erwachte, war das schwarze Gesicht über ihn gebeugt. Der Sklave hielt einen Kelch auf Augenhöhe. *Nichts mehr trinken, ich kann nichts mehr trinken. Lass mich in Ruhe sterben.* Eine Hand bohrte sich in seine Seite.

»Du kannst noch nicht sterben, du schuldest mir einen Gefallen.«

Eis überzog seinen Körper. Die Stimme, die ihn in seinen Albträumen verfolgte, flüsterte ihm etwas ins Ohr. Ihre Hand bohrte sich tiefer in seine Wunden. Der Schatten über ihm war nicht der schwarze Sklave, sondern Silvana, die ihren Tribut einforderte.

»Wach auf, Alessandro!«

»Laetitia!«, stieß er hervor. »Wo ist sie?« Wellen von Schmerz rasten durch seinen Körper.

»Ihr geht es gut, die Kleine wartet draußen auf dich.« Silvanas Stimme war kalt. »Wir haben noch einiges vor, es wird Zeit, dass du diesen traurigen Ort verlässt!«

Jetzt erst konnte er die Druidin genauer erkennen. Sie hatte sich in Lumpen gekleidet, ihr Gesicht war kohlegeschwärzt, was ihre dunklen Augen noch bedrohlicher machte.

»Wirst du jetzt brav trinken, damit wir gehen können? Denk an dein Mädchen da draußen, sie wartet.«

Alessandro nahm sich zusammen. Silvana half ihm beim Aufsetzen und flößte ihm langsam den Inhalt des Kelches ein. *Bald bin ich wieder stark, und dann schneide ich dieser dunklen Zauberin die Kehle durch,* bildete sich blitzschnell ein Plan in seinem Kopf. Stattdessen wurde sein Körper völlig starr, nachdem er den letzten Tropfen hinuntergeschluckt hatte. Mit weit aufgerissenen Augen fiel sein Körper schwer auf seinen Liegeplatz zurück. Er wusste nicht, wie ihm geschah, als sich Silvana von ihm abwandte, um den Sklaven zu rufen.

»Eine Trage für den Gladiator von Maximus. Er hat es endlich hinter sich gebracht und ist von uns gegangen!« Ihre Stimme hörte sich männlich an, was Alessandro innerlich zusammenzucken ließ. Was führte diese Frau im Schilde?

Minuten später tauchte der Schwarze auf, der mit durchdringendem Blick auf Alessandro sah.

Ich lebe, lass dich nicht von der Druidin täuschen.

»Du hast recht, er ist tot. Es war nur eine Frage der Zeit!«

»Lass ihn uns zu den anderen schaffen, eine Leiche mehr oder weniger spielt keine Rolle«, kam prompt Silvanas Antwort. Immer noch sprach sie mit der Stimme eines jungen Mannes.

Alessandro konnte nicht fassen, was er hörte. Was für ein Gift hatte Silvana ihm eingeflößt, dass er nun völlig gelähmt war und wie tot wirkte? Wohin würde man ihn bringen? Trotz all seiner Bereitschaft zu sterben, machte sich ein Gefühl von Angst in ihm breit. Hier ging etwas nicht mit rechten Dingen zu, und er war nicht in der Lage, sich zu verteidigen – er konnte nicht einmal sprechen!

Der Schwarze sah nochmals zu Alessandro, fast war es ihm so, als wollte dieser noch etwas sagen, aber schließlich nickte er nur, fasste Alessandro grob an den Füßen, während er der verkleideten Silvana bedeutete, Alessandro unter den Achseln zu packen. Mit einem letzten Ruck wurde er auf eine bereitgestellte Trage geworfen. Überrascht und fast erleichtert stellte Alessandro fest, dass auch sein Schmerzempfinden ausgeschaltet war. Silvana und der Schwarze trugen ihn schnellen Schrittes durch die Katakomben, in denen er sich offensichtlich immer noch befand. Von oben hörte er klar und deutlich Kampfgeschrei. Die nächsten Spiele von Pompeji mussten im vollen Gange sein. Dafür, dass seine körperlichen Empfindungen komplett ausgeschaltet waren, waren seine Sinneswahrnehmungen umso klarer.

»Er hat sich wacker gehalten. Die letzten zwei Wochen hat er mich ganz schön Arbeit gekostet. Schade um den jungen Gladiator, der den Stier getötet hat!«

Zwei Wochen hatte er also hier gelegen und mit dem Tod gerungen. Wo war Laetitia? Wieso war sie nicht hier, an Silvanas Seite, und welchen Preis hatte sie für sein Leben gezahlt?

All die Fragen, die in Alessandro hochkamen, konnte er nicht stellen, und auch Silvana blieb dem Schwarzen eine Antwort schuldig. Stattdessen wurde Alessandro schnurstracks den Gang entlang getragen, dessen Steindecke jetzt deutlich zu erkennen war. Alessandro schloss daraus, dass sie sich einem Ausgang näherten.

»Vale, tapferer Kämpfer!« Der Schwarze setzte die Trage ab, sah Alessandro nochmals an und holte eine Silbermünze aus seiner Sandale. »Für deinen Fährmann.« Mit diesen Worten öffnete er Alessandros Mund und schob ihm das Geldstück nach griechischer Manier als Obolus unter die Zunge. Dann schloss er Alessandros Lider.

»Du machst zu viel Aufwand um einen Toten!«, herrschte Silvana ihn jetzt an. Alessandro war für einen Moment blind, konnte sich aber bildhaft vorstellen, wie die Druidin den Sklaven in die Seite stieß. »Deine Dienste werden nicht mehr gebraucht!«

Schritte entfernten sich.

»So und jetzt zu dir, mein Preis!« Mit einem Ruck riss Silvana seine Lider wieder auf. »Die Betäubung wird noch eine Weile anhalten, aber es soll ja auch niemand Verdacht schöpfen. Ich will, dass alle Welt denkt, du seist tot. Deshalb lasse ich dich jetzt hier liegen, man wird dich mit den anderen Toten rausbefördern.« Sie setzte Alessandros willenlosen Körper kurz auf. »Hier, sieh dich um. Du bist in guter Gesellschaft!« Mit ihrem grässlichen Lachen ließ sie Alessandro zurück auf den Boden knallen. »Und nun, bis später!«

Warte! Doch er konnte nicht aussprechen, was er dachte, weil seine Zunge ihm nicht gehorchte und sich sein Mund nicht öffnete. Nackte Angst kroch in ihm hervor, während er versuchte, Luft zu holen. Einzig das Geldstück konnte er schmecken, und es erinnerte ihn daran, dass er inmitten von Leichen lag. Sein Körper war regungslos, wie die verstümmelten Leiber der anderen toten Kämpfer, auf die er einen Blick aus dem Augenwinkel werfen konnte. Verwesungsgeruch hing in der Luft, eine fette schwarze Fliege setzte sich auf seine Wange. Alessandro versuchte, die Hand zu heben, um das lästige Insekt zu verscheuchen. Nichts rührte sich. Was für einen Trank hatte ihm Silvana dieses Mal gebraut? Würde sie ihn vielleicht am Ende einfach hier zurücklassen, und man würde ihn bei lebendigem Leibe begraben? *Nein,* erinnerte er sich, *sie hat noch etwas mit mir vor, das wird sie nicht zulassen!* Aber mit jeder verstreichenden Minute verflog seine Zuversicht ein bisschen mehr, und das schreckliche Gefühl, nicht mehr als lebendiger Mensch wahrgenommen zu werden, gewann die Oberhand. *Großer Zeus, lass diesen Zauber schnell vergehen!* Er wünschte sich sogar die Schmerzen zurück, die kurzzeitig verflogen waren. *Bitte, zeig der Welt, dass ich noch lebe!*

Aus Laetitias Tagebuch:

Ich habe Vater alles gestanden. Meine Liebe zu Alessandro, dass ich ohne ihn nicht mehr leben kann. Ich habe so gehofft, dass Vater nachsichtig ist und ihn zu uns nach Hause holt. Dass er sieht, was für ein toller Mann Alessandro ist und wie tapfer er für sein Haus gekämpft hat. Aber er war einfach nur außer sich. Niemals wolle er diesen Hund wieder unter seinen Augen sehen, ansonsten schneide er ihm persönlich die Kehle durch ... Da bin ich weggelaufen, an den einzigen Ort, wo ich mir jetzt noch Hilfe vorstellen kann: Die schauderhafte Lichtung zu betreten, hat mich unendlich viel Überwindung gekostet. Aber es musste sein. Mein Geliebter wäre sonst in das Reich der Götter entschwunden, und was hätte ich dann noch hier gewollt. Ich musste es einfach versuchen. Silvana hat mich mit offenen Armen empfangen. Sie sagte, Alessandro hätte ihr noch etwas versprochen und deshalb wird sie ihn aus den Katakomben rausholen. Ich habe ihr genau beschrieben, wo er liegt und dass sie es so anstellen muss, dass mein Vater davon nichts erfährt. Jetzt kann ich nur hoffen, dass sie ihn retten kann. Ein bisschen unbehaglich ist mir dabei, denn ihre Augen funkelten vor Gier. Wenn die Götter uns hold sind, werden wir einen Weg finden, uns später von ihrem Einfluss zu lösen. Wichtig ist nur, dass er lebendig herauskommt!

~

Es mussten Stunden vergangen sein, in denen Alessandro taub und starr dagelegen hatte, unterbrochen nur von dem Heranschaffen neuer Leichen. Achtlos wurden die Toten in dem Gang gesammelt. Keiner der heraneilenden Sklaven schenkte ihm auch nur die geringste Beachtung. *Sie denken alle, ich wäre tot!*

Als das Licht langsam fahler wurde, kamen schließlich drei Sklaven, um die Toten nach draußen zu befördern. Alessandro hörte, wie sie einen nach dem anderen packten und durch ein vorher verschlossenes Tor an die Luft beförderten. Ein Windzug streifte ihm jedes Mal über das Gesicht, wenn er das Geräusch des sich öffnenden Tores hörte. Plötzlich sah er zwei der Männer über sich gebeugt stehen.

»Ist das nicht der Gladiator, der den Stier besiegt hat?«, fragte einer der beiden.

»Keine Ahnung. Er sieht noch ziemlich frisch aus. Den Gladiator von Maximus hat seit dem großen Kampf niemand mehr gesehen. Es hieß, er sei schon lange tot!«

»Warte, wir können es herausfinden!«, sagte der andere.

Alessandro spürte, wie einer der Männer ihm den Arm hochriss. Sein Brandmal war unter einem dicken Verband verborgen. Hektisch fingerte der eine Sklave daran herum.

»Lass das, Liro, wir sind schon spät dran!«

Der andere Mann gehorchte mit einem undefinierbaren Grunzen. »Sehen alle gleich aus, die Toten!«, murmelte er schließlich missmutig und ließ Alessandros Arm wieder los. Zusammen fassten sie seinen Körper und hievten ihn in die Höhe. Mit Schwung wurde er durch das Tor nach draußen geschleudert. Der Aufprall war weich, als ob er auf fauligem Obst landete. Mit dem Gesicht nach unten fand er sich zwischen anderen Körpern wieder. *Großer Zeus!*, dachte er, als er auf das zerschlagene Gesicht eines toten Kämpfers blickte. Auf ihn wurde ein weiterer Leichnam geschleudert.

»So, das war's für heute. Wir warten mit dem Verbrennen der Leichen, bis es dunkel ist!«, erscholl die Stimme von oben.

Nein! Beim Jupiter, bitte lasst mich nicht hier liegen! In Alessandros Gedanken schob sich das glühende Metall des Brandeisens erneut in seine Haut. Er musste die Kontrolle über seinen Körper zurückgewinnen! Voller Panik starrte er auf den Toten unter ihm. *Bitte!, alles, nur nicht das!* Scheppernd fiel das Tor ins Schloss.

Die Zeit verging erbärmlich langsam. Auch wenn Alessandro versuchte, sich Zuversicht einzureden, krochen die Minuten grausam langsam vor sich hin. Wann würde die Lähmung endlich nachlassen? Alessandro versuchte, in sich hineinzuspüren, seinen Körper zu zwingen, ihm wieder zu gehorchen. *Alles, nur nicht mit den anderen Toten verbrannt werden!* Er fragte sich, wann Silvana zurückkommen und ihn holen würde. Sie brauchte ihn schließlich, oder etwa nicht? *Ich verliere den Verstand, wenn ich länger hier liegen muss!* Auch nahm die Angst um Laetitia weiter zu. Wo war sie, was war mit ihr geschehen? Er wollte schreien vor Angst, was ihm jedoch nicht gelang. Plötzlich hörte er eine vertraute Stimme. Laetitia, wollte er ausrufen und stellte verzweifelt fest, dass die Lähmung immer noch nicht nachgelassen hatte. Er fühlte, wie ihn sanfte Hände festhielten und umdrehten. Augenblicke später sah er ihr Antlitz vor sich aufleuchten. *Meine Göttin!*, dachte er. Doch im nächsten Moment durchfuhr ihn ein Schock. Laetitia sah nicht, dass er noch lebte! Weinend warf sie sich auf ihn, ihre Tränen benetzten seine Stirn und seine Wangen. »Die Waldfrau hat mich angelogen! Alessandro ist tot!«

Bitte, du musst nicht weinen. Alles wird gut! Sie verstand ihn nicht, anscheinend hatte Silvana sie nicht vollständig in ihre Vorgehensweise eingeweiht. Jetzt hörte Alessandro eine andere Frauenstimme, sie gehörte Katharina.

»Herrin, bitte, gibt es irgendetwas, das ich für Euch tun kann?«

»Wir müssen ihn von hier wegbringen, Katharina. Ohne, dass es jemand merkt. Ich will seinen Leichnam würdig begraben.«

Laetitia, meine Liebe, ich bin lebendig!

Die beiden Frauen zogen ihn mit aller Kraft von den anderen Toten weg. Sie kamen nur ein paar Schritte weit, bis sie erschöpft stehen blieben.

»Wir schaffen das nicht alleine, der Weg ist zu weit!«, hörte er Katharinas verzweifelte Stimme.

Laetitia nickte. Ihre verweinten Augen ruhten auf ihm. Dann ließ sie sich neben seinem Körper zu Boden sinken, schmiegte ihre Wange an seine und gab ihm einen Kuss auf den starren Mund. »Mein Geliebter. Ich wäre bis ans Ende der Welt mit dir gegangen. Jetzt bist du von mir genommen worden und das Leben hat keine Bedeutung mehr für mich!« Ein letztes Mal sah sie ihn an, bevor sie ihm die Lider schloss. »Leb wohl, wir sehen uns bei den Göttern!«

Voller Schrecken konnte Alessandro hören, wie sie sich unter heftigem Schluchzen erhob. »Ich bin, so schnell es geht, zurück.

Pass du hier auf den Körper meines Geliebten auf, ich hole Ricardo. Er wird uns helfen.«

»Beeile dich, Herrin. Bald wird es dunkel, dieser Ort ist mir unheimlich!«

Ich muss die Augen wieder aufmachen! Voller Konzentration bemühte er sich, wenigstens zu zucken. Irgendetwas zu tun, damit Katharina die Wahrheit erkannte. Das Sklavenmädchen musste sich etwas abseits von ihm befinden, denn er fühlte ihre direkte Anwesenheit nicht mehr. *Hilfe!*, die Worte formten sich klar und deutlich in seinem Kopf, doch sein Körper reagierte nicht. Verzweiflung überkam ihm. Würden Laetitia und Ricardo es rechtzeitig schaffen, ihn von hier wegzubringen?

Schließlich hörte er, wie sich Schritte näherten.

»Was machst du hier so alleine, Mädchen?« Die sanfte Stimme einer älteren Frau war zu hören.

»Ich warte auf meine Herrin.« Katharinas Worte klangen unsicher.

»Was würde deine Herrin an so einem schrecklichen Ort wollen?«, fragte die ältere Frau weiter.

»Einer der Toten war ihr Mann. Sie will ihn abholen lassen«, stotterte Katharina schließlich.

Alessandro konnte fühlen, wie sich eine eisige Kälte auf seine Haut legte. Es musste Silvana sein, die sich ihnen genähert hatte. *Rede nicht weiter!*, flehte er still, denn er wusste, dass Silvana hier war, um ihn zu holen, und dass sie alles beseitigen würde, was ihr im Weg war.

»Das ist schrecklich. Ich komme immer her, um die Gestorbenen zu segnen«, erklärte die Alte mit säuselnder Stimme. »Dieser hier, der da etwas abseits liegt, ist das der Mann deiner Herrin?«

»Ja. Bitte, geh nicht so nah hin. Meine Herrin würde das nicht wollen!«

»Oh, da bin ich mir sicher. Doch wenn sie wüsste, dass ich ihn segne, damit er in das Reich seiner Götter aufsteigen kann, dann wäre das doch etwas anderes.«

Alessandro hörte ein leises Schluchzen von Katharina. »Wenn sie wüssten, wie groß ihre Liebe zu ihm war. Meine Herrin will unbedingt, dass ihr Mann nach römischem Brauch bestattet wird!«

»Ach, mein liebes Mädchen. Ich verstehe deinen Kummer so gut. Komm nur her zu mir!«

Alessandro fühlte einen Ruck durch seinen Körper gehen. Blinzelnd öffnete er ein Auge. *Endlich! Die Wirkung lässt nach!*

Die ältere Frau redete beruhigend auf Katharina ein. *Lauf weg!* Doch so sehr er sich auch bemühte, er brachte keinen Ton heraus. Mit Schrecken sah er, wie sich die weinende Haussklavin jetzt von der älteren Frau in die Arme nehmen ließ.

»Ist ja gut, ist ja gut. Bald ist das alles vorbei. Du wirst sehen, deine Herrin findet einen anderen Mann.«

»Nein, bestimmt nicht. Er war ihre große Liebe, das hat sie immer wieder gesagt. Sie hätte alles für ihn getan.«

»Ruhig, nur ruhig. Reg dich nicht so auf, meine Liebe.« Immer fester zog die ältere Frau Katharina zu sich heran. Wie eine Schlange wickelte sie ihre Arme um den zarten Leib.

»Nein, nicht so fest! Lass mich los!« Erst jetzt begriff Katharina offenbar den Ernst ihrer Lage und versuchte, nach der Frau zu treten.

»Nicht doch, nicht doch, alles wird gut!«

Alessandro hörte Knochen brechen. *Silvana!* Schließlich sackte Katharina zu Boden.

»Du kleines Miststück hast mir gerade noch gefehlt! Hinüber mit dir zu den anderen Toten!« Mit Leichtigkeit schleuderte sie den Leichnam zu den Körpern der Kämpfer. Dann warf sie Alessandro einen verächtlichen Blick zu. »Oh, ich sehe, der Trank lässt nach. Gerade rechtzeitig, damit wir von hier verschwinden können. Aber zuerst ...«

Alessandro musste hilflos zusehen, wie Silvana ein Messer zückte. Mit einem gezielten Schnitt zerteilte sie das Lederarmband, welches das silberne Kettchen verbarg. Gierig ergriffen ihre Finger das Schmuckstück. »Deine Kleine hat die Wahrheit gesprochen! Sie hat geweint, als sie mir erzählt hat, dass du ihr Geburtskettchen als Glücksbringer trägst«, sagte sie. »So ein dummes Ding.

Und da wäre noch etwas.« Mit ihren spitzen Fingernägeln öffnete sie Alessandros Mund. Kopfschüttelnd holte sie die Silbermünze heraus. »So viel Wertschätzung für einen Gladiator!«, murmelte sie.

Alessandro konnte sich ein winziges Stückchen drehen, sodass sein Blick Silvana folgen konnte. Sie suchte eine Weile bei den Toten, bis sie schließlich niederkniete und das Bändchen an einem anderen Handgelenk befestigte. Danach öffnete sie dem Toten den Mund und legte die Münze hinein.

Alessandro verstand. »Du willst es so aussehen lassen, als wäre ich tatsächlich gestorben?« Seine Stimme war zurückgekommen, wenn auch heiser und kratzig.

Mit einem diabolischen Grinsen zog Silvana ein Fläschchen aus ihrem Mantel und schüttete es über die Leiber. Was immer es für eine Tinktur sein mochte, der Haufen fing sogleich zu qualmen an. Eine kleine Flamme züngelte nach oben.

»Für uns ist es Zeit, zu gehen.« Sie stieß einen kurzen Pfiff aus. Ein schwarzes Pferd trabte heran und blieb bei seiner Herrin stehen. »Knie nieder!«, gebot sie ihm, und das Tier gehorchte prompt. »Zeit für einen Ritt!«

Mit festem Griff hievte sie Alessandros Körper auf den Pferderücken, schwang sich hinter ihm hinauf und schnalzte mit der Zunge.

Im zügigen Tempo bewegten sie sich weg von den Mauern des Amphitheaters. Ein letztes Mal ging Alessandros Blick zu dem bereits hell lodernden Haufen. *Laetitia! Sie wird denken, mein Körper wäre schon verbrannt worden!*

»Halt an!« Fieberhaft versuchte Alessandro, sich aus ihrem Griff zu befreien. Mit seiner wiedergewonnenen Körperkraft wollte er sich ihren Klauen entwinden, aber Silvana lachte nur.

»Du Narr. Deine Liebe macht dich blind. Eines Tages wirst du mir dankbar sein für das, was ich für dich getan habe!«

Auch von seinen kläglichen Versuchen, sich vom Pferderücken zu rollen, ließ sich Silvana nicht beirren. Plötzlich kam ihm eine Idee. Mit aller Kraft kniff er dem Pferd in den Hals. Wiehernd stieg das Ross. Alessandro wurde gegen Silvana geschleudert, doch sie hielt sich im Sattel. Kreischend packte sie Alessandro an der Kehle.

»Jetzt habe ich genug von deinen Spielchen!« Immer fester wurde ihr Griff, bis seine Lungen zu brennen anfingen und ihm schwarz vor Augen wurde.

~

Aus Laetitias Tagebuch:

Meine geliebte Venus, warum hast du das zugelassen? Ich habe dich immer verehrt und versucht, ein guter Mensch zu sein. Warum habt ihr Götter meinen Geliebten zu euch geholt? Von Katharina habe ich auch nichts mehr gesehen. Was ist nur mit ihr geschehen? Ob ich noch mal in den Wald gehen soll, um diese grauenvolle Zauberin zu fragen, was mit Alessandro passiert ist?

KAPITEL 25

DAS BLUT DER AHNEN

Als Alessandro auf Silvanas Lichtung erwachte, war es Nacht. Anscheinend hatte sie ihn achtlos auf den festgetretenen Boden gelegt, von ihr war nichts zu sehen. Ein paar vereinzelte Sterne funkelten am Himmel, der Mond war nur eine schmale Sichel, die immer wieder von vorbeiziehenden Wolken verdeckt wurde. *Laetitia, wo bist du?* Mühevoll versuchte er, sich hochzurappeln, sackte allerdings gleich wieder in sich zusammen. Nach Atem ringend bemerkte er, dass der Schmerz, den er vor der Starre verspürt hatte, zurückgekehrt war.

»Silvana!« Sein Schrei, erfüllt von der Angst um Laetitia, war kraftvoller, als er erwartet hatte. Seine Stimme hallte über die Lichtung, um sich irgendwo in der Ferne zu verlieren. Niemand antwortete ihm. Trotz seiner Schmerzen stemmte er sich mühsam auf die Beine. »Silvana, du verlogenes Weib, komm her zu mir!«

Taumelnd schaffte er ein paar Schritte, das Stechen in seinen Gliedern und der Zorn auf die Druidin machten ihn halb blind. Eine lockere Wurzel beendete seine Gehversuche. Im nächsten Moment fand er sich vor Verzweiflung wimmernd auf dem Waldboden wieder. »Du willst mich betteln sehen? Hier bin ich und rufe nach dir! Erhöre mich!« Für Laetitias Leben würde er gerne sein Gesicht verlieren. Ein Rascheln in den Blättern verriet ihm Silvanas Kommen, bevor er sie sah.

»Alessandro, in so einem erbärmlichen Zustand ... Was könntest du nur von mir wollen?«

»Laetitia, ich muss sie finden.«

»Damit ihr zwei euch aus dem Staub machen könnt und mich alleine zurücklasst?« Ihre Augen verengten sich. »Du schuldest mir noch etwas!«

Mit Grauen dachte Alessandro an den Mann, den er Silvana als Gegenleistung versprochen hatte. »Ich weiß. Du kannst dich auf mich verlassen, nur mach mich wieder gesund!«

Sie schnaubte verächtlich. »Gesund? Du würdest das nicht zu schätzen wissen. Frage mich morgen Abend noch mal, vielleicht bin ich dann in besserer Stimmung.« Mit diesen Worten verschwand sie zwischen den dicht stehenden Bäumen.

Die Einsamkeit traf Alessandro härter als in den Katakomben, wo er zurückgelassen worden war, um zu sterben. Im Stillen dachte er an den Schwur, den er geleistet hatte. *Vater vergib mir, deinen Tod habe ich gerächt, aber das war es nicht, was letztendlich zählte.* Er hatte Laetitia nicht retten können. In einer ungerechten Welt hatte ein reicher Römer am Ende alles gewonnen, den Ruhm, das Gold und sogar seine Tochter, die nun glauben musste, dass er tot wäre.

Von Schmerzen geschüttelt, fand er bis zum nächsten Abend keinen Schlaf. Lange dachte er über die dunklen Machenschaften der Druidin nach, über das, was Iscus ihm gesagt hatte. *Man darf sich nicht mit schwarzer Magie einlassen!* Sein Lehrmeister hatte recht gehabt. Und so beschloss Alessandro, nicht länger auf Silvana zu warten, sondern sich dem Reich der Götter hinzugeben, wo er wenigstens hoffen konnte, Laetitia eines Tages wiederzusehen. Als sich die Sonne senkte, damit der Abend in die nächste Nacht übergehen konnte, war sich Alessandro sicher, dass sein Tod nahte. Zu seinem immer flacher werdenden Atem kam eine sich langsam ausbreitende Gleichgültigkeit, die ihn nach und nach seine Qualen vergessen ließ. Mit aufgerissenen Augen lag er da und starrte zum Himmel. Sein Blick war auf einen einzigen hellen Stern gerichtet. *Laetitia, irgendwann werde ich dich wiedersehen!*

Trotzdem konnte er sich die Fehler, die er gemacht hatte, nicht verzeihen.

»Na, wie fühlt es sich an zu sterben?«

Das Gesicht der Druidin hatte sich verändert. Er fragte sich, wie er sich jemals auf sie hatte einlassen können. Sein Blick suchte wieder den hellen Stern, der ihm in den letzten Minuten Trost gespendet hatte.

»Sieh mich an, Alessandro! Ich fragte dich, wie es sich anfühlt, unverrichteter Dinge zu sterben?«

»Warum kannst du mich nicht einfach gehen lassen?«

Ihr Gesicht hellte sich auf. »Man geht nicht so einfach von dieser Welt. Die meisten Menschen sterben nur einmal, und du hast noch eine Schuld zu begleichen!«

Alessandro suchte nach einer passenden Antwort, doch er war zu erschöpft, um Worte zu finden.

»Dein Mädchen, wie hieß sie noch gleich? Ah, Laetitia! Du willst sie doch wiederfinden, oder?«, flüsterte Silvana mit vorgebeugtem Haupt in sein Ohr.

Laetitias Name ließ ihn aufhorchen. »Wo ist sie?«

»Das wissen die Götter allein. Bist du bereit, dein Versprechen einzulösen?«

Alessandro wollte ihr etwas entgegnen, doch sein Mund war so trocken, dass er ihn kaum öffnen konnte. Mit schwirrendem Kopf überdachte er den Entschluss, den er letzte Nacht gefasst hatte. Vielleicht gab es doch noch eine Möglichkeit, Laetitia zu finden und mit ihr zusammen zu sein. »Silvana, es tut mir leid!« Die Worte kamen nur röchelnd. »Ich werde tun, was in meiner Macht steht.«

Die opalschwarzen Augen sahen ihn eindringlich an. Nun wurde Silvanas Gesichtsausdruck weicher. »Nimm meine Hand Alessandro, der letzte Schritt ist der schwerste!«

Alessandro wehrte sich gegen das Bild der sterbenden Katharina, das in ihm aufstieg. »Vertraue ihr nicht!«, hörte er Iscus' tiefe Stimme hallen. Durch seine wiederaufflammenden Zweifel gehemmt, reagierte Alessandro nicht auf Silvanas Aufforderung, so dass sie selbst nach seinen Fingern griff.

Laetitias Hand, es sollte ihre Hand sein, die meinen letzten Atemzug begleitet! Er wollte die Hand von Silvana wegziehen, doch sie war schneller und hielt sie fest. Unter ihrem Umhang zog sie etwas hervor, das aussah wie ein kleines, bauchiges Gefäß aus Glas. Ein schauerliches Gefühl beschlich Alessandro, doch er wusste, dass er zu schwach war, um sich jetzt zur Wehr zu setzen. Alles in seinem Innersten schien sich nun gegen die sich nähernde Druidin zu sträuben. Silvana hatte ihm zu verstehen gegeben, dass er leben würde, aber etwas stimmte nicht, das merkte er deutlich an dem gierigen Funkeln in ihren Augen. Unfähig, etwas anderes zu tun, konzentrierte er sich auf den hellen Stern über sich. Er wollte sich nicht anmerken lassen, dass sein Herz vor Angst raste. Plötzlich wurde ihm bewusst, dass er lieber den Tod wählen würde, als dauerhaft von dem Wohlwollen der Druidin abhängig zu sein. Wenn er sich weiterhin ihrem verwerflichen Spiel hingeben würde, würde er am Ende noch mehr zerstören, als sein eigenes Leben. *Ich hätte ihr niemals trauen dürfen!* »Silvana, lass mich in Ruhe, es ist zu spät für mich!«, seine Stimme war klar und gefasst, als er die Worte herauspresste. Doch Silvana sah ihn ungerührt an.

»Das geht nicht, mein Lieber! Die Götter haben dich zu mir geführt, und nun bist du mein!«

Alessandro fühlte, wie Schweiß auf seiner Stirn ausbrach. »Ich werde nicht länger leben, um dein williger Diener zu sein!« Der Satz klang schrill, obwohl er versuchte, seine Angst zu unterdrücken.

»Oh nein, du wirst nicht länger leben. Du wirst sterben und neu geboren werden, und dann wird deine Seele für immer mit meiner verbunden sein.« Mit einem triumphierenden Lachen griff sie hinter sich, hob einen langen Speer vom Boden auf und rammte ihn Alessandro mitten ins Herz.

Flammender Schmerz breitete sich in seinem Körper aus. Ungläubig versuchte er, den Schaft aus seinem Körper zu ziehen.

Silvanas Lachen klang höhnisch. »Sieh an, nun doch nicht so erpicht auf dein Ableben? Gut, dass ich das hier habe!«

Verschwommen konnte Alessandro das kleine Gefäß erkennen. Mit einem Ruck riss Silvana die Stichwaffe wieder nach oben. Blut schoss aus der klaffenden Wunde. Sein Kopf wurde mit jedem verstreichenden Augenblick leerer, während er die rote Flüssigkeit aus sich herausfließen sah. Aus dem Augenwinkel konnte er erkennen, wie Silvana den Korken öffnete, niederkniete und ihm drei Tropfen in die offene Wunde gab. Beschwörend legte sie eine Hand über sein Herz und murmelte unverständliche Worte.

»Laetitia, dieses Herz gehört für immer dir!«, flüsterte Alessandro ins Nichts, weil er Angst davor hatte, dass die Druidin ihm durch ihr sonderbares Handeln tatsächlich sein Innerstes und damit auch die Erinnerung an seine Liebe wegnehmen könnte. Sein Herz antwortete. Es beschleunigte seinen Schlag bis zu dem Punkt, an dem es unerträglich wurde. Alessandro fühlte sich wie unter Wasser gedrückt. Immer noch kämpfte sein Herz gegen den Tod an, bis es schließlich stehen blieb. Alessandro blinzelte ein letztes Mal. *Da geht es dahin, mein wertloses Leben.* Wie auf Wolken fühlte er, dass sich eine wohlige Wärme in ihm ausbreitete. Während er neben sich noch dumpfes Gemurmel hörte, schloss er in Erwartung an das hohe Gericht der Götter seine Augen. Doch kein Gott sprach zu ihm, stattdessen war er umgeben von einer eigenartigen Stille, helles Licht umspülte seinen Körper. Als er an sich herabsah, beobachtete er, wie der Blutfluss schließlich versiegte. Ein kraftvolles Leuchten breitete sich über der Wunde aus und schien in ihn hineinzuströmen. Sein Herzschlag setzte wieder ein und hörte sich an wie ein dumpfer Trommelschlag. Dudum, Dudum, Dudum. Mit jedem Schlag spürte er das Leben in sich zurückkehren, sein Körper war begierig darauf, es anzunehmen. Wo eben noch ein sterbender Mann gelegen hatte, war nun ein neuer Alessandro geboren. Ungläubig betrachtete er die Stelle, an der die tödliche Wunde sich langsam wieder schloss und zu verblassen begann. Seine Augen, seine Ohren, alle seine Sinneswahrnehmungen waren bis an den Punkt der Schmerzgrenze gesteigert. Immer noch rollte das Geräusch seines eigenen Herzschlages in seinem Kopf.

»Was hast du mit mir gemacht?« Selbst seine Stimme klang fremd, tief, wie das Grummeln eines Vulkans.

»Ich habe dir gegeben, wonach sich jeder Mensch sehnt. Du

bist jetzt unsterblich, Alessandro! Komm her und teste deine Kraft!«

Sie hätte ihn nicht dazu auffordern müssen, der Zorn allein war genug, um sich Silvana zu stellen. Alessandro griff nach der blutbesudelten Lanze, die noch immer auf dem Boden lag, und ging damit auf Silvana los. Sie hielt einen Knochenstab in der Hand, mit dem sie sich geschickt zur Wehr setzte.

»Du musst nur auf dein Herz aufpassen, Alessandro«, rief sie ihm lachend zu, »ansonsten bist du unverwundbar. Sieh selbst!« Mit einer schnellen Bewegung entwand sie ihm den Speer und ließ ihn im nächsten Moment durch die Luft sausen, sodass er sich in Alessandros Kehle bohrte. Er fühlte den Schmerz kaum, als er die Lanze herauszog und sie in Silvanas Richtung schleuderte. Mit Genugtuung sah er, wie sie ihr Herz traf.

Silvana keuchte, griff mit geweiteten Augen den Speer und hielt ihn Sekunden später in der Hand. Dann kam ihr höhnisches Lachen zurück und voller Kraft stürzte sie sich auf Alessandro. »Ein einfacher Speer wird deinem Herzen nichts mehr anhaben können. Um einen Unsterblichen zu töten, gibt es nur eine Möglichkeit, aber die werde ich dir nicht verraten.«

Entgeistert starrte Alessandro sie an. War es tatsächlich möglich, dass er unsterblich war? Brüllend warf sich Silvana auf ihn und riss ihn zu Boden. Mit einer unbekannten Leichtigkeit wirbelte er sie herum und schleuderte ihren Körper einige Meter weit. Obwohl der Aufprall sie hätte zerschmettern müssen, stand sie Augenblicke später wieder auf.

»Wie ist das möglich?«, fragte er und betrachtete seine Hände, die gewachsen zu sein schienen.

»Das, mein Lieber, macht das Blut der Ahnen, das jetzt in deinem Körper zirkuliert!«

»Warum ich? Warum hast du mir das angetan? Ich wollte einfach nur ein normales Leben führen!«

»Die Götter entscheiden über unser Leben, und sie haben dich hierhergeführt. Auf einem weißen Pferd bist du zu mir gekommen, und nun wirst du meinen Wunsch erfüllen.«

Du hättest dir einen anderen suchen sollen! Er hätte ihr seinen

Gedanken am liebsten entgegengeschrien, stattdessen fragte er nur: »Wo ist Laetitia?«

»Um dein kleines Mädchen kümmern wir uns später. Sie sollte dir jetzt nicht mehr so wichtig sein.«

»Sie war mein Leben!«

»Ein Leben, das jetzt vorbei ist. Von nun an bist du unsterblich, Alessandro.«

Seine Gedanken und Gefühle zu ordnen, fiel ihm schwer. Einerseits konnte er kaum glauben, was Silvana gesagt hatte, andererseits fühlte er sich tatsächlich anders. Was, wenn er sein Leben wirklich verloren hatte? Dann gab es Alessandro nicht mehr und auch keine Verbindung zu Laetitia. Das durfte nicht sein. Panik stieg in ihm auf. »Ich muss sie suchen gehen!«, rief er aus.

»Gut, aber dann denk daran, dein Versprechen einzulösen!«

Aus Laetitias Tagebuch - letzter Eintrag:

Es hat keinen Sinn mehr, er ist tot. Das spüre ich. Der Mann, den ich liebte, ist gestorben und meine Welt ist leer. Es gibt für mich keinen Grund mehr, weiterzuleben. Silvana hat uns beide getäuscht, und jetzt hat Alessandro diese Welt verlassen. Vielleicht finde ich ihn, wenn ich ihm folge ...

KAPITEL 26

LAETITIAS TRAUER

Der erste Weg führte Alessandro zum Amphitheater zurück. Vielleicht war die Zeit wie die letzten Male auf der Lichtung langsamer vergangen und er konnte Laetitia dort treffen. *Katharina hat davon geredet, dass sie zurückkommen und meinen Leichnam bestatten wollte!*

Eilig umrundete er das steinerne Gebäude, das in der aufgehenden Morgensonne friedlich vor ihm lag. *Morgen! Ein neuer Tag bricht an!* Verzweiflung überkam ihn, denn es war Abend gewesen, als Silvana ihn fortgebracht hatte. *Laetitia, bitte sei da!* Schon von Weitem erkannte er die Stelle, an der er mit den anderen Körpern auf einem Haufen gelegen hatte. Aber außer ein paar Hunden, die sich um die verkohlten Leiber geschart hatten und um die mageren Reste stritten, war niemand zu sehen. Enttäuschung überkam ihn. Er war zu spät gekommen! Ohne einen Blick zurückzuwerfen, wandte er sich vom Amphitheater ab und eilte in Richtung der Villa, die sein ganzes Leben sein Zuhause gewesen war.

In der Morgendämmerung waren die Straßen noch fast menschenleer, nur hier und da konnte er bereits ein geschäftiges Klappern hinter geschlossenen Türen hören. Eilig rannte er weiter, an dem

Haus mit der blauen Tür vorbei, hinter der er sich mit Laetitia in einem anderen Leben geliebt hatte. Seine Beine bewegten sich immer schneller, als er die Stadt hinter sich ließ und die Hügel hinaufrannte, um sie zu finden. Mit jedem Schritt wurde er hektischer, um das beklemmende Gefühl, das ihn seit Verlassen der Stadt verfolgte, abzuschütteln. Schließlich konnte er das Anwesen erkennen, die Zypressen, das Atrium, den Übungsplatz und das stattliche Haus, das über dem Gelände thronte, doch alles schien ihm fremd und leer. Zwei Wachen waren am Haupteingang postiert. Er überlegte kurz, ob er sich ihnen erkenntlich machen sollte, entschied dann aber, dass es besser wäre, wenn niemand wüsste, dass er da war. *Maximus soll ruhig denken, ich sei tot. Dann fürchtet er nicht mehr darum, dass Laetitia ihm meinetwegen davonläuft.* Schnell entschied er, sich von hinten an die Villa zu schleichen, um Laetitia zu suchen. Seine Schritte führten ihn durch die Wildnis zurück auf undefinierten Wegen, über steile Felsen und verworrene Äste, die kein Sterblicher hätte erklimmen können, hinauf zu dem Aussichtspunkt mit dem Rosenbusch, von dem man auf die Rückseite des Anwesens gelangen konnte. Alessandro verharrte einen Moment und betrachtete ungläubig die tiefen Kratzer in seinen Beinen und Armen, die er sich zugezogen haben musste, als er über das spitze Gestein geklettert war. Vor seinen Augen verschlossen sich die Wunden. Die Morgensonne berührte seine Haut, und noch während er weiterhin auf seine Hände starrte, bemerkte er, dass auch die letzten Schrammen wieder verblassten. *Unsterblich. Und doch bin ich nicht unverwundbar!* Ein Meeresrauschen drang an seine Ohren, ein Windhauch streifte ihn, doch er drehte sich in Richtung der Villa und eilte den Hügel hinab. Vom Anwesen konnte er ein Pferd wiehern hören. Ohne stehen zu bleiben, rannte er weiter, bis er an den Stallungen angekommen war. Hier entschloss er sich, einige Augenblicke abzuwarten und die Lage auszukundschaften. Vielleicht waren Ricardo oder Laetitia in der Nähe? In seinem Geist stellte er sich bereits vor, wie er sich mit ihr zusammen auf Amadeo schwang und für immer verschwand.

Die Minuten flossen träge dahin, und noch immer traute er

sich nicht aus seinem Versteck heraus. Doch plötzlich vernahm er Stimmen, darunter auch die von Maximus, doch zu seinem Unbehagen schienen sie erregt und direkt auf die Ställe zuzukommen. *Hier stimmt etwas nicht, Maximus ist sonst die Gelassenheit in Person.* Noch nie hatte Alessandro seinen ehemaligen Herrn so hektisch erlebt.

Rasch zog er sich ins Dickicht zurück und verbarg sich im Unterholz. Maximus erteilte der hinter ihm her eilenden Gruppe aus fünf oder sechs Männern Befehle, die sein Schwager Julius Tullius wiederholte.

»Wir werden so lange suchen, bis wir sie gefunden haben. Zwei Männer reiten mit mir und zwei mit Tullius. Ich möchte, dass ihr jedes Blatt nach ihr umdreht!«

Als Amadeo an Alessandro vorbeigaloppierte, befürchtete er, der Hengst würde ihn verraten, doch Amadeo schritt, ohne einen Laut von sich zu geben, an ihm vorbei, zwei andere Pferde folgten. *Laetitia, wo bist du?* Wohin war sie nur gegangen? Er musste unbedingt Ricardo suchen, vielleicht wusste der etwas.

»Ricardo.« Seine Stimme war ein heiseres Flüstern, doch laut genug, um seinen Freund aufhorchen zu lassen.

Ricardo saß alleine im Schatten des Olivenbaums, unter dem sie früher immer gemeinsam ausgeruht hatten. Jetzt erhob er sich, blickte sich unsicher um und folgte dem Ruf zu den Holzbaracken.

»Wer ist da?«, rief Ricardo und Alessandro konnte Unbehagen in seiner Stimme entdecken. »Zeig dich mir!«

»Hier bin ich!«, flüsterte Alessandro und trat hinter der Holzbaracke vor. Ricardo schreckte, wie Alessandro es erwartet hatte, deutlich vor ihm zurück, auch wenn er sich offensichtlich alle Mühe gab, sein Unbehagen zu kaschieren. »Alessandro, was machst du hier? Bei den Göttern, wir dachten, du bist tot!«

»Wo ist sie, Ricardo? Du musst mir helfen, nur noch dieses eine Mal!«

Ricardo senkte den Blick. Zorn überkam Alessandro und er

packte seinen Freund am Handgelenk. »Sieh mich an, wo ist Laetitia?«

Ricardos Miene war voller Trauer und Unsicherheit. »Ich weiß es nicht«, flüsterte er schließlich.

Alessandro ließ ihn los und ermahnte sich, geduldig zu sein. »Wann hast du sie das letzte Mal gesehen?«, fragte er etwas ruhiger.

»Gestern kam sie zu mir. Wir hatten gerade zu Abend gegessen, da rannte sie zu Brekken und sagte, sie müsse mich sprechen. Es sei eine Angelegenheit, die nicht warten könne. Sie befahl Brekken, bei den anderen Sklaven zu bleiben und kein Wort darüber zu verlieren. Wir gingen zu den Ställen, wo sie Nala zäumte und mich bat, mir ebenfalls ein Pferd zu satteln. Immer wieder drängte sie zur Eile, sie war völlig verzweifelt.« Ricardo stockte.

»Was ist dann passiert?«, bohrte Alessandro weiter.

»Ich hatte furchtbare Angst, einfach abzuhauen, auf der anderen Seite wollte ich ihr nicht widersprechen, und so folgte ich ihr.« Ricardo schwieg lange, bevor er weitersprach. »Es war furchtbar. Ich hätte sie nicht alleine lassen dürfen!«

»Was war furchtbar? Sprich endlich!«, Alessandro musste an sich halten, um Ricardo nicht bei den Schultern zu packen und ihn zu schütteln.

»Wir sind zum Amphitheater zurückgekehrt, aber dort ...« Ricardos Stimme versagte für einen Moment. »Laetitia war panisch. Sie hat nach Katharina geschrien, aber auch von ihr fehlte jede Spur. Wir konnten nur zuschauen, bis alles niedergebrannt war.« Ricardo legte den Kopf in seine Hände. »Alessandro, es war ein seltsames Feuer. In der Nacht fing es zu regnen an, doch die Flammen haben alles aufgefressen. Nur noch blanke Knochen und kalte Asche blieben zurück.«

»Sie denkt, ich wäre tot, nicht wahr?«, flüsterte er schließlich.

Mit einem traurigen Blick nickte Ricardo. »Es tut mir so leid«, murmelte er. »Ich konnte sie nicht aufhalten.«

»Wo ist sie hin? Was hat sie dann gemacht?« Zu spät erkannte Alessandro, dass er seinen Freund noch immer am Handgelenk hielt. »Entschuldigung«, sagte Alessandro schnell, »aber ich muss wissen, was passiert ist!«, stieß er hervor, während er seinen Griff löste.

»Sie hat mich heimgeschickt, weil sie alleine sein wollte«, stotterte Ricardo.

»Warum hast du sie zurückgelassen?« Alessandro wollte schreien. Es kostete ihn Kraft, an sich zu halten.

»Bitte, Alessandro, nicht alle Menschen werden zu Helden geboren. Ich hatte nie die Kraft, mich Befehlen zu widersetzen.«

»Hat sie dir gesagt, was sie vorhat?«, fragte Alessandro nach einer langen Schweigepause.

Ricardo schüttelte den Kopf. »Ich hatte gehofft, dass sie zurückkommt. Doch nun ist es bald Mittag und sie ist immer noch nicht da.«

Wenn du stirbst, dann hat auch mein Leben keinen Sinn mehr. Ihre Worte hallten in Alessandros Gedächtnis. »Ich muss sie finden!«

Ricardo nickte. »Viel Glück, alter Freund!«

»Wo ist eigentlich Iscus?«, fragte Alessandro.

»Iscus ist weg. Es gab einen Streit mit dem Herrn. Iscus wollte dich nach dem Kampf heimbringen, doch Maximus lehnte ab. Er sagte, es würde seiner Tochter das Leid ersparen, dich sterben zu sehen.«

Er wollte nichts mehr mit mir zu tun haben und verhindern, dass Laetitia bei mir ist. Eilig drängte er seine trüben Gedanken beiseite. Jetzt zählte nur eins, nämlich Laetitia zu finden. »Danke, Ricardo.« Mit einem letzten Blick auf seinen alten Freund drehte er sich um und lief zurück in den Wald.

Als er in sicherer Entfernung zur Villa war, schloss Alessandro die Augen und lauschte seinem Inneren. Wo konnte Laetitia sein?

Der Mond war schon aufgegangen, und er hatte immer noch keine Spur von ihr entdeckt. Jede Gasse von Pompeji hatte er abgesucht, all ihre Lieblingsplätze um das Anwesen ihres Vaters herum, jeden Winkel der umliegenden Plätze, an denen sie sich aufhalten könnte. Schließlich ließ er sich erschöpft am Fuße des

Jupitertempels nieder, als ihm plötzlich klar wurde, dass er den ganzen Tag ohne Essen und Trinken ausgekommen war. Auch jetzt verspürte er weder Hunger noch Durst, nur den Drang, sich etwas auszuruhen. Langsam erhob er sich von den Steinstufen, denn eine Tempeltreppe war kein Ort für eine längere Rast. Ziellos irrte er durch die Straßen, bis nach und nach die Häuser weiter auseinanderrückten und er den Stadtkern hinter sich ließ.

Gedankenlos ging er weiter, bis er das Rauschen von Wellen vernahm, die sich am Ufer brachen. Er dachte an die Träume, in denen ihm Laetitia am Meer begegnet war, und ließ sich von seiner Sehnsucht nach ihr leiten. Hinter einem Sandwall fiel der Boden leicht ab, und eine verlassene Bucht erstreckte sich vor ihm. Genau wie in seinen Träumen wurden die dunklen Felsen vom Mondlicht beschienen. Feiner weißer Sand drang in seine Sandalen. Nichts rührte sich, nur das gleichmäßige Plätschern der Wellen und das Kreischen einer Möwe waren zu hören. Auf einmal vernahm er etwas in seinem Innersten, ein wilder, ihm fast das Brustbein zerschmetternder Herzschlag. Im ersten Moment war er davon so überwältigt, dass ihm schwindelig wurde. Panisch sah er sich um. Was hatte dieses Gefühl zu bedeuten? Im selben Moment sah er etwas Weißes, das von einer Welle an Land gespült wurde. Sein Herz stolperte, krampfte, während er den Strand entlangrannte.

»Laetitia! Wach auf, ich bin bei dir!« Alessandro hielt ihren reglosen Körper an sich gepresst und wartete darauf, dass sie die Augen öffnete und ihn anlächelte. *Bitte, Laetitia!* Sanft legte er sie in den weichen Sand. Um ihre schlaffen Finger war ihr Kettchen gewickelt. Langsam begann er sie zu beatmen, wie er es bei einem Medicus gesehen hatte. Immer wieder flößte er ihr den eigenen Atem ein, einen toten Atem, den es nicht hätte geben dürfen. Trotzdem machte er immer weiter. Wenn er sich jetzt der Tatsache stellen würde, dass er Laetitia für immer verloren hatte, würde er in einen Abgrund voller Trauer sinken, aus dem es kein Zurück gab. So bemerkte er kaum, wie hinter ihm ein Mann von seinem Pferd sprang. Erst als eine kalte Klinge sich an seine Kehle schmiegte, ließ er von Laetitia ab und drehte sich um. Der hasserfüllte Blick von Tiberius Maximus traf ihn.

»Hab ich dich, du Scheißgrieche. Bei Jupiter, wie hast du es angestellt, dass du noch lebst? Lass meine Tochter los!«

Alessandro hob Laetitia sanft auf und presste sie an sich. Tiberius Maximus verstärkte den Druck der Klinge, bis Alessandro fühlte, wie ein paar Tropfen Blut seinen Hals hinunterliefen.

Maximus schaut auf das Bündel in Alessandros Armen und ließ die Waffe fallen. »Was hast du mit ihr gemacht? Meine Tochter! Sie ist tot!« Er stieß einen langen, klagenden Schrei aus. »Laetitia!« Mit einem Ruck riss er sie Alessandro aus den Armen. »Laetitia, meine geliebte Tochter! Wach auf!« Mit dem Blick eines Mannes, dem man alles genommen hatte, sah er Alessandro an. »Das ist deine Schuld!«, zischte er. »Wenn du nicht gewesen wärst, würde sie noch leben!« Behutsam legte er ihren Leichnam zurück in den Sand. Mit wilder Entschlossenheit hob er sein Schwert auf. »Wie einen Sohn habe ich dich großgezogen, all die Jahre deiner Ausbildung, die Chance, in der Arena zu bestehen, und das ist der Dank!«

Zorn überflutete Alessandro. »Ihr habt mich benutzt, um Euch zu bereichern. Wenn es nach Euch gegangen wäre, hätte ich in den stinkenden Katakomben krepieren können!«

»Ja, in der Unterwelt wärst du besser aufgehoben als hier. Aber ich schicke dich jetzt dorthin! Vielleicht begegnest du dort deinem geliebten Vater, der hat auch von sich gemeint, dass er unsterblich ist!«

Maximus' Klinge spiegelte sich im Mondlicht, und Alessandro erkannte, dass seine Mannen ebenfalls ihre Schwerter zogen, aber abwarteten, was ihr Herr ihnen befehlen würde.

Laetitia! Ich will es sein, der ihren Körper bestattet und ihr die letzte Ehre erweist, fasste er den Beschluss, als sich Maximus ihm näherte. Er beobachtete, dass dieser seinen Männern ein Zeichen zum Angriff gab. Drei von ihnen machten sich bereit, um ihm ihre Klingen in den Rücken zu stechen.

Alessandro ließ den Ersten gewähren. Mit einem siegessicheren Schrei stieß Maximus' Soldat ihm sein Schwert zwischen die Schulterblätter. Die Klinge steckte noch, als Alessandro sich umdrehte und auf seinen Angreifer losging. Mit der Faust zertrümmerte er dem verdutzten Mann den Schädel, nur um dann seinen leblosen Körper auf die anderen Gegner zu schleudern. Binnen Augenblicken hatte er sich das Schwert geschnappt und machte kurzen Prozess mit den anderen beiden. Aus dem Augenwinkel erkannte er, dass der Rest von Maximus' Mannen die Flucht ergriff. Langsam drehte er sich um und stand seinem ehemaligen Herrn gegenüber, der ihn mit kalten, ausdruckslosen Augen anstarrte.

»Ihr hättet Eure Tochter frei entscheiden lassen sollen, mit wem sie zusammen ist!«

»Du bist kein ehrbarer Mann für sie gewesen, ein einfacher Schlächter, das ist alles. Gesindel wie du liegt weit unter dem, was ein Mädchen wie sie gebraucht hätte! Und jetzt scher dich weg! Lass mich mit meiner Tochter alleine!«

»Nein. Laetitia hätte gewollt, dass ich sie bestatte, so, wie sich mich bestatten wollte.«

Maximus machte einen Schritt auf ihn zu. Mit zusammengekniffenen Augen fixierte er Alessandro, der das Schwert zwischen seinen Schulterblättern hervorzog, als wäre es das Normalste der Welt. Mit einem, wie er hoffte, ebenso kalten Blick, wischte er die blutende Klinge an seinem Bein ab und sah Maximus herausfordernd an.

»Ich befehle es dir!«, beharrte dieser resolut.

Alessandro verschränkte die Arme vor der Brust. »Ihr habt mir nichts mehr zu befehlen!«

Maximus setzte zum Sprung an, zog blitzschnell einen Dolch und wollte ihn Alessandro ins Herz rammen. *Das nicht ganz unverwundbare unsterbliche Herz,* dachte Alessandro mit Schrecken, während er sich wegdrehte, sodass die Klinge sich stattdessen in seinen Arm bohrte. Mit Leichtigkeit zog er sie wieder heraus. Den

Dolch in der Hand wiegend ging er auf Maximus zu. Kreidebleich wich der einige Schritte zurück. Schon bereit, sich umzudrehen und wegzurennen, packte ihn Alessandro an der Tunika. Wie eine Spielzeugpuppe hob er Tiberius Maximus in die Höhe.

»Wenn du mich töten willst, dann mach es bei Jupiter gleich. Ich werde nicht um mein Leben betteln«, stieß Maximus hasserfüllt aus.

Alessandro ließ seinen Blick zu Laetitia gleiten. »Das hätte sie nicht gewollt«, flüsterte er. »Eure Strafe ist es, zu leben!« Mit einem Ruck schleuderte er Maximus' Körper von sich und sah, wie er sich aufrappelte und nach Amadeo pfiff, der zögernd zwischen den beiden hin und her blickte.

»Geh, Amadeo. Du hast genug für mich getan!« Wehmütig beobachtete Alessandro, wie das Pferd hinter Maximus her trottete und die beiden hinter dem Sandwall verschwanden. Erschöpft ließ er sich neben Laetitia nieder. Sanft hob er ihren schwer gewordenen Kopf auf seinen Schoß, strich ihr durch das nasse Haar und weinte. Zu spät, er war zu spät gekommen. Wie sollte er seine unendlichen Jahre ohne sie nur ertragen? Eine ganze Weile saß er da, bis ihm ein Gedanke kam. Entschlossen hob er Laetitia auf und trug sie davon.

KAPITEL 27

WAS IMMER DU WILLST

»Du musst sie mir wieder zurückbringen!«, verlangte er von Silvana, die sich belustigt über Laetitias Körper beugte.

»So? Muss ich das? Zuerst schuldest du mir einen Gefallen.«

»Was immer du willst, nur bring sie zurück ins Leben. Bitte.«

»Sie ist tot, das siehst du selbst.«

»Ich war auch tot, und du hast mich zurückgeholt.«

Silvana machte einen verächtlichen Laut. »Das hätte seinen Preis«, säuselte sie.

»Ich werde dir jeden Wunsch erfüllen.«

Abfällig sah sie an Alessandro herunter. »Du würdest alles für sie tun, nicht wahr?«

»Alles und noch viel mehr«, bekräftigte Alessandro. In Silvanas Augen leuchtete so etwas wie Abscheu auf, deshalb beschloss er, seine Worte sorgfältiger zu wählen. »Sag mir, was du willst und es ist dein«, sagte er kalt.

Ihre opalschwarzen Augen musterten ihn eindringlich. »Der Mann, den du töten sollst, lege mir sein Herz zu Füßen, und ich werde sehen, ob ich euch wieder zusammenführen kann.«

Alessandro schluckte. »Du willst, dass ich dir sein Herz bringe?«, wiederholte er ungläubig. Jemandem das Herz herauszuschneiden, war in seinen Augen etwas noch Frevelhafteres als das Töten. *Noch dazu das Herz dann einer so dunklen Zauberin wie*

Silvana zu überbringen! Allein schon der Gedanke ließ ihn innerlich erschaudern. Was hatte die Druidin vor?

»Du hast mich gehört, denk darüber nach, aber beeile dich. Irgendwann verwest jeder Körper, auch wenn ich ihn eine Zeit lang konservieren kann.« Ihre Zähne blitzten im Nachtlicht weiß auf, als sie ein höhnisches Lachen ausstieß.

»Ich werde dir das Herz bringen. Sag mir nur, wo der Mann ist, und es ist dein!« Verzweifelt blickte Alessandro auf Laetitia. »Und pass gut auf sie auf.«

»Das mache ich gewiss. Und jetzt komm und lass dir alles genau erklären.« Mit einem diabolischen Grinsen winkte sie ihn in ihren Unterschlupf.

»Der Mann heißt Borkan. Er ist ein mächtiger Keltenfürst und lebt mit seinem Stamm von Ungeheuern tief in Britannia, in einem Dorf namens Caerer. Borkan wurde schon zu der Zeit, in der ich ihn kennengelernt habe, zum Anführer ernannt. Heute ist er wahrscheinlich noch viel einflussreicher als damals.« Silvana sah Alessandro erwartungsvoll an.

Ein kalter Schauer durchfuhr ihn. »Warum willst du, dass er stirbt?«

»Ich habe eine alte Angelegenheit mit ihm offen.«

»Du bist mächtiger als jeder andere, den ich kenne. Warum hast du diese Rechnung nicht schon längst selbst beglichen?«

Silvana sah ihn scharf an. »Es gibt Dinge, die musst du nicht wissen! Geh einfach und bringe mir sein Herz, oder es ist vorbei mit eurer Wiedervereinigung.«

Alessandro konnte fühlen, dass Silvana etwas Entscheidendes unausgesprochen ließ.

»Hier, das wirst du brauchen!« Sie warf ihm einen abgegriffenen Beutel in den Schoß. »Mach ihn auf«, befahl sie.

Alessandro zog einen weißen Dolch heraus. Als er erkannte, dass es sich um einen geschnitzten Knochen handelte, spürte er einen Stich in seinem Herzen und ließ den Dolch fallen.

Silvana stieß einen Fluch aus. »Du sollst aufpassen mit den Gegenständen! Sie entscheiden über Gewinn und Verlust! Den

Dolch musst du in Borkans Herz versenken, das sollte dir als Gladiator leichtfallen!«

Alessandro nickte. Mit zitternden Händen hob er das kalte Stück wieder auf.

»Da ist noch was!«, forderte Silvana ihn auf.

Alessandro zog eine aufgewickelte Schnur heraus.

»Verlier sie nicht. Wenn du das Herz in deinen Händen hältst, ist es wichtig, dass der Dolch darin stecken bleibt, bis du das Herz abgebunden hast.« Sie griff hinter sich in eine Kiste und holte eine kreischende Ratte heraus. Mit einem Ruck drehte sie ihr die Kehle um, sodass das Tier schlaff in ihrer Hand hing. »Sieh zu, wie du es machen musst!« Behände nahm sie das Stück Schnur und verschnürte die Ratte zu einer eng zusammengebundenen Kugel. »Das ist wichtig, sonst kommt es nicht im geeigneten Zustand bei mir an.«

Alessandro fühlte, wie sich alles in ihm zusammenkrampfte. *Diese Frau ist verrückt, ich hätte niemals zu ihr zurückkehren sollen!*

»Und noch was!« Jetzt zog sie ein gefaltetes weißes Tuch mit zierlichen eingestickten Runen aus dem Beutel. »Wenn du müde bist, leg dir das auf die Brust. So wirst du unsichtbar für die Sterblichen und keiner wird deinen Schlaf stören. Sorge trotzdem dafür, dass du an einem windgeschützten Platz ruhst, damit das Tuch nicht fortgeweht wird. Mit den Lebenden hat man nur Ärger!« Ein heiseres Lachen entfuhr ihrer Kehle, und mit Schrecken dachte Alessandro daran, was zwischen ihm und der Druidin alles geschehen war.

»Zu guter Letzt die Karte, die dich nach Britannia bringt. Du musst die Alpen überqueren, danach folgst du dem Limes. Der führt dich in die Provinz Belgica, von dort aus wird dich ein Schiff auf die Insel bringen.« Fast liebevoll strich sie über das vergilbte Pergament, bevor sie es wieder zusammenrollte und in dem Beutel verstaute. »Falls dich jemand aufhält, zeige ihm die Karte. Die Römer werden darauf einen Passierschein erkennen, andere Völker werden anderes daraus lesen. Menschen sehen nur, was sie sehen wollen. Bringe mir das Herz, mein Gladiator, dann wirst du meinen Dank erhalten!«

Alessandro nickte stumm. Unbehagen schnürte seine Kehle zu. Mit einem letzten Blick auf Silvanas zufriedenen Gesichtsausdruck schob er das Fell vor dem Eingang ihrer Hütte zur Seite und trat ins Freie. Laetitia lag, wie er sie gebettet hatte, auf einem weichen Untergrund aus Moos und Farn. Behutsam gab er ihr einen Kuss auf die Stirn.

»Bald komme ich zu dir zurück. Ich finde einen Weg, um wieder mit dir zusammen sein zu können.« Ein kalter Windhauch streifte seine Schulter. Schweren Herzens ließ er Laetitias Körper auf der Lichtung zurück, um seine Reise zu beginnen.

KAPITEL 28

DER PREIS DES ÜBERLEBENS

Sich zwischen den Lebenden zu bewegen, war einfacher, als Alessandro angenommen hatte. Er musste nur darauf achten, sich nicht unnatürlich schnell zu bewegen, und er durfte ihnen nicht zu lange in die Augen schauen, sonst bekamen sie Angst, weil sie bemerkten, dass er anders war als sie. Das hatte er in dem Blick eines alten Waschweibs erkannt, der er freundlich zulächelte, deren Gesicht aber leichenblass geworden war. Um sich Gewissheit zu verschaffen, hatte er es bei Kindern ausprobiert, die barfuß durch eine Dorfstraße gelaufen waren. Ehe die Heranwachsenden jemandem Bescheid sagen konnten, war Alessandro schon verschwunden und hatte sich vorgenommen, den Menschen nicht mehr in die Augen zu sehen. Das war leichter als erwartet, denn es kam ihm so vor, als würden sie ihn bewusst ignorieren, wenn er sich seinen Weg durch die Provinzen in Richtung Rom bahnte. Manchmal, wenn es sich nicht vermeiden ließ und er am helllichten Tag römische Patrouillen passieren musste, spürte er, dass ihm die Wächter misstrauisch hinterherblickten. Wann immer ihn jemand aufhielt, holte er das Pergament heraus, das ihn als Legionärsanwärter auf dem Weg nach Rom auswies. Niemand zweifelte dann noch, im Gegenteil. In einem Lager hinter Capua erhielt er Umhang und Schwert, überall wurden ihm Speis und Trank angeboten. Mit trockenem Hals und einem Bauch, der sich wie ein hohles Gefäß anfühlte, griff er stets zu, ohne jemals wirklich das Bedürfnis nach Nahrung zu spüren. Essen und Trinken schmeckten wie Holz, und er hatte das Gefühl, dass alle Nahrung wie Asche in seinem Körper zerfiel, doch er wollte gerne den Anschein von Menschlichkeit erwecken. Als er zum ersten Mal das bedingungslose Verlangen nach einer Rast verspürte, zögerte er, bis er schließlich kurz davor war, im Stehen einzuschlafen. Sorgfältig suchte er einen Platz weit abseits der Reichsstraße in einem verlassenen Unterschlupf auf einer ehemaligen Schafsweide. Darauf bedacht, das runenbestickte Tuch auf seiner Brust zu platzieren, tauchte er in eine nie zuvor gekannte Schwärze ab. Es war ihm, als tauchte er in den Unterweltfluss Styx ein, der die Oberwelt von der Unterwelt trennt. Er schlief einen traumlosen Schlaf, bis er voll neugewonnener Kraft erwachte. Wie viel Zeit vergangen war, wusste er nicht, nur, dass er sich gestärkt fühlte. Dafür quälten ihn im Wachzustand Gedanken an Laetitia, von denen er im Schlaf verschont blieb. Immer wieder erschien ihr lebloses Antlitz vor seinem geistigen Auge und sah ihn unter der Meeresoberfläche anklagend an.

Als er erneut auf Menschen traf und einen Bettler nach dem Tag fragte, wurde ihm klar, dass er fast zwei Wochen geschlafen hatte! Sogleich bohrten sich Schuldgefühle wie Klingen in sein Herz. Silvana wartete auf seine Rückkehr, während er sorglos geschlafen hatte! Immer schneller schritt er aus. Erst als ihm eine römische Straßenpatrouille den Weg versperrte, merkte er, dass er auffällig eilig unterwegs gewesen war.

»Wohin des Weges?«, fragte ihn der Befehlshaber der Truppeneinheit barsch.

Alessandro fischte das zusammengerollte Pergament heraus und reichte es seinem Gegenüber. Der römische Legionär warf einen Blick darauf. »So, so, du sollst dich in Rom zum Soldaten ausbilden lassen?« Missbilligend sah er an Alessandro herunter, ließ ihn jedoch nicht ziehen. Mit verschränkten Armen befahl er seinen Männern, ihn ins Lager zu führen.

Panik stieg in Alessandro auf, als ihn zwei der Römer unsanft packten. Dennoch ließ er sich von den Soldaten abführen, aus Angst, dass seine unnatürlichen Kräfte auffallen würden, wenn er sich zur Wehr setzte. Er musste sich nahe der Stadt Corfinium befinden, etwa zwei Tagesmärsche von Rom entfernt. Wenn ihn jemand aufhielt, würde er noch mehr Verspätung haben. Seine Gedanken rasten.

»Ich werde dringend erwartet!«, sagte er flehend zum Anführer. Der zuckte nur mit den Schultern.

Alessandro roch das Lager der römischen Soldaten, bevor er es sah.

»Schneller, wir sind gleich da!«, erscholl die schneidende Stimme des Decurios.

Immer mehr Soldaten tauchten auf. Im Lager herrschte reges Treiben. Von den Wachen wurde er zu einem besonders imposanten Zelt gestoßen. Es war größer und bunter als die übrigen und stand von einer wehenden römischen Reichsflagge geziert etwas abseits der anderen Unterkünfte. Ein schwerbewaffneter Legionär wartete davor und musterte die Ankömmlinge missmutig.

»Der Tesserarius ist beschäftigt!«, sagte er in scharfem Ton.

»Ich habe eine wichtige Angelegenheit, die nicht warten kann. Mach den Weg frei!«, bellte der Decurio.

Widerwillig trat der Wachmann einen Schritt zur Seite und gab den Eingang frei. Der Decurio schob Alessandro in das Zelt und drückte ihm so fest auf die Schultern, dass er in die Knie ging. Alessandro blinzelte in das schummerige Licht. Ein älterer Mann ließ sich von zwei Sklavinnen unterhalten. Er hielt die eine über den Tisch gebeugt, während die Hände der anderen an seinem Rücken entlangglitten. Angewidert senkte Alessandro seinen Blick. Der in seinem Liebesakt gestörte Tesserarius dachte gar nicht daran, sich von seiner Beschäftigung abbringen zu lassen, sondern schaute die Eindringlinge nur fragend an.

»Entschuldige, Tesserarius, ich wollte dich nicht unterbrechen, aber ich habe einen wichtigen Vorfall zu melden.« Der Decurio räusperte sich. Als er außer einem Nicken keine Antwort erhielt, redete er weiter: »Dieser Mann hier«, er deutete mit einer abfälligen Kopfbewegung auf Alessandro, »ist uns aufgefallen. Wir haben ihn aufgegriffen, weil er sich wie ein flüchtender Dieb auf der Kaiserstraße bewegt hat.«

Der Tesserarius ließ seinen Blick auf den entblößten Frauenrücken zurückgleiten und vollendete seinen Akt mit einem unterdrückten Aufstöhnen. Dann gab er der Frau einen Klaps zum Zeichen, sich zu entfernen, und schlüpfte in die Toga, welche die andere Sklavin schon für ihn bereithielt.

»Wegen so einem Vorfall machst du einen Aufstand, Claudius? Du siehst doch, dass ich viel zu tun habe! Was hast du dazu zu sagen?«, fragte er zu Alessandro gewandt. Mit drei Schritten hatte er den Eingang seines Zeltes erreicht, wo Alessandro immer noch auf den Knien war.

»Ich habe einen Passierschein«, antwortete Alessandro mit gespielter Ruhe. Er musste das Lager so rasch wie möglich verlassen. »Hier ist er.« Aus seinem Marschbeutel zog er das Pergament und streckte es dem Tesserarius entgegen. Der nahm es mit gelangweiltem Blick, rollte es auf und las.

Alessandro erkannte deutlich, wie seine Miene immer erstaunter wurde. Schließlich rollte er es wieder sorgsam zusammen, gab Alessandro ein Zeichen aufzustehen, entschuldigte sich für die Unannehmlichkeiten und ging wütend auf den Decurio zu.

»Dieser Mann hat eine Botschaft für den Kaiser. Er ist in Eile. Zur Strafe wirst du Nichtsnutz ihn persönlich auf die Via Appia zurückbegleiten. Danach werde ich sehen, was ich mit dir anstelle. Jemand, der nicht lesen kann, darf keinen Offiziersposten besetzen!« Damit machte er dem entgeisterten Decurio ein Zeichen, das Zelt zu verlassen. »Und gib diesem Mann Verpflegung mit. Er muss den Kaiser schnellstmöglich erreichen!«

Alessandro war nicht minder erstaunt über diese Entwicklung. Schnell begriff er, dass das Pergament wohl die Menschen das sehen ließ, was Alessandro am schnellsten weiterbrachte.

Claudius rief seine Männer unterdessen mit barscher Stimme

zu sich, und gemeinsam machten sie sich auf den Weg. Alessandro spürte den Zorn des Decurios, als ihn dessen kalter Blick traf.

Als sie die Stadt hinter sich gelassen hatten und sich bereits die Abendsonne am Horizont senkte, drehte sich Claudius plötzlich um.

»Ich weiß, was ich gesehen habe. Hier geht etwas nicht mit rechten Dingen zu! Wachen, ergreift ihn!«

Ehe Alessandro reagieren konnte, war er von der Einheit des Decurios eingekreist. Die Augen des Decurios glitzerten mordlüstern. Seine langen Jahre als Gladiator ließen Alessandro gut erkennen, wann ein Mann zum Töten bereit war. Der Decurio war nicht nur bereit dazu, nichts schien er im Moment mehr zu genießen! Händereibend lief er um den eingekreisten Alessandro herum.

»Du magst vielleicht den alten Lustmolch täuschen, mich aber nicht. Du bist ein entlaufener Sklave! Ich wette, unter deinen Lederarmbändern hat man dir das Zeichen eines Herrn eingebrannt. Männer durchtrennt sie!«

Doch bevor der am nächsten stehende Soldat mit seiner Klinge ausholen konnte, packte Alessandro ihn bei den Schultern und schleuderte ihn gegen seine Kameraden. Blitzschnell wurde ihm klar, dass er die Männer töten musste. Behände ergriff er den Dolch eines attackierenden Soldaten und bohrte ihn in dessen Herz. Erschrocken taumelte der Sterbende zurück. Alessandro bemerkte, dass ein Schwert in seine Seite gestoßen wurde und er einen Schlag gegen den Kopf bekam. Das ließ ihn seltsam kalt und er brauchte nur einen Augenblick, um sich zu sammeln und zu einem Gegenangriff auszuholen. Er verlor während seiner wütenden Attacke jedes Zeitgefühl. Als er wieder bei Sinnen war, lagen zwölf römische Soldaten und der Decurio in ihren Blutlachen. Auch Alessandro war blutüberströmt. Angewidert zog er sich ein Messer aus dem Bein und beobachtete, wie sich die Wunde augenblicklich verschloss. Er betrachtete seine roten Hände, die in Windeseile dreizehn Männer getötet hatten. In diesem Augenblick wurde ihm klar, dass Silvana ein Ungeheuer aus ihm gemacht hatte. So schnell der Gedanke gekommen war, so eilig schob er ihn zur Seite und fragte sich stattdessen, ob er seine Tat verschleiern musste. Er sah sich um, doch auf dem weitläufigen Gelände gab es nichts, wo er die Leichen verstecken konnte. So beschloss er, seine Reise fortzusetzen und den Menschen zukünftig aus dem Weg zu gehen.

KAPITEL 29

DEM HIMMEL SO NAH

Hoch oben, in der Nähe eines riesigen Vogelnestes, machte Alessandro Rast. Selbst in seinen kühnsten Träumen hätte er sich nicht vorstellen können, dass es einen Ort gab, der so kalt und einsam war wie der Berggipfel, von dem aus er auf das Land hinunterblickte. Zwischen seinen Fingern zerrieb er einen Schneehaufen und freute sich. Es war das erste Mal seit Langem, dass er laut auflachte. Nie zuvor hatte er Schnee gesehen, Schnee gefühlt, Schnee gekostet. Iscus hatte ihm viel von dem kalten Weiß erzählt, das sein Land im Winter bedeckte. Als Alessandro ihn jetzt auf seiner eigenen Haut spürte, fragte er sich, wie er sich früher angefühlt hätte, als er noch ein Sterblicher gewesen war. Nun waren seine Haut und sein Atem kalt wie der Schnee um ihn. Instinktiv formten seine Hände einen Ball aus der weichen Masse. Alessandro stand auf, ging einen schmalen Grat entlang und warf ihn den Abhang hinunter. Wenn er von hier fliegen könnte wie der Schneeball, würde er dann zu Laetitia kommen? Vielleicht war es nur ein winziger Schritt, der sie voneinander trennte? Er schloss die Augen und stellte sich vor, in die Tiefe zu fallen. Erschrocken über seine eigenen Gedanken riss er die Augen wieder auf. Das hatte keinen Sinn. Am Ende würde er mit zerschmetterten Gliedern unter einer dicken Schneedecke ausharren müssen, ohne jemals wieder die Möglichkeit zu bekommen, bei Laetitia zu sein.

Der einzige Weg war, Silvanas grausamen Wunsch zu erfüllen und ihr das Herz des Keltenfürsten Borkan zu bringen.

In den letzten Tagen hatte Alessandro die Menschen gemieden und war abseits der Reichsstraße wesentlich zügiger vorangekommen. Rom jedoch hatte er etwas langsamer passiert, sein ganzes Wesen war nun gefüllt mit den Eindrücken der Hauptstadt. Tausende Menschen bevölkerten die Straßen. Rom kam ihm tatsächlich wie der Mittelpunkt der Welt vor. Zu Ehren des Reiches ließ Kaiser Vespasian gerade die größte Kampfarena in der Geschichte der Menschheit bauen, und als Alessandro im Schatten des überwältigenden Amphitheatrum Flavium gestanden hatte, wurde ihm zum ersten Mal das Ausmaß des künftigen Blutzolles bewusst. Mit schnellen Schritten hatte er Rom danach verlassen und war bis zu den unüberwindbar scheinenden Alpen vorgedrungen, deren erste Gipfel er bereits hinter sich gelassen hatte. Unten, in den Tälern, konnte er einige Spuren von Leben entdecken. Hier und da gab es ein paar einsam stehende Holzhäuser, Weidetiere und Boden, der aussah, als ob er kultiviert wurde. Je höher er allerdings gelangt war, umso spärlicher wurden die Zeichen menschlichen Lebens. Hier gab es keine Wege, nur Felsen, kargen Baumwuchs, Geröll und weiter oben Schnee.

Über ihm tauchten die ersten Sterne auf. Eine eigenartige Stille hatte sich ausgebreitet. So unbeschreiblich friedlich sah das Himmelszelt aus, dass es Alessandro in der Seele wehtat. *Laetitia, wärst du nur hier und könntest die Sterne mit mir zusammen betrachten!* Vielleicht war sie schon einer von ihnen und sah jetzt auf ihn herab. Er suchte sich den schönsten Stern aus und ließ ihn nicht mehr aus den Augen, bis er mit der aufgehenden Sonne verblasste und schließlich verschwand. *Zeige mir den Weg, Laetitia,* sprach er leise, bevor er seine Reise fortsetzte.

Immer weiter ging sein Marsch, hinweg über einsame Geröllfelder, auf Tierpfaden an Steilwänden entlang. Bergauf, bergab, doch mit der Zeit wurde er schneller und trittsicherer. Wenn ihn jemand gesehen hätte, hätte er vermutlich gedacht, einen vorbeihuschenden Schatten zu erblicken, so geschmeidig bewegte sich Alessandro. Er war froh, dass er kein Bedürfnis nach einer Rast verspürte, denn er hatte Angst, zu lange zu schlafen, zu viel Zeit zu verlieren. Er musste Silvana ihre Trophäe bringen.

Als er nach vierzehn Tagen endlich flacheres Land sah, wusste er, dass er Germanien erreicht hatte. Einerseits war er erleichtert, die Alpen hinter sich zu lassen, gleichzeitig spürte er eine tiefe Furcht vor einem erneuten Zusammentreffen mit Menschen. Vor den Toren Corfiniums hatte er dreizehn Männer wie Fliegen hingerichtet. Natürlich war es Notwehr gewesen und doch bekam er Angst vor sich selbst, wenn er über seine unnatürlichen Kräfte nachdachte. Besser, er bewegte sich weiterhin auf Abstand.

An einem seichten Flussbett ließ er sich das erste Mal seit Langem erschöpft nieder. Aus seinem Marschbeutel nahm er die Karte, die ihm Silvana mitgegeben hatte, und malte mit der Fingerspitze den vor ihm liegenden Weg nach. Selbst hinter den Alpen war das Land fest in römischer Hand. Ein Reich, so groß, dass es sogar die Errungenschaften Alexander des Großen, von denen ihnen der Lehrer in Maximus' Villa so viel erzählt hatte, übertrumpfte. Das Flachland würde es ihm leichter machen, sich bei Nacht fortzubewegen, trotzdem waren noch viele Meilen zurückzulegen, bis er die Küste erreichen würde. *Britannia,* das war sein Ziel. Die Insel, auf der er Borkan finden und töten musste. Er öffnete und schloss seine rechte Hand, betrachtete die zwei verblassten Narben. Einen Schwur hatte er bereits erfüllt, bei dem anderen, den er nach dem schrecklichen Streit mit Laetitia abgelegt hatte, hatte er kläglich versagt. *Laetitia, ich werde alles tun, damit wir gemeinsam in Freiheit leben können.* Die Worte hallten wie dumpfe Trommelschläge in seinem Kopf. *Viel-*

leicht ist noch nicht alles verloren, dachte er, als er seinen Weg fortsetzte.

Er merkte bald, dass sich das Land diesseits der Alpen wesentlich von dem warmen Klima, in dem er aufgewachsen war, unterschied. Wilde Wälder dominierten die Gegend abseits der Hauptstraßen. Alessandro folgte tagsüber in sicherer Entfernung den Stützpunkten der römischen Armee, in der Nacht ließ er sich von den Sternenbildern leiten. Wenn ihm Wald und Weg unheimlich vorkamen, dachte er an Silvanas Lichtung, an die beängstigende Schwärze, die alles andere in den Schatten stellte. Nur einmal war er in Kontakt mit den Germanen gekommen, als er zufällig auf einen Fluss gestoßen war, aus dem zwei Frauen Wasser holten. Erschrocken über seinen Anblick hatten sie die Gefäße fallen gelassen und waren schreiend geflüchtet. Alessandro hatte die Krüge wieder aufgestellt und sich im klaren Wasser betrachtet. Fast wäre er zurückgewichen vor seinem schauerlichen Anblick. In der glitzernden Wasseroberfläche spiegelte sich ein schmutziges ausgezehrtes Gesicht auf einem furchterregenden Körper. Alles an ihm war unnatürlich muskulös, was die Lumpen, die er mittlerweile trug, nicht mehr verbargen. Jetzt fiel ihm auch auf, dass seine Sandalen sich halb aufgelöst hatten und seine Zehennägel teilweise schwarz waren. *Von dem Frost in den Bergen,* überlegte er. Anscheinend war sein Körper durchaus nicht unverletzbar, selbst wenn er die Schmerzen nicht mehr fühlen konnte. Er brauchte dringend neue Kleider und musste den Dreck von seinem Körper waschen. Auch wenn der Fluss ihn zur Körperreinigung einzuladen schien, beschloss er, an einem anderen Ort zu baden. Zu groß war die Ahnung, dass bald ein Stamm Barbaren auftauchen würde und er dann erneut Schaden anrichten musste. *Ein anderer Bach. Irgendwas, wo ich mich säubern kann!*

Erst in der nächsten Nacht stieß er auf einen Wasserlauf, der breit genug war, um sich darin waschen zu können. Im Mondschein sah er, wie eine Herde Damwild sich der Wasserstelle näherte, dann jedoch zögerte. Nach und nach sammelten sich ein paar Wildschweine und ein Fuchs. Alle blieben auf Abstand, und Alessandro spürte eine überwältigende Einsamkeit, die ihn zu verschlingen drohte. Als er gründlich gebadet hatte, wrang er das Wasser aus seinen Kleidern und zog sich an. Die sich auflösenden Sandalen ließ er stehen. Seine Fußsohlen würden ein paar Kratzer abbekommen, aber das konnte ihn nicht am Vorwärtskommen hindern. Immer weiter ging er, bis er den Waldrand erreichte. Unsicher spähte er in Richtung einer freiliegenden Wiese, auf der ein paar hölzerne Hütten mit Strohdächern standen. *Eine Siedlung,* dachte er, dann heulte ein Hund auf. Augenblicke später traten hochgewachsene Männer aus den Hütten, allesamt bewaffnete Krieger mit wilder Mähne und grimmigen Blicken. Mit Schrecken sah Alessandro, wie einer von ihnen den Hund losließ, der sofort auf ihn zu rannte. Mit markerschütternden Lauten liefen die Krieger hinterher, während Alessandro davonstürmte. In seiner Panik stolperte er, fiel und hörte, wie die Stimmen immer näher kamen. Bevor er aufstehen konnte, hatten ihn die Barbaren eingeholt und umkreist.

»Was willst du, Römer?«, fragte einer von ihnen in einer Sprache, die Alessandro noch nie gehört hatte, aber dennoch verstand.

»Ich will nichts von euch, ich bin nur auf dem Weg zur Küste«, antwortete er auf Lateinisch, während er langsam auf die Beine kam. Die Germanen sahen erwartungsvoll auf einen Mann in ihrer Mitte.

»Er sagt, er wolle uns alle töten und unsere Frauen rauben!«, sagte der.

»Nein!« Alessandro protestierte, aber die aufgebrachte Meute drängte immer näher auf ihn zu.

»Lasst mich alleine mit ihm kämpfen«, sagte der, der die falsche Übersetzung abgeliefert hatte und anscheinend der Stammeshäuptling war. Die anderen wichen ein paar Schritte zurück und bildeten einen Kreis.

Alessandro wurde schlagartig bewusst, dass er keine Waffe außer dem wertvollen Drachendolch bei sich trug. Er hatte sein Schwert irgendwo in dem endlosen Gebirge zurückgelassen.

Sein Gegenüber grinste ihm herausfordernd entgegen. »Komm, Abschaum!«, sagte er.

Alessandro stürmte auf den Germanen los. Sein Gegner ließ den Speer durch die Luft segeln. Noch während Alessandro lief, durchbohrte er seinen Bauch. Kurz fühlte er den Widerstand, stolperte zurück, fing sich aber wieder und preschte weiter auf den Germanen los. Im Lauf zog er den Speer aus seinem Körper. Nun hatte er die Waffe, die er brauchte, um seinen Gegner zum Schweigen zu bringen. Zu seiner Überraschung ließ der Germane das gezogene Schwert fallen und wich erschrocken zurück.

»Ein Dämon«, zischte der Häuptling.

Alessandro hielt inne. Mit dem Speer in der Hand ging er langsam auf den Anführer zu. Der war auf die Knie gesunken und sah ihn an.

»Töte mich, aber lass meinen Stamm in Ruhe! Ich bitte dich!«

Alessandro senkte seine Waffe. »Ich habe gesagt, dass ich euch nichts Böses anhaben werde. Ich will nur passieren!«

Der Germane sah ihn mit vor Furcht weit aufgerissenen Augen an. Kurz darauf nickte er. Zu seinen Stammesbrüdern gewandt, gab er den Auftrag, Alessandro Felle, Schuhe, Waffen und Verpflegung zu bringen und ihn dann ungehindert seines Weges ziehen zu lassen.

Alessandro verfolgte verwundert das Schauspiel. Schnell wurde ihm ein Haufen Kleidung und andere Gegenstände vor die Füße geworfen und noch schneller waren die Männer aus dem Wald verschwunden. Alessandro war froh, dass er niemanden hatte verletzen müssen, und doch nagte ein ungutes Gefühl an ihm. *Ich bin anders,* flüsterte es ihm ins Ohr.

KAPITEL 30

GESORIACUM

Immer weiter zog sich der Weg in Richtung Küste. Nach vier Tagen und Nächten, die Alessandro im übermenschlichen Tempo zurückgelegt hatte, konnte er das erste Rauschen der Wellen hören. Wenn er unauffällig auf ein Schiff kommen wollte, musste er erneut die Kleidung wechseln. Die einfachen Leinenkleider mit dem Umhang und den germanischen Sandalen würden es ihm schwermachen, eine Überfahrt zu bekommen. Er überlegte, sich einen der Karren zu holen, mit dem er Bauern ihre Ernte zu den Römern bringen sah, verwarf den Gedanken jedoch wieder. Die meisten der Händler waren ältere Männer oder Frauen, Menschen, vor denen sich die Römer nicht fürchten würden. Er hingegen war jemand, den sie in der Arena bewundern, aber keinesfalls unter sich dulden würden. Am Ende entschied er sich dafür, sich unerkannt an Deck zu schleichen, dabei dachte er an das runenbestickte Tuch, das er sich auf das Herz legen konnte und das ihn unsichtbar machte. Vorsichtig suchte er nach einer Möglichkeit, sich dem Hafenstützpunkt, der in seiner Karte als »Gesoriacum« eingetragen war, zu nähern. Schon von Weitem sah er einen hohen Leuchtturm aus massivem Fels aufragen, von dem aus die römischen Soldaten weit über das Meer blicken konnten. Ihm war klar, dass er auf die Nacht warten musste, bis er sich dem Hafen nähern konnte.

Als endlich die Dämmerung hereinbrach, beobachtete er, wie auf dem Leuchtturm ein Feuer entzündet wurde. Wenn er es geschickt anstellte, würde ihn niemand bemerken. In der Nähe des Wassers ließ er sich niedersinken. Ehe der Wachposten den Grund für die Geräusche ausfindig machen konnte, legte er das Tuch über seine linke Brust. Er hörte, wie der Wachmann etwas zu einem anderen sagte, bevor er sich auf ihn zu bewegte. Erleichtert erkannte Alessandro, dass Silvana im Bezug auf das Tuch die Wahrheit gesprochen hatte, denn anscheinend konnte der Wachmann ihn nirgendwo entdecken. Fluchend begab er sich auf seinen Posten zurück. Alessandro wartete geduldig auf die Ablösung, dann kroch er wie eine Spinne näher an den Ladesteg heran und kam sich dabei vor wie ein Feigling.

Während er wartete, musste er sich darauf konzentrieren, wach zu bleiben. Seinen Liegeplatz hatte er mit Bedacht im trockenen Sand unterhalb des Holzsteges gewählt. Dorthin würde niemand kommen und über ihn stolpern. Einmal fielen ihm dennoch die Augen zu, und im Traum sah er Laetitia. Ihr Haar wehte in der Morgenbrise, ein Lächeln spielte auf ihrem Gesicht, als sie die Hand nach ihm ausstreckte.

»Alessandro, mein Geliebter, komm zu mir!« Er begann ihr entgegenzurennen. Kurz bevor er sie in die Arme schließen konnte, wandte sich ihr Gesicht ab und er blickte in die opalschwarzen Augen von Silvana, die ihn gierig anstarrten.

»Ich warte auf dich, mein Sklave. Bring mir das Herz!«

Lachen füllte seine Ohren, so laut, dass er aufschreckte. In der ruckartigen Aufwärtsbewegung rutschte das Runentuch von seiner Brust und er stieß sich den Kopf am Holzsteg. Schnell ließ er das Tuch an seinen Platz zurückgleiten. Erschrocken fragte er sich, wie viel Zeit vergangen war und woher das Lachen stammte, das ihm immer noch in den Ohren hallte. Vorsichtig spähte er unter dem Steg hervor. Seine scharfen Augen erfassten die Situation sofort. In die Gruppe der römischen Soldaten war Leben gekommen. Als er sich umdrehte, erkannte er den Grund dafür. Ein Schiff war am Horizont zu erkennen, mit großer Geschwindigkeit näherte es sich dem Hafen.

»Heil Vespasian, heil dem ewigen Römischen Reich! Macht euch bereit, unsere Fracht aus Britannia in Empfang zu nehmen!« Alessandro konnte beobachten, wie Pferde gesattelt und Kutschen vorgefahren wurden. Einige Soldaten schienen sich besonders zu freuen. Sie packten ihre Sachen zusammen, als würden sie das Lager verlassen. *Sollen sie nur gehen,* dachte Alessandro. Solange er das Schiff erreichte, war ihm alles andere egal. Jetzt konnte er die stetig näher kommende Galeere besser erkennen. Ihre Segel blähten sich weiß im Wind, die Ruder surrten schwungvoll im Takt.

»Da sind sie! Schickt euch an, ihnen entgegenzugehen!«, erscholl es vom Lager. Jetzt erst wurde Alessandro bewusst, dass es an die hundert Mann waren, die den Stützpunkt bewachten. Er musste einen Weg finden, unauffällig an Deck zu gelangen, also verharrte er still an seinem Platz, in der Hoffnung, dass sich ihm eine gute Gelegenheit bieten würde. *Vielleicht beim Entladen der Güter*, dachte er angespannt.

Von der Galeere konnte er Stimmen hören, dann wurde das Schiff abgebremst, sodass es langsam auf den Steg zu glitt. Soldaten kamen in Rüstungen herbeigeeilt, während andere den herabgeworfenen Tauen entgegensprangen, um das Schiff zu befestigen. Alessandro kauerte wie gelähmt und harrte einer Gelegenheit, an Deck zu gelangen. Wieder konnte er Männer brüllen hören, den Knall einer Peitsche, quietschendes Holz, als die Ladeklappe geöffnet wurde. Schwere Schritte trampelten über ihn hinweg. Seine Blicke folgten den Männern, die nacheinander mit halbgeöffneten Truhen den Steg verließen. Vom römischen Lager eilten ihnen Helfer entgegen. Plötzlich durchfuhr ein stechender Schmerz Alessandros Körper, als sein Herz stolperte. In einer langen Reihe sah er Männer und Frauen mit gebunden Händen und geschundenen Leibern auf das Lager zugehen.

»Sklaven für das Kaiserreich!«, brüllte einer der Seeleute und gab dem Letzten in der Reihe einen Hieb mit seiner Peitsche mit. Kalte Wut stieg in Alessandro auf. Genau so musste man einst seinen Vater nach Pompeji gebracht haben! Er konnte die Gesichter der Gefangenen nicht sehen, erahnte aber deren gebrochenen Willen an den gesenkten Köpfen. Die in Ketten liegenden Männer waren allesamt jung und muskulös, neues Futter für die Arena. Alessandro wusste, dass die meisten von ihnen keine drei Tage überleben würden. Von den Frauen schaute nur eine einzige nicht zu Boden. Alessandro stellte sich ihren trotzigen Blick und eine gewisse Würde in den Augen vor, mit der sie ihrem neuen Leben entgegenschritt – zweifellos einem Leben als Haussklavin oder als Lustobjekt. Angespannt atmete er aus. Sein Herz schlug laut, als er der traurigen Meute hinterhersah. Für einen kurzen Moment überlegte er, ob seine Kraft wohl ausreichen würde, um es mit dem gesamten Lager aufzunehmen, entschied sich dann aber dagegen. *Zuerst Laetitia!*

Er musste nur noch auf das Schiff kommen! Seine Habseligkeiten sicher auf den Rücken gebunden, lugte er nach oben, um erkennen zu können, ob der Weg frei war. Immer wieder hörte er die Schritte der Soldaten über sich. Man begann damit, andere Güter auf das Schiff zu laden. Vielleicht konnte er das kurze Stück tauchen, wenn ihn dabei jedoch jemand erwischte, wäre das Unterfangen beendet. Seine Überfahrt war so nah und doch so fern. Wenn ihm nicht bald etwas einfiel, würde das Schiff ohne ihn in See stechen. Immer weniger Schritte. Vom Meer waren noch die Stimmen der Seeleute zu hören. *Ich muss jetzt an Deck kommen!* Er wollte sich gerade umdrehen und unter dem Steg auf das Wasser zu kriechen, als er über sich wieder Stimmen hörte.

»Hier kommen noch die restlichen Truhen und ein paar Pferde. Das muss alles mit auf die Insel!«

Erschrocken fasste Alessandro nach dem Tuch und stellte fest, dass es immer noch über seinem unsterblichen Herzen lag und ihn unsichtbar machte. Erleichtert konnte er jetzt dem Hufgetrappel der Tiere lauschen, welche die Römer an Deck brachten.

»Maximilius, du hältst Wache«, rief eine Männerstimme. »Die Soldaten sollen sich noch etwas ausruhen, und heute Nachmittag stecht ihr wieder in See.«

Der Mann schnaubte nur verächtlich und ließ nach einiger Zeit seine Füße über den Steg baumeln. Sollte er den Wachmann bei den Beinen packen und ihm die Kehle aufschneiden, um an

Deck zu kommen? Alessandro ließ den Gedanken fallen. Wenn es sich vermeiden ließ, wollte er kein Blut vergießen, die Meute toter Soldaten vor den Toren Corfiniums hatte ihm gereicht. Mit zunehmender Unruhe überlegte er, wie viel Zeit ihm noch bleiben würde, bis das Schiff den Hafen verließ.

Endlich stand der Wachmann auf, aber zu Alessandros Unmut begann er, langsam den Steg auf und ab zu schreiten. Wenn er sich jetzt bewegte, würde man ihm garantiert sehen. Zähneknirschend harrte er aus, bis sich von Weitem wieder Stimmen erhoben. Füße trampelten die Planke entlang. Dann kratzte etwas über ihm am Steg. Alessandro begriff in Panik, dass das die Taue waren, die gelöst wurden. *Jetzt, ich muss jetzt handeln!* Ein Horn wurde geblasen. Über ihm breitete sich ein langer klagender Ton aus.

»Heil der Classis Britannia, Heil Kaiser Vespasian, Heil dem ewigen Römischen Reich!«

Innerhalb weniger Augenblicke legte das Schiff ab. Wilde Entschlossenheit durchfuhr Alessandro. Für Laetitia würde er alles tun, alles auf eine Karte setzen. Hastig nahm er sich das Tuch von der Brust, drehte sich um und kroch unter dem Steg entlang auf das Wasser zu. Hinter ihm hörte er ein Horn und dann ein Schreien. Man hatte ihn gesehen! Eilig rollte er sich unter dem Steg weg, kam auf die Beine und rannte ins Wasser. Ein Wurfgeschoss verfehlte nur knapp seine linke Schulter, als er mit einem Sprung ins Meer tauchte. Hinter sich hörte er noch, wie ihm jemand folgte, doch er war schneller. Mit kräftigen Zügen schwamm er unter der Wasseroberfläche dem Schiff hinterher. Dabei unterdrückte er das Gefühl, auftauchen und Luft holen zu wollen, sondern biss die Zähne zusammen und schwamm weiter. *Unsterblich, unsterblich, ich bin unsterblich.* Nach einigen Augenblicken löste sich die Spannung, als er merkte, dass er tatsächlich nicht mehr atmen musste. Seine Augen brannten im Salzwasser, trotzdem zwang er sich, sie geöffnet zu lassen, denn er wollte den großen Schatten über sich nicht verlieren. Immer näher kam er an das Schiff heran. Jetzt konnte er die Kerben im Bug erkennen. Im Takt wurden die Ruder links und rechts bewegt. Angestrengt spähte er nach einer Möglichkeit, sich festzuhalten. Als er aus der

Gischt auftauchte, erkannte er, dass es sich um eine römische Trireme, ein Transportschiff mit drei Steuerrudern handelte. Er hatte solche Triremen ab und zu am Hafen in Pompeji gesehen, wenn er mit seinem Herrn und Ricardo dort Geschäften nachgegangen war. Schon seit seiner Kindheit hatten ihn die gewaltigen Segler fasziniert. Als er wieder abtauchte, hatte er sein Ziel vor Augen. Heftig gegen den Strom der Ruder anschwimmend, gelang es ihm, an das hintere Ende des Schiffes zu kommen. Mit wilder Entschlossenheit packte er das Ruder am Bug, an dem er sich hochziehen konnte. Nach drei kräftigen Zügen hatte er sein Ziel erreicht. Mit schmerzenden Armen ließ er sich oberhalb des Ruders an einem vom Deck schwer einsehbaren Platz nieder, um auf die Nacht zu warten.

Mit den ersten Sternen am Himmel wurden die Schiffslaternen angezündet. Die Ruderschläge wurden langsamer, trotzdem blieb die Galeere in Bewegung. Alessandro fragte sich, weshalb die Römer solche Mühen und Kosten auf sich nahmen, die Insel anzusteuern.

Auf dem kurzen Vorsprung vor dem Ruder wollte er nicht verweilen, weil er die Ankunft im fremden Land fürchtete. Deshalb beschloss er, unauffällig an Deck zu schleichen, um sich nach einer anderen Möglichkeit umzusehen. Die römischen Soldaten hatten in Gesoriacum viele Truhen und Gefäße entleert und andere Waren an Bord gebracht, deshalb war Alessandro guter Dinge, ein Versteck zu finden. Mit der Sicherheit, die er auf seinem langen Weg über die Alpen und durch Germanien erlangt hatte, kletterte er in Richtung Deck. Seine Arme schmerzten immer noch von dem anstrengenden Schwimmen, doch er biss die Zähne fest zusammen. Schließlich gelang es ihm, über den Schiffsrand zu schauen. Zwei Wachmänner waren eingeschlafen, nur am Bug starrte ein Soldat auf das offene Meer hinaus. Anscheinend wiegten sich die Römer in Sicherheit, und Alessandro hatte nicht vor, sie in diesem Gefühl zu stören. Leise setzte er einen Fuß vor den anderen, immer nach den Vorratskisten Ausschau haltend.

Erleichtert stellte er fest, dass die Waren und Güter sorgsam am Rande des Decks befestigt waren. Er machte einen schnellen Schritt darauf zu und erstarrte, als eine Planke unter ihm zu ächzen begann. Hastig kauerte er sich nieder, in der Hoffnung, dass die Schatten ihn verdeckten.

»Quintus, Tertitus? Alles in Ordnung bei euch?«, erscholl eine Stimme von vorne.

Alessandro verharrte reglos. Um ihn war alles still, nur das sanfte Plätschern der Ruder mischte sich mit dem Schnarchen der beiden eingeschlafenen Wachen. Fluchend kam jetzt der alarmierte Soldat vom vorderen Ende des Schiffes in seine Richtung.

»Quintus? Tertitus? Ihr versoffenen Hunde, antwortet gefälligst, wenn ...«

Alessandro ließ den Mann nicht weitersprechen. Mit einer schnellen Bewegung drückte er ihm die Luft ab und wartete darauf, dass der Körper des Römers erschlaffte. *Großer Zeus, vergib mir!* Beim nächsten Ruderschlag ließ er den Toten über die Reling gleiten. Mit einem dumpfen Platschen landete er im Meer. Alessandro atmete aus, während er versuchte, seine zitternden Hände zu beruhigen. *Mörder! Abschaum!,* sprach eine leise Stimme in seinem Kopf. *Für Laetitia,* antwortete eine andere.

Noch sorgsamer setzte er seine Schritte, bis er die Vorratskisten erreicht hatte. In einer waren Waffen gelagert, daraus nahm er ein Schwert. Dann entschied er sich für eine leere Truhe. Von dort, wo sie hingebracht wurde, wollte er nach Möglichkeit seinen Weg zu Fuß fortsetzen. Zur Sicherheit legte er sich das runenbestickte Tuch auf die Brust, dann schloss er erschöpft die Augen.

KAPITEL 31

BRITANNIA

Ein Ruck weckte Alessandro aus seinem traumlosen Schlaf. Mittlerweile konnte er ein Hochzuschrecken unterdrücken, weshalb er ruhig in der Kiste liegen blieb und versuchte, den Stimmen von draußen zu lauschen. Ob man den Soldaten, den er in der Nacht so grausam getötet hatte, vermisste, wusste er nicht. *Wahrscheinlich denken sie, dass er im Rausch ins Meer gestürzt ist,* beruhigte er sich.

Sein Transportbehälter wurde hochgehoben, eine Männerstimme fluchte. »Cassius, pack mit an, die ist schwer!« Ein Lachen folgte.

»Das ist eine leere Truhe, du stellst dich an wie ein Kleinkind«, antwortete eine andere Stimme.

Jetzt wurde die Kiste unsanft am Boden abgestellt. Alessandro biss sich auf die Lippe, um kein Geräusch von sich zu geben. Schnell versicherte er sich, dass das Tuch noch an seinem Platz lag. Direkt über seinem untoten Herzen. Aufgeregt konnte er es klopfen hören. Bum bum, bum bum, bum bum. Der einzige Teil an ihm, der noch lebendig war.

»Da, sieh doch selbst! Kommt mir vor, als ob ein Ochse da drin ist!«, erklang jetzt die verärgerte Stimme.

Die Klappe wurde geöffnet. Zwei Augenpaare blickten durch ihn hindurch. Für einen Herzschlag machte sich Alessandro bereit, sich gegen die Römer zur Wehr zu setzen, doch dann sagte der eine: »Siehst du, nichts drin, außer einem verrosteten Schwert.« Wütend schlug der andere den Deckel wieder zu.

»Na los, bringen wir die Truhe zu den verflixten Kelten. Vielleicht ist es wirklich Zeit, nach Hause zu meinem Weib zurückzukehren.«

Alessandro lauschte den Männern, die sich unterhielten und anscheinend seinen Beutel ebenso wenig wie ihn bemerkt hatten, bis die Kiste wieder hochgehoben wurde und er hörte, wie sich die beiden entfernten. Augenblicke später vibrierte der Boden, als etwas anderes in seine Nähe gewuchtet wurde. Ein paar Minuten später war das Prozedere beendet, und Alessandro spürte, wie sich der Boden unter ihm in Bewegung setzte. Als er sicher war, keine Stimmen mehr zu hören, öffnete er den Deckel vorsichtig einen Spalt weit. Seine Truhe war auf eine Kutsche geladen worden, die nun im Schritttempo eine Römerstraße entlangfuhr. Alessandro konnte erkennen, dass er sich langsam von der Küste entfernte. Die Landschaft war der in Germanien ähnlich. Da der eine Römer etwas von Kelten gesagt hatte, beschloss er, abzuwarten, wo man ihn hinbrachte. *Dieser Borkan ist ein Keltenfürst,* dachte er, auch Silvana entstammte diesem mysteriösen Volk. Als er sich erinnerte, dass er jetzt schon mit Laetitia bei seinem eigenen Volk in Griechenland hatte sein wollen, schnürte sich sein Herz zusammen. Stattdessen war er in diesem kalten Land hinter dem Meer, um einen Mann zu töten. *Einen Unsterblichen, wie ich!* Ekel vor sich selbst überkam ihn, Zweifel, ob dies der richtige Weg war. Die Götter hatten ihn bis hierher begleitet, vielleicht würden sie ihm gewogen bleiben, wenn er alles tat, um wieder mit Laetitia vereint zu sein. Er tröstete sich damit, dass er wenigstens einen würdigen Gegner haben würde, jemanden, dem er im offenen Zweikampf gegenüberstehen konnte. Aus alter Gewohnheit öffnete und schloss er seine rechte Hand.

Mit einem Quietschen hielt die Kutsche. Stimmen näherten sich, dieses Mal hörte Alessandro eine andere Sprache, die er aber ebenfalls verstand.

»Abladen, da kommt unsere Bezahlung, Männer!«

Alessandro vernahm, wie die ersten Truhen abgeladen wurden.

Schließlich wurde auch sein Behälter in die Luft gehoben und weggetragen. Dann ließ man ihn stehen. Geduldig wartete er und lauschte, ob sich Menschen in seiner Nähe befanden. *Wahrscheinlich hat man die leeren Truhen an einen anderen Ort gebracht als die Waren.*

Als es ganz still geworden war, beschloss er, sein Versteck zu verlassen. Mit Leichtigkeit hob er den Deckel und fand sich, umgeben von Schwärze, irgendwo im Nichts wieder. Schnell packte er seine Habseligkeiten und das Langschwert und verharrte kurz, bis seine Augen etwas erkennen konnten. Eine grobe Steinmauer umgab mehrere runde, mit Stroh bedeckte Häuser. Alessandro blickte sich um. Am Ende des Dorfes war ein tiefes Loch gegraben worden. Er verstand nicht, wozu es gut war, ahnte aber, dass es etwas mit dem zu tun hatte, was die Römer über das Meer schifften. In seinen Unterrichtsstunden hatte er von dem berühmten Feldherrn Gaius Julius Caesar gehört, der das Römische Reich bis nach Gallien ausgedehnt hatte, aber an den grausamen Kelten gescheitert war. Erst dem Imperator Claudius war es gelungen, den südlichen Teil von Britannia zu unterwerfen. Alessandro hatte bisher keinen Kelten zu Gesicht bekommen, außer Silvana und seinem letzten Kampfmeister Iscus kannte er niemanden, der von diesem Volk abstammte, und doch waren ihm die ungeheuerlichsten Geschichten über dieses wilde Volk zu Ohren gekommen. *Dieses Dorf sieht recht friedlich aus,* dachte er und fragte sich, ob die Schriften, die Ricardo ihm vorgelesen hatte, wirklich wahr waren. *Sie schlagen ihren Feinden die Köpfe ab und nageln sie über ihre Eingangstüren. Sie kennen weder Furcht noch Gnade. Wenn sie über einen herfallen, ist es, als ob der Zorn der Götter einen überrollt.* Die Worte klangen in Alessandros Ohren, und er hätte alles dafür gegeben, Ricardo hier an seiner Seite zu haben. Schwer atmete er aus. Das waren Wünsche aus einem anderen Leben. Ricardo war weit weg in Pompeji, diese Sache musste er alleine lösen. Er hatte keine Ahnung, wo genau er sich befand, und so beschloss er, etwas abseits vom Dorf auf den Morgen zu warten, um herauszufinden, in welche Richtung er gehen musste.

. . .

Alessandro verweilte in sicherer Entfernung, doch als sein geschärftes Gehör die geschäftigen Geräusche aus dem Dorf vernahm, näherte er sich langsam. Etwas abseits stehend beobachtete er das Treiben. Nackte Kinder rannten lachend zwischen den Häusern herum, Frauen waren damit beschäftigt, Feuer zu schüren, Felle auszuklopfen oder Wasser zu holen. Einige Männer waren um das Loch, das ihm gestern Nacht aufgefallen war, versammelt und diskutierten über etwas. Die Männer waren ähnlich gekleidet wie die Germanen, denen er begegnet war, nur loderte nicht das wilde Feuer in ihren Augen, sondern sie wirkten zivilisiert. *Aber sie opfern ihre eigenen Kinder den blutdürstigen Druiden.* Alessandro kniff seine Augen zusammen. Diese Menschen machten nicht den Eindruck, wilde Bestien zu sein. Vielleicht hatten sie sich mittlerweile an die Römer angepasst. Die römischen Legionäre waren zu seiner Erleichterung alle verschwunden.

»Was ist da los? Warum geht es nicht vorwärts?« Ein hochgewachsener Mann trat auf die Männer zu. Wieder wunderte sich Alessandro, dass er die eigenartige Sprache des fremden Volkes so mühelos verstehen konnte. Während er den Stimmen lauschte, wurde ihm immer klarer, dass dies mit dem Blut der Ahnen zu tun haben musste.

»Eine Schaufel ist gebrochen, Corvecusum. Wir überlegen, wie wir sie am besten reparieren.«

»Außerdem brauchen wir mehr Werkzeuge. Wir verkaufen alles an die Römer, statt das Beste für uns selbst zu nehmen«, beschwerte sich ein anderer.

»Wir bekommen dafür süßen Wein und edle Stoffe. Gewürze, die unser Fleisch besser schmecken lassen. Nörgelt also nicht wie alte Hausfrauen. Wir haben genug von diesem Ferrum für alle!«, bellte der, den sie Corvecusum nannten.

Eisen. Für Waffen. Daher wollten die Römer Britannia mit

Schiffen erobern. Nun verstand Alessandro. Die Männer förderten die eisenhaltigen Steinbrocken, während die Frauen die Feuer schürten, mit deren Hilfe das wertvolle Material vom Stein getrennt wurde. Anscheinend arbeitete das Dorf freiwillig mit den Römern zusammen, die ihnen im Gegenzug Güter vom Festland zukommen ließen.

Die kleine Gruppe hatte sich unterdessen geeinigt. Corvecusum war offensichtlich der Entscheidungsträger und hatte beschlossen, dass heute ausschließlich für den Eigenbedarf gearbeitet werden würde. Die Männer hatten es mit zustimmendem Brummen hingenommen und gruben weiter. Corvecusum hatte die Grabungsstelle verlassen und war zu einem Haus in der Mitte des Dorfes zurückgekehrt, wo er sich auf einem kunstvoll geschnitzten Baumstumpf niederließ und lauthals etwas zu trinken forderte. Alessandro beschloss, dass die Einwohner dieses Dorfes harmlos genug aussahen, weshalb er sich langsam von seinem Platz erhob und auf das Dorf zulief.

»Salve!«, rief er von Weitem. Ein paar der Männer schauten von ihrer Arbeit auf, einige Kinder blieben stehen und musterten ihn mit neugierigen Blicken. Alessandro hielt inne, die Hände zum Zeichen des Friedens erhoben. Nun kamen die ersten Männer auf ihn zu, Alessandro erkannte mit Unbehagen, dass sie ihre schweren Werkzeuge fest in den Händen hielten.

»Ich komme als Freund!«, sagte er auf Lateinisch. »Ich will nur nach dem Weg fragen. Londinium. In welcher Richtung liegt das?«

Die Stammesmitglieder sahen sich fragend an. Corvecusum hatte sich von seinem Platz vor der Hütte erhoben und kam auf ihn zugewankt. »Ein Römer. Er ist ein Römer. Bringt ihn zu Namutetex, der wird ihn verstehen!«

Eine Frau mit langen, zu einem Zopf geflochtenen Haaren, blassblauen Augen und einfacher Kleidung aus braunen Leinen trat aus der Menge hervor. »Ich zeige ihm das Haus meines Großvaters! Komm!« Sie lächelte ihm aufmunternd zu.

»Er kann dich nicht verstehen, Schwester«, sagte ein junger Mann mit ähnlichen Gesichtszügen, während er Alessandro zuwinkte und ein kurzes »Komm« auf Lateinisch sagte. Alessandro nickte ihm zu, verschwieg aber, dass er die Frau sehr gut verstanden hatte.

Die Frau sah ihren Stammesangehörigen amüsiert an. »Das hätte ich auch hinbekommen, du Angeber. Ich gehe mit ihm, denn ich kann die Sprache der Römer besser als jeder andere hier!«, sagte sie im belustigten Ton, während sie fest an Alessandros Gewand zog und ihm signalisierte, ihr zu folgen.

»Da ist sein Zelt. Sei geduldig mit ihm, er ist ein alter Mann!« Sie musterte sein Gesicht. »Du verstehst mich, auch wenn ich in meiner Sprache rede, nicht wahr?« Sie schien keine Angst vor ihm zu haben.

»Ja«, gab Alessandro zu. »Ich weiß aber nicht, warum das so ist.«

Langsam wandte die Frau ihren Blick ab, klopfte an die halb geöffnete Haustür und trat ein. »Großvater, ich bin es. Der Mann aus meinem Traum ist da! Großvater? Bist du wach?« Ohne eine Antwort abzuwarten, trat sie ein.

Das Innere der Hütte war weitläufig. Der Boden bestand aus festgetretenem Lehm, in einer mit Steinen umzingelten Senke loderte ein wärmendes Feuer, an dem ein alter Mann in Felle gewickelt auf einem Stuhl saß. Die Frau kniete sich neben ihn, um sein Gesicht zu berühren. Die Geste war so zärtlich, dass sie Alessandro einen Stich versetzte.

»Großvater«, flüsterte die Frau noch mal, »da ist ein Mann, der mit dir sprechen will. Wirst du ihm antworten? Er ist auf dem Weg nach Londinium.«

»Ist er einer von den Römern, die den Geist unseres Stammes vergiften?«

»Ich glaube nicht. Er sieht anders aus als die Soldaten. Viel stärker und klüger.«

Alessandro fragte sich, ob ihm seine Wahrnehmung einen Streich spielte. Waren das wirklich die Worte, die diese Frau sprach? Ohne etwas zu sagen, lauschte er weiter.

»Ich hab dir doch von meinem Traum erzählt, Großvater. Ein Mann, der vom Festland in unser Dorf kommt und nach dem Weg fragt. Er wird uns helfen, die Römer zu besiegen.«

Der Alte hielt die Augen geschlossen und schwieg, während er langsam auf dem Stuhl hin und her schaukelte. Alessandro fühlte sich unbehaglich. Anscheinend erwartete die Frau von ihm Hilfe für ihr Volk. Dabei waren die Römer nicht aufzuhalten. Alessandro hatte es mit eigenen Augen gesehen. Ihre Straßen zogen sich über den ganzen Kontinent in alle Richtungen. Niemals würde jemand die Macht dieses Reiches brechen können. Er biss sich auf die Lippe, um nichts Falsches zu sagen, während die Frau auf ein Fell deutete, auf dem er sich niederlassen konnte.

Nach einer langen Zeit öffnete der Alte seine Augen. Sein Gesicht war eingefallen, die wenigen Haare hingen ihm in schneeweißen Strähnen ins Gesicht. Als er Alessandro anstarrte, sah dieser, dass der Alte blind war.

»Ich kann ihn fühlen, diesen Mann. In ihm fließt das Blut der Ahnen. Du hast recht, meine kluge Enkelin. Er ist etwas Besonderes. Aber er ist nicht hier, um uns zu helfen, nicht wahr, Sklave?« Der Alte blickte ihn mit seinen blinden Augen an.

Alessandro zuckte zusammen. Er wusste nicht, was er sagen sollte, also antwortete er: »Ich bin auf dem Weg nach Londinium. Kann mir jemand den Weg erklären?«

Noch bevor die Frau übersetzen konnte, antwortete der Alte erneut. »Londinium liegt an einem großen Fluss, folge den kleinen Gewässern Richtung Norden und du wirst die Stadt rasch finden. Aber dort ist nicht der, den du suchst. Er lebt weiter weg und ist dir ähnlich. Er ist der Einzige, der uns helfen könnte, die Römer zurückzudrängen, aber er hat sich geweigert. Nun sind wir alle verdammt.« Die Stimme des Alten wurde brüchig. Wie zum Trost legte seine Enkelin eine Hand auf die zerbrechliche Schulter. »Wenn du ihn tötest, geht unser altes Wissen verloren. Überlege dir gut, was du tust, Sklave!«, sprach er weiter.

Der Alte sagte das letzte Wort mit solcher Schärfe, dass Alessandro unweigerlich zurückwich. *Laetitia, ich tue es für Laetitia!*

»Danke.«

Sein Gegenüber schien ihn nicht zu hören. In seinem Stuhl zurückgelehnt hatte der Großvater die Augen geschlossen und schien eingeschlafen zu sein. Alessandro erhob sich, nahm sein

Bündel auf und wollte gerade hinausgehen, als der Alte ihn erneut ansprach.

»Dürfte ich es einmal sehen?«

»Was sehen?«, fragte Alessandro wirsch.

»Das Drachenmesser.«

Alessandro stockte. »Du bist blind. Wie solltest du etwas sehen können?«

Die Enkelin lachte hell. »Mein Großvater sieht mit den Händen. Ich weiß zwar nicht, was er meint, aber vielleicht könntest du ihm den Gefallen tun? Er zeigt nicht mehr oft Interesse an irgendetwas.«

Zögerlich kramte Alessandro nach dem Dolch, ohne die Augen von dem Alten abzuwenden. »Autsch!« Die Spitze war so scharf, dass er sich in den Finger gestochen hatte. Blut floss aus der Wunde. Als Alessandro genauer hinsah, überkam ihn eine Gänsehaut. Die Wunde schloss sich nicht wie gewohnt, sondern blutete langsam und stetig weiter. *Das Messer. Es muss an dem Messer liegen.* Mit dem Knauf voran hielt er den Dolch dem Alten hin und machte drei schnelle Schritte zurück, als ihm der Dolch aus den Fingern genommen wurde.

»Drachenknochen. Es ist tatsächlich Drachenknochen«, flüsterte der Alte, während Tränen aus seinen blinden Augen flossen. »Wer hat es dir gegeben?«

Eine Druidin. Eine Verrückte. »Eine Frau«, antwortete er knapp.

»Überleg dir sorgfältig, was du damit machst«, sagte der Alte zum zweiten Male. »Du hast ein gutes Herz, aber es ist traurig. Das, worum es trauert, ist nicht mehr hier. Sie wartet woanders auf dich!«

Alessandro ballte die Fäuste. »Genug geredet, alter Mann. Gib mir den Dolch zurück, meine Geschäfte gehen dich nichts an.« Vorsichtig näherte er sich, griff mit einer raschen Bewegung nach dem Dolch und war erleichtert, als er ihn wieder in der Hand hielt. Sein Finger blutete noch immer. Was würde so ein Dolch mit seinem Gegner anrichten? Alessandro war es egal. Er wusste nun, wie er nach Londinium gelangen würde.

»Danke für die Wegbeschreibung«, sagte er schroff, bevor er sich umdrehte. Der Alte war in seinem Stuhl zurückgesackt. Seine Enkelin deckte ihn behutsam zu, dann folgte sie Alessandro an die Luft.

»Sei nicht böse auf meinen Großvater. Er ist anders als andere. Er sieht, wo andere blind sind.«

»Er ist ein alter, einfältiger Mann, der keine Ahnung hat, was los ist!«, schleuderte Alessandro der Frau trotzig entgegen.

Ihre blauen Augen wirkten traurig, fast mitfühlend. »Es tut mir leid für dich. Viel Glück bei deiner Suche. Brauchst du noch etwas? Wir haben frischen Käse und gutes Brot, ein bisschen Milch und Fleisch vielleicht oder Kleidung aus der Gegend?«

Alessandro nahm grummelnd etwas Brot und Milch an. Aus einer menschlichen Gewohnheit brach er ein Stück ab und stopfte es sich in den Mund. Der Geschmack war so ekelerregend, dass er, ohne zu überlegen, nach dem Kelch Milch griff und sie mit einem Schluck hinterher spülte. *Asche, es schmeckt wie Asche und Erde!*

»Danke«, sagte er, während ihn die junge Frau nachdenklich musterte.

»Komm zurück, falls du den Wunsch danach verspürst. Wir werden einen Platz für dich finden«, sagte sie leise.

Alessandro sah sie lange an. »Danke. Aber meine Heimat ist woanders.«

Er ließ sich noch ein typisches Oberteil aus der Gegend geben, ein helles Hemd und eine braune Hose, dazu einen breiten Gürtel und hohe Lederriemenschuhe. Während er sich umzog, musterten ihn die Männer des Dorfes mit kritischen Blicken. Niemand machte jedoch Anstalten, ihn anzusprechen oder aufzuhalten. Zum Abschied reichte er der Frau die Hand. Sie war warm und weich. *Menschlich,* dachte Alessandro.

KAPITEL 32

EIN LICHTBLICK

Da Alessandro wusste, in welche Richtung er sich wenden musste, kam er zügig voran. Ungesehen von menschlichen Augen tanzte er mit den Schatten, während er die seichte Hügellandschaft entlanghastete. Das hohe Gras bot ihm dabei ebenso guten Schutz wie die vielen Wälder. Londinium war im Gegensatz zu Rom eine Enttäuschung, eine einfache Ansammlung von Holzhütten entlang des großen Flusses Tamesis. *Weiter, ich muss das Land durchqueren. So lange, bis es nicht mehr weitergeht.* Borkan würde sich an den entferntesten Punkt der Insel zurückgezogen haben. Ansonsten weigerte Alessandro sich, darüber nachzudenken, was der blinde Mann noch gesagt hatte. Er wollte zumindest versuchen, einen Weg zu Laetitia zu finden, das war er ihr schuldig.

Um ihn wurde die Gegend einsamer und wilder. *Fast so unwirtlich wie die Berge.* Alessandro gefiel das sich wandelnde Landschaftsbild. Immer wieder sah er steile Klippen zum Meer hinabfallen, Hügel, die von spärlichem Gras überwuchert waren, unberührte Moorlandschaften und kristallklare Seen. Es war eine völlig andere Welt diesseits der Alpen. Mystisch und verführerisch, fast wie Silvana, als er ihr zum ersten Mal begegnet war. An einem der stillen Gewässer, die er passierte, ließ er sich nieder. Es war ein hochgelegener, einsamer See, der sich vor ihm ausbreitete und auf dessen Grund man hinabblicken konnte. Kleine Fische schwammen in Gruppen im Wasser. Er hatte, seitdem er das Keltendorf verlassen hatte, nicht mehr gebadet, und auf einmal hatte er das Bedürfnis, in das kühle Nass einzutauchen. Die Sonne stand hoch am Himmel, weit und breit war kein Mensch zu sehen. Schnell streifte er seine Kleider vom Leibe und erschrak über die unnatürliche Farbe seiner Haut. Früher war sein Körper sonnengebräunt gewesen, fast wie das tiefe Braun seiner Augen, jetzt aber wirkte er fahl und leblos. *Ich sollte tot sein!*, erinnerte er sich. Doch er war es nicht. Was immer ihn am Leben erhielt, war gewaltiger als alles, wovon er bisher gehört hatte. Das Blut der Ahnen. So hatte es Silvana genannt, als sie ihm die Flüssigkeit in sein sterbendes Herz geträufelt hatte. Nur damit sie ihn zu ihrem verhassten Keltenfürsten schicken konnte? Wieder einmal fragte er sich, was es mit Borkan auf sich hatte. Wieso er diese dreckige Tätigkeit übernehmen sollte, wenn Silvana doch so viel wissender war als er. Vorsichtig ging er auf das Wasser zu. Ein Zeh berührte bereits die Oberfläche. Kalt und klar war es, wie der Verstand, den er brauchen würde, um das zu bewältigen, was vor ihm lag. Mit zwei großen Sätzen war er bis zur Hüfte in den See getaucht. Früher hätte er es aufgrund der Kälte hier nicht lange ausgehalten, jetzt störten ihn die Temperaturen kaum. Die Fische um ihn stoben in alle Richtungen auseinander. Aus Gewohnheit holte er tief Luft und ließ sich mit dem Kopf unter die Wasseroberfläche gleiten. Die Augen weit aufgerissen, versuchte er, die kleinen Fische ausfindig zu machen. Da das Wasser dieses Mal nicht in seinen Augen brannte, konnte er alles klar erkennen. Der Grund war von Felsbrocken bedeckt, unter denen sich lange Wasserpflanzen ihren Weg an die Oberfläche bahnten. Zwischen den Gesteinsbrocken stob feiner Sand in die Höhe, wenn er ihn mit den ausgestreckten Fingern berührte. Wieder durchflutete ihn das wohlige Gefühl, unter Wasser zu sein und nicht atmen zu müssen. *Es ist so wunderschön und doch so fremd zugleich!* Für einen kurzen Augenblick überlegte er, wie es wäre, einfach hier zu verweilen, während die Welt da draußen ihren eigenen Weg nahm. Ein einzelner Fisch schwamm vor seinem reglos im Wasser treibenden Körper. *Ich will den Schwarm sehen.* Alessandro machte eine

Schwimmbewegung, woraufhin der Fisch erschrocken davonschwamm. Eilig strengte sich Alessandro an, ihm hinterherzukommen. Immer weiter und tiefer tauchte er in den See. Der Fisch wedelte eilig um die aufragenden Steine. Alessandro folgte ihm dicht, als etwas silberweiß Leuchtendes ihn plötzlich herumfahren ließ. Es sah aus wie ein Meer funkelnder Sterne, die sich hinter einem schwarzen Felsen zu einem Wasserfall ergossen. Alessandro hörte den Herzschlag in seinen Ohren. Eilig schwamm er auf das Licht zu. Als er den schwarzen Stein erreicht hatte, war das Funkeln fort. Ein kalter Wasserstrom streifte ihn an der Schulter.

»Dreh dich um, mein Geliebter!«

Zitternd folgte er dem Aufruf. In Sternenlicht eingehüllt schwebte sie durch das Wasser, ihr Gesicht lebendig und lächelnd. »Laetitia!« Seine Worte verloren sich in schäumenden Luftblasen.

Laetitia umarmte ihn lachend. »Du musst die Worte denken, Alessandro! Ich werde sie schon verstehen!« Mit Staunen stellte er fest, dass sie ihre Lippen kaum bewegte.

Unzählige Sterne tanzten um ihn herum, ohne dass er einen davon greifen konnte. »Laetitia, du lebst! Du lebst, und nun sind wir endlich frei!«

Ihr Gesicht wurde nachdenklich. »Ich weile nicht mehr hier, Alessandro. Ich bin gekommen, um dir Lebewohl zu sagen.«

»Nein!« Luftblasen verließen seinen Mund. Wasser schluckend wollte er nach ihr greifen, doch die Sterne teilten sich unter seiner ausgestreckten Hand. »Bitte, bleib hier, ich kann nicht ohne dich leben!«

»Hör mir zu, mein Geliebter. Wir werden uns wiedersehen, aber es wird nach der menschlichen Zeitrechnung sehr lange dauern. Die Druidin hat keine Macht mehr über mich oder über meinen Körper. Das sollst du bei all deinen Entscheidungen wissen. Ich werde aber immer bei dir sein, auch wenn du mich nicht sehen kannst.«

»Wie kann das sein?« Panik machte sich in ihm breit. »Laetitia, ich will dich nicht schon wieder verlieren!«

»Ich bin die Liebe um dich herum, die erste Frühlingsblume,

der Vogel, der sein Lied in die Welt ruft, das Rauschen der Blätter im Wind.« Ihre Augen sahen ihn liebevoll an.

»Laetitia, ich brauche dich. Bitte geh nicht.«

»Ich kann nicht bleiben. Eines Tages wirst du es verstehen.« Ihr Blick ruhte traurig auf seinem Gesicht.

»Silvana hat mich unsterblich gemacht. Verstehe doch, meine Liebste, ich bin gefangen in diesem Körper.«

»Du bist hier, weil du noch etwas zu erledigen hast, Alessandro. Etwas, das nur dir gelingen kann. Du kannst die Welt von Silvana befreien.« Die glitzernden Sterne umringten ihn jetzt von allen Seiten. Er konnte Laetitia spüren, ohne sie zu berühren.

»Ich bin alleine ohne dich. Wie soll ich das bloß schaffen?«

»Höre auf dein Herz. Die Ahnen werden dir den Weg weisen.«

Er sah sie an, und es hatte für ihn niemals einen schöneren Anblick gegeben. Laetitia sicher und ganz. Seine Liebe, sein Herz, sein Ein und Alles. »Warum bist du gegangen?« Sie antwortete nicht, aber er verstand sie auch ohne Worte. Für einen Augenblick wurde es noch heller. Und dann war sie ganz dicht bei ihm. Sie schien ihn zu umhüllen, er ließ sich fallen und es war, als könnte er in ihr ertrinken. Das Gefühl war stärker als jede körperliche Verbindung, die sie miteinander erlebt hatten. *Pure Liebe.* Laetitia lächelte. Für einen Moment konnte er sie streicheln, dann wandelte sich ihr Körper wieder in helles Licht.

»Ich muss jetzt gehen, mein Liebster. Schaff meinen Körper bitte von der Druidin weg, damit sie dich nicht mehr täuschen kann.« Vor seinen Augen sah er Ricardo und verstand, dass er seinem Freund eine Nachricht zukommen lassen musste.

»Du musst ihm schreiben, dass er meinen Körper holen soll. Gib den Brief einem Vogel mit. Höre auf dein Herz und erfülle deine Aufgabe.« Die Sterne begannen zu verschwinden.

»Nein!« In seinen Ohren hallte ein klagender Schrei, der aus seiner Seele kam.

»Denk daran, ich bin bei dir, auch wenn du mich nicht sehen kannst!« Ihre Stimme war zu einem Flüstern geworden. Das Leuchten war nur noch ein bleicher Strahl.

Hektisch sah sich Alessandro um, doch da nur der Grund des

tiefen Sees, der ihn umgab. Jäh ließ er sich gegen den schwarzen Felsen sinken, wo er Sekunden zuvor noch das Abbild von Laetitia gesehen hatte. *Sie ist weg. Und ich bin alleine.* Alle Freude, die er am Wasser gehabt hatte, war vergangen. Mit zügigen Bewegungen schwamm er wieder Richtung Oberfläche. Als er auftauchte, stellte er erstaunt fest, dass er sich mitten im See befand.

Nur wenige Augenblicke später zog er sich aus dem Wasser und ließ sich ins Gras fallen. Es war Nachmittag geworden. Er löste seinen Lendenschurz, um ihn auszuwringen. *Laetitia.* Direkt vor seinen Augen hatte er sie gesehen, gesprochen, gefühlt. Erschöpft schloss er die Augen. Wo auch immer sie war, er konnte ihr dorthin nicht folgen. Wie trostlos würde sein Leben ohne sie sein. *Ich bin immer bei dir*, hatte sie ihm zugesichert, aber es würde nie so sein, wie er es sich gewünscht hätte.

»Als Mann und Frau, Laetitia!«, sagte er laut. Es fühlte sich gut an, diese Worte zu hören. »Ich werde versuchen, deine Wünsche zu erfüllen. Auch, wenn ich es alleine tun muss!«

Neben ihm hüpfte ein kleiner Vogel und blickte ihn aus schwarzen Kugelaugen neugierig an. Belustigt streckte Alessandro ihm die Hand hin. Laetitia hatte also recht gehabt und noch schöner: Sie war tatsächlich da gewesen – er hatte sich nicht alles nur eingebildet.

»Na, kleiner Freund. Wirst du eine Botschaft von mir nach Hause bringen?« Der Vogel begann zu zwitschern. Alessandro kramte nach dem Pergament, das er bis jetzt so sorgsam gehütet hatte. Zweifelnd warf er einen Blick darauf. *»Du musst ihm schreiben!«,* hörte er Laetitias Worte klar und deutlich. Beherzt griff er nach dem Schwert, um sich einen kleinen Schnitt in die Fingerkuppe zu ritzen. Die Wunde versiegte nach kürzester Zeit. Damit würde er nicht weit kommen. Beunruhigt holte er das Drachenmesser heraus. Es glitzerte im Nachmittagslicht wie Elfenbein. Mit zitternden Händen setzte er es am linken Daumen an. Der Blutstrom erlaubte ihm, das aufzuschreiben, was Ricardo wissen musste, um Laetitias Körper von Silvanas Lichtung zu holen. Im Wind trocknete das Pergament zügig, der Schnitt aber schloss sich nur langsam. Mit klopfendem Herzen betrachtete Alessandro den

Drachenknochendolch. Der Vogel hüpfte aufgeregt neben ihm her.

»Ja, ist ja gut!« Mit der Klinge des Dolches trennte er ein Stück von der Schnur, die Silvana ihm mitgegeben hatte, um Borkans Herz abzubinden. Allein bei der Vorstellung krampfte sich alles in ihm zusammen. Geduldig ließ der Vogel das Pergament an sich befestigen. Als alles fertig war, nickte er Alessandro mit seinem kleinen Köpfchen aufmunternd zu und flog davon. Mit der Distanz schien der Vogel seltsamerweise größer zu werden, aber Alessandro hatte so viele sonderbare Sachen gesehen, dass er sich darüber nicht mehr wunderte. Noch immer ruhte der weiße Dolch in seiner Hand. Auf einmal wusste er genau, was er zu tun hatte. Er holte weit aus und warf den Dolch mit Schwung in den See. Sekunden später hatte das Wasser ihn verschluckt. Was immer Silvana mit dem unsterblichen Herz von Borkan vorhatte, sie würde es nicht so einfach bekommen. Trotzdem wollte er sich den Keltenfürsten genauer ansehen, um zu verstehen, was aus ihm selbst geworden war.

KAPITEL 33

BORKAN

Das Dorf war so unscheinbar, dass er es unter normalen Umständen nicht wahrgenommen hätte. In einem fast undurchdringlichen Wald waren ein paar Hütten kreisförmig angeordnet. In der Nähe bahnte sich ein dunkler Fluss seinen Lauf. Um sein Ziel zu erreichen, hatte er auf seinen stetig lauter werdenden Herzschlag gehört. Es war, als ob ihn eine mysteriöse Macht rief. Wieder sah er in sicherer Entfernung auf einen fremden Stamm, ein kleines Volk, das sich die strohbedeckten Hütten teilte. Er beobachtete alles ganz genau. Aus dem, was er sah, konnte er darauf schließen, dass Borkan woanders sein musste. In dem kleinen Dorf Caerer schien keiner der Männer außergewöhnlich zu sein. Aufmerksam studierte er die unheimliche Umgebung, die ihn schmerzlich an Silvanas Lichtung erinnerte. *Hoffentlich hat der Vogel seinen Weg gefunden.* Und hoffentlich würde Ricardo ihm helfen.

Als es langsam Abend wurde, beschloss Alessandro, sich mit seinem geschärften Sehvermögen noch genauer umzusehen. Die Stille senkte sich über den Wald und Alessandro stand wie angewurzelt. *Bum bum, bum bum.* Sein Herz klopfte laut und rhythmisch. Instinktiv wusste er, dass er ganz in der Nähe von Borkan sein musste. Mit aufsteigender Panik stellte er fest, dass sein Herz zu schmerzen begann, als er sich Richtung Norden bewegte. Immer hektischer wurde sein Schlagen, je weiter er sich aus dem Wald hinausbewegte. Und dann sah er ihn. Auf einer Hügelkuppe saß ein Mann mit dem Rücken zu ihm. *Borkan!* Er fühlte es in seinem Herzen, das so weh tat, als würde es gleich in tausend Stücke zerspringen. *Ob das immer so ist, wenn man einen anderen Unsterblichen trifft?* Bei Silvana hatte sein Herz nicht geschmerzt, aber sie hatte ihm auch das ewige Leben gegeben.

Der Mann auf der Hügelkuppe blieb ruhig sitzen. Ob es wirklich eine gute Idee war, den Drachendolch wegzuwerfen? Was, wenn Borkan ihm etwas anhaben wollte? Trotz der Zweifel näherte er sich stetig. Er ging um den Hügel herum, um sich Borkan von vorne zu zeigen. Jetzt erst fiel Alessandro auf, dass Vollmond war. Die goldene Himmelskugel tauchte alles in ein helles, glitzerndes Licht. Einige Meter von Borkan entfernt blieb Alessandro stehen und musterte das Gesicht seines Gegenübers. Es war von tiefen Furchen durchzogen, wettergegerbt und von einem wilden Bart geziert. Doch die Augen waren hellwach, stechend blau wie die Bergseen, die er in den Alpen passiert hatte. Sie schienen so allwissend zu sein, dass Alessandro sich vor dem Keltenfürsten verbeugte.

»Du musst dich nicht vor mir verbeugen.«

Zögernd schaute Alessandro wieder nach oben. Die Stimme des Kelten hatte eine düstere, melodische Note. »Borkan!«, flüsterte Alessandro.

»Und wer bist du?«, fragte der Keltenfürst. »Hat sie dich geschickt?«

Alessandro nickte.

Ein grollendes Lachen entwich Borkans Kehle. »Dieses Weib wird niemals aufgeben!« Er erhob sich langsam. Alessandro erschrak. Im Stehen war der Mann einen Kopf größer als er. »Und was genau willst du von mir?«, fragte er ohne Umschweife.

»Ich, ich wollte dich kennenlernen«, stotterte Alessandro, der sich auf einmal unbedeutend und verloren vorkam.

»Ah, tatsächlich? Hast du gehört, dass ich so freundlich bin?«

Borkan kam auf ihn zu. Mit jedem Schritt wurde es enger in Alessandros Körper. Bald waren die Schmerzen schier unerträglich. »Tut es weh, das unsterbliche Herz?« Borkan lachte wieder. »Das ist am Anfang so, wenn man auf einen anderen trifft. Silvana hat mir Dutzende ihrer Lakaien geschickt, aber nur wenigen hat sie von dem Blut gegeben. Dich hat sie erst sterben lassen, oder?« Seine Nasenflügel bebten, die stechend blauen Augen waren zusammengezogen. Mit seiner Hand packte er Alessandro am Arm und zerrte ihn zu sich hin. »Du sollst mich töten, nicht wahr? Damit diese Schlange endlich Ruhe findet.« Borkan spuckte verächtlich aus. »Was hat sie dir von mir erzählt?«

Alessandro riss seinen Arm los. Dann ging er einige Schritte zurück, ohne Borkan aus den Augen zu lassen. »Sie hat mir aufgelauert und mich zu dem gemacht, was ich jetzt bin! Was hat eine Frau von deinem Volk dort verloren, wo ich herkomme?« Borkans Schweigen war Antwort genug. Er musste etwas mit dem von Britannia abgelegenen Wohnort der Druidin zu tun haben. Zorn stieg in Alessandro auf. Genug, dass er sich in der Lage fühlte, auf Borkan loszugehen und ihm in sein zerfurchtes Gesicht zu schlagen. Stattdessen sammelte er sich und versuchte, den stechenden Schmerz zu ignorieren. Mit zitternden Händen starrte er wieder in die eisblauen Augen. »Warum will sie dich umbringen lassen?«

Borkan schnaubte verächtlich. »Ich habe sie einst zurückgelassen, das ist lange her. Sie hat uns auf unserem Feldzug gegen Rom begleitet. Silvana ist eine mächtige Druidin. Schon damals hat sie uns mit ihren Tränken Kraft für die Schlacht verliehen. Aber sie war auch eitel. Ihr Wunsch war es, die schönste Frau der Welt zu sein.« Borkan brach ab und blickte vor sich ins Leere. »Sie gab mir vom Blut der Ahnen, lange bevor wir wussten, wie stark es ist.«

Alessandro starrte dem Keltenfürsten verständnislos in die Augen. »Sie hat es dir freiwillig gegeben?«

Borkan nickte. »Das ist lange her. Sie war anders damals. Mit den Jahren wurde sie immer besessener.« Er schüttelte seinen Kopf, als wollte er eine schmerzliche Erinnerung loswerden.

»Und sie hat schon andere geschickt?«, fragte Alessandro nach einer langen Pause.

Borkan nickte. »Immer mal wieder. Schwächlinge, die meisten davon. Einige waren ganz passabel. Oft konnten sie es in meiner Nähe nicht aushalten. Es wundert mich, dass dein Herz noch schlägt.«

Alessandro hatte das schmerzhafte Gefühl einigermaßen verdrängt, doch jetzt, als Borkan davon sprach, merkte er es wieder deutlicher. »Es kann zu schlagen aufhören?«

Borkan grinste. »Ja. Wenn es im Leben nicht erweckt worden ist. Bei dir scheint es anders zu sein. Du hast tatsächlich geliebt.« Es war mehr eine Feststellung als eine Frage. Trotzdem nickte Alessandro.

»Ich werde sie für immer lieben. Für sie hätte ich alles getan.« Seine Stimme stockte. »Nun ist sie weg.«

Borkan nickte wissend. »Ich verstehe, wie du dich fühlst. Es ist die Weite deines Herzens, die dich schützt.«

»Und die mich umbringt. Jeden Tag ein bisschen mehr. Ich habe den Sinn, auf der Welt zu sein, verloren.« Überrascht über seine eigenen Worte studierte er das Gesicht des Kelten.

»Wie ist dein Name?«, fragte ihn Borkan schließlich.

»Alessandro. Nach Alexander dem Großen.«

»Du hast das Blut der Ahnen in dir, Alessandro. Das ist ein Segen und ein Fluch.«

Der Kelte schien nicht beunruhigt zu sein über Alessandros Anwesenheit. Fühlte er sich wirklich so sicher? Alessandro musterte ihn nachdenklich. »Kannst du mir noch etwas über das Blut der Ahnen erzählen?«

»Ich könnte«, antwortete Borkan mit einem seltsamen Funkeln in den Augen. »Erst will ich wissen, was sie dir aufgetragen hat.«

Alessandro schluckte. Den Wunsch von Silvana in Worte zu fassen, kam ihm grausam vor.

»Glaube mir, ich kenne Silvana. Was immer du mir über sie erzählst, wird mich nicht schockieren.«

»Sie verlangt, dass ich dich töte und ihr dein Herz bringe«, sagte Alessandro zögernd.

Borkan lachte schallend auf. »Und du hättest es mir mit deinen Fingern herausgepult? Oder wie wolltest du es tun?«

Alessandro sah ihn schweigend an. Ohne es begründen zu können, hatte er nicht das Bedürfnis, Borkan von dem Drachenknochenmesser zu erzählen. »Ich bin ein Gladiator. Ich hätte einen Weg gefunden«, brachte er zögerlich hervor.

»Du bist ein Nichts. Vielleicht kannst du dich in der Arena behaupten, aber hier in der Wildnis gelten andere Regeln.« Für einen Moment fürchtete Alessandro, dass sein Gegenüber ihn angreifen würde, aber Borkan sah ihn nur mit blitzenden Augen an. »Ihr Geschmack hat sich verschlechtert. Wahrscheinlich gibt es keine besseren Männer mehr in ihrer Gegend. Weißt du, dass sie mir einst geschworen hat, nur mich zu lieben? Und jetzt kommst du für sie hierher?«

»Ich komme nicht für sie!« Alessandro fühlte sich immer unwohler in seiner Haut. Der Zorn, den er so lange unterdrückt hatte, quoll in ihm hoch. »Bei den Göttern, wenn es Laetitia zurückbringen würde, hätte ich dich ohne Zögern getötet, doch sie hat meine Welt verlassen. Jetzt bin ich hier, weil ich gehofft habe, dass du mir etwas über das Geschöpf, zu dem ich geworden bin, erzählen kannst. Aber ich sehe, du willst deine Geheimnisse für dich behalten.« Bewusst drehte er Borkan den Rücken zu und begann, sich langsam zu entfernen.

»Warte«, rief Borkan ihm hinterher, als er ein paar Schritte gegangen war.

Zögernd drehte Alessandro den Kopf. »Was ist?«, knurrte er.

»Ruhig, junger Krieger. Wo willst du so eilig hin? Wir haben doch Zeit.«

»Die Zeit ist zu schade für Spielchen. Wenn du mir nichts über das unsterbliche Herz sagen willst, dann lass es.«

»Was willst du denn wissen? Dass du nicht der Einzige bist? Außer dir, mir und Silvana gibt es noch ein paar andere Unsterbliche.«

Alessandro stockte und drehte sich ganz zu Borkan um.

»Wir gehen einander aus dem Weg. Die Gesellschaft eines anderen Unsterblichen halten die meisten auf Dauer nicht aus.« Die Augen des Kelten blitzten im Mondschein. »Womit solltest du mich töten?«

Alessandro ignorierte die Frage. »Ich habe nie um Unsterblichkeit gebeten«, sagte er leise. »Was macht man nur mit so viel Zeit?«

Borkan musterte ihn lange. »Es gibt Schlimmeres«, entgegnete er schließlich. »Du kannst überall hingehen, verstehst jede Sprache, brauchst nichts mehr essen und trinken, wirst nicht mehr krank, und mit der Zeit brauchst du auch keinen Schlaf mehr. Diejenigen, die das Blut der Ahnen in sich tragen, sind wie die ersten Menschen dieser Welt.«

»Das ist also der Grund, warum ich die unterschiedlichen Sprachen verstehen kann.«

Borkan nickte. »Am Anfang hatten die Menschen nur eine Sprache. Von der stammen alle anderen ab. Du trägst ihr Wissen in deinem Blut. Womit wollte sie mich töten?«

»Mit einem Dolch«, murmelte Alessandro.

»Sicher kein gewöhnlicher Dolch. Erzähl mir mehr.«

Alessandro konnte die Erregung in Borkan fühlen. Instinktiv fasste er seinen Marschbeutel fester, auch wenn der Dolch längst nicht mehr dort war. »Warum sollte ich es dir sagen? Wirst du sie dann angreifen?« Ein gewagter Plan nahm in ihm Form an. Hatte Laetitia nicht gesagt, dass er die Welt von Silvana befreien sollte?

»Vielleicht.« Borkan erhob sich langsam. Mit ausgestreckter Hand schritt er auf Alessandro zu. »Zeig mir den Dolch.«

»Er ist aus Drachenknochen. Ich gebe ihn nicht her.«

Borkans Gesicht verhärtete sich. »Das ist kein Spielzeug für einen Neuling wie dich!« Seine Stimme war fordernd.

»Du bekommst ihn nicht.«

Borkan lachte schallend. »Du bist ein Narr, Alessandro, wenn du glaubst, dass du dich mir in den Weg stellen kannst!« Mit einem schnellen Griff wollte Borkan den Beutel packen, aber Alessandro hatte ihn schon von dem Kelten weggezogen.

»Komm mit mir zu Silvana. Erledigt eure Angelegenheit selbst.« *Wenn Borkan mit sich reden lässt, könnte ich ihm zeigen, wo ich den Dolch versenkt habe!*

Doch der Keltenfürst schien nicht die geringste Lust auf einen Handel zu haben. »Gib mir den verdammten Dolch, und ich schwöre, dass ich sie abstechen werde!« Immer energischer umkreiste er Alessandro, der durch seine Zeit als Gladiator gelernt hatte, seinen Gegner im Blick zu halten.

»Du bist genauso hasserfüllt wie sie«, zischte er. »Ich gebe dir den Dolch nicht, und jetzt lass mich gehen!«

»Dann hole ich ihn mir!«, knurrte Borkan und sprang auf ihn zu.

Mit einem geschickten Schritt wich Alessandro aus, doch im nächsten Moment machte der Kelte eine so rasche Bewegung, dass Alessandro ihr nicht folgen konnte. Mit einem Ruck wollte Borkan ihm den Beutel aus den Händen reißen. Alessandro konnte sich gerade noch daran festkrallen, als die Luft zu erzittern schien. Sein Kopf drehte sich schneller und schneller. Immer noch hielt er sich krampfhaft an dem Beutel fest.

»Lass los, du Nichtsnutz!«, hörte er Borkans Rufe, ohne das Gesicht des Kelten erkennen zu können. Die Stimme schien geisterhaft aus dem Nichts zu kommen. Mit schwirrendem Kopf fühlte sich Alessandro, als würde er sich auflösen und im nächsten Moment wieder zusammensetzen.

»Dann zeig mir wenigstens die Lichtung«, erklang Borkans Stimme aus dem Jenseits.

»Niemals!«, wollte Alessandro antworten, doch ein Bild formte sich in seinem Kopf. Für den Bruchteil eines Augenblicks erschien Silvanas Lichtung in seinen Gedanken. Kalt, von dichten Wäldern umgeben, im Schatten des Vesuvs. Schallendes Gelächter dröhnte in seinen Ohren. Noch einmal zog etwas an dem Beutel, doch Alessandro krallte die Finger in den Stoff. Das Letzte, was er hörte, war der langgezogene Fluch des Kelten, dann landete er hart auf laubbedecktem Waldboden.

KAPITEL 34

SILVANAS RACHE

Benommen blickte Alessandro sich um. Ein Schatten war über ihm. Borkan, der triumphierend den Marschbeutel schwenkte. Hastig kam Alessandro auf die Knie. Er konnte nicht fassen, was er sah. Um ihn war Silvanas Lichtung zu erkennen. Wie waren sie hierhergekommen? Ohne nachdenken zu können, umklammerte er Borkans Bein und riss den Kelten zu Boden. Es gab einen dumpfen Schlag, sofort warf sich Alessandro auf ihn.

»Zwar nicht ganz so, wie ich es mir gewünscht habe, aber trotzdem gut. So ist sein Herz frisch, wenn ich es mir einverleiben werde!« Der opalschwarze Schimmer in Silvanas Augen machte Alessandro für einen Moment sprachlos. Schiere Gier hatte sich über ihre Augen gelegt, als sie sich zu Borkan hinunterbeugte. Der Kelte lag immer noch bäuchlings auf dem Boden und wurde von Alessandro festgehalten.

»Na, hast du mich vermisst?«, gurrte sie mit einem belustigten Unterton. »War sie es am Ende wert, dein Leben zu vergeuden?«

Alessandro horchte auf.

»Ich bereue nichts, du schwarze Seele!« Borkan versuchte vergeblich, sich unter Alessandro wegzuschieben.

Silvana lachte hell. »Dann bist du jetzt bei mir genau richtig. Sklave, nimm ihm den Beutel ab.«

Borkan hielt den Stoffsack fest unter seinem Bauch geklemmt.

»Hör nicht auf sie«, keuchte er. »Geh runter von mir, und ich werde sie erledigen!«

»Gib dir keine Mühe, Borkan. Ich habe das, was der Gladiator haben will«, verkündete Silvana.

Ihre Worte ließen ihn aufhorchen. *Laetitia! War sie etwa noch hier?* Sie hatte selbst gesagt, dass Silvana keine Macht mehr über sie hatte, dennoch verstand er nicht, warum Ricardo ihren Körper noch nicht von der Lichtung geholt hatte. Etwas war schief gegangen. Panisch sah er sich um. Silvana folgte seinem Blick.

»Keine Angst. Ich habe gut auf sie aufgepasst. Bald seid ihr wieder vereint, du musst mir nur den Beutel geben.«

Alessandro atmete schwer aus. Irgendetwas musste Ricardo abgehalten haben, hierher zu kommen. Wem sollte er glauben? Die Erinnerungen an Laetitias Geist begannen bereits zu verschwimmen. Hatte er sich am Ende alles nur eingebildet? Silvana war hier, doch sie hatte ihn schon so oft getäuscht, dass er ihr unmöglich trauen konnte. Mit einem Schaudern erinnerte er sich an Katharina, die von der Druidin vor seinen Augen so kaltherzig ermordet worden war.

Plötzlich schlug etwas Hartes gegen seinen Kopf. Benommen fühlte er, wie ihm Blut aus der Nase lief. Blitzschnell drehte sich Borkan unter ihm und rammte ihm das Knie zwischen die Beine. Blinder Schmerz machte sich in ihm breit, als sich der Kelte ganz aus seinem Griff befreite.

»So, Silvana. Jetzt wird abgerechnet!«, rief er triumphierend, während die Druidin einige Schritte zurückwich.

Alessandro sah mit brennenden Augen, wie Borkans Blick die Druidin fixierte.

»Dein Sklave war so nett, mir das da zu bringen.« Grinsend schwenkte er den Beutel in die Luft.

Silvana wich weiter zurück. Alessandro konnte die Angst in ihren Augen erkennen. Immer noch schritt Borkan siegessicher auf sie zu.

Ich muss zu Laetitia. Das war alles, was in diesem Moment zählte. Den Schmerz ignorierend stand Alessandro auf und lief zu ihrem leblosen Körper. Schnell beugte er sich über sie und hob sie hoch. Sie war noch genauso, wie er sie verlassen hatte. Eine zeitlose Schönheit, die friedlich die Augen geschlossen hielt. »Meine Geliebte, ich bringe dich von hier weg«, flüsterte er ihr zu. Ein kalter Schauer überzog seine Schultern.

»Jetzt kommt der Moment der Rache, Silvana. Deine Macht hat ein Ende!« Borkans Stimme drang von hinten an Alessandros Ohr. Die Äste unter ihm knackten laut, während er mit Laetitia von der Lichtung stürzte. Ein Grollen erklang.

»Dein Sklave hat mich angelogen!«, schrie der Kelte und im nächsten Moment hörte er Silvanas freudigen Aufschrei.

Jetzt haben sie gemerkt, dass der Dolch weg ist! Alessandro beschleunigte sein Tempo.

»Nun bist du mein, Borkan!«

Es war wieder Silvana, die er hörte. Kurz hielt er inne, wirbelte herum, um zu sehen, wie sie den Keltenfürsten angreifen würde. Für den Bruchteil eines Augenblicks sah er die beiden ineinander verkeilt, dann stieß Borkan die Druidin von sich. Kreischend wollte sich Silvana erneut auf ihn werfen, doch auf einmal war der Kelte verschwunden.

Magie! Es ist genauso, wie wir hierher gekommen sind!, fuhr es Alessandro durch den Kopf. Im nächsten Moment hörte er einen gellenden Aufschrei und wusste, dass er rennen musste. Ohne sich nochmals umzudrehen, raste er durch die dichtstehenden Bäume von der Lichtung weg. Er hielt Laetitias Körper fest an sich gepresst, während hinter ihm der Boden zu vibrieren begann. Sein Herz krampfte sich schmerzhaft zusammen, Panik übermannte ihn, als ihm klar wurde, dass es Silvanas Zorn war, den er spürte. Schweiß brach auf seiner Stirn aus, und er hatte das Gefühl, dass die ganze Erde bebte. Ohne darüber nachdenken zu können, wusste er, dass die Druidin alles verloren hatte. Borkan, den Dolch und ihn, der jetzt mit Laetitias Körper flüchtete. Immer schneller rannte er, bis er von weit her ein Wiehern hörte.

Das war Amadeo. Zielstrebig folgte er dem Ruf des Pferdes. *Ich muss sie von hier wegbringen!* Ein Rumpeln erhob sich hinter ihm. Beim Laufen drehte er sich um und sah den Vesuv erglühen. Aus seiner Spitze trat eine dunkle Rauchwolke in den Himmel. Alessandro vergaß vor Schreck, auf den Weg zu achten. Sein Fuß blieb in einer Wurzel hängen und zusammen mit Laetitia fiel er auf den harten Untergrund. Der Boden begann stärker zu erzittern, neben ihm tat sich ein Riss auf. *Wir werden versinken, wenn ich nicht von hier wegkomme.* Noch einmal hörte er das vertraute Wiehern, es war jetzt deutlich näher als zuvor.

»Amadeo!«, schrie Alessandro mit seiner ganzen Kraft gegen das ansteigende Tosen um ihn herum an. Die Bäume peitschten mit ihren Ästen, ein heftiger Wind fegte durch den Wald. Gleichzeitig hatte sich die Sonne verdunkelt. Als er einen flüchtigen Blick hinter sich warf, sah er, wie Feuerblitze um den Vesuv zuckten. Schwarze Steine flogen durch die Luft.

»Amadeo! Schnell! Ich bin hier!« Laetitia umklammernd mühte er sich auf die Knie. Die Furche neben ihm riss immer weiter auf. Dann hörte er Hufgetrappel und mit einem gewaltigen Satz sprang Amadeo über den Spalt und landete knapp neben ihm. Eine Hand streckte sich zu ihm herunter.

»Ricardo! Du bist gekommen!« Amadeo bäumte sich mit geweiteten Augen auf, doch Ricardo konnte ihn dazu bringen, für einen Augenblick still zu stehen.

»Steig auf, Alessandro.«

»Laetitia. Wir müssen ihren Leichnam wegbringen!«, schrie Alessandro verzweifelt seinem Freund entgegen. Ricardo nickte knapp.

»Dann lass uns tauschen. Amadeo hört besser auf dich. Ich werde Laetitia halten.«

Alessandro ließ Ricardo absteigen, während er die Zügel hielt und dem Hengst gut zuredete. Amadeo war so unruhig, aber schließlich hatten sie Laetitia sicher auf Ricardos Schoß gebettet. Augenblicke später begann das Pferd zu galoppieren.

Alessandro gab es auf, die Zügel kontrollieren zu wollen. »Bring uns hier raus, Amadeo«, brüllte er und der Hengst raste davon.

Alessandro erkannte, dass Amadeo den Weg nach Hause wählte, zu der Villa seines ehemaligen Herrn. Immer noch donnerte und bebte es hinter ihnen, der Wind hatte nachgelassen, dafür war es fast schwarz wie die Nacht um sie. Hinter ihm bewegte sich Ricardo. Alessandro spürte, wie sein Freund zusammenzuckte, doch er musste geradeaus schauen, um den Weg im Auge zu behalten.

»Was ist?«, rief er nach hinten.

»Reite schneller! Ich glaube, der verdammte Berg bricht aus!«

Kaum hatte Ricardo die Worte ausgesprochen, da schlug ein schwarzer Steinbrocken neben ihnen ein. Ein weiterer folgte.

»Es regnet Bimssteine!«, schrie Ricardo. »Kopf einziehen!« Geduckt ritten sie weiter, ohne sich noch einmal umzusehen. Hinter ihnen begann etwas zu rascheln, Hitze drang an Alessandros Haut. *Der Wald hat Feuer gefangen!,* dachte er panisch.

»Schneller! Bei den Göttern, schneller!«, kreischte Ricardo. Eine Feuerkugel landete in einiger Entfernung vor ihnen. Amadeo schlug mit dem Kopf, wieherte voller Panik, doch zu Alessandros Erleichterung ließ er sich nicht vom Weg abbringen. Endlich taten sich die Büsche vor ihnen auf und die Villa kam zum Vorschein. Die Erde bebte so stark, dass einige Säulen bereits eingestürzt waren.

»Wir müssen weiter. Galoppier an der Villa vorbei, hier geht gleich die ganze verdammte Welt unter!« Ricardos Stimme war schrill vor Panik.

Für einen Moment konnte Alessandro sich umdrehen, und was er sah, ließ das Blut in seinen Adern gefrieren. Über dem Vesuv hing eine schwarze Wolke, die sich nun in südöstliche Richtung verschob. In ihr zuckten Blitze, und es regnete Felsmassen. Lava begann aus dem Berg zu fließen und verschluckte alles Leben. Was, wenn der brodelnde Strom sich nicht aufhalten ließ?

Der Hengst war langsamer geworden, als hätte er sein Ziel erreicht. »Amadeo, los, weg von hier!«, schrie Alessandro. Doch das Pferd drehte sich ziellos zwischen den herabstürzenden Steinen seines Zuhauses.

Von Weitem sahen sie die Bewohner in Panik aus der Villa stürmen. »Da ist der Herr«, flüsterte Ricardo und es klang, als hätte er vor ihm mehr Angst als vor dem Lavastrom, der aus dem Vulkan drang.

»Zu dritt sind wir zu schwer für Amadeo. Reite, so schnell du kannst, von hier fort, mein Freund. Mögen die Götter mit dir sein.« Alessandro gab mit diesen Worten die Zügel an Ricardo ab, der sie verwirrt entgegennahm.

Ricardo sah ihm fest in die Augen und legte ihm schließlich Laetitia in die Arme. »Lauf, Amadeo!«, flüsterte Alessandro dem Hengst ins Ohr. »Bring Ricardo von hier fort!« Mit Laetitia an sich gepresst, klopfte er dem Hengst auf die Flanke. Der setzte sich gehorsam in Bewegung. »Viel Glück, ihr beiden!«, rief er dem Pferd und seinem Reiter hinterher, bevor er sich umdrehte, um sich einen Überblick zu verschaffen.

Es schien, als hätte der Dominus eine Kutsche bereit machen lassen, auf die die engsten Familienangehörigen jetzt in Windeseile zusteuerten. Von dem alten Kutscher Claudius war weit und breit nichts zu sehen. Anscheinend hatte Maximus vor, das Gefährt alleine zu fahren. Niemand achtete auf Alessandro, jeder schien nur mit der Rettung seiner eigenen Haut beschäftigt zu sein. Haussklaven und Sklavinnen rannten mit einigen Habseligkeiten den Weg entlang, der von der Stadt und dem Vesuv wegführte. Schon nach einigen Metern ließen sie die schwereren Teile fallen und versuchten, nur mit ihren Kleidern am Leib zu flüchten. Alessandro sah Brekken mit angstgeweiteten Augen davonrennen, im nächsten Moment wurde er von einem brennenden Balken getroffen und blieb reglos am Boden liegen. Niemand kam ihm zu Hilfe oder schien auch nur Notiz davon zu nehmen. Es war schlimmer, als er sich die Unterwelt vorgestellt hatte.

»Gut, dass du das nicht sehen musst!«, flüsterte er zu Laetitia, die immer noch wie eine schlafende Göttin in seinen Armen ruhte. Mit einem Mal war Alessandro klar, dass er dem Inferno unmöglich entkommen konnte. Nicht einmal der Dominus würde das mit seiner Kutsche schaffen. Sie waren alle verdammt. Seltsamerweise machte diese Einsicht seinen Kopf freier, und er wusste, was er zu tun hatte.

Mit schnellen Schritten bewegte er sich weg von der bereits halb eingestürzten Villa, hin zu dem Aussichtspunkt, wo er sich mit Laetitia nachts heimlich getroffen hatte. Dort wuchs der wilde

Rosenstrauch, den sie so geliebt hatte. Der Boden fühlte sich an, als würde er jeden Moment in sich versinken, doch Alessandro lief weiter. *Wenn ich es nur bis zu dem Rosenstrauch schaffe, dann habe ich einen guten Platz für uns erreicht.*

Als er endlich oben angelangt war, blickte er noch einmal zurück zu der Villa, die nun endgültig in sich zusammengestürzt war. Wie kleine Ameisen schwärmten die Bewohner davon, allen voran die Kutsche von Tiberius Maximus. Vor sich sah er den feuerspeienden Vulkan, und doch wurde in diesem Moment alles still in ihm. Sorgsam bettete er Laetitia neben die weißen Blumen und kniete nieder. Andächtig strich er ihr eine Haarsträhne aus dem Gesicht. Er hatte keine Angst vor dem, was kommen musste. Ihre Hand haltend gab er ihr einen letzten Kuss auf das sanfte Gesicht, das er so geliebt hatte. Eine Träne fiel auf ihr Antlitz.

»Ich hätte mir gewünscht, dass es anders verlaufen wäre«, flüsterte er, das Gesicht über sie gebeugt. In der anschwellenden Hitze streifte ein kalter Hauch seine Schulter. Laetitia war längst woanders. Immerhin hatte er ihren Leichnam zu einem Ort bringen können, den sie geliebt hatte. Er schloss die Augen und lauschte dem herannahenden Tosen. Immer noch hielt er ihre Hand, als eine Welle heißer Asche sich über ihn ergoss. Wo Sekunden zuvor alles intakt gewesen war, schien sein Körper jetzt innerlich zu verbrennen. Etwas in ihm wollte aus seinem fleischlichen Gefängnis stürzen, aber es war, als ob sein eigenes Herz ihn festhielt. Es schlug laut und erbarmungslos, während er fühlte, wie seine Haut versengte. Wieder und wieder durchfuhren ihn Wogen des Schmerzes, eine schlimmer als die andere. *Es ist unmöglich, das zu überleben!«*, dachte er, während sein Körper weiterhin in Flammen stand. *Drachenknochen, die einzige Möglichkeit ist ein Drachenknochen!«*, hallte es in seinem Kopf, bevor er das Bewusstsein verlor.

KAPITEL 35

DIE VERDAMMTEN

Für wie lange er inmitten von Staub, Schlamm und kalt gewordener Asche ausharrte, wusste er nicht. Sein Körper war von einer dichten Schicht umschlossen, nur sein Herz dröhnte im Takt. *Bum bum, bum bum, bum bum.* Nicht einmal die Lavabrunst hatte es geschafft, es zu vernichten. Immer wieder schwebte Alessandro zwischen Wach- und Schlafzustand hin und her, aber jedes Mal, wenn er aufwachte, fühlte er sich etwas stärker, bis er schließlich in der Lage war, einzelne Glieder zu bewegen. Zuerst einen Finger, dann eine Zehe. Nachdem er etwas gewartet hatte, konnte er seinen Arm ein Stück ausstrecken. Um ihn war alles schwarz und still. Nichts regte sich, nur sein Herz schlug so beständig wie zuvor. Insgeheim hatte er gewünscht, sich durch die Lavawelle Laetitia auf dem Weg ins Totenreich anschließen zu können, doch auch diese Hoffnung war vergeblich gewesen.

»Werden wir jemals wieder zusammen sein?«, flüsterte er in die Stille, den Geschmack von Asche auf der Zunge. Nicht mal der eisige Lufthauch konnte ihn in seinem Gefängnis aus erstarrter Lava berühren. Verzweifelt versuchte er, seine Muskeln so weit anzuspannen, dass ein Riss in der Außenschicht entstehen konnte. Dann erinnerte er sich, dass er Laetitias Hand gehalten hatte, als die heiße Lava sie umschloss. Wenn er dorthin spürte, konnte er die Verbindung mit ihr noch schwach fühlen. Plötzlich wurde ihm klar, dass er loslassen musste, um sich befreien zu können. Dieses Gefühl machte ihn unendlich traurig.

»Wenn du willst, dass ich weiterlebe, dann muss ich deinen irdischen Körper jetzt zurücklassen.« Seine Stimme gelangte nicht an sein Ohr, er merkte nur, dass er leicht die Lippen bewegte. Finger für Finger entglitt ihm Laetitias Hand, als er seinen rechten Arm zu befreien versuchte. Stück um Stück grub er sich mühevoll aus seinem Gefängnis, bis er so weit war, dass er die lose Staubschicht durchdringen konnte.

Was er sah, ließ seinen Atem stocken. Das einst so grüne Land war grau und verwüstet, die fruchtbaren Ebenen schwarz, und von Pompeji war nichts mehr zu sehen. Sein erster Gedanke war, dass die Welt ausgestorben sein musste, doch dann erinnerte er sich an den Lavastrom zurück und wusste instinktiv, dass dieser nicht stark genug gewesen war, um alles zu vernichten. Jeder einzelne Knochen seines untoten Körpers tat ihm weh, als er langsam begann, den Aussichtshügel hinunterzustolpern. Er war so geschwächt, dass er sich nach ein paar Metern setzen musste. Am Ende beschloss er, einfach den Abhang hinunterzurutschen. Wehmütig blickte er noch einmal zu dem Platz hinauf, an dem Laetitia bestattet war. Dann sah er sich auf dem kahlen Fleck um, an dem einst die prächtigste Villa Pompejis gethront hatte. Um ihn herum waren nur kaltgewordene Asche und Schlamm, in dem er knietief versank. Die Luft war still, kein Vogel sang, kein Lüftchen rührte sich, und auch der Boden war endlich zur Ruhe gekommen.

Alessandro ließ sich an dem Platz, an dem früher das Atrium gestanden hatte, nieder und blinzelte in die Sonnenstrahlen, die wieder die Herrschaft über den Himmel errungen hatten. Ein unangenehmes Gefühl, das er nicht genau greifen konnte, sagte ihm, dass Silvana ebenfalls noch auf der Erde weilte. Würde sie ihn suchen kommen, oder war sie durch den Zornesausbruch ebenfalls erschöpft? Müde schloss er seine Augen und lauschte in die Stille. Es gab so viele offene Fragen. Sein Herz antwortete mit dem gleichmäßigen Schlagen. *Weiter, weiter, weiter,* schien es ihm zuzuflüstern.

»Wohin? Ich kann nicht mehr«, flüsterte Alessandro mit geschlossenen Lidern zurück. Er war so schrecklich müde. Eine Hand legte sich auf seine Schulter, ohne, dass er jemanden kommen gehört hatte. Sie war warm und fest.

»Alessandro.«

Langsam blinzelte er der vertrauten Stimme entgegen. »Alter Freund. Du bist zurückgekommen?«

Ricardo nickte. Seine Augen waren mit Tränen gefüllt. »Du siehst schrecklich aus!«, brachte er schließlich halb lachend, halb weinend hervor. »Deine Haut, deine Haare, alles ist verbrannt!«

»Es ging mir schon mal besser«, gestand Alessandro, während er an seinen schwarzen Armen hinabblickte. Ricardo wirkte ebenfalls erschöpft. »Du hast es geschafft, zu fliehen. Wie ist es dir ergangen?«

Ricardo schluckte. »Amadeo reitet schneller als der Wind. Als die Villa hinter uns lag, konnte ihn nichts mehr aufhalten. Er ist so lange galoppiert, wie seine Hufe es erlaubt haben. Als wir endlich anhielten, waren wir von der Katastrophe weit genug entfernt. Wir haben den Vesuv noch bis in den nächsten Tag brodeln gesehen. Dann kam endlich der Regen, der das schreckliche Feuer gelöscht hat. Zum Glück haben wir einen Fluss gefunden und später ein Bauernhaus. Man hat mich dort gut aufgenommen.«

»Und dennoch bist du zurückgekehrt.«

Ricardo sah nachdenklich zu Boden, bevor er seinen Blick auf Alessandro richtete. »Ja. Ich hatte das Gefühl, dass du noch am Leben bist.« Ricardos dunklen Augen ruhten zweifelnd auf seinem Gesicht. »Zumindest irgendwie«, fügte er zögernd hinzu.

Alessandro lachte bitter. »Ja, irgendwie und irgendwie auch nicht.«

Dann begann er dem Freund die ganze lange Geschichte zu erzählen. Von den Anfängen mit Silvana, wie ihn die Druidin immer mehr für ihre Zwecke eingenommen hatte. Von der Reise nach Britannia, von dem Drachenknochendolch, den er in einem tiefen See versenkt hatte, von dem geheimnisvollen Blut der

Ahnen. Wie ihm Laetitia unter Wasser begegnet war und von der Rückkehr auf die Lichtung.

»Den Rest kennst du ja«, schloss er seine Erzählung. »Ich konnte Laetitia noch auf dem Aussichtshügel niederlegen. Bei dem weißen Rosenbusch.«

Ricardo rieb sich nachdenklich das Kinn. Es war das erste Mal, dass Alessandro ihn sprachlos erlebte. »Was wirst du jetzt machen?«, fragte Ricardo schließlich nach einer Weile.

Alessandro zuckte mit den Schultern. »Ich bin so erschöpft, dass ich kaum denken kann«, gab er zu. »Aber irgendwie muss es weitergehen!«

Ricardo nickte. »Aber hier in diesem Brachland werden wir nichts finden, und wer weiß, wann die Druidin hierher zurückkommt?«

Alessandro stocherte in der losen Asche herum. »Der Dominus hat sicher alles zurückgelassen.« Er dachte an all die Reichtümer, die nun verschüttet waren.

»Ja. Er hat die Villa in aller Eile verlassen. Bestimmt sind alle seine Schätze jetzt begraben.«

Gemeinsam überlegten sie, an welcher Stelle das Hauptgebäude gestanden hatte. Sie begannen zu graben, bis Ricardo sich irgendwann erschöpft niederließ. Mit Schrecken fiel Alessandro ein, dass sein Freund Essen und Trinken zum Überleben brauchte. Hektisch sah er sich um. »Erkennst du, wo sich die Vorratskammer befand?«

Matt zeigte Ricardo auf einen Fleck versengter Erde. »Dort ungefähr müsste das gewesen sein.«

»Ruh dich ein bisschen aus. Ich werde Nahrung für dich suchen.«

Es war gar nicht so leicht, bis zu den Überresten durchzudringen, aber Alessandro war von neuer Zielstrebigkeit getrieben, während er mit übermenschlicher Kraft tiefer und tiefer grub. Als er schließlich auf einen Hohlraum stieß, war das Loch mannstief. Erleichtert sah er, dass er sich tatsächlich in der Speisekammer befand. Dort hatten ein paar fest verschlossene Tongefäße das Inferno unbeschadet überstanden. Rasch öffnete er einen Deckel und lugte hinein. Zu seiner Freude fand er getrocknete Datteln und ein Gefäß voller Erbsen. Fieberhaft suchte er weiter und konnte einen Sack mit gebackenem Brot entdecken, und endlich erblickte er auch einen unversehrten Krug mit Wein.

»Ricardo, komm hilf mir hier!« Alessandro löste das Seil von dem Brotsack und warf es zu Ricardo hinauf. Lachend fing er es auf, und gemeinsam hievten sie die Vorräte nach oben.

Nebeneinander ließen sie sich auf dem schwarzen Feld nieder. »Hier, trink. Wir haben allerdings kein Wasser zum Verdünnen.«

Ricardo lächelte matt. »Das macht nichts.«

Nachdem sich Ricardo gestärkt hatte, machten sich die beiden wieder an die Arbeit. Dank des guten Vorstellungsvermögens von Ricardo und der Muskelkraft von Alessandro hatten sie bald eine beträchtliche Anzahl an wertvollen Stücken geborgen.

»Wir müssten sie nur transportieren können«, sagte Alessandro nachdenklich.

»Wir füllen den größten Tontopf. Wenn der voll ist, haben wir erst mal genug, und falls uns die Schätze ausgehen, können wir wieder zurückkommen.« In Ricardos Blick sah Alessandro die alte Freude, die ihn stets umgeben hatte. »Wir werden reich sein, Alessandro.«

Alessandro schwieg und senkte den Blick.

»Was ist? Jetzt wird alles gut!« Der Wein ließ Ricardo noch unbekümmerter erscheinen.

»Du wirst ein gutes Leben führen«, bestätigte Alessandro schließlich.

»Ja. Wir werden uns alles leisten können. Eine eigene Villa, Sklaven, gutes Essen, die beste Unterhaltung und den köstlichsten Wein.« Ricardo schnalzte mit der Zunge. »Das sollte dich freuen!«

Langsam schüttelte Alessandro den Kopf. »Nicht für mich, mein alter Freund. Nicht für mich.«

Ricardos Gesichtsausdruck änderte sich schlagartig, als die Worte ihn erreichten. »Was heißt hier nicht für dich? Du hast genauso ein Recht auf die Schätze wie ich. Lass uns das teilen.«

»Nein.« Alessandro spürte das vertraute Stechen in seinem Herzen, als ihn die Trauer übermannte. »Ich gehöre nicht mehr zu den Menschen. Ricardo, ich muss alleine gehen. Aber es gibt noch etwas, um das ich dich bitten muss«, fügte er zögernd hinzu. Ricardo sah ihn in stiller Erwartung an.

»Bring mich unerkannt zu den Alpen. Und finde so viel wie möglich über das Blut der Ahnen heraus. Meine Aufgabe hier ist noch nicht beendet. Laetitia hat es selbst gesagt. Wenn mir jemand helfen kann, dann du. Niemand kann sich so leicht Wissen aneignen. Hilf mir, Ricardo, denn der Kampf hat gerade erst begonnen.«

EPILOG

Die verbrannte Erde erstreckte sich weiter, als Alessandro vermutet hatte. »Du hast Glück gehabt, Ricardo«, sagte er leise, als sie ein geschwärztes Feld passierten.

»Ich weiß«, entgegnete Ricardo matt. »Auf Amadeo wären wir schneller, aber er hat sich geweigert, den verbrannten Boden zu betreten. Wenn wir Glück haben, wartet er dort, wo ich ihn zurückgelassen habe.« Ricardo deutete mit dem Finger nach Westen, wo die gleißende Sonne zu sinken begann.

Alessandro schnaufte unter dem Gewicht der Schätze. Auch wenn er deutlich stärker war als ein Sterblicher, hatte seine Kraft Grenzen. Durch die Verbrennungen fühlte er sich schwächer, als er es gewohnt war. Ächzend stellte er den Tontopf ab und wischte sich über die Stirn.

»Du schwitzt überhaupt nicht«, stellte Ricardo fest.

Alessandro lachte. »Schlechte menschliche Angewohnheit.«

»Da vorne ist etwas.« Mit dem Finger wies Ricardo entlang ihres Weges.

»Ich glaube, ich weiß, was es ist«, entgegnete Alessandro trocken. Mit seinem geschärften Sehvermögen erkannte er etwas, das wie ein zusammengerollter Körper aussah.

»Du meinst ...«, setzte Ricardo an, doch Alessandro nickte nur. »Lass uns nachsehen«, sagte er und nahm den Tonkrug wieder auf.

»Bei den Göttern, sie sehen aus wie aus Stein gemeißelt«, stellte Ricardo leichenblass fest.

Etwas abseits waren die Umrisse zweier Pferde und eines einzelnen Mannes zu erkennen. Sitzend, zur Seite gekippt, mit ausgestreckten Armen, die aber nur noch bis zu den Ellbogen reichten. Weiter entfernt konnte er zwei größere und vier kleinere Körper ausmachen. Die Frau hielt zwei der Kinder schützend im Arm. Alessandro fühlte, wie ihm schlecht wurde, aber statt Magensäure war es nur Asche, die er schmeckte. Von der Kutsche war nichts mehr zu sehen.

»Sie muss komplett verglüht sein«, flüsterte Alessandro ungläubig. Er schloss die Augen. Einen solchen Tod hatte niemand verdient.

Ricardo streckte seine Hand aus und fuhr mit ihr über das versteinerte Antlitz des jungen Neros. Eine Träne rollte ihm über das Gesicht. »Das ist grausam, Alessandro. Wieso lassen die Götter so etwas zu?«

»Das waren nicht die Götter. Das ist das Werk der Druidin. Aber dafür wird sie bezahlen, ebenso wie für Laetitias Tod!« Er klopfte seinem Freund auf die Schultern. »Lass uns gehen, Ricardo. Hier gibt es nichts mehr zu sehen. Wenigstens kannst du jetzt unbesorgt ein neues Leben aufbauen. Niemand, der dich kannte, hat das hier überlebt.«

»Ja, du hast recht«, sagte Ricardo schließlich. »Die Toten ruhen und wir sollten sie nicht stören.« Ricardo wischte sich eine Träne weg und blickte ihn traurig an. »Ich muss dir noch etwas gestehen, sonst werde ich meines Lebens nicht mehr froh.« Nervös scharrte er mit seinen Füßen auf dem verbrannten Erdboden. Alessandro sah ihn auffordernd an.

»Es ist wegen Bartus. Er hat sich mir in den Weg gestellt, als der Vogel mir deine Nachricht überbrachte. Eine Ewigkeit habe ich gebraucht, um ihn davon abzubringen, mir zu folgen, und dann hat er mich doch getäuscht. Er wusste von Laetitia und dir. Seinetwegen bin ich zu spät gekommen, Alessandro, sonst hätten wir die Druidin vielleicht noch aufhalten können. Bartus hat mich angegriffen, und eigentlich hätte ich ihn umbringen sollen, aber ich habe es nicht über mein Herz gebracht, einen Bruder zu töten. So habe ich ihn niedergerungen und im Wald zurückgelassen.«

Alessandro musterte seinen Freund eine Weile. Für Ricardo waren alle Mitschüler wie Brüder gewesen, sogar Bartus. »Du hast nach deinem Herzen gehandelt«, sagte er langsam. »Daran ist nichts Verwerfliches. Silvana hätten wir auch zu zweit nicht aufhalten können. Sei froh, dass du ihr nicht begegnet bist.«

Ricardo überlegte eine Weile, dann nickte er und legte den Arm auf Alessandros Schulter. »Du wirst irgendwann stark genug sein, ihr alleine gegenüberzutreten.«

Ein letztes Mal blickten sie auf die Überreste der Verstorbenen, dann drehten sie sich um und gingen weiter.

Die nächsten Meilen des Weges bestritten sie schweigsam. Alessandro konnte den Schmerz seines Freundes fühlen, fand aber keine tröstenden Worte. Ricardo hatte in seinem Herrn immer auch die gute Seite gesehen, nach seinen eigenen Worten war er ihm dankbar für die Möglichkeit zu lernen. Die anderen Gladiatorenschüler waren wie Brüder für ihn gewesen, allen voran natürlich er selbst, sein bester Freund. Nun waren sie durch das Schicksal erneut vereint, aber dennoch alleine. Alessandro hoffte inständig, dass Ricardo wieder Anschluss an die menschliche Welt finden würde. In der Ferne sahen sie einen weißen Fleck zwischen den Zypressen. Endlich hatten sie das Ende des Lavastroms erreicht.

»Er hat auf uns gewartet!«, rief Ricardo erfreut.

Während Ricardo mit Amadeo zum Bauernhaus zurückkehrte, suchte sich Alessandro einen geschützten Platz in der Nähe. Er fand ihn zwischen totem Holz, das die Bauersfamilie vor langer Zeit geschlagen und niemals verwendet hatte. Es war ein Kraftakt, nicht einzunicken. Innerlich wusste er, dass er vielleicht nicht mehr rechtzeitig aufwachen würde, wenn er diesem überwältigenden Verlangen nachgab. Das runenbestickte Tuch war für ihn verloren. Zusammen mit dem restlichen Inhalt des Beutels hatte er es auf Silvanas Lichtung zurückgelassen. Er seufzte schwer und lehnte sich an den Holzstapel. Neben ihm stand der Tonkrug, gefüllt mit den Schätzen von Tiberius Maximus. Ricardo hatte einzig eine saphirblaue Halskette herausgenommen, die er der Bauernfamilie als Tausch für einen Pferdewagen anbieten wollte. Nun blieb Alessandro nichts anderes, als abzuwarten, bis sein Freund zurückkehrte.

»Alessandro! Alessandro!« Es war das Rufen seines Namens, das ihn aus dem Dämmerschlaf aufschrecken ließ. Hastig sah Alessandro zur Seite und stellte erleichtert fest, dass der Tonkrug noch neben ihm stand. Vorsichtig zog er sich hoch und sah über die Bretter in Richtung der Stimme. Ricardo stand auf der Wiese, an deren Rande der Holzstapel lag.

»Hier bin ich«, flüsterte Alessandro.

Die Bauern hatten sich über den Tausch gefreut und Ricardo einen Einspänner überlassen.

»Er ist zwar nicht mehr im besten Zustand, aber er wird dich gut transportieren«, berichtete Ricardo vergnügt.

»Was sagst du, wenn römische Legionäre dich aufhalten?«, fragte Alessandro mit einem beunruhigten Blick auf den klapprigen Wagen.

»Der Bauer hat mir ein paar Beutel mit Lebensmitteln mitgegeben. Ich soll sie für ihn verkaufen. Das werden mir die Soldaten abnehmen. Zum Glück sieht Amadeo nach den letzten Tagen so mitgenommen wie ein altes Bauernross aus!«

»Sie müssen viel Vertrauen in dich haben, diese Leute«, sagte Alessandro nachdenklich.

»Ja, sie denken, ich wäre zuverlässig, weil ich lesen und schreiben kann. Ich werde sie nicht enttäuschen, denn ich habe vor, mit vollen Händen zurückzukehren.«

Alessandro streckte sich auf der Ladefläche aus, während

Ricardo ein Leinentuch über ihn deckte. Daneben wurden die vollgeschnürten Säcke abgestellt. In einem von ihnen war der Tonkrug versteckt.

»Wir fahren los«, rief Ricardo nach hinten und schon setzte sich das Gespann in Bewegung. Auf der Via Appia, der Hauptstraße in Richtung Rom, fielen Alessandro trotz aller Bemühungen die Augen zu. Er rutschte in eine tiefe, ihn völlig ummantelnde Schwärze, aus der er erst wieder erwachte, als sich ein spitzer Gegenstand in seine Seite bohrte. Instinktiv schreckte er hoch und packte seinen Angreifer an den Armen. Ehe er wusste, was wirklich geschah, hatte er den Widersacher im Würgegriff und drückte zu.

»Alessandro!« Jemand hustete in sein Ohr. »Bei den Göttern, lass mich los!«

Jetzt erst merkte er, dass es Ricardo war, den er eng umschlungen hielt. Erschrocken ließ Alessandro los.

Nach Luft japsend sank Ricardo gegen den Karren. »Du hättest mich fast erwürgt!«, zischte er vorwurfsvoll, sobald er sich wieder gefangen hatte. »Aber wenigstens sehe ich, dass es dir leidtut!«

»Ich war nicht bei mir«, verteidigte sich Alessandro. »Das war unüberlegt von mir.« Um sie herum war tiefe Nacht. Der Mond war nicht zu sehen, nur ein paar helle Sterne erleuchteten den Himmel über ihnen. »Wo sind wir?«, fragte Alessandro schließlich.

»Am Fuße der Alpen. Es ist Zeit, sich zu verabschieden.«

»Du hast mich bis hierhergebracht, und ich habe die ganze Zeit geschlafen?«, fragte Alessandro ungläubig. »Was ist mit Rom. Haben die Soldaten dich passieren lassen?«

»Es ist alles in Ordnung«, versicherte Ricardo. »Ich habe sogar einen Teil der Schätze versetzt, während du geschlafen hast.«

Der Schock musste Alessandro ins Gesicht geschrieben sein, denn Ricardo fügte hastig hinzu, dass er die Kutsche von zwei Leibwächtern bewachen ließ, während er die Geschäfte getätigt hatte. »Keine Angst, du warst zu keiner Sekunde in Gefahr«, versicherte er. »In meiner langen Zeit bei Maximus habe ich viel von ihm gelernt. Der Handel liegt mir im Blut.«

Alessandro schüttelte den Kopf. »Du bist unglaublich, Ricardo. Was wirst du jetzt tun?«

»Ich werde zurück zu den Bauern gehen, so wie ich es versprochen habe. Für das Erste habe ich genug Geld, um gut zu leben. Und dann werde ich sehen, was ich über das Blut der Ahnen herausfinden kann. Ich werde dir meine Berichte hinterlassen«, fügte er schließlich nach einigem Zögern hinzu. »Du wirst sie finden, sobald du sie brauchst. Und ... Ich werde sie suchen gehen. Wenn ich sie finde, werde ich ihr von dir erzählen. Sie soll wissen, dass sie stolz sein kann auf dich.«

Alessandro fehlten vor Dankbarkeit fast die Worte. Er wusste, dass Ricardo seine Mutter meinte, die Pompeji aus unbekanntem Grund so überstürzt verlassen hatte. Immer noch glaubte Alessandro, dass sein ehemaliger Herr etwas damit zu tun haben musste, aber auch wenn es so war, war Tiberius Maximus tot und er konnte ihn nicht mehr danach fragen.

»Danke Ricardo«, flüsterte er. »Wirst du auch schauen, dass es ihr an nichts fehlt?« Ein Blick in die Augen seines Freundes reichte aus, um sicher zu sein. In Ricardo hatte er einen Verbündeten, er würde seine Mutter aufspüren und sich um sie kümmern. Außerdem fühlte er, dass Ricardo einen guten Platz für seine Nachforschungen über das Blut der Ahnen wählen würde.

»Danke dir, mein Freund«, brachte er langsam hervor. »Bei all deiner Arbeit, vergiss bitte das Leben nicht. Es ist ein Geschenk an uns.«

Ricardo lächelte. »Und wo wird dein Weg dich hinführen?«

»Ich weiß es noch nicht. Ich möchte weg von den Menschen, von allem, was mich ablenken könnte. Weit weg von Silvana und den Ereignissen. Ich gehe in die Berge und ruhe mich aus. Wenn ich bereit bin, komme ich zurück.« Er ballte die Fäuste. »Und dann werde ich mich um Silvana kümmern, das schwöre ich.« Sein Blick richtete sich auf das mächtige Gebirge. »Dort habe ich Ruhe und werde meine Kräfte sammeln.«

Zum Abschied nahmen sie sich in die Arme. Ricardo zuckte nicht zurück, obwohl Alessandro wusste, dass er einen monströsen Anblick bot. Anschließend klopfte Alessandro Amadeo den Hals und flüsterte ihm ins Ohr, gut auf Ricardo zu hören. Als Antwort schnaubte der Hengst und scharrte mit den Hufen. Wieder einmal hatte Alessandro das Gefühl, dass Amadeo jedes Wort verstand. Er wartete, bis Ricardo mit seiner Kutsche weggefahren war, dann wandte er sich den Bergen zu. Es war, als hätte er eine Verabredung mit einem alten Freund. Ein Gefühl tiefer Verbundenheit legte sich über ihn. Er wusste, dass er hier den Schutz finden würde, den er so dringend brauchte, um sich auszuruhen. Noch immer hatte er das Gefühl, für die Zeit eines Menschenlebens schlafen zu können.

Hoch oben, auf einem einsamen Gipfel, fand er in einer verlassenen Höhle einen geeigneten Platz. Mit letzter Kraft sammelte er verstreute Felsbrocken zusammen, um sie von außen zu verschließen. Kein Tier sollte ihn in seiner Rast stören können. Für die Menschen lag das Felsloch zu hoch. Um sie brauchte er sich vorerst keine Sorgen machen, dachte er, als er mit einem schweren Steinbrocken die letzte Luke verschloss. Er wusste, dass er keine Luft zum Atmen benötigte. Es war sein Herz, das ihn am Leben hielt.

»Laetitia, wache über mich«, flüsterte er andächtig wie ein Gebet. Und mit den Erinnerungen an ihre warme Gestalt schloss er seine Augen, um seinen Körper für das zu stärken, was kommen würde.

ÜBER DAS BUCH

Das Blut der Ahnen ist der erste Teil der Ahnentrilogie und aus dem Gedanken geboren worden, was für einen Menschen möglich ist, der als Sklave auf das Überleben in der Kampfarena gedrillt wird. Den passenden Schauplatz habe ich im alten Pompeji gefunden, wo eine der ältesten Gladiatorenschulen und ein Amphitheater einst für die blutrünstige Unterhaltung des römischen Volkes sorgten. Alle Fantasy-Elemente wie der Tantotaurus, die Druidin Silvana, Borkan und das Blut der Ahnen sind frei erfunden, ebenso wie jede Magie, die von den Charakteren ausgeht. Jungen, wie Alessandro, hat es leider viele gegeben. Die Römer brachten sie als Gefangene ihrer ständigen Eroberungszüge in die Kampfarenen, wo sie, mehr oder weniger ausgebildet, unfreiwillig um ihr Überleben kämpfen mussten. Die meisten dieser Sklaven starben unter den ihnen auferlegten Umständen. Einige gelangten zu überdauerndem Ruhm, wie etwa der Gladiator Verus, den ich in einem frei erfundenen Kontext erwähnt habe. Auch ist es interessant zu wissen, dass längst nicht alle Kämpfe tödlich ausgingen, vielmehr sahen die Lanistae (die Inhaber der Gladiatorenschulen) die Ausbildung eines Gladiators als lohnende Investition, und so wurde darauf geachtet, einen gut ausgebildeten Gladiator möglichst am Leben zu halten. Dafür gab es bereits in der Antike hervorragend ausgebildete Ärzte, die sich um die Verletzungen der

Gladiatoren kümmerten. Manch ein Römer trat sogar freiwillig in eine Gladiatorenschule ein, etwa um Geld zu verdienen oder Schulden abzubezahlen. In den Augen des Volkes waren die Kämpfer in der Arena gefeierte Stars, die todesverachtend für die römischen Tugenden wie Edelmut, Stärke und Kampfgeist standen. Außerhalb der Arena zählte ein Gladiatorenleben nicht viel und ihr Ableben war nicht erwähnenswert. Bis heute gibt es viele Bücher, Filme und historische Texte, die dieses Thema von allen Seiten beleuchten und dem interessierten Leser eine Hilfestellung geben, sich in die Zeiten des Römischen Reiches hineinzudenken.

DANKSAGUNG

Kurz und knapp, aber aus vollem Herzen, danke ich meiner Familie und den interessierten Freunden, die meine Arbeit nach allen Möglichkeiten unterstützen. Ich danke Hans Heine für all die beantworteten geschichtlichen Fragen, bei denen er sich manchmal besser auskennt als das Internet. Vielen Dank, dass du mich an deinem Wissensschatz teilhaben lässt.

Außerdem danke ich Rainer Wekwerth, der mich immer wieder zu dem Projekt ermuntert hat und mir eine große Hilfestellung beim Schreiben war. Zudem noch für das Erstellen des wunderbaren Buchcovers.

Ich danke Frau Pietschmann für das Lektorat und das Setzen des Textes, danke für Ihre Genauigkeit und Unterstützung und Frau Lösel für das Korrekturlesen.

Last but not least geht mein Dankeschön an alle meine Leser, denn ihr seid es, für die ich schreibe und bei denen mein Herz aufgeht, wenn euch die Bücher erfreuen.

Mehr zu meiner Arbeit und zu meinen Büchern findet ihr unter www.wunderwerkbuch.de

ÜBER DIE AUTORIN

Anja Lehmann wurde 1980 in Starnberg bei München geboren. Heute lebt und arbeitet sie in Roth bei Nürnberg, wo bereits viele ihrer sehr unterschiedlichen Bücher niedergeschrieben und veröffentlicht wurden. Mehr zu ihrer Arbeit findet man auf www.wunderwerkbuch.de.

DIE RACHE DER AHNEN

KAPITEL 1

»Alessandro! Die Erde ist in großer Gefahr. Komm und rette sie, wach auf. Bitte wach auf!«

Ein Leuchten durchzog das Nichts in seinem Kopf, als er eine ferne Stimme wahrzunehmen glaubte. Schwer wie Blei lastete die Schwärze auf ihm und doch war etwas zu seinem Innersten gedrungen.

»Meine Augen – ich wollte sie für immer geschlossen halten. Es gibt nichts da draußen, für das es sich lohnt aufzuwachen.«

War es seine eigene Stimme, die ihm in den Ohren widerhallte? Was war aus diesem ICH geworden, wenn nicht ein körperloser Geist, der Hauch eines Nichts, das hier auf dem kalten Erdboden verweilte und darauf wartete, sich in Unendlichkeit aufzulösen?

»Alessandro, mein Geliebter, komm zu dir!«

Sanft wie die lieblichste Nachtmelodie, aber auch fordernd, so als duldete die Stimme keinen Widerspruch.

Noch nicht, ich möchte noch schlafen!

Ein Ruck ging durch seinen Körper, und plötzlich meinte er, das Brüllen eines Löwen an seinem Ohr zu hören. Jäh riss er die Augen auf und sah auf eine massive graue Mauer, die über ihm gefährlich schwankte. Die sanfte Stimme war verflogen, nur das

Tosen von außen ließ sein ganzes Wesen erzittern. Auf einmal fühlte er die Schwere seines Körpers, der nach so langer Zeit wieder zum Leben erwachte. Wie viele Jahre, Jahrzehnte, Jahrhunderte waren wohl vergangen, seit er sich hier eingeschlossen hatte?

Der Berg antwortete mit einem dunklen Grollen, fast als wollte er ihn vor die Haustür bitten. Ein beklemmendes Gefühl schloss sich um sein Herz. *Es lebt, es tut weh,* schoss ihm durch den Kopf, und ihm war klar, dass er die Höhle, die ihm so lange Schutz geboten hatte, verlassen musste.

Mühsam lenkte er seine Gedanken auf die einzelnen Glieder seines Körpers. Wie ein schlaffes Stück Stoff fühlten sie sich an, nachdem sie so lange geruht hatten. Es dauerte eine Zeit, bis er sie mit Leben füllen konnte, unterdessen schien eine dunkle Macht den Berg erneut zu erschüttern.

Endlich war er so weit, dass er sich aufrichten konnte, die Decke der Höhle ragte kaum höher als sein Kopf. Das Licht, das von außen eindrang, war fahl und beleuchtete sein selbst gebautes Zuhause nur spärlich. Trotzdem wusste Alessandro genau, wo er seine Hände auflegen musste, um den massiven Fels in Bewegung zu setzen.

Wenn ich das überhaupt will!

Wieder bebte der Boden und Alessandro hatte Mühe, sich auf den Füßen zu halten. Was konnte da draußen passiert sein, dass er so jäh aus seinem schönen Schlaf geweckt wurde? Entschlossen ging er auf den leicht herausragenden Stein zu, den er einst als letztes hinter sich geschlossen hatte. Mit einem Ruck drückte er dagegen – nichts bewegte sich.

»Alessandro!«

Jemand rief seinen Namen, aber es war nicht die sanfte Stimme, die so liebevoll zu ihm gesprochen hatte. Alessandro kramte in seinen Erinnerungen und stieß auf gähnende Leere. Jetzt wurde ihm doch ein wenig mulmig zumute, und mit seiner ganzen Kraft stemmte er sich gegen den Stein, der seinen Weg versperrte. Was war mit ihm passiert und wieso hatte er sich überhaupt hier eingeschlossen?

»Ist da jemand?«, wollte er schreien, aber seine Stimme versagte und erstarb zu einem erbärmlichen Flüstern. *Ich muss hier raus,* dachte Alessandro erneut und stemmte sich nochmals gegen den Felsen. Seine Muskeln spannten sich und er wollte kraftvoll den Stein zum Weichen zwingen. Wieder schwankte der Berg und dieses Mal öffnete sich ein winziger Spalt, weit genug, damit der Felsen sich lockerte und unter Alessandros Druck ächzend nach außen rollte.

Geblendet sah er auf das klaffende Loch in der Steinwand. Als er sich zu der Öffnung wagte, musste er seine Augen erneut schließen und einige Sekunden verharren, so sehr wurden sie von dem einfallenden Licht gepeinigt. Mit geschlossenen Lidern lauschte er und stellte verwundert fest, welch außergewöhnliche Stille ihn umgab. Hier war nichts, war nie etwas gewesen, außer der ewig währenden Kälte, die jedem Lebewesen durch Mark und Bein gehen musste.

Er stutzte. Doch, etwas war da, ganz leise, und es drang aus seinem Innersten, wie eine Erinnerung an das Leben.

Bum bum, bum bum, bum bum.

Sein Herzschlag. Im gleichen Moment, in dem er ihn bedachte, spürte er einen heftigen Schmerz, fast stark genug, ihn in die Knie zu zwingen. Er riss die Augen auf, vor denen für einen kurzen Moment etwas Feuriges aufloderte, bevor er das Landschaftsbild um sich herum erkennen konnte. Überwältigt starrte er über das endlose Meer aus Steinen und Schnee, das sich unter einem strahlendblauen Himmel seinen Weg über Täler und Gipfel bahnte. In Anbetracht der ihm entgegen leuchtenden Schönheit vergaß er den Schmerz, den er Sekunden vorher gefühlt hatte.

Warum habe ich das alles hinter mir gelassen?, fragte er sich im Stillen. Ein himmlisches Friedensgefühl überkam ihn, und er fühlte sich für einen Moment so glücklich, dass er bemerkte, wie sich ein leichtes Grinsen auf seinem Gesicht ausbreitete. Er atmete tief die kalte Luft ein, obwohl sein Körper den Atem nicht zum Leben brauchte. Es war ein schönes Gefühl. Langsam hob er seinen Kopf und blickte in das Sonnenlicht, das ihn umschloss. Mit Wohlgefühl dachte er an die sanfte Stimme, die zu ihm im

Berg gesprochen hatte. Sie kam ihm bekannt vor, ohne, dass er genau einordnen konnte, warum. Er fragte sich, ob er zurück in den Berg gehen sollte, um dort nach ihr zu suchen. Entschlossen, noch einmal den Raum zu betreten, in dem er so lange verweilt hatte, drehte er sich um, als ihn vom Eingang seiner Höhle etwas unverhohlen entgegen starrte. Erschrocken wich Alessandro einen Schritt zurück und wäre fast im Schnee ausgerutscht, als er in ein von einer dicken Fellmütze eingerahmtes Gesicht blickte, das ihm irgendwie bekannt vorkam.

Ein breites, freudloses Grinsen machte sich auf den Lippen des Mannes breit. »Alessandro. Odin sei Dank, du lebst!«

Alessandro zögerte. »Wer bist du und woher kennst du meinen Namen?«

Der andere lachte ein heiseres Lachen, das sich fast wie ein Bellen anhörte. »Das weißt du nicht mehr?« Mit seiner großen Hand riss er sich die Kopfbedeckung von seinem Haupt und strohblonde Haare ergossen sich auf sein narbenbedecktes Gesicht. Die strahlend blauen Augen blitzten ihn erwartungsvoll an. Als Alessandro immer noch keine Antwort wusste, fuhr der Mann kopfschüttelnd fort. »Du bist vor langer Zeit zu mir gekommen. Du sagtest, du seist aus Pompeji und bis nach Britannia gereist, um mich zu finden.«

Pompeji? Britannia? Irgendetwas begann in Alessandros Kopf zu arbeiten. Diese Namen fühlten sich vertraut an, gleichzeitig entbehrten sie jeglicher Bedeutung, da er sich nicht genau erinnern konnte.

Sein Gegenüber seufzte. »Ich habe überall nach dir gesucht, und bei den Göttern, ich hatte schon Angst, dass das Feuer dich verbrannt hätte.«

Feuer? Wieder stieg der Schatten einer schrecklichen Vergangenheit in Alessandro hoch, den er im nächsten Moment ärgerlich unterdrückte. »Es tut mir leid, ich weiß nicht, wovon du sprichst«, antwortete er mit fester Stimme.

Der Mann schien zu erraten, dass Alessandro etwas verdrängte, und war offensichtlich wütend über seine Worte. Ungeduldig musterte er ihn von oben bis unten. »Alessandro, du bist meine einzige Hoffnung. Komm mit.« Der Mann packte ihn am Arm, ein Stechen durchfuhr Alessandros Herz. Anscheinend fühlte der andere denselben Schmerz, denn erschrocken ließ er los. »Du bist stärker geworden in all den Jahren. Vielleicht war es gar keine so dumme Idee, so lange zu schlafen! Hier, ich habe etwas für dich.« Der Mann ließ ein verschnürtes Bündel von seinen Schultern gleiten, öffnete es und zog einen braunen Umhang und ein paar Fellschuhe heraus.

Jetzt erst fiel Alessandro auf, dass er splitternackt war.

»Der Mantel ist nicht sehr warm gefüttert, aber besser als nichts«, erklärte sein Gegenüber schulterzuckend. »Bei den Stiefeln musst du probieren, ob sie dir passen.«

Alessandro, der immer noch nicht wusste, was der Wilde von ihm wollte, streifte sich den Umhang über. Die Schuhe waren ihm zu klein, wie er schnell feststellte, aber der Mann hatte blitzschnell ein Messer aus einem braunen Lederbeutel gezogen und säbelte damit die Spitzen ab.

»Jetzt müsste es gehen«, sagte er zufrieden, drehte sich weg und begann, ein Stück bergab zu laufen.

Alessandro, dem nichts Besseres einfiel, stülpte sich die kaputten Stiefel über und lief dem sonderbaren Eindringling hinterher, da er nicht wusste, was er sonst tun sollte.

Geschickt folgte der Mann vor ihm einer nicht erkennbaren Spur durch Schnee und Eis ein paar Meter bergab, dann blieb er so abrupt stehen, dass Alessandro in ihn hinein rutschte. Durch den Aufprall glitten Alessandros Füße weg und er landete bäuchlings im Schnee. Der Wilde grinste ihn hämisch an, machte aber keine Anstalten, ihm aufzuhelfen.

»Was soll das?«, fragte Alessandro mit zusammengepressten Zähnen, während er merkte, wie erbost er über die Anwesenheit des Mannes wurde.

»Wir sind da. Sieh her!« Mit einem kräftigen Schlag holte der Fremde aus und hieb mit seiner Faust gegen eine Eisplatte. Tausend winzige Kristalle barsten vor Alessandros Augen und der Berg schien wieder zu erbeben. Triumphierend hielt ihm der andere eine Scheibe aus gefrorenem Wasser vor die Augen. »Na, erinnerst du dich jetzt?«

Alessandro blickte in sein Spiegelbild. Das Gesicht, das ihm entgegen starrte, war das eines jungen Mannes. Schwarzgelocktes halblanges Haar fiel ihm in die Stirn, auf seiner glatten Haut wuchs kein Bart, und er hätte vermutlich Freude gefühlt, hätte sein Antlitz nur ein wenig Wärme ausgestrahlt. Stattdessen war sein Mund ein schmaler Strich mit zusammengepressten Lippen. Etwas stimmte nicht mit diesem Bild, abgesehen von seinen dunklen Augen, die wirkten, als hätten sie schon tausend Jahre Menschheitsgeschichte miterlebt.

»Was ist? Erinnerst du dich jetzt?«, fragte der Mann, der ihm immer noch das eisige Glas entgegenhielt.

»Feuer«, flüsterte Alessandro. »Was war mit dem Feuer?« Trotz der ihn vollständig umgebenden Kälte konnte er die Erinnerung an eine alles verbrennende Hitze fühlen.

»Deine Stadt ist unter heißer Lava begraben worden und du mit ihr. Jedenfalls habe ich das so gehört.«

Alessandro blickte auf seine sonnengebräunte Haut, die ihn lebendig erscheinen ließ. Nichts deutete auf Verbrennungen hin.

Der andere schien seine Gedanken erraten zu haben. »Der Schlaf muss dich von deinen äußeren Wunden geheilt haben. Hättest du noch weiter geruht, hättest du wahrscheinlich alles vergessen und deine inneren Wunden wären ebenfalls geheilt.«

Alessandro sah den Mann ungläubig an. »Wer bist du?«, fragte er schließlich erneut.

»Ich bin unsterblich, so wie du. Ich war einst der Führer eines mutigen Keltenstammes, doch mein Volk ist fast untergegangen. Die Welt hat sich verändert, aber das Böse ist noch immer da. Es lauert und will einen Weg finden, die Menschheit zu beherrschen. Deshalb musst du mir helfen. Mein Name ist Borkan und du wirst dich bald an mich erinnern.«

Alessandro schloss die Augen und hob die Hände vor das Gesicht. Er hatte das Bedürfnis, sich ganz klein zu machen und in sein Versteck zurückzuziehen. Alles, was dieser Borkan ihm erzählte, machte ihm Angst. Es war ihm, als wollte er mit seiner furchtbaren Visage alte Wunden in ihm aufreißen, Verletzungen, die nie ganz geheilt waren und die er verdrängen wollte, um dem Schmerz zu entgehen, den sie bringen würden, wenn man sie erneut berührte. Er wollte wieder die friedliche Stille des Berges hören, und es erfreute ihn, dass das Plätschern eines Baches an sein Ohr drang, genau an der Stelle, wo Borkan das Loch geschlagen hatte.

»Lass mich in Ruhe. Du hast meinen Schlaf gestört!«, herrschte er den Mann an, in der Hoffnung, dass sich dieser selbsternannte Keltenfürst endlich von ihm abwenden würde.

Als sein Gegenüber keine Anstalten machte, sich fortzubewegen, rappelte Alessandro sich auf die Beine und ging zu dem rauschenden Bach hinüber, ohne Borkan zu beachten. Konzentriert sah er auf die kleinen Strömungsschnellen, die sich in höchster Ordnung ihren Weg ins Tal hinunter suchten. Das Wasser war so herrlich klar, dass er davon kosten wollte. Angezogen von dem glitzernden Nass kniete er sich nieder und ließ es wie silberne Fäden über seine Hände gleiten. Sorgfältig formte er eine Vertiefung in seiner Handfläche und fing einige Tropfen ein. Als das Wasser jedoch seine Lippen berührte, zuckte er zusammen.

»Alessandro, die Welt braucht dich, du musst dich beeilen!«

Die Worte waren ein dumpfes Hallen in seinen Ohren. Erschrocken riss er seine Hand weg und schüttelte das Wasser ab. Da war sie wieder. Die liebliche Stimme, die ihn innerlich erzittern ließ. Hektisch sah er sich um, Borkan stand noch immer mit verschränkten Armen hinter ihm und beobachtete ihn skeptisch.

»Hast du sie gehört?«, fragte Alessandro ihn eilig.

»Ich habe nichts gehört, außer dem Rauschen des Wassers und deinem Entsetzen, als du davon trinken wolltest.«

»Das Wasser ist verzaubert!«, sagte Alessandro in die Stille.

Borkan lachte. »Da ist nichts Verzaubertes dran!« Wie zum Beweis trank er einen kräftigen Schluck, nahm noch einen hinterher und spuckte das Wasser wieder aus. »Ganz normales Bergwasser«, stellte er nüchtern fest.

»Jemand hat zu mir gesprochen«, beharrte Alessandro. »Die

Stimme, sie war so liebevoll, so klar. Sie hat mich an etwas erinnert. An jemanden, der schon lange fort ist.«

Borkan musterte ihn nachdenklich. »Das war die Stimme deines Herzens, Alessandro. Es ist Zeit, ihr zu folgen.« Er streckte ihm eine kräftige, von den Jahren gegerbte Hand entgegen.

Alessandro zögerte einige Sekunden, dann griff er entschlossen zu. Augenblicklich begann sich alles um ihn zu drehen.